Después del Océano

DESPUÉS DEL OCÉANO

BELÉN MARTÍNEZ

Argentina – Chile – Colombia – España
Estados Unidos – México – Perú – Uruguay

Para Mar.
Seguro que eres el cambio sutil que algún dios
ha enviado a este mundo.

Bajo la lluvia de verano.
El sendero
desapareció.

Yosa Buson.

ANTES DE LAS OLAS

11 de marzo de 2011

El olor a océano me despertó. Parpadeé y asomé los ojos por la colcha que me cubría hasta la nariz. La ventana de mi dormitorio estaba abierta de par en par, a pesar de que estaba segura de que la noche anterior la había cerrado antes de irme a dormir.

Al moverme, algo se apretó contra mi estómago y se quejó. Una mezcla entre maullido y ronroneo. Suspiré y aparté la colcha de un tirón. Bajo ella, apareció la cara aplastada de un gato gris y rechoncho, con los ojos del color del mar.

«Yemon, ¿cómo has entrado?», susurré. Me volví a recostar y atraje al felino contra mi pecho. Él se estiró entre mis brazos y bostezó, pero no se apartó. «No deberías estar aquí».

Ni siquiera tendría que haberle puesto nombre. Mi padre me lo había advertido. Me dijo que, si lo hacía, me encariñaría con él y eso supondría un problema, porque él no quería gatos dentro de la casa. Yo lo intenté, pero de una forma u otra, Yemon aparecía cuando menos lo esperaba. De camino al colegio. En el parque. En el Templo Susanji. En el paseo marítimo. En mi ventana. Y me observaba con esos ojos que me hacían acordar a cuando buceaba y no veía nada más que azul. Al final, terminé abriéndole la ventana y le puse un nombre.

Mi padre había tenido razón. Me había encariñado con él y ahora no podía hacer otra cosa que abandonarlo.

Deslicé la mirada por mi habitación, o por lo que quedaba de ella. El día anterior, el camión de la mudanza se había llevado la mayor parte de los muebles. Ahora, solo quedaban un par de cajas de cartón que llevaríamos en el coche y el futón sobre el que estaba tumbada.

De pronto, un susurro en el pasillo sobresaltó a Yemon, que se apretó más contra mí; yo me apresuré a cubrirlo y dejé caer los párpados.

Esperé.

La puerta del dormitorio se abrió con suavidad.

—Lo siento, creí que estabas despierta. Te he escuchado hablar.

—Sí, bueno. Más o menos.

Aparté solo un poco la colcha, lo justo para que el pelaje grisáceo de Yemon asomase por encima del borde cubierto de dibujos de flores de loto y melocotón.

Taiga, mi hermano mayor, sonrió y se sentó sobre sus talones.

Hacía ya más de un año que no vivía con nosotros, pero había regresado de Tokio para ayudarnos con la mudanza. Le dijo a mi padre que no tendría clases en la universidad, aunque por la forma en la que me había guiñado un ojo cuando nadie miraba, yo entendí que se lo había inventado.

Mi hermano no era alguien que se saltara las clases. Nunca lo había hecho, ni siquiera cuando estaba en el instituto. Siempre había sido ese chico brillante e inteligente con el que cuenta cada clase y al que los profesores recuerdan a pesar del paso de los años.

Yo pensé que había venido por mí. Aunque él no lo admitiría nunca, por supuesto.

—Sabes que no podrá acompañarnos hasta Kioto, ¿verdad? —preguntó con voz suave, mientras alargaba la mano para acariciar al gato.

—Lo sé —dije con la voz quebrada, bajando la mirada para observarlo—. De todas formas, no le gustaría. Está demasiado acostumbrado a Miako, a las colinas y al puerto, a ir donde quiera.

—¿Y tú?

Mi hermano me miró a través de sus gafas, de esa forma tan suya. Siempre lo hacía con mucha concentración, como si estuviese intentando resolver un complicado problema de matemáticas.

Tardé demasiado tiempo en responderle.

—Me acostumbraré.

Él sonrió, pero su expresión era triste.

—Bueno, eso es algo que siempre hacemos.

En ese momento, escuchamos la alarma del despertador de mi padre. Apenas tardó en apagarla, pero el sonido espabiló a Yemon, que se separó de mi pecho y salió a toda prisa de debajo de la colcha, como si supiera de antemano que esa era la señal que anunciaba cuándo debía separarse de mí. De un salto, se subió al borde de la ventana y, con el rabo levantado, salió al tejado, donde desapareció tras las tejas oscuras, hacia el océano que brillaba al final.

—Nos vemos en la cocina —dijo Taiga. Dudó un instante, pero finalmente se inclinó para revolverme el pelo. Después, salió del dormitorio sin levantar más que un susurro.

Yo me incorporé con lentitud, sintiendo cómo los últimos ramalazos de sueño me abandonaban. A pesar de que quedaba poco para la primavera, el ambiente seguía frío, así que me cubrí con la colcha mientras me ponía en pie. Arrastrándola como si se tratase de la larga cola de un *kimono*, me acerqué a la ventana.

El olor de las olas, de las algas y del pescado que provenía de la lonja caló dentro de mis pulmones. Escuché también la sirena de algún barco, a lo lejos.

Observé el pueblo de Miako con los ojos entrecerrados. Su puerto, la pequeña playa, el colegio, a tan solo unos metros del paseo marítimo y junto a la desembocadura del río Kitakami; las pequeñas casas de los pescadores y las colinas por las que se derramaban decenas de tejados de pizarra, rizados en sus bordes, rodeados por huertos y jardines. Si subiera al tejado y mirara en dirección contraria, podría ver el Monte Kai, cuya cima habíamos alcanzado en una excursión con mi clase a principio de curso. Incluso, entre los árboles, sería capaz de ver alguna parte del Templo Susanji.

Miako podía no ser gran cosa, pero para mí lo era todo.

—¿Nanami? —La voz de mi padre llegó desde el pasillo—. ¿Estás despierta?

Tragué saliva y me aparté de la ventana.

—Sí, papá. Estoy despierta.

Lo que sucedió después fue como un sueño.

Desayunamos en silencio, cada uno perdido en sus propios pensamientos. Y luego Taiga y yo ayudamos a limpiar la casa mientras mi padre terminaba de guardar en cajas lo poco que quedaba.

Parecía una *zashiki-warashi*, una niña fantasma, que vagaba sin rumbo por su antiguo hogar. Era raro, porque ya me había despedido de mis amigas, de mi clase, de Kannushi-san, pero sentía que no era suficiente. Mi padre me había ofrecido retrasar un día la mudanza para que pudiera estar presente el último día de curso, pero yo no quería enfrentarme a ello. La sensación de despedida me abrumaba. Sentir cómo todos decíamos adiós a la escuela primaria habría sido demasiado, y no quería empezar a llorar delante de mis maestros y compañeros. Con mi sensación de pérdida ya era suficiente.

Sin embargo, mis ojos no dejaban de deslizarse hasta cada ventana que encontraba; la necesidad de salir corriendo volvía a invadirme; el deseo de despedirme de nuevo, no solo de Amane y de Mizu, sino también del puerto, del Templo Susanji, que tantas veces había visitado, del paseo marítimo, del océano en el que había nadado en innumerables ocasiones. Ya no llegaría a saber quiénes ocuparían la casa de al lado, la que habían vendido hacía unos meses.

Jamás llegaría a saber quiénes iban a vivir allí. ¿Un matrimonio? ¿Unos ancianos? Quizás en esa casa habría niños de mi edad de los que ya nunca podría ser amiga.

Una parte de mí me susurraba que, aunque dijera adiós mil veces, nunca estaría preparada del todo para marcharme. Siempre quedarían cosas que hacer, cosas que decir.

Cuando nos acostamos la noche anterior todo parecía estar listo, pero al final pasamos toda la mañana recogiendo el que había sido nuestro hogar durante doce años. Se alargó tanto, que Taiga tuvo que ir a comprar algo de té y *onigiris* para comer. A la vuelta, mientras lo esperaba en nuestro salón prácticamente vacío, vi cómo se detenía junto a la pequeña valla de madera de nuestra casa.

Fruncí el ceño y me acerqué a la ventana. Los matorrales descuidados que mi padre nunca había sido capaz de controlar lo cubrían a él y a otra figura que no alcanzaba a ver. Parecía una chica por la forma de sus manos, que asomaban de vez en cuando entre las hojas salvajes.

Tenía hambre, y mi hermano no se separaba de la desconocida, así que no aguanté más y abrí la puerta. Atravesé el jardín con pasos veloces.

—¡Taiga! —exclamé.

En el momento en que mi voz se alzó, la conversación que mantenían se interrumpió de inmediato. La chica se separó de mi hermano y echó a correr. Ni siquiera pude verle la cara, me dio la espalda en cuanto me acerqué a ellos. Durante un momento, la observé, extrañada. Iba vestida con ropas de sacerdotisa, con la *chihaya* blanca y la *hakama* roja, aunque estaba casi segura de que no se trataba de la misma mujer que atendía las oficinas del Templo Susanji.

—¿Quién es? —pregunté, confundida. ¿Por qué se había marchado de esa manera? Me volví hacia Taiga, que estaba muy quieto, observando el lugar por donde había desaparecido—. ¿Es tu novia? ¿Tu admiradora? ¿La nueva vecina?

Mis palabras hicieron reaccionar a mi hermano, que se volvió hacia mí y soltó una carcajada que relajó su expresión.

—¿Por qué tienes esa obsesión con los futuros vecinos? ¿Qué importa ya?

Me encogí de hombros y lo acompañé al interior de la casa.

—No lo sé. ¿Y si hubiese sido una familia con niños de mi edad? Podríamos haber sido amigos.

Taiga esbozó una sonrisa triste y me estrechó un instante contra él antes de atravesar el umbral.

—Es una lástima, porque nunca lo sabremos.

A pesar de que la chica había desaparecido, eché un vistazo atento a mi alrededor antes de cerrar la puerta.

Apenas media hora más tarde, cuando mi padre giró la llave por última vez, eran más de las dos. Nos quedaban varias horas de camino hasta Tokio, donde dormiríamos durante la noche y, después, otro día largo de camino hasta Kioto. Habíamos planeado salir más temprano, pero mi padre no parecía preocupado. Desde que habíamos comenzado con la mudanza hacía un par de meses, su ya habitual sonrisa se había profundizado de tal forma que había descubierto nuevas arrugas en las comisuras de su boca.

Taiga decía que debía sentirme feliz por él, por haber logrado ese ascenso por el que tanto había trabajado. Él también quería a Miako, pero de una forma diferente. Le recordaba demasiado a mi madre, suponía, con las cosas buenas y malas que eso conllevaba.

—Nami, ¿te has despedido de Yoko-san? —Arrugué los labios con un mohín y sacudí la cabeza. Mi padre suspiró—. Deberías hacerlo.

—Yo te acompañaré —me dijo Taiga; pasó su largo brazo por mis hombros y me empujó hacia la casa que se encontraba pegada a la nuestra, justo a la izquierda.

Yoko-san era nuestra vecina. Se había mudado hacía unos cinco años, desde Osaka, donde había huido de un apartamento diminuto, de oficinas tan estrechas como las faldas de los trajes de trabajo y de las luces de neón. Era joven, al menos algo más que mi padre, pero ya tenía varias arrugas junto a su boca y alrededor de sus ojos; siempre sonreía mucho. Trabajaba en una cafetería que había abierto con sus ahorros; estaba junto al paseo marítimo, rodeada de macetas repletas de flores y del olor a océano.

Muchas veces me había invitado a merendar en su propia casa. Y en otras ocasiones, era ella la que venía a la nuestra, a cenar, generalmente. Le encantaba preparar tartas y dulces que yo engullía sin descanso, y como en su parcela había un bonito cerezo que florecía siempre en primavera, habíamos hecho pícnic juntas. A veces, cuando hacía demasiado viento como para que pudiéramos bañarnos en la playa, dejaba que mis amigas vinieran y jugáramos con los aspersores; su parcela era mucho mayor que la nuestra, la cual, desde la muerte de mi madre, nunca había estado muy cuidada. El fuerte de mi padre nunca había sido la jardinería, pero Yoko-san lo había ayudado bastante.

Taiga y yo recorrimos el pequeño camino de baldosas hasta la puerta de su casa. Mi padre nos observaba con curiosidad, con la espalda apoyada en el coche.

Llamé a la puerta y, al instante, esta se abrió. Yoko salió y tras ella vino el olor al té recién hecho y algo dulce que no pude identificar. Arqueó un poco las cejas al vernos a mi hermano y a mí tan enervados, y después desvió la mirada hacia mi padre.

—Oh, vaya. Os vais ya, ¿verdad? —dijo luego de soltar un suspiro. Me limité a asentir, pero no pronuncié palabra. No quería ponerme a llorar—. No estés triste, Nami. Las despedidas no son para siempre.

Eso no lo sabes, pensé, pero en vez de hablar, solo encogí los hombros. Ella sonrió y se arrodilló para darme un fuerte abrazo. Cuando lo hice, pude ver por encima de su cabello castaño varias cajas apiladas en el pasillo, todas abiertas.

—¿Tú también te marchas? —logré preguntar.

Ella abrió mucho los ojos y se giró con rapidez, como si hubiese descubierto algo de pronto. Pero entonces, sonrió y meneó la cabeza.

—Oh, no. Solo estoy guardando cosas viejas. —Sus ojos se elevaron hasta mi hermano y le dedicaron una rápida sonrisa antes de volver su atención a mí—. Espero que nos volvamos a ver pronto.

—Yo también —mascullé.

Su sonrisa se prolongó y me pareció que iba a abrazarme de nuevo, pero en vez de eso, se incorporó y su cuerpo cubrió las cajas abiertas del pasillo. Le dediqué una rápida reverencia, al igual que mi hermano, y los dos nos dirigimos de vuelta al coche.

Mi padre, sin embargo, no se acercó para despedirse. Se limitó a alzar una mano con una pequeña sonrisa y ocupó el asiento del conductor. Quizá se había despedido el día anterior. Quizás, a pesar de estar feliz por su nuevo trabajo, le gustaban las despedidas tan poco como a mí.

Sin embargo, cuando estaba a punto de tocar el picaporte del coche, me detuve y murmuré horrorizada:

—No puedo irme. No me he despedido de Yemon.

Taiga se mordió los labios y miró a nuestro alrededor, pero no había rastro de la larga cola gris ni de sus ojos azules. Negó con la cabeza, pero yo me resistí a abrir la puerta, no podía irme sin más, sin verlo una última vez; mi padre, ya con las llaves en el contacto, bajaba las ventanillas para preguntarnos por qué no nos subíamos al coche.

—Estoy seguro de que lo comprenderá —dijo mi hermano, antes de dirigirse al asiento del copiloto—. Los gatos son muy listos.

Eché de nuevo un vistazo en torno a mí, pero aparte de ver a Yoko-san, que nos observaba desde la puerta de su casa esperando a que nos fuéramos, no había nadie más cerca. Esa vez no pude evitar que las lágrimas me inundaran los ojos, pero tanteé a ciegas hasta dar con el picaporte y me metí con rapidez en el coche. Casi con rabia, me puse el cinturón.

Mi padre me observó desde el retrovisor, había mezcla de tristeza y comprensión en sus ojos amables.

—Todo va a ir bien, Nami. Ya lo verás.

Cuando el coche arrancó con un rugido, el reloj del salpicadero marcaba las 14:10.

Mis compañeros, en el colegio, estarían decorando la pizarra. Habrían almorzado hacía un par de horas en clase y, por una vez, a la profesora Hanon no le habría importado que ensuciaran los pupitres. Seguramente, ya habrían entregado el boletín de calificaciones. Estaba segura de que Mizu había sacado buenas notas y esperaba que Amane hubiese aprobado todo, porque, si no, sus padres no la dejarían salir en las semanas de vacaciones que tendría antes de comenzar la secundaria.

Todavía estaba pensando en ellos, cuando mi padre giró en una esquina y nuestro hogar se perdió de vista. Ahogué una exclamación de rabia, me quité el cinturón y me di la vuelta en el asiento, pero ya ni siquiera veía el tejado rizado. Subimos la loma de la colina, en dirección a las afueras y a la carretera que comunicaba con la autovía. Apenas unos diez minutos después, la calzada se ensanchó, el carril se convirtió en dos, y mi padre aceleró todavía más, transformando los árboles y los arbustos que nos rodeaban en un borrón verde sucio.

El cielo ya no estaba despejado. Se había cubierto de nubarrones grises.

Los minutos pasaron, mientras el coche se dirigía hacia las montañas. Los ojos empezaron a pesarme por el cansancio y el dolor. En el asiento del copiloto, Taiga parecía entretenido con su teléfono móvil, aunque de vez en cuando me vigilaba por el espejo retrovisor. Mi padre tenía los ojos clavados en la carretera y las manos relajadas sobre el volante. Inclinaba la cabeza siguiendo el ritmo de la canción que escapaba de la radio.

Misty taste of moonshine, teardrop in my eye.
Country roads, take me home...
to the place I belong.

Pestañeé y cerré los ojos. No quería luchar contra el sueño, deseaba dejarme vencer por él. Así podría olvidar durante un momento el colegio, a Yemon, a Amane y a Mizu, a Yoko-san, a esos futuros vecinos que nunca iba a conocer y al olor de las olas que entraba por la mañana a través de mi ventana.

No supe cuánto tiempo transcurrió. Pero cuando escuché las sirenas, abrí los ojos y vi que el reloj del coche marcaba las 14:45.

Me incliné hacia Taiga, aunque el cinturón se me clavó en el pecho. Él miraba con los ojos abiertos su teléfono móvil, que no dejaba de pitar con estridencia. El móvil de mi padre también aullaba.

Reconocí ese sonido. Era la alarma de terremoto.

Nadie dijo nada. Nos quedamos en un silencio tenso, mientras las sirenas nos destrozaban los tímpanos.

—Aparcaré a un lado y no bajaremos del coche —dijo mi padre, con la voz más grave de lo normal—. No ocurrirá nada. Solo será un momento.

Apenas transcurrió un minuto desde que el coche se detuvo y el suelo comenzó a temblar. No éramos los únicos que habíamos estacionado a un lado de la autovía. Frente a nosotros, varios vehículos esperaban con las luces de emergencia encendidas.

Miré a mi alrededor, con la boca seca. Estábamos en un buen lugar. No había árboles a nuestro alrededor, tampoco casas ni postes de la luz.

El coche se bamboleaba sobre sus cuatro ruedas. Estaba acostumbrada a los terremotos, todos los años había alguno. Más de una vez, en el colegio, tuvimos que escondernos bajo los pupitres. Los profesores nos ordenaban que nos quedáramos quietos, pero nosotros nos reíamos, nos los tomábamos como un juego. En este momento, sin embargo, ni siquiera sonreía.

No era un simple temblor. Me agitaba tan violentamente que el cinturón se me clavaba en el pecho y me arrebataba una respiración ya de por sí acelerada.

Mi padre me observaba por encima de su asiento, tenía la piel tan blanca como las velas que había soplado en mi último cumpleaños.

Era una suerte que estuviéramos sentados. Estaba segura de que, si estuviera en pie, no podría haber dado ni un solo paso. Si hubiera estado atrapada en algún edificio, no habría podido salir de él.

De pronto, a pesar del sonido estridente de las alarmas de los móviles, un sonido mayor, profundo y aterrador, que parecía provenir de todas partes y de ninguna, nos atravesó. Parecía que el mismo mundo estaba a punto de partirse en dos.

Miré por la ventana y, entonces, la bonita pradera que se encontraba al otro lado de los quitamiedos se rompió, sin más. Una grieta enorme la separó en dos hemisferios y serpenteó hasta nosotros, sin llegar a acariciar el asfalto de la autopista.

Aterrada, cerré los ojos y me cubrí la cabeza con los brazos, sin que eso impidiera que el ruido infernal y las sirenas que parecían el chillido de mil pájaros llegasen hasta mí.

Permanecí así, quieta, con los brazos cubriéndome los oídos y la cara, cuando sentí de pronto cómo una mano se apoyaba en la mía, tirando suavemente de ella.

Abrí los ojos de golpe y observé la pequeña sonrisa de mi hermano.

—Ya ha pasado. Todo está bien.

El temblor había cesado. La alarma estridente de los teléfonos móviles guardaba silencio por fin.

Volví a mirar por la ventana. No, nada estaba bien. La pradera seguía partida en dos y, a lo lejos, me parecía ver cómo una columna de humo ascendía, confundiéndose con el color grisáceo del cielo.

Los ocupantes de los vehículos que estaban frente a nosotros se atrevieron a salir. Algunos llamaban con el teléfono móvil, otros se limitaban a mirar a su alrededor y a tomar un poco de aire.

—Ha sido un terremoto muy fuerte —dijo mi padre, a media voz—. Pero ya ha terminado.

Encendió la radio que debía haber apagado en algún momento mientras dormía y, al instante, una melodía envolvente llenó de pronto el interior del coche, pero apenas llegamos a escuchar un par de compases antes de que otra sirena destrozase la música.

Los móviles, de nuevo, empezaron a sonar.

Pero esta vez, la tierra no se movió.

—Es una alarma diferente —murmuré, mirando de soslayo a mi hermano mayor. Nunca la había escuchado—. ¿Qué significa?

La radio de nuestro coche me dio la respuesta antes que él.

—*Atención, este es un aviso de tsunami. Si se encuentran en zonas cercanas a la costa, les recomendamos que recojan lo imprescindible de sus hogares y se dirijan a lugares de una altitud...*

La voz se interrumpió de pronto cuando mi padre bajó el volumen a cero.

—Estamos en una autovía de interior. Es imposible que el agua llegue hasta aquí.

Nunca había visto un tsunami más allá de alguno que había aparecido en un anime o en una película, pero sí lo había estudiado, y alguna vez habíamos hecho simulacros de evacuación. No pensé en nosotros, pero sí en Miako. En mis amigas, que estarían ahora en un colegio ubicado a solo unos metros de la playa y junto a la desembocadura de un río. Habían pasado unos minutos desde que la alarma del terremoto había comenzado a sonar, ni siquiera habían tenido tiempo de huir hacia el Monte Kai.

—Todo estará bien, ¿verdad? —murmuré, mirando a Taiga.

También pensaba en Miako, lo vi en sus ojos. Él también había dejado allí muchos amigos que habían preferido seguir con los negocios familiares antes que estudiar en la universidad. Siempre me tranquilizaba, siempre me calmaba, pero esta vez ni siquiera sonrió.

Su actitud me asustó más que el sonido de las alarmas.

Miré por la ventana, y de pronto, me pareció ver la punta de un rabo gris.

Sin pensarlo, me arranqué el cinturón y salí del coche. Mi hermano y mi padre gritaron, pero yo ni siquiera los oí. Rodeé el vehículo, mientras ellos me imitaban. Y entonces, junto al tubo de escape, vi a un gato gris, grande y rechoncho. Estaba sentado, parecía tranquilo, aunque estaba completamente empapado, a pesar de que no había cerca ni una gota de agua.

«¿Yemon?», pregunté con un resuello débil.

Él giró la cabeza hacia mí, y de pronto, sentí como si una ola invisible me golpeara. Caí al suelo y, cuando me levanté, no estaba en la autovía donde mi padre había dejado aparcado el coche. Me encontraba en mitad de uno de los pasillos de mi colegio. Reconocía las puertas de madera que comunican con las aulas, los pequeños pupitres que ahora estaban caídos en el suelo, junto a mochilas y sillas. Un rugido atronador llenaba todo el lugar, aliñado con aullidos y sollozos. Frente a mí había un niño de mi edad que no conocía. Me observaba pálido, con las pupilas dilatadas.

El rugido aumentó, llenó todo y sacudió cada uno de mis huesos. Los dos giramos la cabeza. Por el pasillo se acercaba el agua, bramando. Parecía una marea viva, descontrolada, una ola que no paraba de crecer. Él ni siquiera pudo echar a correr. Yo ni siquiera

tuve tiempo de gritar. Éramos desconocidos, pero intentamos aga-
rrarnos de las manos. Sin embargo, no lo conseguimos.

El agua llenó mi estómago, mis pulmones, mis oídos, y un dolor
agudo estalló a ambos lados de mi cabeza.

Me estoy ahogando.

Fue lo último que pensé antes de desmayarme.

PRIMERA
PARTE

LA CHICA QUE
NO SE AHOGÓ

NANAMI TENDO

7 de abril de 2016

La alarma me hace soltar un gruñido.

Alargo el brazo para apagarla, pero algo afilado se apoya en mi brazo desnudo a modo de advertencia. Abro un ojo y levanto la colcha para recibir la mirada asesina de unos ojos azules.

«No te pongas así, Yemon. Si fuera por mí, me quedaría aquí contigo toda la mañana».

Lo sujeto del lomo y lo alzo para dejarlo a un lado de la cama. Él suelta un gruñido bajo, pero se aovilla entre las sábanas y la almohada. Lo miro durante un instante más antes de alargar la mano y apagar por fin la alarma del teléfono, que no deja de vibrar y dar vueltas sobre sí mismo.

Observo durante un largo minuto la hora y la fecha que marca la pantalla.

—*Kuso!* —farfullo.

Me quito el pijama y lo arrojo encima de la cama deshecha. Después, desvío la mirada hacia el uniforme y suspiro. Chaqueta y falda tableada azul marino, jersey beis y una horrible corbata azul a rayas que tiene pinta de ser asfixiante.

Me lo pongo con desgana, mientras Yemon me observa con los ojos entrecerrados desde la cama. Parece gustarle tan poco como a mí.

«Estoy ridícula, ¿verdad?».

Él se limita a contemplarme con sus ojos azules. A veces, cuando me devuelve la mirada durante demasiado tiempo, me estremece. Me hace recordar ese día, cuando salí del coche y me pareció verlo en mitad de la autovía. Más tarde, cuando recuperé el conocimiento, estaba tumbada en el asfalto y farfullaba su nombre. Mi hermano me juró mil veces que allí no había ningún gato, y mi padre me dijo, preocupado, que había sufrido algo que se llamaba «mal del terremoto».

Sin embargo, aunque Yemon no fue más que un espejismo para mí en aquella carretera, apareció en la ventana de mi habitación, en Kioto, justo una semana después de que nos mudáramos. No sabía cómo había llegado hasta allí. No parecía desnutrido, solo mojado por la lluvia incesante que caía.

Y, como aquella vez, le abrí la ventana para que entrara en mi habitación. Desde entonces, entra y sale cuando quiere, pero nunca pisa el resto de la casa. Yo le pongo cuencos de agua y comida que guardo en mi armario, junto a mi ropa, y él siempre duerme conmigo.

Mi padre no tiene ni idea. Hace mucho tiempo que no se acerca a mi habitación. Que no se acerca a mí, en realidad. Taiga sí lo sabe, pero nunca llegué a ver su cara mientras se lo confesaba. Para entonces ya se había encerrado en su cuarto.

Sacudo mi melena oscura, que apenas me llega a rozar los hombros y me hago el nudo de la corbata a medias. Espero que aguante bajo el jersey, por lo menos hasta el mediodía. En el instituto anterior tenía que llevar un lazo rojo todavía más ridículo, pero al menos era más fácil de colocar. Una de las pocas cosas buenas que había tenido.

Dejo la ventana abierta por si Yemon decide salir a explorar, aunque en el fondo, da igual si lo hago o no. No sé cómo, pero siempre encuentra la forma de abrirla.

Salgo al pequeño pasillo del segundo piso, en donde hay un baño y los tres pequeños dormitorios. En un extremo se halla el cuarto de mi padre; ha dejado la puerta abierta y desde donde me encuentro puedo ver la cama perfectamente hecha y un par de trajes sin funda que asoman por el armario, que ha quedado ligeramente abierto. Ese dormitorio siempre me ha recordado a las habitaciones impersonales de los hoteles baratos. Cuando vivíamos en Miako, su dormitorio era una cueva repleta de libros, trastos viejos y plantas que siempre se le terminaban muriendo.

Ahora es un espacio vacío, minimalista, aséptico.

Frente a mí, está la puerta cerrada que comunica con el dormitorio de mi hermano.

—*Ohayō*, Taiga —digo, en voz alta, antes de rozarla con los nudillos.

No me contesta. Debe estar en uno de sus días malos, o quizás esté dormido. Sé que a veces no se acuesta hasta las cinco de la mañana.

El piso de abajo está igualmente silencioso. Mi padre debe haberse marchado antes incluso de que yo me despertase. Una especie de milagro del que solo dispondré hoy por ser el primer día del nuevo curso. Mañana el horario cambiará, y no tendré más remedio que sentarme frente a él en la mesa del desayuno, engullendo a toda prisa una tostada mientras él mastica en silencio el arroz blanco del día anterior.

Compartir las comidas con mi padre no es algo que haya echado de menos durante las vacaciones.

Desayuno apoyada en la encimera de la pequeña cocina, dejo todo lo utilizado en el fregadero y me dirijo hacia la salida. Allí, me detengo durante un instante con los zapatos a medio poner.

Miro hacia atrás, pero estoy sola.

—Me marcho —murmuro, antes de cerrar la puerta de golpe.

Pero nadie me contesta.

Vivo en la ciudad de los mil templos. Así llama mucha gente a Kioto. No hace falta que te dirijas a las afueras o camines hasta el centro. En cualquier calle residencial, como la mía, puedes toparte con un pequeño templo, un altar o un santuario enclaustrado entre edificios.

Un ejemplo es el que se encuentra junto al portal de mi casa.

Es pequeño. El *temizuya* está apostado en una esquina y solo tiene un cazo diminuto. El *torii* no es alto, y solo una persona puede colocarse frente al altar para rezar, brindar una ofrenda y hacer sonar el cascabel dorado que cuelga de un travesaño de madera. Hasta los guardianes de piedra, los *komainu*, apostados a pie de calle, son ridículos. Representan una mezcla entre leones monstruosos y perros, pero tienen el tamaño de un gato.

Y, como el resto de los templos de Kioto, a pesar de estar rodeado de cemento, plástico y madera, la naturaleza se abre paso. Es extraño, pero en esta ciudad jamás he visto ni un solo lugar sagrado sin algo verde que manche su interior. Una vez que cruzas el *torii* siempre encuentras una flor, helechos, una enredadera que trepa por una de las paredes. A este lo tienen medio engullido el verdín, el musgo y la humedad.

Arrugo la nariz cuando el olor, como el de un bosque mojado, llega hasta mí.

Lo odio.

A pesar de que está junto a mi casa, nunca he dejado una ofrenda, nunca he dedicado una oración. Si soy sincera, desde que llegué a Kioto, nunca me molesté en atravesar ningún *torii*. Al menos no por iniciativa propia.

Le lanzo una mirada fulminante al altar y echo a andar con rapidez, sin mirar ni una sola vez atrás.

Antes, debía ir en autobús a la academia privada a la que acudía. Ahora solo tengo que caminar unos quince minutos hasta el que será mi nuevo instituto. No obstante, sé que voy a llegar tarde. Apenas quedan estudiantes recorriendo las calles.

Un rato después, llego a la entrada del Instituto Bunkyo: un arco marrón de distintas tonalidades, donde un gran cartel anuncia el inicio del curso 2016/2017. Tras él, veo un aparcamiento de bicicletas en el que no queda ni un solo hueco. Ni un estudiante.

Avanzo y paso junto a un enorme cerezo desnudo. Me imagino que en las ceremonias de graduación los alumnos harán cola para hacerse la típica foto junto a él. Yo apenas le dedico un vistazo antes de alzar la vista hacia las ventanas del edificio en el que estoy a punto de entrar. Ni siquiera veo a figuras uniformadas tras los cristales.

Encontrar mi clase no es difícil. Hay tantos carteles repletos de direcciones que es imposible perderse. La mía está en la última planta.

Cuando atravieso la puerta, decenas de rostros se vuelven en mi dirección. Definitivamente, he llegado *muy* tarde; todos los pupitres, menos uno, casi al fondo, están ocupados, y un hombre con un traje barato está de pie junto a la mesa del profesor. Tiene un libro entre las manos y los labios entreabiertos. Lo he interrumpido en mitad de una frase.

Es joven, pero posee esa mirada que te advierte que tendrás problemas si no sigues sus normas. Y por la forma en la que me observa, adivino al instante que yo he roto varias.

Le dedico una rápida reverencia y me dirijo hacia el asiento libre, pegado a una de las ventanas que comunican con los terrenos del instituto. Apenas llego a dar un par de pasos.

—Espere —dice, con voz grave. Echa un vistazo al libro que tiene entre las manos—. Nanami Tendo, ¿verdad? —Sacudo la cabeza con desgana—. ¿Sabe que llega tarde?

—*Gomen* —respondo, sin sentirlo en absoluto.

Para entonces, una pequeña ola de murmullos se ha extendido por toda el aula. Me recuerda al sonido de las cigarras en verano. Bajo pero persistente.

—¿No le parece un poco pronto para romper una regla? —pregunta el profesor, deteniendo de nuevo mi avance—. La puntualidad en esta institución es importante.

Echo un vistazo rápido a la clase y mis ojos detectan una melena rubio ceniza que destaca entre el mar de cabellos negros.

—El reglamento también dice que no se permite que los alumnos se decoloren el pelo —replico.

La aludida se gira de inmediato en mi dirección.

—Es mi color natural —contesta, entre dientes.

Su acento es extraño. Entorno la mirada y descubro que, aunque su rostro es tan redondo como el mío, sus ojos no son tan rasgados y su tonalidad oscila entre el verde oscuro y el gris.

Ignoro su ceño fruncido y algo que dice el profesor (y que suena a amenaza) y retomo el interminable camino hasta mi pupitre. Se encuentra delante de un chico tan alto, que sus largas piernas asoman bajo la mesa. Sus ojos, bajo un ridículo peinado de estilo surcoreano y medio ocultos por unas gruesas gafas negras de pasta, me observan con perplejidad. Con demasiada. Me recorren de arriba abajo, casi con pánico. No sé qué es lo que piensa de mí, pero parece oscilar entre una súbita aparición fantasmal y una especie de delincuente juvenil. Quizá mi pelo despeinado, mi corbata mal puesta y la chaqueta remangada lo escandalicen demasiado. Por sus pintas, debe ser el hijo de la directora, como poco.

Harta de su escrutinio, tiro con brusquedad de la silla y las patas de metal golpean con fuerza sus tobillos. Sé que le he tenido que hacer daño, pero no dice nada. Aparta la mirada con rapidez y la hunde en la mesa, como si estuviera leyendo algo interesante, a pesar de que no hay nada sobre ella.

Por desgracia, el profesor no ha terminado conmigo. Espera a que deje la mochila reglamentaria y que me siente para volver a dirigirse únicamente a mí.

—Señorita Tendo, el último año escolar no es fácil. Y, con un cambio de centro, mucho menos. —Hace una pausa y en sus ojos negros leo la verdad. Sabe por qué me he tenido que cambiar de instituto. En sus pupilas puedo percibir la amenaza de que él no dejará que se repita la misma situación—. Tendrá que esforzarse más que los demás si decide entrar en una buena universidad, así que espero que, a partir de mañana, cumpla con los horarios y las normas. —Sus ojos se quedan quietos en los míos—. Con *todas*.

EL ESPÍA

7 de abril de 2016

De camino a casa, mis ojos se tropiezan con un 7Eleven. Ni siquiera dudo cuando cambio el rumbo y me dirijo hacia las puertas automáticas.

Es la hora del almuerzo, pero sé de buena mano que no hay nada en casa para comer.

Un cartel escrito a mano que busca un nuevo dependiente se desplaza hacia la derecha cuando las puertas de cristal se abren a mi paso. La voz de un chico me da la bienvenida, pero cuando me vuelvo para responderle, él ya se ha girado hacia otra joven que acaba de aparecer por una puerta lateral, tras el mostrador. Deben estar en el cambio de turno.

Busco una cesta y, tras llenarla con ramen instantáneo y un par de *onigiris* con atún y mayonesa, me dirijo a una de las estanterías del fondo, atraída durante un instante por las brillantes y coloridas portadas de revistas de manga. Me quedo quieta observando a una chica de cabello rosa, que lleva un vestido de ensueño y un báculo mágico, y me dedica una enorme sonrisa.

Yo no se la devuelvo.

Mientras la observo, atisbo una sombra a mi izquierda. Giro la cabeza, pero apenas llego a vislumbrar una chaqueta idéntica a la que llevo yo antes de que su dueño desaparezca tras uno de los estantes.

Sobresaliendo, puedo ver una frente despejada y un peinado ridículo, con el flequillo medio levantado.

El imbécil que se quedó mirándome en clase.

Frunzo el ceño y aparto la mirada de la revista. Avanzo a paso rápido y, por el rabillo del ojo, veo cómo el chico se sobresalta detrás del estante y rápidamente se desliza en dirección contraria. Me detengo y él también lo hace en el otro extremo de la tienda; hay demasiados paquetes de comida instantánea entre nosotros como para que pueda verle la cara. Pongo los ojos en blanco, camino recto hacia la caja, pero cuando estoy a punto de llegar, doy un giro brusco.

Soy demasiado rápida, y el chico, con esos brazos y esas piernas tan largas, parece un muñeco de aire al que el viento zarandea sin piedad. Sus ojos, empequeñecidos por los cristales gruesos de sus gafas de pasta, me observan durante un instante, nerviosos, hasta que sus manos reaccionan y sujetan lo primero que encuentran.

Cuando me detengo junto a él, parece muy concentrado en la revista que ha elegido.

—¿Me estás siguiendo? —pregunto.

He escuchado su nombre esta mañana, en un momento de descanso. Un chico con el pelo levantado en todas direcciones, más bajito que yo y el doble de ancho, lo gritó a los cuatro vientos antes de abalanzarse sobre su pupitre.

Se llama Arashi, Arashi Koga.

Ese nombre significa «tormenta», pero a juzgar por el pulcro nudo de su corbata, por la forma casi obsesiva en la que colocó los bolígrafos y los cuadernos encima de la mesa, parece más bien una suave brisa de verano. Estoy segura de que pertenece al Consejo Estudiantil, quizá sea el presidente. Podría haber aparecido en el folleto del Instituto Bunkyo que mi padre me entregó después de que la directora de mi anterior centro me *invitara* a abandonarlo.

Arashi levanta la mirada, pero apenas es capaz de dedicarme un rápido vistazo antes de que vuelva a hundir la cabeza entre los hombros.

—Eh... no, no. Lo siento —dice. Tiene la voz grave, aunque suena en mis oídos ligeramente desafinada—. Solo estoy leyendo.

—Oh, *gomen*. Me he equivocado. —Me pongo de puntillas para acercarme. De inmediato, se echa hacia un lado, intentando crear el máximo espacio entre él y yo. Me dedica una mirada casi asustada por encima de la revista y yo pestañeo, con la sonrisa más angelical que pueden esbozar mis labios—. Espero que disfrutes de la lectura. Parece... muy interesante.

Arashi frunce un poco el ceño y baja la mirada hacia la portada de la revista, y entonces la ve. De verdad. Y la joven semidesnuda, dibujada con proporciones totalmente imposibles, que parece acalorada y sentada en una postura muy poco cómoda, lo mira también. Él suelta algo parecido a un chillido estrangulado y deja caer la publicación al suelo.

La dependienta que está al otro lado de la caja alza la cabeza para vigilarnos y Arashi, tan acalorado como la protagonista de la revista para adultos, se apresura a disculparse entre dientes y a dejarla a toda prisa en su lugar, sin apenas tocarla, como si hacerlo quemara sus manos.

No pronuncia ninguna palabra más. Se aleja un paso de mí, me dedica una reverencia tan formal como profunda y se escabulle tras las puertas automáticas.

—*Baka* —farfullo para mí misma.

Después de pagar, atravieso las puertas que el chico ha cruzado hace apenas un par de minutos y me encuentro con una silueta pequeña y peluda, de un tono tan gris como el cielo.

«¿Yemon?», pregunto.

El gato se sobresalta. Está muy quieto, con el pelaje algo erizado y la cabeza vuelta en dirección hacia donde ha desaparecido ese idiota que me seguía. Cuando sus ojos azules se cruzan con los míos, suelta un largo maullido y frota la cabeza contra mis piernas.

«¿Qué haces aquí?», me acuclillo y lo rasco por detrás de las orejas, como sé que le gusta. «¿Qué estabas mirando?».

Alzo un poco la cabeza. En la esquina de la calle más próxima, un pequeño cartel de madera indica la dirección para llegar al Santuario Yasaka, que se encuentra a solo unos pocos minutos de paseo. Es el único lugar sagrado que he pisado desde que nos marchamos de Miako, y solo lo he hecho en Año Nuevo, cuando mi padre prácticamente me obliga a acompañarlo. Él reza de verdad y ata sus predicciones de mala suerte, pero yo me limito a apretar los labios y a tirar los pequeños trozos de papel que me aseguran que voy a tener un año horrible.

En mi último Año Nuevo en Miako, acudí al Templo Susanji y Kannushi-san, el sacerdote, me dijo que sería muy afortunada ese año. Apenas tres meses después, vino el terremoto y, luego, el tsunami convirtió a Miako en un lodazal de piedras y muerte.

Suspiro y aparto la mirada.

«Venga, volvamos a casa». Acaricio por última vez el lomo arqueado de Yemon y me yergo. Él suelta un maullido de protesta. «Seguro que Taiga nos está esperando».

No sé si me está esperando o no, porque cuando llego a casa, con el gato pegado a mis talones, solo me recibe el silencio. El fregadero de la cocina sigue con los platos sucios del desayuno y uno más que antes no estaba. A veces, cuando la casa está vacía, mi hermano abandona su encierro y deja rastros a su paso. Antes, regalaba risas y bromas; ahora, solo platos y ropa sucia.

Mientras Yemon se escabulle hacia mi dormitorio, yo subo las escaleras y me quedo quieta frente a esa puerta cerrada que hace años que no se abre para mí ni para nadie.

—¿Quieres que te prepare algo de ramen? Acabo de comprar.

Muchas veces ni siquiera contesta, pero en esa ocasión oigo un susurro al otro lado del tablón de madera y cuento los segundos con los latidos de mi corazón hasta que su voz llega por fin hasta mí.

—Vale.

Diez minutos después, tiene una bandeja delante de la puerta. El recipiente de plástico está abierto y humea; a su lado he dejado también uno de los *onigiris*, ya sin la cobertura de plástico. Golpeo dos veces el marco y después retrocedo hasta mi propio dormitorio, con el recipiente de ramen instantáneo ardiendo entre mis manos. Debería darme la vuelta, pero en vez de eso, espío por la pequeña abertura que queda entre la madera y la pared.

La puerta de Taiga se abre, y una mano pálida, tan blanca como el arroz que contiene el *onigiri*, se asoma y tantea en el suelo antes de rozar con las yemas de los dedos el borde de la bandeja. Entonces, con una rapidez y una habilidad que ha conseguido con el tiempo, abre más la puerta y tira de la comida hacia el interior.

Apenas he llegado a ver nada. Su mano pálida. El resplandor de sus gafas metálicas. Oscuridad. Nada más.

Cuando el crujido de la puerta al cerrarse hace eco por el pequeño pasillo, camino de nuevo hacia ella y apoyo la espalda, dejándome resbalar hasta que me quedo medio arrodillada.

Desde el otro lado, puedo sentir cómo mi hermano me imita. La plancha de madera tiembla bajo mi espalda, y siento el suave susurro de su cuerpo al deslizarse por ella hasta acabar sentado en el suelo. Estamos separados solo por unos centímetros de madera, pero está más lejos de mí que cuando yo vivía en Miako y él estudiaba en Tokio.

Aun así, sonrío. Hoy es uno de sus días buenos.

Separo los palillos de madera y los hundo en el ramen humeante. No espero y me llevo los fideos a la boca; me quema la lengua y un par de lágrimas me arden en los ojos, pero tengo la sensación de que no he comido nada tan delicioso en semanas.

Sorbemos en silencio los fideos, espalda contra espalda.

—Nami. —La voz de Taiga suena suave.

—¿Sí?

—Intenta que no te expulsen de nuevo.

Mi mano se queda paralizada en mitad del aire, con los fideos colgando de los palillos.

De pronto, no sé si reír o llorar.

—Lo intentaré.

Pero cuando introduzco los fideos en mi boca, me saben a sal y a agua. Me saben a océano.

Me saben a Miako.

UN REGALO

8 de abril de 2016

Al abrir los ojos, siento las lágrimas resbalando por mis mejillas. No sé si he estado llorando en sueños, pero Yemon no está apretado contra mí, como suele hacer, sino que está sentado en un rincón del colchón y me observa con algo que parece preocupación.

«¿Te he despertado?», pregunto. La voz escapa quebrada de mi garganta, como si hubiese estado horas gritando.

Carraspeo y de un manotazo me limpio la humedad que todavía me cubre la cara. Me siento sobre el colchón y observo a través de la pequeña ventana de mi cuarto. El sol no brilla y puedo ver, a lo lejos, cómo el viento azota, con rabia, algunos árboles.

Ni siquiera ha sido una pesadilla, solo se trató de un recuerdo. Pero por desgracia la mayoría de mis recuerdos son pesadillas, por culpa de los que aparecen en ellos. Como Amane. Hacía muchísimo que no soñaba con ella, que no la recordaba. Después de todo lo que pasó, algo en mi cerebro se desconectó y me obligué a olvidar Miako y todo lo que el océano se tragó.

Su playa, el puerto, su pequeño paseo marítimo, el colegio, el Templo Susanji, las vistas desde mi ventana. Y sus habitantes.

Me muerdo los labios con fuerza y cierro los ojos, pero su cara llena toda la oscuridad. Sus mejillas infladas, siempre ruborizadas por un motivo o por otro; su risa, que sonaba igual que un millar de pájaros trinando a la vez; su energía incansable, que a menudo hacía que Mizu resoplara y pusiera los ojos en blanco.

Creía que la había olvidado. Pero ahora puedo ver con la perfección de una fotografía la figura de Amane frente a mí. La forma en la que se encorva un poco, sus manos con las uñas mordidas, su pelo corto, como el de un chico, su mirada tímida y las pecas de sus mejillas, que se multiplicaban con la llegada del verano. Casi parece estar esperándome. Cuando inspiro hondo, su olor llega hasta mí. Siempre olía a césped recién cortado; yo me preguntaba si antes de salir de casa se dedicaba a revolcarse por su jardín hasta quedar bien impregnada de hierba.

Abro los ojos de golpe y ella, sentada en mi escritorio, sonriente, meneando los pies en el aire, me devuelve la mirada. La respiración se me interrumpe y dejo caer los párpados de nuevo, pero cuando me pongo en pie y me obligo a mirar a mi alrededor, su pequeña figura desaparece y solo queda mi pequeño dormitorio atiborrado de cosas y un gato gris que me observa con tristeza.

Bajo a desayunar con el corazón todavía acelerado y encuentro a mi padre apurando su café. Su tazón de arroz está vacío, al igual que el plato al que solo le queda un trozo algo aceitoso de tortilla. Apenas alza la mirada del periódico para observarme.

—Vas a llegar tarde.

Asiento sin dirigirle ni una sola mirada. Ya sé lo que me voy a encontrar. Gris, gris y más gris. Antes, mi padre estaba tan lleno de colores como nuestro jardín de Miako, pero ahora el tono que lo llena es el mismo que impregna sus trajes de trabajo.

Él chasca la lengua con fastidio y dobla el periódico con impaciencia. Mientras se pone de pie, da el último sorbo a su café, sin desperdiciar ni un solo segundo. Después, se dirige hacia la entrada de casa y saca sus zapatos negros, relucientes, para la oficina. Como siempre, mira por encima de su hombro mientras se calza, como si esperara que mi hermano fuera a salir de su dormitorio. Pero termina de ponerse los zapatos y Taiga continúa en su habitación.

Entonces, sus ojos oscuros, enmarcados por unas ojeras amoratadas, se clavan en mí.

—Esfuérzate —dice, antes de dirigirse hacia la salida—. Y no hagas que la directora me llame de nuevo.

Cierra la puerta con brusquedad, no espera a que yo le conteste. Aunque la verdad es que no tengo nada que decirle.

—Ten. Un regalo.

Dejo caer la revista sobre el pupitre de Arashi Koga. Él, que está colocando su mochila en el respaldo de su silla, se sobresalta y pasea la mirada de mis brazos cruzados a lo que ahora reposa sobre su mesa.

Por su rostro cruza toda la gama de colores que la piel humana puede mostrar.

—¿Qué... qué haces? —farfulla, antes de cubrir la portada de la revista con sus manos abiertas. No se da cuenta, pero entre sus dedos asoman un pecho desnudo y una larga pierna—. No puedes traer esto aquí.

—Bueno —le contesto, mientras me siento con tranquilidad en mi silla y me vuelvo hacia él—. Parecías interesado ayer con la lectura.

Frunce el ceño y enrolla la publicación con torpeza. Me da la espalda para meterla a toda prisa en su mochila.

—Yo no... —Aprieta los dientes y empuja con fuerza la revista hacia el interior.

Pero hay tantos libros, tantos cuadernos y tiene tanta prisa por ocultarla que, de pronto, la cremallera cede, la mochila se abre por completo, y todo su contenido queda esparcido en el suelo. El sonido se superpone a todo lo demás y llama la atención de una decena de caras, que se vuelven hacia nosotros.

Arashi parece estar a punto de desmayarse o de entrar en combustión espontánea, su cara no parece ponerse de acuerdo, porque manchas blancas y carmesíes le cubren todo el rostro. Mientras farfulla entrecortadamente un *Gomenasai* sin mirar a nadie, apila todo y deja la revista la última en el montón, que se afana en meter de nuevo en la mochila.

Estoy a punto de darle la espalda y girarme en mi asiento, satisfecha, cuando veo que dos figuras se acercan. Son dos chicos de la clase que se sientan justo en el extremo opuesto. Ellos fueron los que recibieron varias advertencias del profesor Nagano después de mí, porque no dejaron de cuchichear y reírse durante gran parte de la mañana.

Ahora, de nuevo, se miran y dejan escapar un par de risitas mientras se acercan a Arashi. De soslayo, puedo ver cómo todo el cuerpo del chico se tensa. Desde sus grandes manos, que se crispan apoyadas en los libros, hasta su largo cuello, que se encoge y se hunde entre los hombros. Arashi es altísimo, pero se pliega como una hoja de papel hasta convertirse en una décima parte de sí.

—*Koga-kun*, ¿qué te pasa? Pareces nervioso —dice uno de los chicos mientras se acuclilla a su lado.

—Déjanos ayudarte.

La boca se me seca cuando veo cómo le quitan solo unos pocos libros a propósito y lo dejan con la revista entre las manos.

La boca se me seca y, de pronto, me siento flotar. Parpadeo mientras Arashi masculla algo que no logro oír y su cara se transforma. Su expresión es idéntica a la de Amane cada vez que Kaito se acercaba. Hombros hundidos, piernas muy juntas, mirada esquiva.

Clavo la vista en la maldita revista.

Qué he hecho.

—Vaya, no sabía que te gustaba este tipo de cosas.

—N-no... no es así, Daigo —contesta Arashi a toda prisa. Le da la vuelta a la publicación, pero las imágenes que muestra la contraportada son todavía más explícitas.

—Ah, ¿no? —El otro chico ladea la cabeza y se cruza de brazos, pensativo—. Entonces, ¿*qué* es lo que te gusta?

—Sí, ¿qué te gusta? —Daigo se inclina tanto hacia él que Arashi clava la espalda en la pared y veo cómo su nuez se mueve de arriba abajo. Abre la boca, veo cómo desliza la lengua entre los labios, pero ninguna palabra brota de su garganta—. A Nakamura y a mí nos gustaría saberlo. Es un misterio que queremos descubrir.

La piel se me eriza. Llevo años sin recordar a Amane, y no es justo que la resucite de nuevo, que la recuerde en Arashi, pequeña y asustada, sintiéndose desprotegida, cuando ella estaba llena de naturaleza y energía, cuando parecía un sol de verano, aunque estuviéramos en un frío y gris día de invierno. Casi puedo imaginármela a mi lado, observándome con el ceño fruncido.

Parpadeo.

No sé si me la imagino o si realmente la figura que veo a mi lado es ella. Parece tan real que estoy segura de que podría sentir el tacto de su piel si alargase un poco la mano.

Me pongo en pie con brusquedad y mis ojos caen hacia Daigo y Nakamura. La silla traquetea detrás de mí y eso atrae su atención. La garganta me quema, tengo ganas de gritar, pero en el momento en que separo los labios, una voz me interrumpe y la figura que veo a mi lado desaparece de golpe.

—Perdonad, pero esto es mío.

Los cuatro nos volvemos hacia la chica rubia con acento extraño que conocí ayer, la que tiene un nombre que no recuerdo y que no me esforcé por aprender. Al fin y al cabo, desde que la puse en evidencia a primera hora ante el profesor Nagano por el color de su pelo, no había dejado de observarme a hurtadillas, con los labios apretados. No la culpo, yo también lo habría hecho.

Sin añadir ni una palabra más, aparta a Daigo y a Nakamura y le arrebata la revista a Arashi. Él se queda paralizado, con la boca abierta y las manos todavía extendidas.

—Oh, *jièkŏu** —musita, como para sí misma.

Hurga en el bolsillo de la chaqueta del uniforme y extrae cinco monedas de cien yenes que deja sobre las manos todavía abiertas de Arashi. Sonríe, pero como nadie se mueve, aprieta la revista contra su pecho y pregunta:

—¿Hay algún problema?

---

* Jièkŏu: Disculpa (traducido del chino simplificado).

Daigo y Nakamura resoplan, pero se marchan hacia su asiento tras lanzarle una mirada a Arashi que parece contener una advertencia. La chica rubia permanece quieta, observándolos con las cejas arqueadas, confundida. Sin embargo, cuando los ve ocupar su asiento, suspira y baja la revista.

—Deberías tener cuidado con las cosas que traes, Arashi —musita.

Él tendría que decir que la revista no es suya, que la he traído yo con el simple objetivo de incomodarlo, pero lo único que hace es lanzarme una mirada rápida.

—Gracias, Li Yan —murmura.

El estómago me ruge, pero no porque no haya desayunado.

Antes de que la chica pueda contestar, llega un chico bajito que prácticamente se abalanza sobre Arashi. El mismo que ayer hablaba a voces y reía sin control. En este caso sí recuerdo su nombre, era mucho más común: Kentaro Harada.

—¿Qué querían esos idiotas? —pregunta, con el ceño fruncido y los puños apretados.

—Si llegases temprano por una vez, te enterarías y no tendríamos que contarte todo después, como siempre —dice Li Yan, sacudiendo la revista como la regla que agita el profesor Nagano al hablar—. ¿Sabes que estas dos semanas nos toca limpiar la clase juntos? Tendrías que haber estado aquí hace media hora. He tenido que encargarme de todo.

Pero él no la escucha, sus ojos se han clavado en la revista, y en el momento en que Li Yan deja de sacudirla, aprovecha para arrebatársela. Mira con los ojos muy abiertos la portada.

—Guau, ¿es tuya? ¿Me la dejas?

Ella pone los ojos en blanco y se sacude la chaqueta como si un nido de insectos se le hubiera posado encima.

—*Tyhmä** —dice, antes de darle la espalda. Su melena rubia ondea tras ella, majestuosa—. Quédatela, si quieres. Es denigrante.

---

* Tyhmä: Imbécil (traducido del finés).

Pasa a mi lado y solo me dedica un vistazo antes de dirigirse a su sitio, un par de filas por delante del mío. Harada solo tiene ojos para las mujeres exuberantes, aunque no tiene más remedio que esconder la revista bajo la chaqueta del uniforme cuando el profesor Nagano cruza la puerta y nos ordena con una mirada que nos sentemos.

Yo me quedo de pie, con el estómago todavía retorcido. Casi me duele. Siento una presencia a mi espalda, pero no se trata de Arashi. Un perfume conocido, que creía haber olvidado, flota hacia mí.

«Tú no eres así, Nami», susurra una voz.

La reconozco.

Yoko-san.

Vuelvo la cabeza, con el aire atascado en los pulmones, pero solo veo a Arashi cabizbajo. Tiene las mejillas todavía rojas.

—*Tendo.*

Vuelvo a la realidad de golpe al escuchar mi apellido, y veo al profesor de pie frente a su mesa, con una mirada interrogativa. Pero no está solo. A su lado, de menor estatura, con unos pantalones alegres y una blusa blanca, una mujer me observa con cierta decepción. Sus brazos están cruzados. Es mi antigua profesora de Miako, la profesora Hanon.

Parpadeo y ella desaparece.

—¿Quiere decir algo?

Debería.

Pero, sin embargo, sacudo la cabeza y me siento con rapidez, arrancando un par de miradas y alguna que otra sonrisilla. A hurtadillas, observo a mi alrededor, pero no vuelvo a ver a nadie que no deba estar aquí.

Que *no puede* estar aquí.

Porque las tres murieron en Miako, hace más de cinco años.

PRIMERA OLA

7 de abril de 2010

Suspiré, observando esos grandes ojos que me devolvían la mirada. A mí también me hubiese gustado ser así. Tener un báculo escondido entre mi ropa y poder usarlo contra los monstruos. Poder volar por encima del océano, saltar de tejado en tejado y caminar sobre las copas de los árboles.

Volví a suspirar y dejé el manga a un lado. En la portada, una chica rubia vestida con un traje de estrellas me guiñaba un ojo, sonriente.

Ojalá ese tipo de cosas ocurrieran en la realidad. Me hubiese gustado ser la heroína de una historia.

Sin embargo, Miako era demasiado pequeño y aburrido como para que ocurriera algo fuera de lo normal. Las grandes historias tenían lugar en ciudades importantes como Tokio, o en lugares llenos de magia y antigüedad, como Kioto. Un pueblo como el mío no interesaba a nadie, ni siquiera a los villanos.

Me coloqué boca arriba, con los brazos extendidos, mientras las palabras de Amane y Mizu me llenaban los oídos.

—Mi madre ha visto hoy la lista de clase y Kaito estará con nosotras —suspiró Amane. Sus dedos regordetes se paseaban por su pelo oscuro, más corto que el mío—. Ahora quiero escaparme al Monte Kai y esconderme hasta que termine el curso.

—No digas tonterías —repuso Mizu. Se balanceaba en el borde de la cama que compartía con Amane. Sus larguísimas coletas ondeaban de un lado a otro, y casi me rozaban—. Este va a ser el mejor año, mi hermana me lo dijo. En la secundaria tendremos que estudiar más, habrá más exámenes... y puede que nos separen en clases diferentes.

—Tu hermana parece muy feliz en el instituto —observó Amane, con las cejas arqueadas.

—Claro, tonta. Porque tiene novio.

—*Puaj*.

Amane desvió la vista de Mizu y se colocó también bocarriba, con los ojos clavados en el techo. Yo le di un golpecito suave con el pie.

—Puede que le gustes a Kaito —sugerí—. Quizá por eso no te deja en paz.

Ella meneó la cabeza y apretó los labios, parecía a punto de decir algo muy importante. Sin embargo, el momento pareció pasar, porque los relajó de nuevo y un resoplido suave escapó de ellos.

—No, te aseguro que no le gusto en absoluto.

Mizu y yo intercambiamos una mirada por encima del cuerpo robusto de Amane y encogimos los hombros. Después, yo salté a la cama, encima de mis amigas, y comencé a hacerles cosquillas. Las tres empezamos a reírnos, sin aliento, hasta que la madre de Amane se asomó por la puerta entreabierta del dormitorio y nos advirtió que era muy tarde para seguir despiertas.

Cuando apagó la luz, a nosotras todavía se nos escapaba alguna risita.

—Vamos a estar juntas, eso es lo importante —murmuró Mizu. Sus manos aferraron las nuestras con fuerza—. Este año va a ser especial.

Ni Amane ni yo contestamos, pero no hacía falta. Las estrellas brillaban al otro lado de la ventana. Eso era todo lo que necesitábamos como respuesta.

EL SUPERVIVIENTE

14 de abril de 2016

La primera semana en el Instituto Bunkyo transcurre como un sueño. No, como la marea, que se arrastra por la arena sin descanso, con lentitud, y me lleva con ella.

Todos los días se repiten de la misma manera. Me despierto cuando el teléfono móvil suena o cuando Yemon decide colocarse sobre mi cara. Si no sueño, tengo tiempo de peinarme y desayunar con mi padre, que ya me ha preguntado varias veces cuándo voy a inscribirme en una academia de refuerzo para los exámenes de ingreso a la universidad.

«Con tus calificaciones, solo podrás ser admitida en una universidad de tercera. Eso si consigues superar el examen». Es lo que repite sin cesar.

Si sueño, a veces lo hago con Miako. Pero no se trata de simples sueños. Todo lo que veo mientras duermo, todo lo que vivo, es real, ya ha pasado. Es como si mi cabeza me estuviera obligando a recordar lo que decidí olvidar antes de ese once de marzo de hace cinco años. Cuando eso ocurre, me quedo durante unos minutos sentada en la cama, mirando por la ventana, por la que no veo el océano, solo edificios.

Esos días suelo correr para llegar a tiempo a clase.

El cartel del 7Eleven que pedía un dependiente sigue ahí, moviéndose cada vez que las puertas automáticas se abren y me dan la bienvenida cuando paso después de clase a comprar algo para la cena. Generalmente, aprovecho para vaciar la mochila de los folletos de los distintos clubes del instituto que han comenzado a repartir esta semana: música, baloncesto, arte, kendo, fotografía, arte floral, béisbol... al folleto del club de natación apenas pude tocarlo cuando lo vi la primera vez. Lo escondí entre los demás y lo arrojé a la papelera sin dudar.

Las clases son como una canción cuya melodía se repite siempre, pero cambia la letra. Los contenidos son diferentes, pero la voz del profesor, el ambiente, mis compañeros, todo es igual. No me molesto en acercarme a nadie, ni nadie se molesta en acercarse a mí. Ni siquiera esas especies de visiones, de fantasmas que vi hace unos días.

Tal vez solo fue el estrés.

Desde el incidente de la revista, no he vuelto a tener ninguna interacción con Arashi, ni con sus amigos: Harada y Li Yan (al fin me he aprendido su nombre). Aunque a veces los observo. Son muy distintos. Harada está obsesionado con su estatura, y puede beberse durante la jornada cuatro briks de leche, sin contar lo que se toma durante la hora de la comida. Está convencido que algún día dará el estirón y alcanzará a Arashi. En ese momento, aun con el pelo de punta, como suele peinárselo, apenas llega a los hombros de su amigo y a las mejillas de Li Yan.

Arashi es una suave brisa de verano. Tranquilo, cuidadoso, educado. Es el modelo del estudiante ideal. Pero, cuando el profesor se marcha, se convierte en alguien torpe y tímido, de mirada esquiva y que se sonroja con facilidad. Cuando se levanta y pasa a mi lado, me recuerda un poco a una mantis religiosa. Demasiado alto, con extremidades muy largas, pero tan delicado que parece que con un simple apretón podrías quebrar sus huesos con facilidad.

Li Yan no presta mucha atención en las clases y suele pasarse el tiempo dibujando en las esquinas de los libros. A veces interviene cuando Nakamura y Daigo se dedican a molestar a Arashi; ya han demostrado ser unos auténticos imbéciles en la semana que llevamos de curso. Li Yan parece mantener un pacto secreto con Harada para que Arashi nunca se quede sin pareja o sin grupo para los trabajos, aunque eso signifique que ella sí se quede sin compañero.

Como ahora.

Nuestro profesor de inglés, Mr. Hanks, pidió hace un par de minutos que nos pusiéramos en parejas para hacer una actividad. Y la única otra persona que se ha quedado sola, por supuesto, soy yo.

Li Yan me observa con una ceja arqueada, pero no tiene más remedio que arrastrar su silla hasta terminar a mi lado.

Mr. Hanks se pasea por las mesas y nos entrega un cuestionario en blanco. Hay una decena de preguntas en inglés y, debajo, un pequeño recuadro que deberemos rellenar con lo que conteste nuestra pareja.

—Odio esta clase de ejercicios —murmuro.

—Yo también —susurra ella, consiguiendo que la mire de soslayo.

Cuando la actividad comienza, el aula se llena de frases en un inglés chapurreado y con un acento horrible. Pero, para mi sorpresa, Li Yan recita la suya de una forma impecable.

—¿Qué? —pregunta, cuando se da cuenta de la fijeza con la que la miro.

—Hablas muy bien inglés.

—Cuando estuve en Shanghái, mi colegio era una institución internacional en la que todas las clases se impartían en inglés.

—Oh. —Parpadeo, sorprendida—. ¿Eres de Shanghái?

—No. Nací en Hong Kong. Nos mudamos a Shanghái cuando yo tenía unos siete años. De todas formas, es el idioma que se habla en casa. Al menos, la mayoría del tiempo.

—¿Habláis en inglés?

Li Yan se encoge de hombros. Afloja los dedos que sujetan el bolígrafo y empieza a garabatear en la esquina de su cuestionario una especie de escarabajo gigante de ojos saltones.

—Yo sí hablo los dos idiomas, pero mi madre no sabe finés y mi padre no termina de dominar el chino. Cuando se conocieron en la universidad era el idioma que utilizaban para comunicarse.

Me estoy empezando a marear. Hago a un lado la hoja del cuestionario y me inclino en su dirección. Sus ojos, una mezcla de gris, verde y marrón, me observan de medio lado, pero su cuerpo no se aleja de mí.

—Entonces, ¿tu madre es china, y tu padre, finlandés?

—Sí. Es una mezcla extraña, ¿verdad? Tendrías que verlos juntos, son como el día y la noche. Pero solo por fuera. Jamás he conocido a dos personas que se parezcan más.

Asiento. Los labios de Li Yan se estiran en una pequeña sonrisa y le dibuja dos coloretes a su extraño escarabajo.

—¿Lleváis mucho tiempo en Japón?

—Este es mi segundo curso aquí, aunque también estuvimos un par de meses en Tokio.

—Os gusta mucho viajar, ¿no?

Su mano se detiene en mitad de un trazo.

—No se trata de viajar, sino de encontrar un lugar donde quedarse —dice. Su voz es un susurro y apenas se escucha por encima del escándalo que están formando nuestros compañeros—. Mi padre no llegó a encontrarse a gusto ni en Shanghái ni en Hong Kong; cuando estaba en primaria, probamos suerte en Europa y fue un auténtico desastre. Desde entonces, solo hemos vuelto a Tampere, la ciudad natal de mi padre, por Navidades. Cuando yo cursaba secundaria estuvimos en Corea del Sur, y desde hace un año y medio vivimos aquí, en Japón.

Se inclina un poco hacia mí.

—¿Has estado en alguno de los lugares que he dicho? No sé por qué, pero me suena tu cara. Estoy segura de que te he visto antes en algún lugar. —Sacudo la cabeza y ella suspira, decepcionada—. Me habré equivocado. O tú tienes una cara de lo más común, quizá.

La fulmino con la mirada antes de bajar la vista a la primera pregunta del cuestionario:

Where is your partner from?

Li Yan se encoge de hombros cuando mira su dibujo. Ahora que lo observo con atención, lo entiendo; no es solo un escarabajo extraño.

No sé ni siquiera qué animal es; ha utilizado distintas partes de diversas especies para crear algo nuevo, algo diferente.

¿De dónde es Li Yan?

De todas partes y de ninguna.

—Yo tampoco tengo un lugar.

Ella levanta la cabeza con brusquedad y me mira. Yo siento cómo la sangre se convierte en hielo y se solidifica en mis venas.

No sé por qué he dicho eso. Jamás, en todos estos cincos años, he hecho referencia a Miako, ni siquiera lo he escrito. A veces, cuando me preguntaban dónde había nacido, decía ciudades al azar, la primera que se me cruzaba por la cabeza. En mi anterior instituto, la mayoría de mis compañeros creían que había nacido en Nara. La única que sabía la verdad era Keiko, pero después de lo que pasó con ella, me arrepentí de habérselo revelado.

—¿Qué quieres decir? —me pregunta Li Yan. Ya no presta atención a su dibujo.

Una parte de mí quiere mentir. Me obligo a pensar una excusa que solucione esta tontería que acabo de soltar, pero mi lengua es rebelde, parece que se ha desconectado de mi cerebro y que ahora obedece a algo mucho más profundo.

—El... pueblo donde yo vivía desapareció. Ya no existe. —*Cállate. Cállate. Cállate.* Una vez que empiezo hablar, ya no puedo detenerme. Es parecido al vómito, me quema la garganta, hace que mi boca arda y no puedo cortarlo, pero deja mi estómago más ligero—. El tsunami lo destrozó.

Los ojos de Li Yan, que son como almendras infladas, se abren de par en par. Su piel, más rosada que la mía, palidece, y el pequeño espacio que existe entre sus cejas se arruga. Todo su cuerpo parece contraerse. Yo la imito. Ya sé lo que va a venir a continuación, lo he visto cuando mi padre o mi hermano, antes de encerrarse en su habitación, contaban nuestra historia (como si lo que ocurrió en unos pocos minutos pudiera ser la totalidad de nuestra historia) a quienes nos preguntaban dónde vivíamos antes de mudarnos a Kioto.

Espero unos labios torcidos, quizás una sonrisa que pretende ser consoladora, una reverencia exagerada, un apretón suave en las manos o incluso unos ojos brillantes, pero la expresión de Li Yan no cambia y se mantiene en su lugar. Sin acercarse, pero sin alejarse de mí.

—Tuve suerte —me obliga a decir mi cerebro—. Cuando ocurrió, estaba en el coche con mi padre y mi hermano. Los tres nos salvamos.

Sí, mi familia se salvó, aunque no digo nada de mis amigos, de mis vecinos, de muchos de los que conocía solo de vista. Tampoco digo nada de la extraña sensación que me sacudió cuando creí ver a Yemon en mitad de la carretera y salí del coche. Mi padre siempre ha dicho que se trató de un caso extremo del «mal del terremoto», pero una vez, apenas un par de días después de que todo ocurriera, busqué en internet los signos y los síntomas de ese síndrome, y no correspondía con ninguno de los que había presentado aquella tarde.

Perdí el conocimiento, mi piel se tiñó de un azul pálido y me retorcí en busca de un oxígeno que abundaba por todas partes pero que yo parecía incapaz de obtener. Y de pronto, todo pasó. El aire llenó de nuevo mis pulmones y abrí los ojos, y me encontré tumbada en mitad de la carretera, con un corrillo de personas a mi alrededor. Y estaba empapada. Mi padre dijo más tarde que debió ser un ataque de sudor intenso, pero sé que mi hermano no pensó lo mismo. Noté que fruncía el ceño cuando me levanté por fin del asfalto y vio el charco que había quedado bajo mi cuerpo. De las puntas de mi pelo caían gotas. Cuando me acerqué la mano a la cara, un olor a sal y a algas me había abofeteado.

—¿Suerte? —La voz de Li Yan me hace volver a la realidad. Sacudo la cabeza y desvío la mirada de mis manos hasta clavarla en ella—. No, no tuviste suerte. Nadie que haya sufrido todo eso la tuvo.

Por alguna extraña razón, esas palabras me hacen sonreír. Respiro hondo y siento cómo mi pecho se expande con más facilidad, como si una mano invisible de la que no era consciente me hubiese estado apretando durante mucho, mucho tiempo.

—¿Vivías en Ishinomaki? —pregunta de repente Li Yan. Casi de inmediato, se muerde los labios y pasea su mirada por toda la clase antes de dejarla quieta en mí—. Lo siento. Fue un nombre que escuché mucho esos días en las noticias.

—No, pero estaba cerca. A unos quince minutos en coche —digo, con lentitud. Sin que pueda evitarlo, algunos recuerdos me sacuden. Viajes para comprar en algún centro comercial, la música alta, mi padre sonriendo a través del retrovisor—. Miako era más pequeño.

Ishinomaki había sido una de las ciudades más damnificadas por el desastre. En Miako, algunas de las edificaciones se habían salvado, las que se encontraban en la zona más alta del pueblo, como el instituto. Sin embargo, la mayor parte del pueblo se asentaba junto al puerto, el paseo marítimo y el río Kitakami, cuya desembocadura discurría justo al lado de mi antiguo colegio. La cercanía del epicentro a la costa y el hecho de que un río fuera uno de los perímetros del lugar, ayudó a que el agua subiera más rápido.

La sonrisa de Amane destella frente a mí y tengo que cerrar los ojos durante un instante para apartarla. Casi creo sentir una presencia a mi lado, pero me obligo a mirar hacia abajo, hacia el papel escrito.

—¿Miako? —susurra Li Yan. La piel de sus brazos desnudos está completamente erizada.

—¿Has estado allí alguna vez? —pregunto, confundida.

Entorno la mirada, pero ella no me ve. Sus ojos bucean por nuestros compañeros, buscando a alguien. Pero es absurdo. Todos los que están aquí tienen mi edad. En Miako solo había dos colegios de primaria de clases reducidas y un instituto ubicado prácticamente en las afueras, en lo alto de la colina. Yo conocía a casi todos los que tenían mi edad. Éramos demasiado pocos en el pueblo. Aunque fuera de vista, nos habríamos cruzado más de una vez, y estoy segura de que ninguno de la clase ha vivido en Miako antes del tsunami. Después, es imposible.

El pueblo ha desaparecido.

—No. Yo no. —Sus ojos se quedan atascados y yo sigo el rumbo de su mirada.

La pareja de chicos que están solo un par de filas por detrás tarda en darse cuenta de nuestro escrutinio. Uno de ellos nos hace una carantoña y nos lanza un beso.

—¿Harada? —pregunto, incrédula.

—Arashi —me corrige ella, antes de volverse hacia mí y apartar la vista de los chicos.

Yo los sigo mirando, mientras Harada no deja de hacer muecas. Su amigo, por el contrario, ha bajado la mirada y observa con fijeza el papel con las preguntas que ha entregado Mr. Hanks. Cuando comprueba que sigo contemplándolo, se encoge un poco más y esconde las manos bajo las piernas.

Mi memoria ha estado atrapada entre cadenas, clausurada tras varios condados, pero ahora deshago todo y me concentro, e intento rebuscar en ella algún rostro parecido al de Arashi, pero por mucho que busco entre las caras de los vivos y de los que sé que están muertos, no encuentro nada.

—¿Tenía familia en Miako? —pregunto, balbuceante, cuando consigo apartar la mirada.

—Él estuvo allí el día del tsunami. Iba a visitar ese colegio, el que desapareció por completo y apareció en todas las noticias del país. Estaba cerca cuando todo sucedió.

—¿Qué? —Pero la palabra se atasca en mi garganta y solo escapa un sonido disonante, algo parecido a un graznido, a un boqueo de alguien que lucha contra el agua e intenta respirar de nuevo—. Eso es imposible.

Arashi nunca pisó mi clase, estoy segura. No tiene sentido que él haya estado allí el día en que todo ocurrió. Tiene mi edad, así que en el dos mil once se encontraba en su último curso de primaria. ¿Por qué visitarías un colegio si al año siguiente comienzas el instituto?

—Estaba allí con casi toda su familia —murmuró Li Yan. Sus palabras vibran en el aire y me golpean con la fuerza con la que se toca un tambor. Reverberan en el interior de mis oídos—. Su hermana mayor estaba aquí, en Kioto. No se enteró de todo hasta días después.

—¿Enterarse? —repito, con un hilo de voz—. ¿Enterarse de qué?

Li Yan respira hondo y se vuelve con disimulo para observar al chico.

—Arashi fue el único que sobrevivió.

MENTIRAS PIADOSAS

18 de abril de 2016

Estoy nadando en una piscina, o al menos, eso parece cuando me despierto y me encuentro empapada en sudor. Hasta Yemon se ha apartado de mí y se ha quedado en el borde de la cama. Solo abre un ojo cuando me ve patear la colcha e incorporarme.

No tiene sentido, pero la habitación apesta a cloro, tal y como lo hacía la pequeña piscina cubierta que había en mi antiguo colegio.

«Antes te encantaba ese olor», oigo que dice la voz de la profesora Hanon a mi espalda. Me vuelvo, con una exclamación entrecortada en mi garganta, y la veo idéntica a mis recuerdos, apoyada en mi escritorio con los brazos cruzados, en la misma postura que adoptaba en clase. Tan sólida como yo.

«Cuánto has cambiado, Tendo».

Me froto los ojos con rabia y la visión se me cubre de estrellas resplandecientes. Parpadeo y, cuando el fulgor desaparece, ella no está.

Trato de respirar hondo mientras me aparto los cabellos húmedos de la frente. *No estaba despierta del todo*, pienso, tratando de tranquilizarme.

Me levanto y abro la ventana de par en par. El murmullo de Kioto se cuela por ella y la suave fragancia de la pastelería que hay frente al portal de casa cubre un poco el hedor. Me apoyo en el pequeño escritorio, atestado de libros y cuadernos del instituto, con el portátil haciendo equilibrio sobre todos ellos. Estoy cansada a pesar de que ayer me acosté temprano. Noto los brazos y las piernas pesados, como me ocurría cuando nadaba durante demasiado tiempo en verano.

Cierro los ojos, agotada, y, cuando por fin decido bajar a la cocina, mi padre ya se encuentra en la puerta de entrada, con los zapatos puestos.

—¿Bajas a esta hora? —Sus ojos, rodeados de arrugas y ojeras, recorren de arriba abajo mi pijama sudado—. Y ni siquiera estás vestida.

Hay tanta decepción y desprecio en sus palabras, que el cansancio que afloja mis huesos y mis músculos aumenta.

—Lo siento —me limito a farfullar.

Parece que va a añadir algo más, pero entonces sacude la cabeza y da un par de pasos. Sin embargo, cuando sus dedos amarillentos de tanto fumar se enredan en torno al picaporte, se queda quieto.

—Te he dejado un folleto de una academia de refuerzo que me ha recomendado un compañero de trabajo. Su hijo tenía problemas y consiguió entrar en una buena universidad.

Pongo los ojos tan en blanco, que podrían dar una vuelta de campana completa dentro de las cuencas.

—¿Y qué tiene que ver una cosa con la otra?

Él no capta mi ironía, ni siquiera sé si me escucha. Gira la cabeza, solo lo justo para mirarme por encima del hombro, y dice:

—Quiero que te apuntes esta semana, ¿entendido?

Aprieto los dientes con tanta fuerza que los escucho crujir. Hasta que no siento un pinchazo de dolor, no me doy cuenta de que he clavado las uñas en la piel desnuda de mis brazos, que se ha erizado ahora que el sudor se ha evaporado.

Mi padre no se mueve y yo le aguanto la mirada hasta que finalmente asiento. Él me devuelve el gesto, echa un vistazo hacia la escalera que asciende hasta el cuarto de Taiga, como siempre hace, y desaparece tras un portazo.

Y de nuevo, el silencio.

Antes, el silencio que reinaba en el agua cuando me sumergía me encantaba. Era un silencio que estaba lleno de alguna forma. Pero aquí, en la superficie, es uno vacío que muerde por dentro.

Antes de que llegue a alcanzar el folleto, decido que hoy tampoco voy a ir a clase. Falté el viernes, y si lo hago también hoy, sé que me meteré en problemas. No por mi padre, está tan poco en casa que es imposible que adivine cuándo voy o decido quedarme. Y aunque Taiga detecte mi presencia, estoy segura de que jamás me delatará, sobre todo ante mi padre. Hace ya tres años que no intercambia ni una sola palabra con él. El profesor Nagano y el resto de los profesores del Instituto Bunkyo sí pueden darme problemas. Pero enfrentarme a ellos, encarar las consecuencias, me resulta menos duro que ver de nuevo la cara de Arashi Koga.

Desde que Li Yan me contó su historia, no he podido apartar de mi cabeza su maldita mirada esquiva, con esas gafas anticuadas que siempre se le resbalan hasta la punta de la nariz y su ridículo peinado. Mis ojos tampoco pudieron apartarse de él durante toda la jornada. Escrudiñaba sus rasgos, buscando algo familiar, intentando recordar a los pocos turistas que había visto en Miako. Era fácil reconocerlos porque mi antiguo hogar no era un lugar turístico, solo un pueblo de pescadores que merecía una pequeña parada en el mirador de lo alto del Monte Kai, o en el viejo Templo Susanji, pero nada más. Luchaba por que esas caras de mi cabeza encajaran de una forma u otra en los rasgos que ahora conocía, pero nunca terminaban de unirse. Por mucho que presionaba a mi memoria para que fuera hacia atrás no encontraba nada que me recordara a él.

Li Yan tenía que haberse equivocado. Debía referirse a otro colegio, aunque era verdad que el océano solo se había tragado el mío. El otro colegio de primaria que había en Miako se inundó parcialmente, y el instituto que estaba casi en las afueras, en lo alto de una de las colinas, se salvó por completo. Sus alumnos vieron la masacre desde las ventanas de las aulas, pero ni una gota de agua llegó a tocar sus uniformes.

Sí, Li Yan debía estar equivocada. En otras poblaciones habían ocurrido tragedias similares. Podía ser cualquiera. Li Yan se confundía con el nombre de los pueblos y las ciudades. Quizá, para ella, aunque tenga buen dominio del idioma, todas suenen iguales. Yo me confundiría si tratase de recordar algún pueblo de China o de Finlandia.

Pero, aun así, no puedo pisar la clase, no puedo sentarme en mi maldito sitio con la presencia de Arashi a mi espalda. Porque ahora que sé lo que vivió, se ha transformado en un recuerdo vivo de todo lo que yo decidí olvidar.

Quizás, aunque no tenga sentido, una parte de mí lo sabía. Sabía que existía una extraña conexión entre nosotros.

Desde que nuestras miradas se cruzaron por primera vez, comencé a soñar con Miako y a ver personas que ya no forman parte del mundo de los vivos.

Y no quiero hacerlo. Antes prefiero ahogarme.

Y ya me estoy ahogando.

Sacudo la cabeza y alzo de la pequeña mesa de comedor el folleto. Lo despliego sobre la madera. No dice nada nuevo, es idéntico al que todas las instituciones académicas reparten. Instalaciones pulcras pero demasiado apiñadas, campamentos de estudio, chicas con uniformes de distintos institutos, sonriendo y alzando el pulgar, un dibujo de un grupo de amigos frente a unas listas de aprobados, abrazados, con la Universidad de Tokio de fondo. Por supuesto, la fotografía está repleta de comentarios enmarcados y flores de cerezo.

Mis dedos se cierran y hacen una bola con el folleto. No quiero ir a una academia de refuerzo. No lo necesito. No sé si quiero ir a la universidad. ¿Para qué? Ni siquiera sé qué estudiar. No odio nada, pero tampoco disfruto especialmente con ninguna asignatura. Solo tuve una pasión y desapareció hace años, bajo las aguas en las que tanto me gustaba nadar.

Agarro el papel arrugado y lo tiro a la basura, con cuidado de ocultarlo bajo otros papeles. Después, subo de nuevo las escaleras hacia mi dormitorio. He perdido el apetito.

Toco la puerta de Taiga un par de veces, pero no responde.

Debe estar en uno de sus días malos.

El sonido del interfono me sobresalta. Bajo el libro que estoy leyendo y miro de soslayo el reloj de mi escritorio, que marca las seis y media de la tarde. No puede ser mi padre, y se supone que, a esta hora, debo estar de regreso a casa, así que me doy media vuelta sobre la cama y vuelvo mi atención al libro.

Yemon, apoyado en mis pies, ronronea y vuelve a depositar la cabeza sobre mis tobillos.

El timbre suena de nuevo.

Y otra vez.

Y otra.

Suelto un largo bufido y arrojo el libro a un lado. Yemon deja escapar entre sus fauces un sonido idéntico al mío y me observa con rabia cuando me ve salir por la puerta del dormitorio. Más que andar, golpeo el suelo.

El maldito timbre no deja de sonar.

—¡¿Qué?! —espeto, cuando acepto la llamada por fin.

—¿Señorita Tendo? —pregunta una voz tremendamente ronca—. Traigo un paquete para usted.

—¿Un paquete? —pregunto, pasmada. Yo no he pedido nada y estoy segura de que mi padre tampoco. Intercambio una mirada incrédula con Yemon, que me observa con la cabeza metida entre los travesaños de la escalera.

—¿Puede abrirme, por favor? Tengo que hacer otras entregas.

Mi dedo se mueve antes de que lo ordene mi cabeza y aprieto el botón anaranjado que abre el portal. Me asomo al descansillo y veo cómo en la pequeña pantalla que hay sobre el ascensor, el número cero cambia y se transforma en uno. Escucho voces que ascienden hasta mí, pero ninguna es tan grave como la que he escuchado antes.

La puerta amarilla del ascensor se abre y tras ella no aparece ningún repartidor de aspecto apurado, sino tres estudiantes. Arashi y Li Yan caminan con cautela en mi dirección, como si esperasen que me transformara en tigre y saltara de un instante a otro sobre ellos. Harada es más rápido y se planta delante de mí con un par de zancadas enérgicas.

—Buenas tardes, Tendo —me saluda, con la misma voz grave que he escuchado a través del interfono.

Frunzo el ceño y los labios, y él, por si acaso, da un paso atrás.

—¿Qué estáis haciendo aquí? —pregunto. Mi voz escapa casi amenazadora y los tres intercambian una mirada antes de centrar su atención en mí. Aunque en realidad, son solo Li Yan y Harada quienes me miran a los ojos, Arashi tiene las gafas clavadas en sus pies.

Mis dedos, que aferran el borde de la puerta, se tensan, y mis nudillos se ponen blancos. *Kuso*, no quería verlo, no a él. ¿Qué diablos hace aquí? Una parte de mí, la que está asustada, se cubre los oídos y los ojos para no ver ni escuchar, quiere cerrarle la puerta en las narices y volver a la cama, junto a Yemon; pero otra está furiosa y estira tanto mis músculos que me es imposible dar un paso, para avanzar o retroceder.

—Lo siento —mascilla Arashi, parece leerme la mente. Lo dice en voz tan baja que solo yo puedo escucharlo—. Te hemos traído algo.

Habla en plural, pero él es el único que se deshace de su mochila para dejarla a sus pies. Entonces, reparo en algo. No va vestido con el uniforme del instituto, sino con un conjunto deportivo celeste y blanco. Y la mochila no es la misma; ni siquiera es una mochila, sino una bolsa de deporte de colores similares. Li Yan sí lleva su uniforme escolar, pero Harada va vestido como Arashi. Entorno la mirada. Sus cabelleras incluso están húmedas, como si les hubiera sorprendido una lluvia repentina, aunque en el exterior el cielo está de un violeta despejado.

Sin darme cuenta, mis pies retroceden un par de centímetros.

Arashi se incorpora por fin, con una carpeta de plástico en la mano. Guarda tanto las distancias, que para acercarla a mí tiene que doblar medio tronco y extender el brazo todo lo posible. Y eso que es malditamente alto.

—Los deberes —dice.

—¿Qué? —contesto como una estúpida.

—Cuando el profesor Nagano preguntó por qué volvías a faltar hoy, Arashi le dijo que estabas enferma —intervino Harada, con esa sonrisa suya que enseña todos y cada uno de sus dientes.

—Pero no estoy enferma.

—Eso ya lo sabemos —replica Li Yan. Sus ojos recorren mi ropa de estar en casa, la camiseta vieja y los pantalones de chándal—. Pero como nadie ha llamado para dar una explicación, ibas a meterte en problemas.

Mis ojos buscan a Arashi, aunque a una parte de mí le resulta insoportable observarlo. Él traga saliva y, todavía con el brazo extendido, se pliega sobre sí un poco más. Es increíble cómo alguien tan alto puede hacerse tan pequeño.

Esa vez no veo a Amane en su figura. Sin embargo, sí creo sentir la presencia de Yoko-san, nuestra vecina. Por el rabillo del ojo soy capaz de ver la sombra oscura de su media melena. Casi puedo notar cómo se inclina a mi lado y posa una de sus delicadas manos sobre mi hombro.

Mi piel se eriza con el contacto.

«No seas cruel, *Nami-chan*. Solo intenta ayudarte».

Me sacudo el hombro, como si así pudiera quitarme esa molesta sensación. Pero ese es el problema con los muertos, aunque ya no estén, a veces no puedes quitártelos de la cabeza. Hasta el aire que me rodea vuelve a apestar con ese perfume que se echaba, dulce, como a mantequilla fundida, que antes me encantaba.

Alargo la mano y le arrebato la carpeta con brusquedad. Pero, al hacerlo, esta se abre y un par de papeles caen entre mis pies. Bajo la mirada y abro los ojos de par en par.

Más folletos.

—Son los clubes del instituto —dice Arashi, amable, sin entender que mi expresión incrédula no tiene nada que ver con los estudiantes sonrientes que aparecen en las páginas coloridas—. La semana que viene terminará el plazo para las inscripciones.

—Nosotros llevamos varios años en el de natación —añade Harada.

Una punzada me recorre por dentro, si bien una parte de mí ya lo sabía. Había apartado la mirada cuando Arashi había abierto su bolsa de deporte, pero creía haber visto un gorro de piscina y el reflejo de unas gafas de buceo.

Ojalá hubiese estado equivocada.

—Pensaba que estarías en el Consejo Estudiantil —observo, lanzando una mirada incisiva a Arashi.

Aunque parezca increíble, se encoge un poco más. Con la cara tan ladeada que solo puedo ver su perfil, alza la mano y se toca distraídamente su pelo húmedo.

—Bueno, no eres la primera que lo piensa —contesta, con una sonrisa tan pequeña como incómoda—. Supongo que cumplo con el prototipo.

Frunzo el ceño y el estómago se me retuerce un poco, como cuando me limité a observar cómo lo trataban Daigo y Nakamura.

Yoko-san ya no está, y me parece ver la sombra de Amane cruzar cerca de mí, como una advertencia. Con rapidez, me agacho y recojo los folletos y me apresuro a introducirlos de nuevo en la carpeta. Cuanto antes se vayan, antes desaparecerán los recuerdos, las dudas y estos malditos fantasmas.

—Muchas gracias por...

Retrocedo y mis manos buscan la puerta para cerrarla de una vez, pero Li Yan es más rápida y apoya el pie contra la esquina, impidiendo que pueda moverla.

—¿Mañana irás a clase? Porque no voy a venir todos los días. Tengo mejores cosas que hacer.

Casi parece una declaración de intenciones y, detrás de mí, me parece escuchar las risitas de Yoko-san y de Amane.

«Esta chica me recuerda un poco a Mizu, ¿a ti no?», me pregunta esta última, asomando su carita redonda por el marco de la puerta.

Aunque un escalofrío me recorre, aprieto los dientes y estiro los labios.

—Pues claro —replico.

Li Yan arquea una ceja y yo le sostengo la mirada unos segundos que se hacen infinitos antes de que aparte por fin el pie y yo pueda cerrar la puerta. En vez de volver al interior, permanezco ahí un poco más, con la mano cerrada en torno al picaporte.

Las voces de mis compañeros se alejan de mí, pero todavía siento la presencia de Yoko-san y de Amane. No quiero girar la cabeza. Sé que las veré si lo hago.

—Las chicas a veces dais miedo —oigo que dice Harada.

—Lo que realmente da miedo es que tú algún día serás un adulto con responsabilidades.

Con cuidado, abro un poco la puerta. Con los ojos entrecerrados, veo cómo se meten uno a uno en el ascensor y sus voces desaparecen entre las paredes de metal.

Arashi permanece en el descansillo un poco más y, antes de entrar, echa un vistazo en mi dirección. No sé si me ve, pero sus ojos se quedan fijos un momento más.

—¿Arashi?

Él parece despertar de una ensoñación. Se disculpa y desaparece en el interior del ascensor.

En el momento en que la puerta se cierra, el olor dulce de Yoko-san y las risitas de Amane se extinguen, y yo me quedo sola en el frío recibidor de esta casa que no siento como mi hogar.

PERSECUCIÓN

9 de mayo de 2016

Li Yan es como un chicle pegado a la suela del zapato. Molesta, me retrasa y nunca me deja sola.

Cuando decidí volver a clase, creí que todo sería como esa primera semana de curso. Todos por un lado y yo por el otro. Pero me equivoqué. Cuando entré en clase, Li Yan ya estaba allí; me saludó, se sentó en el pupitre de Arashi y comenzó a hablar de lo idiota que era Harada. Y no paró hasta que llegó el profesor Nagano que, con la duda reflejada en la cara, me preguntó si ya me encontraba mejor.

En el descanso entre clase y clase, Li Yan volvió, y a ella se unieron Harada y Arashi, aunque este último apenas separaba los labios. Se limitaba a esbozar pequeñas sonrisas, a subirse las gafas y a apartar la mirada cuando mis ojos se cruzaban con los suyos.

Desde hace más de un mes, la dinámica sigue siendo la misma. Y, aunque una parte de mí no quiere enredarse, no quiere pasar de nuevo por lo mismo, a otra le gusta tener no solo uno, sino tres chicles pegados a la suela de mi zapato. No obstante, si hay algo que no ha cambiado, es que me cuesta tener a Arashi cerca. Hay algo en él que me hace sentir incómoda, que me recuerda a las inclinadas calles de Miako. Todavía no he sido capaz de preguntarle si realmente estuvo allí, o si Li Yan se confundió con los nombres de algunos de los pueblos arrasados por el tsunami.

Por eso, cuando a la salida del instituto nos despedimos de Li Yan y de Harada, y comenzamos a andar en la misma dirección, me detengo de inmediato. Él también lo hace.

—¿A dónde vas? —le pregunto, casi con brusquedad.

—Necesito ir al *konbini* de aquí al lado —contesta.

—¿No tienes club? —La mandíbula se me tensa solo de recordar el polideportivo del instituto, el hedor a cloro que se cuela a veces por el patio y que a mí me provoca arcadas.

—Hoy no.

—¿Y academia de refuerzo?

—Tampoco —dice, tranquilo, como siempre. No he conocido nunca a una persona que sea tan opuesta al significado de su nombre—. ¿Y tú?

Junto las cejas y frunzo los labios. Por primera vez, soy yo la que aparta la mirada. Es lógico que lo asuma. Creo que todos mis compañeros van, incluso él, que es brillante en todas las asignaturas. Para una estudiante tan mediocre como yo, acudir a una academia es algo tan indispensable y aceptado como respirar. No hacerlo es una auténtica irresponsabilidad, y más en el último curso.

—No estoy apuntada —contesto rápido. La voz sale a regañadientes de mi garganta.

Aunque eso es algo que mi padre no sabe. Cuando me preguntó hace semanas si me había apuntado, sacudí la cabeza, me pidió la cantidad que había que abonar al mes, y yo me la inventé. Ahora, la guardo en un sobre en uno de los cajones de mi habitación.

—Ah, vale —dice, antes de encoger un poco los hombros.

Muevo la cabeza, rígida, como respuesta, y él echa a andar. Yo lo imito, y esta vez es Arashi el que se detiene y me dedica una mirada inquisitiva.

—Yo también tengo que ir al *konbini* —refunfuño.

Es la primera vez que estamos solos y, aunque guardamos una distancia considerable, siento su presencia cerca. Lo miro de soslayo, con los labios torcidos en una mueca de exasperación que no puedo evitar. Arashi es consciente de mi escrutinio, pero hace todo lo posible por no despegar la mirada del suelo.

Suspiro y dirijo la vista hacia las puertas automáticas del *konbini*. El cartel que anuncia que buscan dependiente sigue ahí. De pronto, las puertas se abren y varias chicas vestidas con un uniforme distinto al mío salen tras ellas.

Me envaro de golpe y mis pies dejan de moverse. Un escalofrío largo y hondo sacude todos y cada uno de mis huesos. La boca se me seca, el aire se me atasca en mitad de la garganta, y siento calor y frío al mismo tiempo.

A veces, no hace falta hundirte en el agua para ahogarte.

—¿Nami?

La voz grave de Arashi pronunciando mi nombre (de esa forma que solo hacían mis amigas en Miako) me sobresalta. Giro la cabeza, que es la única parte del cuerpo que me responde, y lo miro con los ojos desencajados. Él, al instante, alza las manos y da un paso atrás.

—Lo siento, Tendo —dice, a toda prisa, llamándome de nuevo por mi apellido, como siempre—. Pero te has quedado tan... —Sus ojos me recorren de arriba abajo—. ¿Estás bien?

—Tengo que salir de aquí —digo con un hilo de voz.

El grupo está más cerca. Una de ellas solo tiene que levantar un poco la mirada para encontrarse conmigo.

Quiero salir corriendo, pero mis piernas no me responden, y mi cerebro es incapaz de encontrar una ruta de escape, aunque hay varias calles a mi alrededor. Estoy tan bloqueada como aquella vez hace meses, con la diferencia de que ahora estoy seca y no empapada por el agua de una piscina, y de que estoy de pie y no arrodillada sobre alguien.

—Ven.

Los dedos largos de Arashi se envuelven en mi brazo y tiran de mí en el preciso instante en que Keiko alza la mirada y me ve. Atisbo cómo un relámpago cruza su expresión antes de que mi vista cambie por la avenida Jingumichi.

No vuelvo la cabeza, pero sé que nos persiguen. Me parece escuchar cómo Keiko protesta, pero estoy segura de que siguen nuestro camino, esquivando a los peatones, a otros estudiantes como nosotros que han salido de sus colegios y a los pocos ejecutivos que han escapado temprano de su trabajo. Aunque es imposible que pueda oír sus pasos por culpa del tráfico y de las voces que nos rodean, siento su rumor creciente en mi interior, como si fuera una ola que se acerca poco a poco.

Los dedos de Arashi han descendido un poco y sujetan mi muñeca. Él anda con una seguridad que no le he visto jamás. Es alto, pero ahora que no camina con la cabeza gacha y las rodillas algo encogidas, lo parece aún más.

De pronto, hace un giro brusco y sigue la dirección que marca un cartel de madera. En este, puedo leer: Parque Maruyama.

Conozco este lugar, puedo ver las copas de sus árboles desde el pequeño balcón de nuestra sala de estar. Lo atravieso cada inicio de año con mi padre, empujada por la multitud y arrebujada en un abrigo grueso, en dirección al santuario que se erige en su interior. Por eso jamás lo he pisado a menos que fuera una obligación. Da igual en qué zona me encuentre, siempre me parece ver los odiosos *torii* rojos asomando entre las hojas brillantes de los árboles.

Sin embargo, no protesto, no aparto el brazo que Arashi sujeta con suavidad y me empuja por los caminos asfaltados que discurren entre los árboles. Como todavía es temprano, el lugar se encuentra a rebosar. Casi parece la época de los cerezos en flor. Hay parejas sentadas sobre mantas, compartiendo un par de refrescos, madres que observan corretear a sus hijos, amigas que se fotografían mutuamente en el puente de piedra gris que cruza el inmenso estanque, repleto de peces koi naranjas, blancos y negros que devoran hambrientos los trozos de los *onigiris* que les tiran a escondidas los niños, cuando sus padres no los ven.

Yo me dejo llevar. Arashi es una corriente marina sobre la que yo me limito a flotar, sin importarme si me arrastra hasta la orilla o hasta el mismo centro del océano.

En algún momento de nuestra huida, he dejado de escuchar los pasos de nuestras perseguidoras en mi cabeza y, cuando tengo el valor de mirar por encima de mi hombro, no las veo. Hay demasiada gente. Aunque estuvieran aquí, solo serían unas figuras más entre la multitud.

Al volver la vista al frente, me encuentro de golpe con la enorme estructura de un *torii* rojo. Como si existiera una línea invisible trazada en el asfalto, freno de pronto, incapaz de cruzarla.

Arashi se detiene también a mi lado, al otro lado del arco rojo. Cuando se da cuenta de que todavía tiene sus dedos enredados en mi muñeca, abre los ojos de par en par y sacude el brazo; parece que ha rozado algo en llamas. Su cara se cubre de un rubor intenso, que desafía al tono de la puerta que nos divide.

—Lo... lo siento.

Ladeo la cabeza, preguntándome cuántas veces puede pedir perdón en un solo día. Arashi traga saliva y se acomoda las gafas torpemente. Después, mira a un lado y a otro, mientras las personas pasan junto a nosotros. Casi parece contar mentalmente hacia atrás.

—¿Esas chicas...?

—Creo que ya no nos siguen —lo interrumpo. Echo un nuevo vistazo por encima de mi hombro y siento miedo de pronto de ver sus rostros aproximándose, pero, aunque hay varias jóvenes con uniformes escolares distintos del mío, ninguna tiene su cara.

—Perdona —dice él de nuevo, y tengo que hacer un esfuerzo por no poner los ojos en blanco—. Creí que este era un buen lugar al que venir. Siempre hay mucha gente y es fácil perderse.

La proximidad del *torii* me provoca una sensación extraña y puedo sentir su caricia, como el aire cálido en un día de verano, como el abrazo del agua del océano, que impide que te hundas y te mantiene a flote.

Quiero retroceder, pero mis músculos están tirantes y mis pies no me obedecen.

Arashi sigue mi mirada y sus pequeños ojos recorren las inmensas columnas redondas, los travesaños de madera escarlata, y se pierden entre las vetas. Cuando habla, su voz grave tiene un matiz diferente, algo más ronco, soñador.

—Cuando no me encuentro bien, siempre vengo aquí. El Santuario Yasaka, desde que regresé a Kioto, es algo así como... mi refugio. —Parpadea y parece regresar a la realidad, pero solo un poco. Aunque mantiene la cabeza alzada, sus pupilas se escurren hacia el rabillo del ojo y me mira de soslayo—. ¿Quieres entrar?

Él no sabe que hace años que no entro en un santuario o en un templo a no ser que sea por obligación; que a veces, cuando salgo de casa y cruzo delante del pequeño templo que se encuentra junto a mi portal, tengo deseos de entrar y de patear la pequeña edificación de madera hasta convertirla en astillas.

Arashi no sabe que odio a los dioses, que quiero mantenerme alejada de ellos y de todo lo que los rodea.

Pero es demasiado difícil explicarle todo esto. Si lo hiciera, tendría que hablarle de Miako, del tsunami, y de todo lo que ocurrió y de lo que *no* ocurrió. De todo lo que me he obligado a olvidar. Y es algo que *no* quiero hacer.

Así que en vez de contarle una larga historia a este chico tímido al que apenas conozco, pero que, de una forma u otra, siempre está cerca de mí, sacudo la cabeza y atravieso el gigantesco *torii* que separa mi mundo del mundo de los dioses y los espíritus, del mundo sagrado.

Y, en ese momento, el sabor a agua salada me aguijonea la lengua.

SEGUNDA OLA

9 de mayo de 2010

Aún quedaba algo más de un mes para el verano, pero todos teníamos las frentes perladas de sudor y las cigarras cantaban en algún lugar, escondidas entre las hierbas.

La profesora Hanon se abanicaba con una vieja libreta y, de reojo, nos vigilaba a todos, sobre todo a Kaito Aoki, que ponía caras de vez en cuando y no dejaba de susurrar a su mejor amigo, Yoshida, a pesar de que el sacerdote seguía relatando la leyenda.

Habíamos hecho un alto en mitad de la excursión. El final llegaría cuando estuviéramos en la cima del Monte Kai, en el mirador, donde almorzaríamos antes de descender. Habíamos avanzado más rápido de lo esperado, así que eran apenas las diez y media cuando la profesora Hanon nos llevó hasta una explanada en mitad del camino, escondida entre sauces, cerezos y álamos, cuyas hojas se pondrían en llamas en otoño, pero que ahora estaban cargadas de verdor y resina.

Medio escondido entre todos ellos, había un templo sintoísta. Yo atravesé el *torii* mirando a ambos lados, sorprendida. Jamás había estado allí. Recibía el nombre de Templo Susanji y se había erigido en honor al Dios Susanoo: el dios del mar, de las tormentas y de las batallas.

Era parecido a los pequeños templos que salpicaban Miako, pero a la vez, totalmente diferente. De alguna forma, los bordes rizados de los tejados de madera oscura y verde por la humedad eran más afilados. El dragón de hierro que aparecía en el *temizuya*, la fuente para purificarse, casi daba miedo. Mizu se había pinchado con una de sus escamas picudas al pasar la mano por él. Sus fauces abiertas, que mostraban una larga hilera de dientes y una lengua bífida retorcida, me provocaron un escalofrío. Parecía tan real que cuando me quedé mirándolo mientras me purificaba, tuve la certeza de que de pronto sacudiría su cuerpo y echaría a volar.

Entre los distintos edificios que componían el templo, bajo un viejo puente, había también un estanque en el que varios peces koi nadaban.

El pabellón principal y la capilla estaban construidos con la misma madera oscura, mientras que las oficinas del santuario, donde una sacerdotisa de aspecto aburrido toqueteaba los amuletos expuestos, era de un color más brillante, y reflejaba la luz del sol que se filtraba entre los árboles.

El sacerdote era un anciano que tenía unas gruesas gafas de color negro, un bigote que se unía a una barba tan blanca como la nieve, y los ojos rodeados de arrugas. Estaba vestido con una sencilla *chihaya* blanca y una *hakama* violeta. Su voz no era demasiado grave ni demasiado aguda, aunque sí estaba ligeramente cascada. Nos contaba una leyenda del dios Susanoo, y yo escuchaba embobada, mientras deseaba tener su poder y sentir la magia del agua en las manos.

El idiota de Kaito, sin embargo, no hacía más que interrumpir.

—Entonces —dijo, ignorando la mirada asesina que le dedicó la profesora Hanon—, ¿Susanoo podría hacer lo que cuentas? ¿Cabalgar a lomos de un dragón sobre las olas? ¿Por qué nunca hemos visto algo así?

—Es solo una forma de hablar. Las leyendas, las poesías, las historias, son la mejor forma de entender la verdad. Todo el mundo la comprende. O casi todo —añadió, antes de guiñarnos un ojo. Yo tuve que morderme los labios para no reírme—. Antes, Susanoo podía calmar las tempestades, o creaba terribles tormentas en alta mar para que sus enemigos naufragaran.

—¿Y ahora? —pregunté, con la mano levantada.

El sacerdote me observó durante un momento y suspiró. Después, sus ojos se entornaron y los paseó por el santuario, por el dragón feroz del *temizuya*, por las ramas de los árboles que nos resguardaban un poco del sol de mayo.

—Ahora el mundo es diferente. Antes, había equilibrio. Los dioses podían intervenir directamente, se comunicaban con los humanos. La naturaleza les respondía. —El sacerdote acarició el tronco de un árbol cercano—. Pero hace muchos años todo eso se rompió. Los humanos cruzaron un límite que no permitía una vuelta atrás. Mataron a muchos árboles, envenenaron ríos completos, partieron montañas en dos. Asesinaron a cientos, a miles de dioses. Y los que quedaron perdieron parte de su poder.

—Entonces, ¿de qué sirve rezar en los santuarios? —preguntó Amane, con el ceño fruncido.

—Algunos dioses todavía siguen ahí, todavía pueden intervenir de formas sutiles en la humanidad —contestó el sacerdote, con una sonrisa triste—. A veces, con solo cambiar una sola nota en un acorde, se consigue un final maravilloso en la pieza que se está tocando. Lo que quiero decir —añadió, ante los ojos en blanco de Kaito y la carcajada de Yoshida— es que los dioses son importantes, pero los humanos lo son más. Existen personas, incluso, que han hecho grandes cosas y han conseguido romper la barrera que separa nuestro mundo del mundo sagrado. Hombres y mujeres que eran como vosotros y, con sus acciones, se transformaron en *kami*, en deidades sagradas.

—¿Y eso les hace tener poderes? —preguntó Mizu.

—Algo así. A veces, el poder de cambiar algo es tan sutil, que ni los propios *kami* se dan cuenta de ello.

—Pues qué aburrido —farfulló mi amiga por lo bajo, para que el sacerdote no la escuchara—. Prefiero ser una *magical girl*.

Amane se arrimó un poco a mí y me preguntó:

—Nami, si tú fueras una *kami*, si tuvieras algún poder, ¿cuál sería?

Mizu chascó la lengua y se adelantó, antes de que yo pudiera contestar.

—¿De verdad lo preguntas? ¿Cuál va a ser? Sería la hija de Susanoo, y los mares y océanos temblarían bajo su voluntad —dijo, moviendo exageradamente los brazos, como había hecho antes el sacerdote. Las tres nos echamos a reír—. Menos mal que soy su mejor amiga, así estoy segura de que nunca podría morir ahogada. Nami lo impediría.

—No digas tonterías, ella me salvaría a mí —exclamó Amane, antes de darle un codazo juguetón a Mizu para echarla a un lado. Se puso de rodillas frente a mí y me sujetó las manos, con un falso sollozo tirando de sus rasgos—. ¿Verdad, Nami? ¿Verdad que sí?

EN EL SANTUARIO

9 de mayo de 2016

—Dicen que el sonido de los cascabeles del Santuario Yasaka invoca a Susanoo —susurra Arashi, arrancándome de mi ensoñación.

Pestañeo y miro a mi alrededor. El lugar no es tan diferente a mi recuerdo, aunque sí está mucho más concurrido. Nos encontramos en el patio interior, rodeados de muchos turistas que fotografían cada detalle y que rezan de forma equivocada frente al *honden*, el altar principal del santuario, el lugar más sagrado del recinto donde se decía que se encontraba escondida la deidad a la que estaba dedicado el templo. Aquí hay menos árboles, y los colores de las diversas construcciones son más vívidos, rojos, dorados, blancos y verdes. El único que tiene ese marrón oscuro es el escenario principal, el *buden*, donde se llevan a cabo muchos bailes, sobre todo en primavera, y se consagran deidades en los distintos festivales. Los casi trescientos farolillos que cuelgan se agitan ligeramente, empujados por el viento.

—Aunque también dicen que todo el santuario fue erigido sobre un lago subterráneo donde se esconde un dios dragón —añade, y tengo que menear la cabeza para que el dragón del *temizuya* de Miako desaparezca de mi cabeza.

—Qué tontería —farfullo, pero en voz tan baja que Arashi ni siquiera me escucha.

Un escalofrío me recorre, y me parece sentir la vibración del agua bajo mis pies. La boca se me seca y me obligo a pensar en otra cosa, en lo que sea. Yo ya había escuchado esa historia de que el santuario se había construido sobre un lago, pero sé que es solo un cuento, una leyenda.

Como si el propio lago pudiera oírme, parece aumentar su rugido bajo mis pies.

—Si quieres, puedes irte.

Me detengo de golpe. Arashi se ha parado unos pasos por detrás y me observa de medio lado, con su enorme mano apoyada en su nuca. Parece incómodo, avergonzado. Su voz es apenas un susurro entre la multitud, pero, sorprendentemente, ha silenciado en el acto el sonido del agua corriendo bajo mis pies.

—Esas chicas ya no nos persiguen. Si sigues adelante, verás la Puerta Nishiromon y, cuando la atravieses, te encontrarás al final de la calle Shijo.

Arashi me dedica una pequeña reverencia y espera a que me vaya, pero yo me quedo quieta frente a él. Debería despedirme y seguir sus indicaciones para salir de este lugar que tanto odio, pero en vez de eso, avanzo varios pasos, recortando la distancia entre nosotros. Cuando me detengo, cruzo los brazos y me inclino en su dirección, consiguiendo que las mejillas de Arashi se arrebolen.

El aire parece de pronto un poco más cálido entre nosotros.

—¿No me vas a preguntar quiénes eran?

Él parece de pronto confundido. Cavila la respuesta, como si temiera darme una errónea.

—Eh... no —dice, aunque esa única palabra suena como una interrogación.

—¿Ni siquiera quieres saber por qué necesitaba alejarme de ellas?

—Puedo imaginármelo —contesta, antes de pasarse de nuevo la mano por el pelo. Arqueo las cejas; lo cierto es que lo dudo mucho—. Supongo que sientes lo mismo cerca de ellas que yo cuando Nakamura y Daigo se aproximan demasiado a mí.

Los hombros se me hunden al escuchar sus palabras. La mueca de su boca, estirada y arrugada a la vez, hace que se me revuelva el estómago. Se encoge de nuevo, pero yo siento que lo imito y nos convertimos en dos personas diminutas.

—Eran compañeras de mi antiguo instituto —explico con lentitud, porque necesito masticar bien cada una de las sílabas antes de dejarlas libres—. Estuvieron presentes el día que decidieron expulsarme.

Arashi levanta la cabeza de golpe y abre tanto los ojos que, por un instante, parecen de tamaño normal. Una parte de él quiere preguntar, lo veo; ¿quién no sentiría curiosidad?

Sin embargo, mantiene los labios unidos, tensos, como si estuviera usando toda su fuerza de voluntad para obligarlos a no separarse.

Y como él no habla, el sonido del agua bajo mis pies regresa. Pero yo no quiero escucharla, ni sentirla, así que soy yo la que decide contar la historia.

—Fue durante una clase de educación física. Estábamos en la piscina del polideportivo, en mitad de una clase de natación. Yo era la única que no tenía puesto el bañador. De hecho, ni siquiera lo había comprado —añado. El último que me compré fue con once años, antes de empezar mi último curso de primaria—. Era un tipo de clase que hacíamos todos los años, pero siempre había logrado esquivarla. O fingía estar enferma o directamente faltaba. —Arashi arquea un poco las cejas, pero no dice nada—. Pero aquel día no pude escapar. Así que me quedé quieta, aguantando los gritos del profesor, vestida con el uniforme escolar. Él no paraba de hablar, pero yo no abría la boca. Al final, me echó de clase y me advirtió que después hablaríamos los dos con la directora.

—¿Por eso te expulsaron? ¿Por negarte a ponerte un bañador? —No sé si está más enfadado o perplejo, pero yo continúo hablando, como si no lo hubiera oído.

—Cuando me dirigía a la salida, Keiko, mi mejor amiga, me puso una zancadilla y yo perdí el equilibrio y caí a la piscina.

Cierro los ojos y me veo de nuevo en el fondo azul. Si levanto la cabeza, puedo ver las figuras ondulantes de mis compañeros, inclinados en el borde; puedo escuchar algunas risas amortiguadas y las palabras de mi profesor, aunque no entiendo lo que dicen. Todo es un eco sin sentido, que llena mis oídos y mis pulmones como el cloro invade el agua.

Sin embargo, cuando miro hacia abajo, no veo el fondo de la piscina. Me encuentro en mitad de un inmenso abismo lleno de agua turquesa, en el que no hay límites. Es como si estuviera volando, pero en el agua. Da igual a dónde mire, porque cada vez me alejo más de la superficie. Pero entonces, creo escuchar una voz. Una voz que no puede pertenecer a ningún humano, que parece venir de todas partes y de ninguna. Y me llama por mi nombre, sin cesar. Y entonces, al mirar hacia abajo, veo una sombra tan grande que ni siquiera puedo describirla, y algo dorado restalla de pronto, con un brillo afilado. Y, aunque no tenga ningún sentido, me recuerda a Miako.

Y el terror me destroza por dentro.

—No sé cuánto tiempo pasé debajo del agua. Sé que mis compañeros dejaron de reírse y mi profesor se arrojó a la piscina; supongo que habrá pensado durante un momento que yo no quería bañarme porque no sabía nadar. —Cada palabra que escapa de mis labios es una piedra afilada arañando mi garganta, que asciende y deja en carne viva todo a su paso—. Keiko era mi amiga. Me conocía desde que había empezado la secundaria, sabía que tenía... que *tengo* un problema con el agua. Sabía por qué el día que tocaba clase de natación me escondía o me inventaba alguna excusa. Pero aun así lo hizo. Me empujó.

Por supuesto, tuve que disculparme con ella de manera oficial. Nos encerraron a las dos en el despacho de la directora, junto a mi padre y a sus padres, que me observaban con el veneno resbalando de sus ojos afilados. Recuerdo que mi padre me preguntó con voz fría si no tenía nada que decir, así que yo me incliné todo lo profundamente que me permitió mi espalda y murmuré un «lo siento». Cuando la directora me preguntó si no tenía que decir nada más, yo negué con la cabeza. Pero sí había una pregunta que me hubiese gustado hacerle: *¿Por qué me empujaste, Keiko?* No lograba encontrar la respuesta y, meses después, sigo sin encontrarla.

—No recuerdo muy bien lo que pasó. Según oí, salí de la piscina cuando mi profesor saltó al agua para rescatarme y me abalancé contra Keiko. La golpeé tantas veces que le rompí la nariz.

Aunque no lo miro directamente, puedo sentir cómo él baja los ojos hasta mis manos, aferradas entre sí. Al contrario que las suyas, son pequeñas y de dedos cortos y delgados. Casi parece imposible que haya sido capaz de hacer tanto daño con ellas.

Eso me recuerda a algo que escuché por los pasillos, ese mismo día, mientras caminaba cabizbaja tras la férrea espalda de mi padre.

—Algunos de mis compañeros dijeron que parecía un *yōkai*, un monstruo, un demonio, mientras estaba encima de Keiko golpeándola. Nadie se acercó a separarnos, ¿sabes? Ninguno de mis compañeros se atrevió. —Esbozo una sonrisa vacía y alzo mis manos al sol, como si esperase encontrar escamas, membranas o garras escondidas en mi piel—. Cuando me di cuenta de lo que estaba pasando, de lo que estaba *haciendo*, el profesor me sujetaba de los brazos y estaba completamente empapado, como yo.

Dejo caer el brazo de golpe y me vuelvo hacia Arashi que me mira a los ojos por primera vez sin parpadear, a pesar de que ahora es el momento de apartar la mirada, de alejarse. Espero que diga algo, lo que sea, pero no se mueve, ni siquiera estoy segura de que siga respirando. Sus ojos empequeñecidos tras las gafas parecen ventanas abiertas hacia el conflicto que se está desarrollando en su interior. Puedo verlo.

—Quizás ahora te arrepientas de haberme traído hasta aquí. —Estoy a punto de añadir algo, pero Arashi me interrumpe:

—Yo también tuve problemas. —Su voz escapa ronca, brusca, alejada de ese tono bajo y tembloroso.

—¿Qué? —No lo comprendo.

—Con el agua. No la soportaba. Con doce años, mi tía tenía que bañarme a la fuerza. —Habla tan rápido que me cuesta distinguir unas palabras de otras—. Era incapaz de meterme al *ofuro*, solo o acompañado. Empezaba a chillar o a retorcerme.

Frunzo el ceño durante un instante, y entonces soy yo la que aparta la mirada al recordar algo. La conversación con Li Yan en clase de inglés. ¿Cómo he podido ser tan idiota? Tuvo que contárselo a él y a Harada. Por eso se han convertido en un maldito chicle pegado a la suela del zapato. Keiko se acercó a mí por el mismo motivo, se enteró de lo que había ocurrido con muchos de mis seres queridos, con Miako, pero después me arrojó de una zancadilla a la piscina. Daba igual si las amistades que había conseguido eran verdaderas, como la de Amane y Mizu, o inspiradas por la lástima, como la de Keiko, pero siempre terminaban sepultadas por el agua.

No quiero tener esta conversación. No quiero que Arashi se compadezca de mí. No quiero que compartamos experiencias sobre lo que pasó ese día. Debería moverme de una vez, ni siquiera me gusta estar en el interior de los santuarios. Pero por el rabillo del ojo me parece ver a la profesora Hanon, con el ceño fruncido y los labios apretados, como cada vez que me regañaba en clase, en Miako, por hablar demasiado.

«Tendo, así no llegarás nunca a ninguna parte».

Giro la cabeza, pero esa figura que he creído ver se desvanece, y no queda más que un espacio vacío a mi lado.

—Li Yan me contó lo que le ocurrió a tu familia —comienzo a decir. La voz que escapa de mí está desafinada, corcovea. Trago saliva, carraspeo, pero de nuevo siento la garganta en llamas—. Lo siento mucho.

Él asiente. En su rostro hay tantas emociones que resulta difícil separarlas. Si fuera Harada, diría alguna tontería, ya que parece tener alergia a mantener la boca cerrada. Li Yan cambiaría de forma sutil de tema, pero Arashi no es así. El silencio es muchas veces su respuesta. Como ahora.

—Ella te dijo que yo era de Miako, ¿verdad?

Arashi separa los labios con algo que parece sorpresa. Sus ojos revolotean con nervio a mi alrededor y, cuando por fin vuelven a posarse en mí, asiente con lentitud.

—Es un poco bocazas —farfullo. Parece que está a punto de decir algo, pero yo me adelanto. Como empieza a ser habitual—. Me da igual que tú también estuvieras en Miako ese día. No quiero hablar del tema. Lo odio. Cada vez que lo recuerdo, cada vez que oigo hablar de lo que pasó, no puedo respirar. Me ahogo. Así que olvídate del discurso enternecedor que estabas a punto de soltar.

Las manos de Arashi vuelan de nuevo hasta su pelo y lo revuelven todavía más.

—Iba a decir que tú también eres un poco bocazas —murmura, en un tono de voz tan bajo que tengo que acercarme un par de pasos para escucharlo.

—¿*Qué*?

—Tú también hablas más de la cuenta. Pero eso está bien —añade cuando ve cómo una de mis cejas se dispara con advertencia—. Así rellenas mis silencios.

Sin que pueda evitarlo, se escapa de mis labios un sonido en el que se mezcla un bufido y una pequeña carcajada.

—Sí, supongo.

Arashi parece a punto de decir algo más, pero de pronto sus ojos se cruzan con algo que hay a mi espalda y se tensa perceptiblemente. Durante un instante, pienso en Daigo y en Nakamura; después en Keiko y mis antiguas compañeras del instituto, que nos han encontrado finalmente, pero cuando me doy la vuelta para seguir su mirada, veo a una nube de turistas grabando y haciendo fotos, descontrolados, a un trío de chicas vestidas con *kimonos*.

No, no son un simple trío. No van maquilladas, pero observo sus peinados recargados, la forma en la que se mueven, cómo casi parecen flotar por encima de todos y de todo. Son *maiko*, aprendices de *geishas*. Aunque cualquiera estaría, cuanto menos, incómodo por la distancia casi inexistente que separa las cámaras de sus rostros y sus cuerpos, ellas avanzan con elegancia, mirando al frente, sin hacer caso a las voces que las llaman ni a las miradas indiscretas.

Me quedo un instante observándolas, embelesada, hasta que los dedos de Arashi tiran con cuidado de la manga de mi uniforme. Me vuelvo hacia él, sin entender a qué viene esa cara de espanto.

—Vámonos —dice.

—¿Por qué? Eres tú el que me ha traído aquí.

Sus ojos no se separan de esas tres figuras que avanzan paso a paso, con seguridad. De pronto, la primera de ellas, la que abre la marcha, mueve un poco la cabeza y su mirada tropieza con la mía. Después, tras un instante, resbala por mi cara y se queda quieta en Arashi, que suelta algo parecido a un lamento.

—Pues quiero marcharme ahora.

Esa *maiko* no es la única que nos ha visto. Tras ella, sus dos compañeras levantan la mirada e intercambian murmullos.

—¿Las conoces? —pregunto, francamente sorprendida cuando veo cómo cambian ligeramente el rumbo para acercarse a nosotros.

—Oye. —Los dedos de Arashi pasan de la camisa del uniforme a mi brazo, que aprieta con urgencia. Sus dedos están cálidos en contraste con mi piel helada. Se me escapa un escalofrío—. Yo te he ayudado. Se supone que ahora tienes que ayudarme tú.

Alzo la ceja que me quedaba y ladeo un poco la cabeza, burlándome.

—Yo no soy tan buena persona como tú —le contesto, intentando controlar una súbita risa—. *Baka*.

Él alza los ojos al cielo y suspira cuando las *maiko* llegan hasta nosotros. Ninguna de las tres se detiene, pasan a nuestro lado para envidia de los turistas que las persiguen y nos regalan una ligera inclinación de cabeza.

—Buenas tardes, *Arashi-kun* —dice la primera.

Sus ojos se clavan en los dedos de Arashi, que siguen cerrados en torno a mi brazo, y él, al instante, aparta la mano como si ahora fuera yo la que tuviera la piel ardiendo. Le guiña el ojo tan rápido que parece un espejismo. En mí apenas se detiene. Me dedica otra reverencia elegante y vuelve la vista al frente.

Las otras dos chicas saludan a Arashi, esta vez por el apellido, aunque en voz tan baja y aguda que se confunde con el piar de los pájaros y los murmullos de los turistas.

Las sigo con la mirada hasta que doblan en una de las esquinas del santuario y desaparecen entre los muros de piedra y los árboles. El grupo de turistas que las seguía comentan por lo bajo, nos dedican alguna mirada en la que bulle la envidia, y regresan a sus fotografías y a sus vídeos.

Me vuelvo hacia Arashi con los brazos cruzados.

—Las conoces. —Y en esa ocasión no es una pregunta.

—Son compañeras de mi hermana —contesta, después de una pausa.

La boca se me abre de par en par.

—¿Tu hermana es una *geisha*?

—Es una *maiko*, aunque este año será su *erikae* y se convertirá en *geiko*. —Al ver mi expresión confusa, añade—. Sí, es una *geisha*.

—¿Y por qué querías huir de ellas?

—Porque sé que la próxima vez que me vea me preguntará por ti. E insistirá mucho —agrega. Vuelve por completo la cabeza al hablar, para que no pueda ver sus mejillas—. Si tienes un hermano o una hermana mayor, sabrás de lo que estoy hablando.

Algo me sacude por dentro, y donde debería sentir el latido de mi corazón, noto un hueco sin fondo.

—Sí, claro. —Algo en mi tono le hace girar la cabeza para observarme de soslayo. Se muerde los labios, dándose cuenta de que ha hablado de más—. Sé a lo que te refieres.

Durante un momento, me imagino a Taiga si no estuviera encerrado en su habitación. Habría terminado ya la universidad, seguramente habría conseguido un fantástico puesto en Tokio, pero tendría ganas de mudarse cerca de nosotros o a algún lugar del campo. Y sí, claro que me molestaría y preguntaría por mis amigos y mis amigas, y me pincharía con los palillos cuando me preguntase si tengo a alguien especial, y yo lo amenazaría con tirarle té frío encima.

Pero son solo sueños. Hay cosas como esas que tal vez ya no podré experimentar con él. Taiga siempre me pareció mayor, pero si abandonara hoy mismo su habitación sería un adulto completo. A lo mejor ya no se interesaría por esas tonterías. Quizá ni siquiera me reconocería.

El momento en que decidió encerrarse en su habitación fue el día después de que yo cumpliera trece años. Y sé que no lo hizo antes porque quiso pasar ese día conmigo, despedirse a su manera.

—¿Nami?

Vuelvo a la realidad de golpe para ver a Arashi inclinado en mi dirección, con el ceño fruncido. Las gafas se le han resbalado hasta la punta de la nariz y eso me hace sonreír.

—Para ser tan tímido, te tomas muchas confianzas, ¿no, *Koga*? —pregunto, pronunciando su apellido con lentitud.

Él se echa hacia atrás con rapidez y comienza a menear los brazos arriba y abajo, como si estuviera intentando espantar a un centenar de moscas invisibles. Los bordes de sus orejas se ponen al rojo vivo.

—¿Qué? No, no, no... como no respondías... yo... —Carraspea y se endereza un poco, antes de ensanchar la distancia que había recortado. Las gafas se le resbalan un poco más—. ¿Quieres que nos marchemos?

Miro a mi alrededor. El santuario sigue repleto de turistas, aunque parecen menos ruidosos. La luz del atardecer que se cuela entre las hojas de los árboles se refleja en los travesaños de madera rojos y pardos de las diferentes construcciones, y los farolillos blancos de papel brillan como el nácar. Una suave brisa los mueve y hace sonar los grandes cascabeles del *honden*, a pesar de que nadie los sacude.

—La verdad es que no me importaría quedarme un poco más —digo.

Me inclino hacia delante y, con el índice, empujo el puente de las gafas de Arashi hasta colocárselas en la posición correcta. Él se queda paralizado y el rubor que coloreaba sus orejas se extiende por toda su cara. Alza las manos para tocarse las gafas, pero como ya están en su sitio, las deja extendidas cubriendo su cara en llamas.

Lo contemplo de soslayo y tengo que luchar contra mis labios para no sonreír. Arashi carraspea, avergonzado, pero cuando me observa los dos apartamos la mirada a la vez.

—A mí tampoco —murmura.

OFERTA DE TRABAJO

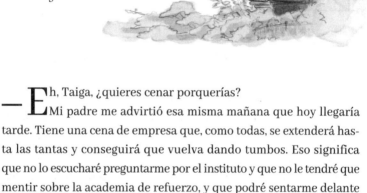

27 de mayo de 2016

—Eh, Taiga, ¿quieres cenar porquerías?

Mi padre me advirtió esa misma mañana que hoy llegaría tarde. Tiene una cena de empresa que, como todas, se extenderá hasta las tantas y conseguirá que vuelva dando tumbos. Eso significa que no lo escucharé preguntarme por el instituto y que no le tendré que mentir sobre la academia de refuerzo, y que podré sentarme delante del ordenador, en mi dormitorio, con Yemon, un refresco y la película más absurda que encuentre.

Taiga me contesta. Hoy es uno de sus días buenos.

—La mayoría del tiempo comemos porquerías. Tarde o temprano nos dará un ataque al corazón.

Fulmino la delgada plancha de madera cerrada que hay frente a mí, como si fuera el rostro de mi hermano mayor.

—Eso ya lo sé. Pero ¿quieres o no?

—Pues claro.

Sonrío, y cuando desciendo los tres pisos y salgo al exterior, una brisa cálida y húmeda me acaricia. Alzo la mirada al cielo, cubierto con tantas nubes que está completamente negro, a pesar de que todavía queda un rato para que sea noche cerrada. Solo faltan unos pocos días para que la temporada de lluvias comience, el momento del año que más odio. Da igual el paraguas, o las botas de agua, siempre te terminas mojando.

A veces, en esos días, parece que el oxígeno se convierte en agua.

Pero a pesar de lo oscuro que está todo, de que ya han encendido las farolas, no tiene pinta de que vaya a llover. Echo a andar con rapidez y dejo atrás un FamilyMart. Siempre he visitado ese *konbini* cuando he necesitado algo, pero mis pies deciden caminar unos minutos más hasta llegar al 7Eleven que está cerca de mi instituto y del Parque Maruyama.

Sin embargo, cuando llego junto a sus puertas automáticas, me detengo. En ellas todavía está el cartel que anuncia que buscan a un nuevo dependiente. Es extraño, porque jamás he visto que un cartel así se mantenga durante tanto tiempo, sobre todo en un lugar como este, en el que hay tanto movimiento de personas y por el que pasan muchos estudiantes de los institutos y academias que hay alrededor, que pueden estar buscando un trabajo a tiempo parcial.

Frunzo el ceño y me acerco un poco más para leer el resto del anuncio.

—¿Buscas trabajo? —me pregunta alguien de pronto.

Levanto la mirada y me encuentro a una joven que parece mayor que yo. A juzgar por los pantalones sobrios y negros y la camisa verde con el logotipo de la tienda, debe ser una dependienta. Me sonríe y yo, antes de darme cuenta de lo que hago, inclino la cabeza.

La joven se lo toma como un gesto de asentimiento y deja escapar una pronunciada sonrisa.

—*Yokatta na!* No sabes la alegría que vas a darle a la dueña. Está desesperada. Colgamos ese anuncio hace más de un mes y hasta ahora nadie se ha mostrado interesado. —Suelta el aire de golpe y sus ojos me recorren de arriba abajo—. Quién sabe, quizá fueras tú la persona que estaba esperando.

Me hace un gesto que me invita a pasar al *konbini* y espera a que entre para seguirme. No deja de hablar.

—Es raro que esté así de vacío, ¿sabes? Normalmente, a esta hora, suele estar repleto de ejecutivos y estudiantes como tú que vienen a comprar guarrerías para cenar. —Aprieto los labios para que no se me escape una carcajada—. De hecho, este es uno de los turnos que queremos reforzar. Aoki-kun trabaja muy bien, pero a veces se forman muchas colas.

Vuelvo a asentir mientras ella me conduce al mostrador y se coloca tras él. Sigue hablando, pero ahora mismo solo escucho mi propia voz en mi cabeza que dice: *Nami, ¿qué mierda estás haciendo?*

Pero si acepto un trabajo, no tendré que vagabundear por las tardes en las que se supone que tengo academia, no tendré que temer que mi padre se tope conmigo en alguna tienda, o me vea en casa cuando no debería estar allí. Este *konbini* no está en su ruta de camino al trabajo. Tendría que dar un largo rodeo para llegar hasta allí. Y si hay algo que tengo claro de mi padre es que no le gusta dar rodeos. Para él sería una pérdida de tiempo, y eso, junto a mil cosas más, es algo que odia.

—¿Qué? —pregunto de pronto, cuando veo que la joven sigue mirándome y espera a que yo diga algo.

—Te preguntaba si podías esperar un poco mientras llega la dueña. Siempre suele pasarse sobre esta hora.

—Claro. Además, tengo que comprar unas cosas.

Tomo una cesta y comienzo a deambular por la tienda. Elijo varios refrescos, patatas fritas, dos platos ya preparados de *yakisoba* y también un par de manzanas, no sé muy bien por qué. La joven tenía razón, porque cuando regreso a la caja, hay una mujer al otro lado, de unos cincuenta años. Va vestida de calle, pero lleva un delantal con el logotipo de la tienda bordado en el centro.

Cuando me acerco, me sonríe con calidez.

—Hanae me ha dicho que estás interesada en trabajar aquí.

La joven que antes me ha hablado, Hanae, asiente y comienza a sacar los productos de mi cesta. Yo cabeceo, mientras la otra mujer me examina con ojo crítico.

—Soy la señora Suzuki. ¿Cuántos años tienes? Todavía vas al instituto, ¿verdad?

—Va al Bunkyo —contesta Hanae, antes de que pueda separar los labios—. Te he visto varias veces desde que empezó el curso —añade, antes de guiñarme un ojo y desviar la vista hacia un punto en concreto de la tienda.

Sigo su mirada y voy a parar de pronto al estante donde se encuentran las publicaciones eróticas. Noto calor por dentro y hago uso de toda mi fuerza de voluntad para no bajar la mirada. *Kuso!* Fue ella la que me cobró cuando decidí regalarle esa estúpida revista a Arashi.

—Sí, este es mi último curso —contesto, con una voz que espero que sea imperturbable. Veo la duda en los ojos de la mujer y me apresuro a aclarar—: Pero tengo las tardes libres.

Supongo que ahora mismo soy el ejemplo de una mala estudiante. ¿Cuántas chicas de mi misma edad hay por todo Japón sin un club extraescolar al que asistir y sin pisar una academia de refuerzo? Estoy segura de que puedo contarlas con los dedos de la mano.

Sin embargo, la mujer cabecea con alegría y une sus manos pequeñas en una potente palmada.

—Es una buena noticia. No quiero trabajadoras estresadas —dice con seriedad—. Necesitaría que estuvieras los lunes, los miércoles y los viernes. De cinco a ocho. Compartirías turno con Aoki-kun. Es un buen chico y estoy segura de que te enseñará bien.

—Da un poco de miedo cuando lo ves la primera vez —interviene Hanae, con una risita—. Pero es un pedacito de *meronpan*.

Bajo la vista hasta la bolsa de la compra, que ella me acababa de entregar, y veo el dulce esponjoso acomodado encima de todo. Por algún motivo absurdo, me recuerda a una especie de Arashi sin gafas.

En ese momento, las puertas automáticas del 7Eleven se abren y las dos mujeres elevan la vista. Hanae comienza a decir «Bienvenido», pero se interrumpe cuando sus ojos reconocen al recién llegado.

—¡Aoki-kun! ¿Sabes que estábamos hablando de ti? —Entonces, Hanae frunce el ceño y una expresión de duda se extiende por todo su rostro. Yo me vuelvo, pero un par de estanterías se interponen en mi campo de visión—. ¿Qué haces aquí? Te cambié tu turno de viernes tarde porque me dijiste que tenías algo importante que hacer.

—Y lo tengo —contesta una voz masculina y brusca—. Tengo la nevera vacía y quiero cenar.

La señora Suzuki parece divertida y se inclina un poco hacia delante cuando unos pasos fuertes resuenan.

—Acércate un momento, Aoki-kun. Te tengo que presentar a tu nueva compañera —dice, aunque yo todavía no he aceptado el trabajo.

—Oh, ¿por fin alguien se ha detenido a leer mi maldito anun...?

Su voz se extingue en el momento en que nuestras pupilas se encuentran.

Mi mirada se emborrona y mis manos se quedan flojas, sin fuerza. Es una suerte que la bolsa de la compra siga todavía sobre el mostrador, porque si no todo habría acabado rodando por el suelo.

El corazón no se me detiene, todo lo contrario. Redobla el ritmo hasta extremos imposibles, y se transforma en un martilleo desesperado, demencial, mientras mis ojos recorren al gigantesco chico que está a solo un par de metros de mí.

Es tan alto como Arashi, pero su complexión es distinta. Robusta, es decir poco. Puedo ver cada uno de sus músculos marcados bajo la fina camiseta que lleva puesta, no sé si le queda pequeña o es que es así de pegada. Los pantalones de camuflaje los lleva demasiado bajos y terminan hundidos en unas enormes botas militares. Estoy segura de que con una sola caricia podría destrozar algo.

Tiene la mandíbula cuadrada, fuerte, y unos rasgos tan definidos que lo hacen parecer mayor, aunque sé que tiene mi edad. Al fin y al cabo, nació un mes después que yo. Bajo un pelo engominado y levantado en una prominente cresta, hay dos ojos muy oscuros y grandes que me sondean de arriba abajo. Se ha quedado tan paralizado como yo.

La última vez que nos vimos, el día antes del tsunami, yo estaba frente a mi clase de sexto en Miako, junto a la pizarra y a la profesora Hanon, despidiéndome entre lágrimas, mientras él bostezaba y echaba un vistazo por la ventana. Han pasado cinco años, pero parece una década.

Kaito Aoki, el antiguo abusón, el que a veces hacía sufrir a Amane, está frente a mí, encarnando aquello en lo que todos sabíamos que se convertiría.

Pero yo ya no soy la *Nami-chan* que conoció aquella vez. El día que abandoné Miako me cambió, para bien o para mal, así que arqueo las cejas y desvío la mirada con ese mismo aburrimiento que me dedicó él en mi despedida.

Intento contener una sonrisa cuando lo veo parpadear, perplejo.

—¿Os conocéis? —pregunta Hanae, divertida.

—Sí —contesta Kaito.

—No —lo contradigo.

La señora Suzuki frunce el ceño, preocupada, y balancea la mirada de uno a otro. Sin embargo, recupero el control, recojo la bolsa de la compra y le dedico una pequeña reverencia, segura.

—¿Cuándo empezaré?

—Pero... todavía no te he dicho el dinero que...

—No es un problema —afirmo con una sonrisa.

La señora Suzuki y Hanae intercambian una mirada silenciosa, y la joven se encoge de hombros. Kaito continúa en el mismo lugar; parece una de esas gigantescas estatuas griegas de los museos, aunque sin rasgos angelicales y con expresión de delincuente.

—Ten. —La señora Suzuki me entrega una hoja impresa en la que veo enumerada una serie de documentos—. Tráeme lo que necesito este lunes, a esta misma hora, y si todo está en regla, podrás comenzar la semana que viene. ¿Te parece bien?

—Maravilloso —respondo, con demasiada alegría como para ser sincera.

Les dedico una pronunciada reverencia a las dos mujeres, que me siguen observando algo confundidas, y me dirijo hacia la salida, con pasos rápidos pero seguros. Tengo los dedos fieramente cerrados en torno a las asas de plástico.

Cuando paso junto a Kaito me detengo y alzo la mirada hasta él. Sí, quizá sea incluso más alto que Arashi, y por supuesto, el doble de ancho. Kaito no pronuncia palabra; me devuelve una mirada oscura desde su imponente altura, y yo le dedico una sonrisa deslumbrante que enseña todos mis dientes.

—Estoy deseando trabajar contigo, *Kaito-kun.*

Creo que los dos nos estremecemos a la vez cuando mi voz, dulce hasta el extremo, pronuncia su nombre así. Jamás lo he llamado de esa forma, ni siquiera cuando estaba en Miako, a pesar de que compartíamos clase desde los seis años.

Él abre tarde la boca para contestarme y yo aprovecho para salir de la tienda, con la barbilla levantada y la espalda tan estirada que hasta me duele.

Camino por la calle unos metros, lo suficiente como para que ninguno de los tres pueda verme a través de las grandes ventanas del *konbini*, y cuando doblo la esquina, me derrumbo contra la pared de un edificio cercano.

Maldita sea.

UN VIEJO AMIGO

4 de junio de 2016

Aunque el pronóstico había dicho que ese día no llovería, el cielo se parte en dos cuando el profesor Nagano abandona el aula con ese aire marcial que lo caracteriza

—*Kuso!* —mascullo, con la frente pegada al cristal.

La temporada de lluvias parece haber empezado, por mucho que me duela. Cielos nublados, ambiente asfixiante y agua, agua y más agua. Cada vez que llega junio, recuerdo el pez que rescaté en el Templo Susanji, en cómo se retorcía en el aire. Yo siento algo similar.

—¿A qué viene esa cara? —me pregunta Li Yan, que se ha acercado a mí con la mochila colgada en el hombro.

—No he traído paraguas —suspiro, mientras me incorporo. Detrás de mí, escucho cómo Arashi ordena su propio pupitre con la pulcritud de siempre.

—Espera a que deje de llover. Parará en algún momento.

—No puedo. —Levanto la cabeza y observo la hora que marca el reloj de clase—. Hoy es mi primer día en el 7Eleven y debo estar allí a las... bueno, en realidad *ya* debería estar allí.

Li Yan frunce el ceño y, cuando está a punto de responderme, un paraguas negro cae sobre mi mesa.

—Ten —me dice Arashi, antes de pasar por mi lado en dirección a Harada, que lo espera en la puerta de salida.

—Espera. —Lo agarro del brazo a tiempo y él se congela—. ¿Y tú qué?

—Voy a salir mojado de todas formas de la piscina —responde, encogiéndose de hombros.

Dejo caer el brazo y observo cómo se aleja de nosotras. De camino, Nakamura se cruza con él y estira el pie a propósito. Arashi, con sus largas piernas, pierde el equilibrio y cae hacia delante; sin embargo, cuando yo ya he avanzado un par de pasos para ayudarlo, lo recupera con un sonoro golpe contra un par de pupitres, que atraen miradas y risitas de los demás. Daigo le palmea la espalda con más fuerza de la necesaria y Arashi tira de Harada, que de pronto ha olvidado que tiene club y hace amago de abalanzarse contra Nakamura.

El aire se atasca en mis pulmones y siento mi corazón latir en mi cabeza, enviando oleadas de veneno que resbalan por todas mis venas. Las uñas se me clavan en las palmas de las manos y tengo que hacer uso de toda mi fuerza de voluntad para no acercarme a ellos.

Li Yan también los observa con rabia.

—*Chǔnhuò!** Algún día, alguien debería decir «basta». A Arashi no dejan de molestarlo, pero quién sabe a todos los que les estarán haciendo la vida imposible.

Bajo la cabeza y aprieto los dedos en torno al paraguas que él me ha prestado. El color blanco de los nudillos contrasta con la tela negra.

—¿Y por qué nadie los ha denunciado? Si llevan así tanto tiempo...

—¿De verdad me lo preguntas? —Li Yan arquea las cejas y suelta un largo suspiro—. No sé qué podría ocurrir aquí, pero cuando estuve en Seúl, un chico de un curso inferior al que no paraba de molestar un compañero de mi clase se atrevió a contárselo al profesor. ¿Y sabes lo que pasó? Que nadie lo apoyó, el profesor creyó que había exagerado y terminó sufriendo la mayor paliza de todas. No se atrevió a denunciarlo nunca más.

—¿Y el resto de la clase?

---

* Chǔnhuò: Idiotas (traducido del chino simplificado).

—Guardamos silencio —murmura mi amiga, con la voz tomada por la culpabilidad—. Todos veíamos lo que ese chico sufría y nadie quería convertirse en él. —Estoy a punto de replicar, pero entonces los ojos de Li Yan se clavan en el reloj de clase y sus pupilas se dilatan—. *Paska!** ¡Voy a llegar tarde!

Li Yan me arrastra fuera de la clase. En el pasillo nos despedimos; ella me desea buena suerte y se marcha al Club de Arte. Yo le doy las gracias y salgo corriendo en dirección contraria, con el paraguas de Arashi bien sujeto entre los dedos.

Yo no pienso callarme ni apartar la mirada; voy a tener que enfrentarme a Kaito Aoki de nuevo.

Cuando llego al 7Eleven, él está junto al mostrador de comida caliente, con varias bandejas en la mano. Me observa por encima del hombro y suelta:

—Llegas tarde.

—Termino el instituto a las cinco —replico, mientras guardo el paraguas de Arashi en una bolsa de plástico—. Aunque venga corriendo, no puedo ser puntual.

—Entonces deberías habérselo dicho a la señora Suzuki —contesta, antes de darme la espalda de nuevo—. Si no puedes estar aquí puntual, tal vez no deberías haber sido aceptada en este trabajo.

—Yo no tengo la culpa de que mi instituto esté más lejos que el tuyo —respondo, con los dientes apretados.

Las manos de Kaito se quedan quietas en el aire, sujetando una bandeja de *korokke* que no coloca en el mostrador.

—Yo no voy al instituto.

Me quedo un momento en blanco, sorprendida, pero no puedo hacer nada porque en ese momento entran un par de chicas al *konbini*. Yo aparto la mirada, incómoda, y me escabullo hasta la pequeña estancia lateral que la señora Suzuki me mostró esa misma semana, donde hay taquillas, un viejo sofá de dos plazas, varias sillas y una larga mesa, para que los empleados puedan comer y descansar.

---

* Paska!: ¡Mierda! (Traducido del finés).

Me cambio a toda prisa y me pongo el uniforme negro y verde. Cuando salgo, la tienda ha multiplicado sus clientes y, cuando me dirijo hacia la caja, Kaito me murmura por lo bajo que siga reponiendo los mostradores de comida caliente, para continuar después con la fría y terminar con las bebidas.

No quiero hacerle caso, pero prefiero dedicarme a reponer en vez de hacer frente a la larga fila que se está empezando a formar frente a él, repleta de estudiantes de instituto, de una facultad cercana, y de ejecutivos que han salido pronto de sus empresas.

Mientras relleno los huecos de las baldas de metal, observo a Kaito a escondidas. Me pregunto si la señora Suzuki no me ha puesto con él por otra razón. Aunque es verdad que la gente no para de entrar y salir, él parece arreglárselas bien solo, aunque odie admitirlo. Es rápido y eficiente, responde con rapidez y la cortesía justa a algunas preguntas que le hacen sobre ofertas o promociones. Pero algunos se colocan a más distancia de la necesaria, otros fruncen un poco el ceño ante ese pelo que rezuma gomina y la piel tostada, y a veces, incluso, como las estudiantes de secundaria de hace unos minutos, lo observan de reojo y deciden marcharse sin comprar nada.

En las películas o series occidentales, cuando aparece la *yakuza* japonesa, eligen a gente como él. Parece el perfecto cliché. Solo le faltan unos pocos tatuajes que le recorran el pecho y la espalda.

De pronto, cuando estoy a punto de colocar el último *onigiri* en el mostrador, mi mano se tensa y mis dedos se cierran en torno a él, aplastándolo un poco. ¿Por qué alguien como él sobrevivió? Es injusto. Si cierro los ojos, recuerdo todo lo que les hizo no solo a Amane, sino a otros de mis compañeros, de las veces que la profesora Hanon lo castigó. De cómo hablaba en clase, te tiraba de la coleta o te hacía zancadillas al pasar, como había hecho Nakamura con Arashi ese mismo día.

Tú deberías estar muerto, pienso, arrojando el *onigiri* aplastado a la cesta donde se descartaban los productos caducados o deteriorados.

Esas palabras saben a sal y a algas en mi boca, y de pronto, siento cómo el aire junto a mí vibra. Cuando giro la cabeza, veo a Amane sentada en el suelo, con la espalda apoyada en un estante repleto de patatas fritas. Tiene una expresión triste y niega con la cabeza.

«No digas eso», murmura.

—¿Has terminado?

Me sobresalto tanto con la voz de Kaito que retrocedo de golpe y estoy a punto de caer sobre el mostrador de comida fría. Por suerte, recupero el equilibrio en el último momento. Amane ha desaparecido, pero uno de los paquetes de patatas se ha caído al suelo. Kaito se limita a ponerlo en su sitio.

—No sabía que yo te daba tanto miedo —comenta, con una nota de humor.

Si fuera una *magical girl* de esas que tanto le gustaban a Mizu, lo cortaría por la mitad con un rayo láser de color rosa.

—No me das miedo —replico, antes de erguirme de nuevo.

Kaito ladea la cabeza y echa un vistazo hacia las cestas de plástico que yacen a mis pies.

—Cuando termines con los refrescos, te explicaré cómo va la caja.

Sacudo la cabeza como respuesta, pero él no se va. Su mirada se profundiza un poco.

—No sabía que seguías aquí, en Kioto. Mizu creía que al final habías cambiado de destino.

—¿Mizu? —repito, con la boca seca—. ¿Has hablado con ella?

—Claro —responde él. Vuelve la mirada hacia la puerta, a pesar de que no hay clientes allí. Tras los cristales, la noche está a punto de caer—. Pasamos mucho tiempo en el refugio al que nos trasladaron tras el tsunami. Yo... bueno, perdí a mis amigos ese día y necesitaba estar con alguien conocido. Ella no me soportaba, pero los dos nos sentíamos muy solos. Y destrozados. Fuimos los dos únicos supervivientes de nuestra clase.

No quiero pensar en ello. No sé a qué refugio lo trasladaron ese once de marzo, pero vi muchos por televisión.

Casi de una patada, empujo la cesta repleta de refrescos hacia las neveras, y el sonido que hace al deslizarse por el suelo produce un siseo de advertencia. Sé que ahora debería decir algo, Kaito me está mirando, pero yo me siento de nuevo como si estuviera a punto de ahogarme. Así que clavo la vista en los refrescos y vuelvo al trabajo. Él se queda un instante en el mismo sitio, pero después regresa a la caja sin pronunciar palabra.

Cuando se marcha, el paquete de patatas que él había recolocado se cae de nuevo. No me vuelvo, pero casi puedo sentir la mirada punzante de Amane en mi nuca.

Unos minutos después, la puerta se abre y entra un chico que todavía debe ir a secundaria. Se dirige hacia la nevera de los refrescos y me dedica un vistazo de soslayo, aunque aparta la cara con rapidez. Parece que está dudando sobre qué comprar, pero en realidad contiene las lágrimas a duras penas. Ahora que estoy más cerca de él puedo ver que tiene una mejilla muy enrojecida, como si se la hubieran golpeado, y las rodillas completamente rasguñadas y llenas de polvo. Algo se me rompe un poco por dentro.

Él, de pronto, se da cuenta de mi escrutinio y escoge el primer refresco que está a su alcance. Después, me da la espalda y se dirige a toda velocidad hacia la caja, donde se encuentra Kaito.

Me inclino un poco hacia delante y lo vigilo por encima de las estanterías. Me pregunto qué pensará un idiota como Kaito Aoki cuando ve a un chico que refleja todo lo que él hacía... o *hace*, no lo sé.

Al principio, solo presta atención al refresco que pasa por el escáner, pero cuando va a buscar una pequeña bolsa, sus ojos se cruzan con los del otro chico. Entonces, justo cuando está a punto de entregarle el refresco, dice:

—Como has gastado más de cien yenes, puedes participar en nuestra promoción especial de primavera.

Parpadeo, confundida. Si no recuerdo mal las palabras de la señora Suzuki, esa promoción solo estaba disponible cuando superabas los quinientos yenes. Pero, aun así, Kaito saca una enorme caja de cartón con el logotipo de la tienda y un enorme agujero en el centro, y lo acerca al chico.

—Prueba.

Su voz es casi una amenaza, así que el chico se apresura a meter la mano.

—No tengo premio —dice, con desolación, cuando lee el papel que ha extraído.

—Eso es que lo has hecho mal —bufa Kaito, y mete él mismo la mano en la caja.

El chico arquea las cejas y lo observa sin entender nada. Kaito saca un papel, chasca la lengua, lo arroja a la papelera, y vuelve a introducir la mano. Cuando la saca, esboza una sonrisa monstruosa.

—¿Ves? Has ganado otro refresco. ¡Nami! —me llama, y yo me sobresalto al escuchar mi nombre en sus labios. De pronto, el *konbini* se llena de los olores de mi antigua clase de Miako, y el joven que tengo frente a mí, parado tras el mostrador, empequeñece hasta convertirse en un niño abusón que me observa con burla—. ¿Puedes traerle otro?

Sacudo la cabeza porque las palabras no me salen y me acerco para darle al chico otro refresco idéntico al que ha comprado. Él me da las gracias con un hilo de voz, nos hace una reverencia rápida a ambos, y parece huir, más que salir, por la puerta.

Yo me quedo quieta, mirando de soslayo a Kaito.

—¿Qué? —me pregunta él.

No me llames Nami, debería decirle, pero en vez de eso respondo: «Nada», y vuelvo a la nevera a seguir colocando refrescos.

Ese día llego cansada a casa. Incluso mi padre está en la mesa del diminuto salón, terminando su cena. Levanta la cabeza cuando me escucha decir *«Taidama»*.

—*Okaeri*. ¿Cómo ha ido la academia?

—Bien.

—¿Y ese paraguas?

Bajo la mirada hacia el paraguas de Arashi, que no he soltado a pesar de que ya he entrado en casa. Lo mantengo delante de mí, como un escudo, y luego me apresuro a dejarlo junto a la puerta de entrada para devolvérselo el próximo día.

—Un amigo me lo ha dejado.

—Entiendo.

Nos quedamos mirándonos el uno al otro. Yo estoy cansada, pero mi padre parece agotado. Siempre parece agotado. Es demasiado joven para tener el pelo tan gris, para tener tantas arrugas rodeando sus ojos. Cuando vivía en Miako, muchas madres lo miraban con disimulo en los festivales escolares y Mizu me decía que tenía mucha suerte de tener un padre tan guapo. «Tiene una sonrisa de actor de cine», solía decirme Amane. Pero hacía demasiado que no lo veía sonreír.

Su sonrisa se ahogó ese once de marzo hace años, como tantas otras cosas.

—Me voy a dormir. Estoy muy cansada —digo, mientras camino hacia las escaleras.

Él asiente y se queda mirándome con una mezcla de frustración y frialdad. Yo aprieto el paso y subo los peldaños de dos en dos, intentando huir de su mirada. Cuando paso junto a la puerta de Taiga la golpeo con los nudillos, pero no contesta.

Debe estar en uno de sus días malos.

Al llegar a mi habitación, veo a Yemon completamente estirado sobre mi escritorio, con la cabeza apoyada en las teclas del portátil. Yo hago un gesto de silencio y él, como si entendiera que mi padre está abajo, salta de la mesa hasta el suelo para restregarse por mis piernas.

«Hoy ha sido un día raro», murmuro.

Mis ojos vuelan hacia uno de los cajones de mi escritorio y, antes de que pueda pensar en lo que estoy haciendo, lo abro con brusquedad. En su interior hay un montón de cartas sin abrir, que están cubiertas por una fina capa de polvo. En todas ellas, mi nombre y mi dirección están escritos con la delicada letra de una Mizu de doce y trece años.

A los catorce decidió dejar de escribirme, cuando se dio cuenta de que no iba a responderle.

Hacerlo habría sido demasiado doloroso. Me habría hecho recordar todo lo que me había jurado olvidar el día en que el océano devoró mi hogar.

Las palabras de Kaito resuenan en mi cabeza, lejanas pero poderosas, como las olas del océano.

No sabía que seguías aquí, en Kioto. Mizu creía que al final habías cambiado de destino.

¿Mizu? ¿Has hablado con ella?

Claro.

Cierro el cajón de golpe. Las motas de polvo flotan en el aire y tardan una eternidad en desaparecer.

TERCERA OLA

4 de junio de 2010

Me incliné hacia delante y apoyé las puntas de los dedos en la plataforma de salida. Después, miré a mi izquierda, donde Mizu imitaba mi postura, pero con las rodillas demasiado flexionadas. Se mordía los labios con tanta fuerza que no sabía cómo no se había hecho sangre. Mi vistazo a la derecha fue más cuidadoso, aunque Kaito me vio. Me enseñó los dientes y yo volví la mirada al agua de la piscina con rapidez.

La profesora Hanon carraspeó y se llevó el silbato a los labios. La mitad de mi clase, entre ellos Amane, esperaban en el otro extremo de la piscina, en silencio, mojados y envueltos en toallas. Los que quedaban esperaban tras nosotros. La agitación nerviosa que flotaba en el aire parecía acariciar el agua, que ondulaba bajo mis ojos.

La excitación me provocó un escalofrío, y tomé aire.

El chillido del silbato hizo eco por la pequeña piscina cubierta del colegio y mis piernas se extendieron por completo. Durante un instante sentí cómo volaba, me vi reflejada en el agua celeste, antes de que esta me engullera y me abrazara desde todos los ángulos.

Kaito y yo caímos bien de cabeza, pero escuché el chapoteo que hizo Mizu al golpear contra la superficie en una plancha completa, y el sonido de las risas de mis compañeros, entrecortado por los momentos en que metía la cabeza en el agua y el sonido se amortiguaba.

Jamás había sabido explicar lo que sentía cuando estaba cerca del agua. A veces el océano me llamaba. Y otras, incluso, estaba segura de que podía respirar bajo él.

Bañarse siempre me había recordado a un día de primavera. Cuando salías a la calle, y el aire cálido y húmedo te rodeaba, y aunque quisieras alejarte de él, estaba en todas partes, suave y dulce, como si te sostuviera, como si te abrazara. Eso era el agua para mí. Un abrazo permanente. Cuando estaba bajo el agua, percibía como el océano me acunaba, y yo sabía que nada malo podía ocurrir.

Era lo que sentía en ese momento, mientras nadaba en la piscina. El agua me envolvía, sí, pero de alguna forma, se enroscaba alrededor de mis brazos y de mis piernas, de mi torso, y hacía que avanzara más y más rápido. Era como volar.

Los pájaros volaban en el aire y los peces, en el agua. Nadar era volar a menor distancia del suelo.

Ahora volaba y nadie podría alcanzarme, a pesar de que Kaito braceaba con rabia.

Cuando rocé la señal de llegada, la profesora Hanon hizo sonar el silbato y todos mis compañeros chillaron. Kaito me dedicó una mirada fulminante antes de salir de un salto de la piscina, pero Mizu respiró hondo, más tranquila, y nadó lo que le restaba de camino.

Amane, todavía mojada por la carrera anterior, se agachó para ayudarme a salir del agua.

La profesora Hanon también se había acercado.

—Me has dejado sin palabras, Tendo. Cada día eres más rápida —comentó, con los ojos clavados en su cronómetro—. Quizá, cuando se acerque el fin de curso, pueda hablar con tu padre y con el profesor responsable del club del instituto. No soy una experta, pero tal vez pueda encontrar a alguien que sepa qué hacer con este talento tuyo. ¿Qué te parece?

Yo asentí, sonriendo.

Pero cuando la profesora Hanon se dirigió al otro extremo de la piscina para iniciar otra carrera, Kaito se acercó a mí y me empujó con el hombro lo suficiente como para que perdiera el equilibrio. De no haber sido por Amane, que me sujetó a tiempo, me habría caído de nuevo en la piscina.

—Hasta los mejores nadadores se ahogan —me siseó, antes de que yo pudiera devolverle el empujón—. Así que ten cuidado.

PIERNAS ATADAS

11 de junio de 2016

El suelo que rodea las pistas de atletismo me quema las piernas, aún a través de la pequeña esterilla que hemos colocado para poder sentarnos. A pesar de que lleva lloviendo prácticamente todo el mes, hoy, que es el Festival Deportivo en el instituto, ha amanecido parcialmente despejado. Muchos de los profesores elevan de vez en cuando la mirada al cielo con preocupación, pero nosotros respiramos hondo cada vez que una nube cubre el sol asfixiante.

Las competiciones oficiales entre las clases terminaron hace un rato y ahora gran parte de los alumnos está desperdigada por todos los terrenos, terminando el almuerzo. El único que sigue comiendo de nosotros es Harada, que está acabando las sobras de la comida de Li Yan. A cada bocado, da dos tragos del brik de leche. A su lado ya hay un par vacíos.

—¿No te das cuenta de que la leche no soluciona el problema? —pregunta Li Yan, observándolo de soslayo.

—Yo soy más alta que tú y hace años que no tomo —añado.

Harada me dedica una mirada lúgubre y vuelve a sorber de la pajita, termina el tercer brik y lo deja a un lado.

—Eres un encanto, Tendo. Si sigues así, nadie se enamorará de ti.

Li Yan pone los ojos en blanco y yo resoplo con toda la fuerza que soy capaz de reunir.

—Como si fuera algo que me interesara —replico.

—Arashi, ¿tú no dices nada? —le pregunta Harada, exasperado.

Él está a mi lado y parece realmente fascinado por los restos de arroz que quedan en su *obento*. Se encoge de hombros a modo de respuesta y su amigo menea la cabeza con frustración. Está a punto de insistir pero, entonces, dos figuras caen a nuestro lado y nos sobresaltan.

Mi bufido es aún más sonoro que el anterior. Son Daigo y Nakamura, que se inclinan en dirección a Arashi.

—¿Os vais a apuntar a la carrera de piernas atadas? —Ninguno de los cuatro responde; sabemos de sobra que la pregunta no esconde solo curiosidad.

No puedo evitar mirar a Arashi. Está tan tenso que su espalda parece una rama seca. Si se inclinase un poco, se quebraría en dos.

—Creía que vosotros pasabais de esas tonterías —observa Li Yan, con los labios torcidos en una mueca.

—Es una costumbre muy nuestra, *gaijin* —contesta Daigo con una sonrisa punzante—. Lo sabrías si fueras japonesa.

—A mí me encantaría ir contigo, *Ara-kun* —dice Nakamura con una sonrisita, echándose prácticamente encima de Arashi.

Él mira hacia abajo, a un lado, a otro, en apenas unos segundos. Para Arashi, cada parpadeo debe ser una eternidad. Abre y cierra los labios, pero no le sale la voz. Hay una mezcla de palidez y rubor coloreando su rostro.

Y yo noto que me ahogo en un mar hirviendo.

—Lo siento —digo con una súbita voz ronca, cuando me pongo en pie de pronto—. Pero se lo he pedido yo antes.

Paso tan cerca de Arashi que mi pierna golpea a propósito a Nakamura y lo desestabiliza. En ese momento, Arashi se desembaraza de él y consigue incorporarse a una velocidad absolutamente asombrosa. Después, echa a andar sin mirar atrás y yo lo sigo a un par de pasos.

No va hacia la masa de gente que se está formando a un lado del campo de atletismo. Cambia de rumbo y se dirige hacia la zona trasera, cerca del polideportivo, donde se encuentran las fuentes. Cuando llega allí, sin añadir palabra, se abalanza sobre una de ellas y empieza a beber. Cuando termina y levanta la cabeza, tiene la cara cubierta de sudor. No tengo que alargar los dedos y tocarlo para saber que está helado.

A lo lejos, puedo escuchar el disparo de salida de la carrera en la que supuestamente íbamos a participar.

—*Gomen* —dice entonces Arashi, consiguiendo que vuelva la atención hacia él.

—No te preocupes, odio esa carrera.

Su expresión se afloja un poco y una pequeña sonrisa rellena sus labios. El agua lo ha salpicado y, ahora, una gota solitaria se le desliza por el cuello y se queda atascada en el hueco de su clavícula. Por algún motivo estúpido, soy incapaz de apartar la mirada.

—¿Cómo puedes odiarla? Es solo una carrera.

—Siempre participaba con mis amigas, cuando estaba en Miako. Teníamos que dividirnos en parejas, pero nosotras insistíamos en correr las tres juntas —respondo, sin pensar—. Nunca recorríamos más de dos metros.

Cierro la boca de golpe. Hacía años que no recordaba esos momentos en los que acabábamos hechas un lío de piernas y brazos en el suelo, sin poder respirar porque las carcajadas nos robaban todo nuestro oxígeno. Los ojos se me calientan de pronto y Arashi me devuelve una mirada llena de cautela. Parece pensarse mucho las palabras antes de separar los labios.

—Suena divertido.

La saliva se me atasca en la base de la garganta.

—Lo *era*.

Arashi asiente y desvía la mirada hacia el campo de atletismo, donde se apelmaza la mayoría de la gente. Estamos tan solos que podemos escuchar el sonido de las chicharras.

—Gracias por lo de antes. Si hubiera sabido lo que significaba para ti esa carrera...

—Déjalo —lo interrumpo con brusquedad—. No... no pasa nada. Daigo y Nakamura son unos imbéciles. Algún día tendremos que hacer algo —añado con voz más suave. Los ojos de Arashi se abren un poco cuando escuchan cómo hablo en plural—. No puedes dejar que te traten así. Aunque supongo que tampoco puedes transformarte en un monstruo, como yo, y romperles la nariz a golpes —añado, en un estúpido intento por rebajar la tensión.

—Tú no eres ningún monstruo. —Esta vez es él quien me interrumpe con brusquedad.

—Cuando hablo de determinados temas, me convierto en uno. Es...

—Como si te ahogaras —completa Arashi por mí. Está a un par de metros, todavía apoyado en la fuente. Puedo sentir cómo su calidez traspasa la distancia hasta alcanzarme—. Eso fue lo que me dijiste que sentías cuando hablabas de Miako. Tenías la sensación de que te ahogabas.

Tardo unos segundos eternos en responder.

—Sí.

—Pero antes has hablado de ello, has recordado y estás bien, ¿verdad?

Me quedo en silencio unos instantes y de pronto, me doy cuenta de que Arashi tiene razón. De que sigo aquí y de que puedo respirar. Los labios se me doblan en una sonrisa que no puedo contener.

—Verdad.

Esta vez, ninguno de los dos aparta la mirada. Los ojos de Arashi parecen de pronto muy pequeños, porque las gafas se le han resbalado de nuevo hasta la punta de la nariz. Yo hago amago de subírselas a la vez que él mueve su mano. Nuestras pieles se rozan y los dos nos quedamos paralizados.

Sus gafas bajan un poco más.

No sé si es un simple temblor, pero él mueve el índice y me acaricia el nudillo. El calor de mil veranos me inunda.

Intento pensar en algo, en lo que sea, pero mi cerebro está en blanco, y mi lengua, que siempre parece desatada, está demasiado escondida como para que la pueda encontrar. Esto es absurdo.

—¿Ven...? —La voz de Arashi se entrecorta y carraspea. Eso hace que nos separemos con brusquedad—. ¿Vendrás después al Club de Natación? Participo en varias carreras.

No habla en plural, no menciona a Li Yan. Parece una simple pregunta, pero sé que para él ha sido difícil pronunciarla. Lo veo en sus manos tensas, en el intenso rubor que colorea sus mejillas y la punta de sus orejas, en su ceño fruncido.

Aprieto los dientes cuando me imagino de pie frente a la piscina. Sé que tiene dimensiones olímpicas, lo leí en uno de esos estúpidos folletos del instituto cuando mi padre me informó dónde iba a estudiar este último curso. Al verla, lo cerré de golpe y lo arrojé a la papelera.

Intento reprimir un escalofrío en vano. Ahora mismo quiero salir corriendo, llegar a casa y esconderme bajo las mantas, o golpear la almohada hasta quedarme sin fuerzas. Cada respiración es una tortura. Es como si me estuviera obligando a respirar bajo el agua.

Si fuera por mí, no volvería a ver una piscina en la vida.

«Es una lástima, Tendo», dice entonces una voz femenina. «Siempre he disfrutado al verte nadar».

Echo un vistazo rápido por encima del hombro y me siento morir. Es la profesora Hanon. Va vestida con ropa deportiva y me observa de la misma manera que aquel día en el que le gané a Kaito Aoki en una carrera de natación.

—¿Tendo? —pregunta Arashi, dando un paso en mi dirección—. Nami, ¿estás bien?

Me cuesta separar la mirada de esa mujer que no debería estar aquí. Recuerdo cómo mi padre me contó que había muerto, pálido, a pesar de que era algo que no quería oír. Ni en ese momento ni nunca.

—Hoy tengo que trabajar, lo siento —contesto, con una voz tan débil que no parece mía.

Es una verdad a medias. Es cierto que tengo que estar a las cinco en el *konbini*, pero sé que las carreras empiezan a las tres. Tengo tiempo de sobra para ver alguna. Arashi también lo sabe, pero en vez de insistir, asiente tras un momento y esboza una pequeña sonrisa.

—¿Volvemos?

Cabeceo y echo a andar a su lado. De reojo, me parece divisar una sombra junto a la fuente que acabamos de abandonar. La profesora Hanon ha desaparecido, y en su lugar veo a Yoko-san apoyada en ella.

«Eres más valiente de lo que crees, Nami», canturrea. «Y el agua siempre te ha fascinado demasiado».

Yo aparto la mirada de golpe. Me gustaría clausurar mis oídos de la misma forma en que puedo cerrar los ojos, pero el susurro de la fuente llega hasta mí. No tiene sentido. Nadie está pulsando el pequeño interruptor, pero el agua sigue brotando del grifo, llena la pila, y se desliza hacia el suelo hasta formar un gran charco.

BAJO EL AGUA

11 de junio de 2016

Le había dicho a Arashi que no podría ir y, sin embargo, estoy frente a las puertas de la piscina cubierta del polideportivo. El olor a cloro escapa de ellas y me llena las fosas nasales, los pulmones, la boca y la cabeza. Es un perfume insoportable, que me atrae y me repele a partes iguales.

Si cerrara los ojos, la voz de Li Yan se transformaría en una más aguda, más pequeña, y se multiplicaría por dos. En el colegio de primaria de Miako no había clubes, pero yo pasaba mucho tiempo en la pequeña piscina cubierta. Amane nadaba conmigo, aunque se cansaba antes y se ponía a hablar con Mizu, que siempre nos observaba desde el borde, meneando los pies dentro del agua. Yo no dejaba de bucear y de hacer largos; nunca era suficiente.

Pero ahora me detengo, con un pie dentro del recinto y otro fuera, como hice cuando decidí visitar por primera vez el Templo Susanji por mí misma, y me detuve bajo el enorme *torii* de la entrada.

—¿Nami? —me pregunta Li Yan desde el interior. Me observa con el ceño fruncido—. ¿Estás bien?

La verdad es que no. Me gustaría dar media vuelta y regresar al campo de atletismo y quedarme sentada en la esterilla que compartíamos. Pero de pronto, un par de chicos pasan por mi lado y me empujan. Yo trastabillo hacia delante y entro en el recinto, mientras ellos me murmuran una disculpa rápida.

Miro alrededor, las paredes blancas y las vigas de hierro. Escucho chapoteos a lo lejos que, en el fondo de mi cabeza, se mezclan con la sonrisa tímida de Arashi y las puntas coloradas de sus orejas.

Respiro hondo.

Estoy dentro.

El olor a cloro me rodea, pero sigo respirando.

—Estás muy pálida —murmura Li Yan; sus ojos me recorren con preocupación.

—Se me pasará —respondo. Me obligo a levantar la cabeza para enfrentarme al pasillo que comunica con la piscina—. ¿Vamos?

Ella asiente y, sin previo aviso, enlaza su brazo con el mío. Yo me tenso de inmediato y, cuando vuelvo a andar, lo hago un poco a trompicones. Con Keiko nunca caminé así, me recordaba demasiado a cuando íbamos Amane, Mizu y yo por los pasillos del colegio, ocupando toda su anchura mientras los demás protestaban por no poder pasar.

Li Yan nota mi incomodidad y siento cómo desliza su brazo lejos del mío. Sin embargo, mi mano se mueve rápido y, antes de pensar en lo que estoy haciendo, la agarro de nuevo y la pego a mí.

—No —mascullo casi con brusquedad—. Solo necesito... acostumbrarme.

Sé que es una frase extraña en un contexto como este, pero Li Yan, en vez de fruncir el ceño o decir que soy un bicho raro, esboza una pequeña sonrisa y me da un empujoncito.

—Yo sabía que en el fondo no eras tan dura —comenta.

Una brisa tibia, reconfortante, me abanica el pecho y se extiende por todo mi interior. Sus palabras son como una taza de té caliente en pleno invierno. Sin embargo, la sensación apenas dura cuando cruzamos una enorme puerta de metal y llegamos a la piscina.

Contengo la respiración lo máximo que me permiten los pulmones mientras Li Yan me conduce hacia un lateral, al inicio de unas gradas. Los alrededores de la piscina están repletos de alumnos y de miembros del Club de Natación.

—¡Mira! Allí hay un buen sitio.

Li Yan me empuja entre los bancos de madera y consigue hacerse paso entre varios alumnos hasta llegar a la primera fila. Cuando llego, apoyo las manos en la barandilla y estiro los brazos todo lo posible para mantenerme lo más alejada que puedo de ella. Si perdiera el equilibrio, si me precipitara hacia delante, caería a la piscina.

La barandilla me llega a la cintura, pero siento las rodillas temblorosas, así que me apresuro a sentarme, mientras Li Yan prácticamente pende sobre el vacío, con los ojos clavados en la multitud que se encuentra unos metros por debajo.

—¡Ah! ¡Están ahí! —exclama, antes de alzar la voz—. ¡Koga! ¡Harada!

Grita tanto que prácticamente todos se vuelven en sus asientos para mirarnos. Los aludidos, reunidos con varios chicos y chicas más, con una camiseta deportiva encima del bañador, se vuelven y escrutan las gradas hasta dar con nosotros.

Cuando se despidieron de nosotras hace una hora para prepararse para las carreras, Arashi me deseó suerte en el trabajo. Pensó que no iba a venir, aunque, la verdad, es que yo también lo creía.

A pesar de la distancia, puedo ver cómo ladea la cabeza, confundido al verme, mientras Harada grita como un loco y la encargada del club y profesora de educación física, la profesora Ono, lo regaña. Pero entonces sonríe, y yo de repente olvido que me encuentro a unos metros sobre el agua. La respiración se me entrecorta un poco, pero es una sensación de ahogo diferente. Él no chilla como su amigo, solo levanta un largo brazo y lo agita en el aire, pero llena tanto el lugar como Harada con su grito.

Li Yan me mira de reojo.

—Estás muy roja.

—Antes decías que estaba pálida, ahora roja. Deberías aclararte —mascullo entre dientes. Intento calmarme, pero la temperatura no deja de subir en mi piel.

—*Ya* —contesta ella, con las cejas arqueadas.

—¿En qué estilo compiten? —pregunto, deseando cambiar de tema.

—Creo que Harada en braza y Koga en crol. Imagino que también participarán en la de relevos.

Asiento, con los ojos todavía quietos en la figura larguirucha de Arashi. Él sigue mirándome y cuando la encargada del club se dirige a él, se sobresalta tanto que está a punto de caer a la piscina. Creo que seguía mirándome.

—Yo antes nadaba, ¿sabes? —digo, en un susurro apenas audible.

Li Yan me mira, sorprendida, y sus ojos se pasean por toda mi expresión antes de que una sonrisa lenta se extienda por sus labios.

—¿Y se te daba bien?

Me encojo de hombros, aunque en mi mente Amane me dedica una mirada asesina y menea la cabeza con frustración.

Unos minutos después, las carreras comienzan. Los nervios empiezan a palparse en el aire y la grada se termina llenando. Muchas chicas de cursos inferiores nos rodean y cuchichean cuando los chicos de mi curso se quitan las camisetas y se quedan únicamente con sus bañadores.

—Parece que lleva un tanga —comento cuando observo a Harada, con los ojos como platos.

—Dice que cuanto más pegado y pequeño sea su bañador, mejor será su aerodinámica —responde Li Yan, antes de soltar una carcajada.

Yo asiento y, aunque poso los ojos sobre Arashi, que se dirige hacia una de las plataformas de salto, no hago ningún comentario sobre él. Si lo hiciera, creo que se me entrecortaría la voz.

La profesora Ono se coloca a un lado de la piscina y se lleva las manos al silbato que cuelga de su cuello.

Todos los participantes de la carrera se encuentran en tensión, con el cuerpo cimbreado y las yemas de los dedos rozando la plataforma de salida. Durante un instante, el silencio es total en el polideportivo y, de golpe, rasgando el aire con la fuerza de una *katana*, el silbato suena y los chicos se tiran de cabeza al agua.

Sus cuerpos se deslizan bajo el agua, creando ondulaciones que los vuelven borrosos.

Clavo los ojos en Arashi, en su pelo, ligeramente más largo que el de los demás. Bajo el agua, parece la llama de una vela, candente, que oscila por capricho del viento.

Todos salen a la superficie casi al mismo tiempo y comienzan a bracear con fuerza. Nadan a crol, mi estilo favorito, en el que antes era verdaderamente rápida.

En apenas unos segundos llegan al otro extremo de la piscina y, tras una maniobra limpia en el interior del agua, salen propulsados hacia la superficie desde donde saltaron.

No me doy cuenta, pero mientras mis ojos devoran a Arashi y a Harada, que destacan de sus compañeros, uno por el tamaño de su bañador y otro por la velocidad, me voy poniendo poco a poco en pie, temblando, con los brazos y las piernas rígidas.

—¡Vamos, Arashi! —me oigo gritar.

Es una sensación extraña. Siento miedo, sí, pero también fascinación. Fascinación por cómo sus manos y sus pies se hunden en el agua, por cómo toman aire, como si fuera la última bocanada que les queda, por cómo el agua los envuelve y los lleva, suave, cálida, y parece susurrarles: «Nunca os hundiréis. Yo os haré flotar».

Era lo que yo creía oír cuando flotaba en el océano, en Miako, durante los días de playa junto a mi padre y a mi hermano.

Lo mismo que sentía cuando mis amigas estaban a mi lado.

De pronto, un rugido ensordecedor me hace parpadear. La carrera ha terminado y Arashi ha ganado. Está todavía en el agua y Harada se encuentra prácticamente encima de él mientras todos los que están a mi alrededor aplauden con fuerza. Li Yan dice algo, pero no la escucho bien.

Cuando inspiro, el cloro se ve sustituido por el olor del océano.

Desvío la mirada de los nadadores y la hundo en el mismo centro de la piscina. Hay algo extraño en ella. El agua es más oscura. No, no exactamente. Es oscuro lo que hay bajo ella. El suelo de baldosas blancas y celestes ha desaparecido y en su lugar atisbo un abismo infinito.

—Nami, ten cuidado. —La voz de Li Yan me llega incluso más débil, más perdida.

Siento la presión de la barandilla sobre la parte alta del estómago, apenas apoyo mis pies de puntillas, mis manos están cerradas en torno a la barandilla de metal, pero sin fuerza.

El agua me llama. Es una sensación similar a la que me corroía cuando estaba en Miako, pero más intensa, más absorbente. Como si unos brazos largos e invisibles salieran de la piscina, se enredasen en mi pelo y tirasen de mí hacia abajo, hacia esa gigantesca sombra sumergida en el agua.

—¡Nami!

De pronto, los pies se me separan del suelo y escucho una exclamación ahogada a mi lado. Las manos de Li Yan intentan sujetarme, pero solo llega a rozarme la manga de mi camiseta antes de que yo me precipite desde la grada hasta la piscina.

Veo un borrón de rostros que pasan frente a mi cara a toda velocidad, y entonces, el agua me abraza y me hunde en ella como no lo había hecho en meses.

Es extraño, porque separo los párpados y veo perfectamente a mi alrededor. Esa bruma azul que invade cualquier mirada cuando se abren los ojos y el cloro o la sal te atacan no existe. Veo con la misma nitidez que si estuviera en tierra firme. Y este no es el fondo de la piscina.

Parece que me encuentro en mitad del océano, porque no existen límites a mi alrededor, solo el de la superficie que, como me ocurrió cuando Keiko me empujó a la piscina, veo cada vez más lejos de mí.

Nanami Tendo, susurra una voz desde todas partes y ninguna.

Hago un giro completo, pero no encuentro nada.

Nanami Tendo, repite la extraña voz, y esta vez miro hacia abajo.

Y, como meses atrás, avisto algo. Una figura enorme, monstruosa, que no puede caber en una piscina, ni siquiera en una olímpica, que sacude su gigantesco cuerpo y asciende hacia mí desde las profundidades. Capto un resplandor verde, después otro amarillento, y empiezo a manotear, desesperada. Apenas me muevo; esta agua parece poseer una densidad distinta, y pesa demasiado, me oprime como para que alcance la superficie.

Parpadeo y vuelvo a mirar aterrada hacia abajo, y unos enormes ojos dorados me devuelven la mirada.

Pero entonces unas burbujas aparecen en mi campo de visión. Alzo las manos y cuando las rozo con la punta de mis dedos, estallan y escucho una voz pronunciando mi nombre. Me vuelvo y, de pronto, ese extraño abismo sin límites y esa enorme figura desaparecen, y me encuentro de nuevo en el fondo de la piscina cubierta del Instituto Bunkyo, frente a una figura borrosa.

Separo los labios, y esta vez el agua se cuela en mi interior y me ahoga. Un brazo largo se enreda en torno a mi torso y tira con fuerza hacia arriba, hacia el mundo que conozco. De pronto, mi cabeza rompe la superficie y empiezo a toser, intentando recuperar algo de aire. Apenas soy consciente de cómo la persona que tengo al lado me empuja hacia arriba y, los que están en el borde de la piscina tiran de mi ropa empapada y me tumban sobre el suelo frío, de lado.

Toso y una balsa de agua escapa de mi nariz y de mis labios. Me quedo quieta mientras el tumulto en torno a mí se incrementa, aunque suena solo como un zumbido constante en mis oídos. Creo que alguien pide a gritos que llamen a un médico y después escucho algo sobre avisar a mi padre. Intento decir que no, pero la profesora Ono se acuclilla a mi lado y me pide que no me mueva.

Finalmente, me trasladan a la enfermería del instituto y mi padre aparece poco después para recogerme, con su traje negro, idéntico al que llevan todos los ejecutivos, y sus ojos cansados y tan grises como las canas, cada vez más abundantes en su cabello.

Él da las gracias y pide perdón por todas las molestias ocasionadas, pero el profesor Nagano, que se quedó en la enfermería leyendo mientras yo esperaba a mi padre, se limita a negar con la cabeza y a decir que solo estaba haciendo su trabajo.

Cuando atravieso el patio en dirección a la salida, miro a mi alrededor; espero ver a Harada y a Li Yan, pero, sobre todo, espero encontrar a Arashi. No pude verlo con claridad, pero estoy segura de que fue él quien me sacó de la piscina. Por desgracia, aunque todavía hay muchos estudiantes, no veo a ninguno de los tres. Y mis hombros se hunden un poco más en el silencioso camino a casa.

EL HOMBRE GRIS

11 de junio de 2016

Cuando abro los ojos, veo la cara de Yemon muy cerca de la mía. Tiene las pupilas tan estrechas que casi han desaparecido en sus iris azules.

Frunzo el ceño y lo toco con cuidado entre las orejas.

«¿Yemon?».

Al escuchar mi voz, él sacude la cabeza y sus pupilas se dilatan de golpe. Comienza a ronronear con fuerza y restriega su cabeza contra mi mejilla.

«No te has separado de mí, ¿eh?», murmuro.

Cuando llegué el día anterior a casa, mi padre me acompañó hasta mi dormitorio, a pesar de que insistí en que me encontraba bien. Cuando abrió la puerta, temí que Yemon estuviese en la cama, repantingado como me lo solía encontrar cada vez que regresaba. Sin embargo, encontramos la habitación vacía y la ventana abierta de par en par, a pesar de que yo estaba segura de haberla dejado cerrada.

Mi padre masculló para sí que dejarla abierta en temporada de lluvias era una imprudencia y la cerró con cierta brusquedad. Después, me dijo que descansara y desapareció escaleras abajo.

Yo me desnudé y me puse un viejo pijama antes de tumbarme en la cama, bocabajo. Mi móvil sonó y le eché un vistazo rápido. Era Li Yan, que me preguntaba si estaba bien, con un mensaje repleto de emoticonos. Mientras le contestaba, con la mente un poco embotada, escuché un crujido a mi espalda y, cuando me coloqué de medio lado sobre el colchón, vi a Yemon sentado en mi escritorio y la ventana abierta de par en par a su espalda.

«Eres un gato un tanto extraño, ¿lo sabías?».

Él se limitó a acurrucarse entre mi cuerpo y las sábanas, y de ahí no se movió. Así permanecimos durante horas.

Al día siguiente, el rugido del estómago consigue que me levante de la cama. Sin lavarme la cara ni peinarme, me dirijo hacia las escaleras. Pero, de camino, dos súbitos golpes me sobresaltan. Me detengo y giro la cabeza hacia la puerta de Taiga.

—¿Nami? —oigo que me dice—. ¿Eres tú?

Me quedo paralizada durante unos instantes. Es la primera vez que él se dirige a mí y no al revés.

—Sí.

—¿Cómo estás? Ayer escuché a papá hablar por teléfono. Oí algo de una piscina, que te habías caído y...

—Solo me mareé —lo interrumpo—. Me mareé y perdí el equilibrio. Un amigo me sacó enseguida del agua.

—Nami, escuché decir a papá que estuviste cinco minutos debajo del agua.

¿Cinco minutos?, pienso, congelada. Se me escapa una risita tan falsa como nerviosa.

—Muy poca gente es capaz de aguantar cinco minutos bajo el agua sin respirar —replico con más seguridad de la que siento. Hay un silencio al otro lado de la puerta y yo me acerco un poco más—. Estoy bien, Taiga. Tranquilo.

Él no contesta, así que no insisto y bajo las escaleras hasta la planta baja. Cuando mis pies abandonan los peldaños me paralizo. Ante la pequeña mesa del comedor se encuentra mi padre. Frente a él tiene un par de boles vacíos, uno en el que quedan varios granos de arroz, y en el otro, los posos de una sopa de miso. Su café está por la mitad, y le da un sorbo distraído mientras echa un vistazo al enorme periódico desplegado delante de él.

—¿Papá? —pregunto, sorprendida.

Él levanta la cabeza y me mira, tan pasmado como yo.

—Oh, ¿ya te has levantado? Creí que te despertarías más tarde.

Aprieto un poco los labios, sin decirle que no soy decepcionante en todos los ámbitos de mi vida, y que él lo sabría si se molestase en pasar un poco de tiempo conmigo. En vez de eso, arrastro los pies hasta la cocina y me preparo una tostada y un café. Cuando los llevo a la mesa, mi padre sigue ahí. Frunzo el ceño, y me doy cuenta de pronto de que no lleva ninguno de sus trajes habituales. Parece disfrazado con los vaqueros y una camisa de manga corta.

—¿Hoy no trabajas?

Hace muchos meses que no lo veo tomarse un sábado libre de la oficina. Incluso, cuando tiene vacaciones, siempre busca una excusa para ir a «comprobar algunas cosas». Eso es lo que dice, aunque luego pasa la mayor parte del tiempo fuera.

—Bueno, después de lo que sucedió ayer, creí que era buena idea quedarme en casa —comenta, incómodo.

—Ah —musito, perpleja—. Gracias.

—¿Te encuentras mejor?

Asiento y me dejo caer en la silla que hay frente a él. No tenemos otra. Mi padre decidió apartar la tercera que teníamos reservada para Taiga un par de meses después de su encierro en la habitación.

Mastico con lentitud mientras los dos nos observamos de soslayo, incapaces de mirarnos a los ojos.

—¿Es verdad que tardaron cinco minutos en sacarme del agua? —pregunto cuando termino la tostada.

—¿Quién te ha contado eso?

—Taiga. Te escuchó hablar por teléfono ayer.

Mi padre suelta el aire por la nariz y sus nudillos se vuelven blancos por la fuerza con la que aprieta el periódico. Las páginas tiemblan como si fueran hojas azotadas por una tempestad.

—Eso fue lo que me dijo tu profesor, aunque sea completamente descabellado. —Lo cree de verdad, no como yo. Sí, no podría estar tanto tiempo debajo del agua sin perder la conciencia, pero no recuerdo cuánto tiempo pasó mientras yo permanecía en ese abismo extraño y sumergido, sobre un monstruo de ojos dorados—. Una crisis nerviosa colectiva. Eso hace que se distorsione la percepción del tiempo.

Asiento. Esas palabras me suenan a las que él pronunció después de que me desmayara en mitad de la autovía, después de que el suelo temblara, se rompiera, y Miako desapareciera bajo el agua.

Mi supuesto mal del terremoto.

Me pregunto qué diría mi padre si supiera que desde que asisto al Instituto Bunkyo he empezado a ver a personas que murieron hace años.

—Sé que estás preocupada porque el último año es duro —dice mi padre. Me dedica una mirada que parece comprensiva, aunque está completamente equivocado—. Pero es necesario que te esfuerces. Si no, no conseguirás que tu vida valga la pena.

Me atraganto con el café y toso con la taza entre las manos. Miro hacia abajo, hasta mis rodillas que se aprietan entre sí por rabia, para que mi padre no pueda ver mi expresión.

—Antes no decías eso —mascullo para mí misma, pero él me escucha.

—¿Qué? —Una ola de confusión le empapa la cara.

—Cuando estábamos en Miako, nunca me dijiste nada de eso —repito con voz lenta pero segura. Levanto la mirada y compruebo que la piel de mi padre, siempre amarillenta por las horas en la oficina, se ha vuelto de color gris—. Recuerdo que una vez, en las noticias, se comentó que una chica se había desmayado mientras cruzaba un paso de cebra. Un coche la atropelló y murió. Estaba agotada de tanto estudiar. Dijiste que nunca querrías eso para mí, que era una barbaridad lo que les hacían pasar a los estudiantes.

—Ese fue un caso excepcional —replica él, con voz fría, aunque sé que recuerda esa noticia. Lo veo en sus ojos—. Si no estudias, si no terminas una carrera, nunca serás nada. Nunca valdrás nada.

—¿Taiga no vale nada por no haber terminado sus estudios? —pregunto antes de poder controlar mi lengua.

Su cuerpo se sacude como un cable tensado al máximo, pero no responde. Bajo la taza con brusquedad y golpeo la mesa del comedor, consiguiendo que parte del contenido se derrame.

—Mamá nunca llegó a empezar ninguna carrera —continúo; es una de las pocas cosas que sé con certeza sobre ella. Él palidece otro tono más—. Yoko-san dejó su trabajo en Osaka y decidió abrir una cafetería en un pueblo perdido como era Miako. ¿Ninguna de las dos valían tampoco?

—¡Ellas no tienen nada que ver en este asunto!

Se incorpora con rudeza y su silla cae hacia atrás. La fuerza del golpe contra el suelo y la violencia del gesto consiguen que yo también me ponga en pie y retroceda un paso.

En ese mismo instante, empieza a salir agua del grifo de la cocina.

El sonido rompe la burbuja negra que nos rodea. Temblando, me dirijo hacia la cocina y observo que la cantidad que brota es tanta, que se acumula y el desagüe no es capaz de tragarla a tiempo. Pero el grifo no está abierto. Frunzo el ceño, lo abro y, cuando lo cierro, el agua se corta. Las dos últimas gotas que caen sobre el fregadero suenan como dos truenos en mitad de ese silencio.

Miro por encima del hombro en el momento en que mi padre se inclina para recoger la silla y arrimarla a la mesa. Cuando me habla, no me mira.

—Deberías llamar a la academia por tu falta de ayer. Pensé en hacerlo yo, pero es tu responsabilidad.

Hago una mueca que él no ve, pero de pronto un rayo me recorre el cuerpo. ¡El trabajo! Ayer era viernes, el peor día de la semana, y ni siquiera me acordé de avisar a Kaito, ni a la señora Suzuki, ni a Hanae, la otra empleada.

Miro el reloj de soslayo. Es temprano, no sé quién estará de turno, pero debo acercarme para disculparme. Aunque no tenga mucho sentido, no quiero perder el trabajo.

—Iré en persona —digo.

No espero a que me conteste. Le doy la espalda y subo las escaleras de dos en dos. Cuando llego a mi habitación, Yemon asoma la cabeza por debajo de las sábanas y observa entre bostezos cómo me visto.

Escucho a mi padre subir las escaleras después y, aunque ya estoy arreglada, me quedo quieta junto a la puerta entornada de mi dormitorio. Siento cómo se detiene junto a ella y yo noto cómo se me entrecorta la respiración. Lo siento dudar al otro lado, pero finalmente sigue su camino y llega hasta su dormitorio. Cuando escucho el crujido de su puerta al cerrarse, asomo la cabeza y observo el final del pasillo. Los muelles de una cama chirrían y hace eco el susurro de un cajón al abrirse.

Después, todo es silencio.

CUARTA OLA

29 de mayo de 2010

Aquella noche soñé con el Templo Susanji.

La luna llena resplandecía por encima de los árboles y bañaba toda la colina. A lo lejos, el agua del océano brillaba, parecía plata líquida. Todos los farolillos del templo estaban encendidos y un destello que recordaba a la sangre aclaraba un poco las sombras de la noche. Yo me encontraba bajo el *torii*, rojo intenso, con un pie en el interior y el otro algo desplazado hacia atrás, como si no estuviera segura de cruzar esa delgada línea que separaba mi realidad del mundo de los dioses y los espíritus.

Cuando desperté fui incapaz de olvidarme de aquella imagen. Sabía que los sueños se terminaban olvidando tarde o temprano, pero esa escena siguió vívida en mi cabeza. Si cerraba los ojos e inspiraba, casi podía notar el olor a bosque y a océano del sueño. Así que, después de comer, llamé a Mizu y le pregunté si me acompañaría al templo.

—¿Y hacer de nuevo todo ese camino? —rezongó—. ¡Estás loca! ¿Para qué quieres ir?

—No lo sé. Soñé con el templo y no me lo puedo quitar de la cabeza.

—Vaya, ¿de verdad? Eso le ocurrió a la protagonista del manga que estoy leyendo. Soñaba que veía la Torre de Tokio, una y otra vez, y al final, tuvo que enfrentarse a un enemigo (que por poco la mata, por cierto), precisamente en el mismo sitio. —Mizu soltó una risita al otro lado de la línea mientras yo ponía los ojos en blanco—. ¿Eres una *magical girl*, Nami?

—Ojalá —contesté.

Estuve a punto de colgar, pero ella volvió a hablar:

—No quiero ir a ese templo perdido, pero sí quiero que vengas esta noche a dormir. Amane se va a quedar, y mis padres me han dicho que podemos ver películas hasta tarde.

—Vale, iré cuando regrese del templo.

Me pareció que Mizu chascaba la lengua al otro lado del teléfono.

—Como quieras, cabezota.

Cuando colgué, me dirigí a la sala de estar, donde mi padre leía un libro sentado en el sofá. Levantó la mirada, interrogativo, cuando me planté frente a él.

—¿Puedo quedarme a dormir en casa de Mizu?

Me mordí los labios, nerviosa. Era la primera vez que le mentía y algo me decía por dentro que no sería la última, pero no estaba segura de si me dejaría ir sola al templo. Se tardaba casi una hora en llegar y el sendero que ascendía era muy poco transitado. Aunque en Miako nunca pasaba nada, ni malo ni bueno, sabía que a mi padre no le gustaría que me alejase tanto por caminos solitarios.

—Por supuesto.

Me respondió con tanta rapidez que lo miré sorprendida y él esbozó una pequeña sonrisa, casi de disculpa, antes de dejar el libro a un lado e inclinarse en mi dirección.

—Creo que no debería darte permiso sin pensármelo antes un poco, ¿verdad? —dijo entre risas—. Soy un padre terrible.

—Eres el mejor padre del mundo —repuse antes de darle un abrazo.

Después, subí las escaleras hasta mi cuarto, guardé una muda y el pijama en una vieja mochila, y salí corriendo de casa mientras mi padre me advertía con una sonrisa que me portara bien. Cuando abrí la puerta de la pequeña valla de la parcela, estuve a punto de tropezarme con Yoko-san.

—¿A dónde vas con tanta prisa, Nami?

No dejé de correr mientras le respondía por encima del hombro.

—¡A casa de una amiga!

Apenas me crucé con alguien en todo el camino. La mochila rebotaba en mi espalda y la brisa suave de mayo me acariciaba los brazos desnudos. No sé qué esperaba hallar en el trayecto, pero después de hablar con Mizu y ese extraño sueño que no conseguía borrar de mi cabeza, me sentí decepcionada cuando alcancé el final del sendero sin que nada extraño hubiese ocurrido. De hecho, cuando llegué por fin a la entrada del templo y me detuve a unos pasos del *torii* que había visto en sueños, había varias personas pululando por allí. Un par de ancianos y la joven sacerdotisa aburrida del otro día. Del amable sacerdote que nos regaló tantas leyendas no había ni rastro.

Pero cuando estaba a punto de entrar, me quedé paralizada, como en el sueño, y miré a mi alrededor. Esperaba que el cielo todavía brillante de la tarde se apagara, que el sol que ardía en el horizonte se ocultara y, en su lugar, apareciera la luna.

Pero nada sucedió, nada cambió.

El mundo de los dioses y de los espíritus al que estaba a punto de entrar era igual al mío. Los ancianos seguían charlando y la sacerdotisa seguía golpeteando con los índices el mostrador de la oficina.

Suspiré con desilusión. Quizás había sido un error haber subido hasta aquí. Debería haber ido directamente a casa de Mizu y quedarme con ella y con Amane. Puede que ya hubiesen abierto el primer paquete de patatas.

Pero entonces algo llamó mi atención. Un borrón naranja, que resplandecía como una pequeña llama ahora que el sol de la tarde se reflejaba en él. Rebotaba contra el suelo, cerca del pequeño lago. Fruncí el ceño y, cuando agudicé la mirada, solté una exclamación ahogada. Era uno de los peces del estanque. Daba saltos desesperados, luchando por volver al agua, pero con cada impulso se alejaba más.

Atravesé el *torii* y me adentré en el templo sin dudar. La sacerdotisa alargó un poco la cabeza para observar mi carrera desesperada.

Sin embargo, cuando me detuve junto al estanque, el pez lo hizo conmigo. Sus ojos redondos y brillantes se habían vuelto vacíos.

—No, no, no... —murmuré.

A pesar de que se había quedado quieto, me acuclillé a su lado y lo alcé con cuidado. ¿Cómo había salido del agua? ¿Por qué nadie lo había visto? Estaba frío, era pequeño y resbaladizo, pero mis dedos lo sujetaron con seguridad antes de devolverlo al estanque, donde nadaban otros peces koi, pero de mucho mayor tamaño. Observé el agua, expectante, pero el pez siguió inerte, flotando de medio lado.

—Tú estuviste aquí hace tiempo, ¿verdad? —comentó de pronto una voz grave y cascada a mi lado.

Me sobresalté tanto que perdí el equilibrio y caí hacia atrás, golpeándome el trasero. Era el viejo sacerdote del otro día. Iba vestido de la misma forma, aunque en esta ocasión su atención estaba solo centrada en mí.

—Recuerdo tu cara. Eras de las pocas que parecía disfrutar de mis desvaríos.

Estaba a punto de contestar que sus leyendas no me habían parecido ningún desvarío, pero mis ojos resbalaron hacia el estanque y el pequeño pez naranja y blanco, que seguía quieto.

—¿Qué ocurre? —preguntó, cuando vio mi ceño fruncido.

—He llegado tarde —respondí, con el dedo estirado hacia el agua—. No sé cuánto tiempo llevaba en la superficie, ahogándose. Creí que lo salvaría.

El sacerdote arqueó un poco las cejas y se acuclilló a mi lado para observar al pequeño pez.

Sorprendentemente, sonrió.

—Quizás solo necesita un poco de tiempo.

—Solo dice eso para hacerme sentir bien —resoplé, algo molesta.

—¿Tú crees?

Señaló con su barbilla el estanque y yo, con un suspiro, desvié la mirada de su sonrisa arrugada para fijarla en el pez, que seguía inmóvil. Parpadeé. Un momento, acababa de estremecerse. ¿Podían estremecerse los peces? Me incliné hacia el agua, boquiabierta y, de pronto, el pez se sacudió con más fuerza, como si un calambre lo recorriera, y comenzó a nadar. En apenas un suspiro, se perdió entre los otros peces.

—Creí que estaba muerto —susurré.

—Lo estaría si no hubieses decidido salvarlo y devolverlo a su hogar. Podrías haber hecho muchas cosas... apartar la mirada, seguir tu camino, o dar la vuelta. Pero decidiste entrar y ayudarlo.

—Es solo un pez —contesté, con las mejillas ardiendo, a pesar de que no era exactamente lo que quería expresar.

—Nada es lo que parece. Lo que has salvado no es solo un pez. Yo no soy solo un sacerdote. Tú no eres solo una niña.

—Ah, ¿no? —pregunté, divertida—. Entonces, ¿qué soy?

—Eso tienes que decidirlo tú.

Me encogí de hombros, sin entenderlo. Quizá sí fuera un viejo que desvariaba. Aparté la mirada del estanque y dejé que vagara por todo el templo. La sacerdotisa seguía aburrida y la pareja de ancianos caminaba hacia nosotros. Olía a verano, y una ligera brisa hacía ondear las hojas de las ramas y las cuerdas de los cascabeles del *honden*.

Me gustaba ese lugar. Muchísimo. El próximo día insistiría para que Mizu y Amane me acompañasen, aunque tuviera que traerlas a rastras.

—¿Cómo te llamas, pequeña? —me preguntó de pronto el sacerdote.

Dudé durante un momento. Mi padre me había repetido cientos de veces que nunca diera mi nombre a desconocidos, pero, aunque fuese extraño, él no me lo parecía. Apreté los labios, todavía dubitativa, cuando la pareja de ancianos pasó por nuestro lado y se despidió del sacerdote. Él se despidió también pronunciando sus nombres. Por algún motivo, eso desvaneció mis dudas.

—Nanami, Nanami Tendo —y rápidamente expliqué—: Significa «siete mares».

—Es un buen nombre para una niña que salva a los peces.

Yo asentí pero, de pronto, me di cuenta de que el sol había bajado, y de que debía darme prisa para volver y llegar a la casa de Mizu.

Cuando anocheciera, sabía que mi padre llamaría a su casa para preguntar por mí. Siempre lo hacía.

—Tengo que irme —dije, antes de ponerme en pie.

El sacerdote se incorporó también y su cara se plegó en decenas de arrugas cuando su sonrisa se pronunció:

—Claro, ten cuidado. Y vuelve cuando quieras.

—Adiós... —Me detuve. Él me había preguntado mi nombre, pero yo no le había preguntado el suyo.

—Puedes llamarme Kannushi-san, si quieres.

Asentí y le dediqué una última reverencia antes de darle la espalda y dirigirme hacia la salida del templo. Bajo el *torii*, en el mismo punto en el que me detuve, sin saber si entrar o no, había un gato gris, con la cara aplastada, algo regordete, y con unos ojos azules como el mar.

Me detuve un instante a su lado para acariciarlo. Él ronroneó y se estiró para frotarse contra mi mano abierta.

—¿Es suyo? —le pregunté a Kannushi-san, que todavía seguía junto al estanque.

—No, pero siempre anda por aquí —respondió él, antes de darme la espalda y dirigirse hacia las oficinas del templo.

Volví la mirada hacia el felino y él maulló. Lo acaricié unos segundos más.

«Ojalá pudiera tener un gato como tú», murmuré antes de echar a andar.

No volví a tocarlo, pero el gato me siguió. Y aunque intenté disuadirlo, no dejó de trotar a mi lado, casi con alegría, hasta que llegué a las calles asfaltadas, donde se encontraban las primeras casas de Miako.

Él me observó desde el sendero, con la cabeza ladeada, y yo me despedí con la mano antes de desaparecer en una esquina.

Sin embargo, aquella noche, mientras dormía en un futón al lado de Amane, me pareció escuchar maullidos tras la ventana cerrada.

BUENOS AMIGOS

12 de junio de 2016

Me detengo a un par de metros del 7Eleven y suelto una maldición entre dientes. Kaito está dentro, acuclillado en el suelo, mientras intenta ordenar los paquetes brillantes de varias marcas de chocolatinas.

Tomo aire y, sin pensarlo de nuevo, entro a la tienda.

Las puertas automáticas dejan escapar un ligero susurro y él, de inmediato, se vuelve y dice mecánicamente:

—Bienvenid... —Sus ojos se cruzan con los míos—. Oh, eres tú.

—Buenos días —respondo, de una forma tan respetuosa que él deja caer un par de chocolatinas por la sorpresa—. Deseo disculparme por no haber venido ayer. Debería haber llamado, lo siento. También me gustaría disculparme formalmente con la señora Suzuki.

Kaito frunce el ceño y se rasca la cabeza antes de incorporarse. Es enorme, las estanterías son de juguete a su lado.

—¿Por qué quieres disculparte con la señora Suzuki? —Parece verdaderamente confundido.

—Porque no quiero que me despida —replico con impaciencia. Quizás es todavía más idiota de lo que creo.

—¿Y por qué te iba a despedir?

—Ya te lo he dicho. —Suelto un largo bufido y avanzo hasta llegar a su altura—. Porque falté ayer y no avisé a nadie.

—Bueno, vino ese amigo tuyo.

Parpadeo y, durante un momento, me quedo en blanco.

—¿Ese amigo mío?

—Sí, uno larguirucho, con unas gafas enormes y un peinado ridículo —dice mientras alza la mano hasta ponerla a su altura—. Me dijo que te encontrabas muy mal y que no podrías venir. ¿Y sabes qué? El idiota se ofreció. Me dijo que, si faltar te metía en algún problema, podía cubrirte.

—¿*Qué?* —murmuro, mientras mis latidos se convierten en un gorjeo veloz y los pulmones se expanden tanto que golpean contra las costillas. El calor que sentí en la piscina mientras observaba a Arashi no es más que un soplo de aire fresco comparado con el infierno que azota ahora mis mejillas.

—Por supuesto, le dije que no —contesta Kaito, volviendo a las chocolatinas—. Estaba tan nervioso que estuvo a punto de tumbarme una estantería con su bolsa de deporte. Total, para lo que haces aquí, no supone tanto cambio si estás o no. Así que tampoco avisé a la señora Suzuki ni a nadie. No necesito ayuda.

Suelta las últimas palabras con embarazo y mi cuerpo se relaja un poco. Todavía siento un calor insoportable, a pesar de lo fuerte que escapa el aire acondicionado por las rejillas de ventilación.

—Gracias —mascullo con cierta brusquedad.

Él sacude la cabeza con mi misma tosquedad y continúa ordenando las chocolatinas. Al cabo de unos segundos, pregunta:

—¿Ya estás mejor?

Asiento con rapidez y sacudo la cabeza para olvidarme de la alta figura de Arashi, nerviosa y tímida, entre las estanterías.

—No estaba enferma, ni nada parecido. Sufrí un... *accidente*, por llamarlo de alguna manera.

Kaito frunce el ceño y me echa un vistazo por encima del hombro.

—«¿Por llamarlo de alguna manera?».

—Me caí desde una altura considerable a la piscina del instituto y tuvieron que sacarme de ella. Tragué un poco de agua, pero estoy bien.

Kaito parpadea y se pasa las manos por su cabello de punta. Esta vez se vuelve por completo hacia mí.

—No lo entiendo.

—¿Qué es lo que no entiendes?

—Eras... una nadadora increíble. Te recuerdo en la piscina del colegio, o alguna vez en la playa, cuando ibas con tu familia o con Amane y Mizu. No sabes la envidia que me dabas. Parecías un maldito pez —dice, con los labios fruncidos. Yo, al contrario, no puedo mover ni un solo músculo. Si antes me había embargado una tibieza acogedora, ahora es hielo lo que atasca mis venas—. ¿Sabes lo que me dijo una vez mi madre, cuando nos encontramos ese último verano en la playa?: «Creo que Nami-chan ha nacido para estar en el agua».

—Han pasado muchos años, hace mucho que no nado —me excuso con las manos convertidas en puños.

—A nadie se le olvida nadar —replica Kaito, con los ojos en blanco—. Sobre todo, a alguien que lo hacía como tú.

—¿Ahora eres un experto en natación? —Alzo un poco la voz.

Kaito me dedica una sonrisa tan torcida como irónica.

—Tengo ojos en la cara.

Parece a punto de decir algo más, pero entonces se detiene. No sé si es porque se acaba de percatar de la tirantez de mis músculos, de mis mejillas enfebrecidas por la rabia y la frustración, o por mi mirada, que de pronto se ha vuelto vidriosa.

No sabes cuánto echo de menos nadar, cuánto me gustaría que el agua no me paralizara, me gustaría decirle.

—Bueno —continúa tras un incómodo carraspeo—, te espero el lunes que viene.

Respiro hondo y sacudo la cabeza por toda respuesta. Me doy la vuelta y me dirijo a las puertas automáticas, pero antes de que estas se abran, la voz de Kaito regresa a mí.

—Haces buenos amigos, Nami. —Sus ojos se quedan quietos en una de las estanterías de mi derecha, y adivino que quizás es la que estuvo a punto de tirar al suelo Arashi por los nervios—. Es lo que siempre he envidiado de ti. Más incluso que la natación.

Lo observo por encima del hombro, sintiendo los miembros más relajados y los ojos más secos. Carraspeo para que mi voz no vacile.

—¿Es que quieres ser mi amigo? —pregunto, burlona.

Él deja escapar un bufido y vuelve su atención a la estantería de las chocolatinas, aunque ya las ha ordenado todas.

—*Puaj*. No, gracias.

Sin embargo, a mí se me escapa una risita y salgo del 7Eleven sintiéndome más ligera, con el ceño más suave y los labios menos marcados por los dientes. Apenas he dado un par de pasos, cuando me detengo para sacar el teléfono móvil de la pequeña bolsa de tela que llevo colgada en el hombro.

Ni siquiera me paro a pensar en qué escribir. Abro la aplicación de LINE y comienzo a teclear.

09:55 a. m.: ¿Tienes el número de Koga?

No guardo el teléfono, pero no me llega la respuesta de Li Yan hasta que alcanzo el portal de mi edificio.

10:07 a. m.: ¿Sabes que me has despertado? ¡Es sábado! Ni siquiera me has dado los buenos días.

Tras el mensaje hay una lista interminable de todos los emoticonos existentes que evidencian su enfado.

10:07 a. m.: Buenos días, estimada Li Yan-chan. ¿Me podrías dar el número de Koga? Muchas gracias.
10:08 a. m.: Guárdate tus modales japoneses. Y no vuelvas a llamarme Li Yan-chan. Me han entrado escalofríos.

Se me escapa una carcajada cuando veo otra hilera de emoticonos furiosos. Pero de pronto, estos se cortan, y varios puntos suspensivos aparecen junto al nombre de mi amiga.

10:09 a. m.: ¿No tienes el número de Koga?

10:09 a. m.: Si lo tuviera no te lo estaría pidiendo.

10:10 a. m.: Qué raro. Pensé que lo tenías.

10:11 a. m.: ¿Por qué?

10:11 a. m.: No sé. Creía que hablabais todo el rato.

Se me escapa otra risa, pero esta vez suena estrangulada. La tibieza reconfortante que sentí en el *konbini* vuelve a mí y me abraza sin ser molesta, a pesar del calor que hace. Resoplo con fuerza y escribo la respuesta, aunque tengo que reescribirla un segundo más tarde, porque mis dedos tiemblan y fallan al marcar los kanji adecuados.

10:12 a. m.: Menuda toterría.

10:12 a. m.: Tontería*.

Li Yan me envía un emoticono con los ojos en blanco y tras él aparece una serie de números. Yo los observo con duda, con la sensación de que seleccionar o no seleccionar ese número de teléfono puede ser un error en ambos casos.

10:15 a. m.: Él fue el primero en arrojarse a la piscina. Lo sabes, ¿no?

Retengo el aire en el pecho cuando leo las últimas palabras de Li Yan.

«Lo sé», respondo en voz alta.

Por alguna extraña y absurda razón, no había imaginado a otra persona.

Sin detenerme a pensarlo, copio el número de teléfono en mi agenda de contactos, cierro la aplicación de LINE y selecciono el icono de llamada. Me llevo el teléfono al oído y escucho los tonos tan pesados como los latidos de mi corazón.

Los enumero como si se tratara de una cuenta atrás, pero cuando me aparto el móvil para colgar, escucho la voz de Arashi al otro lado de la línea.

—¿Sí?

—Ho... hola, Koga. Soy Tendo. —De pronto, se produce un estrépito tan enorme, que me alejo el auricular de la oreja. Lo observo con el ceño fruncido y me lo vuelvo a acercar—. ¿Estás bien?

—Eh... sí, sí. Lo siento. Solo me he tropezado. —Su voz escapa ronca, como si le estuvieran raspando las cuerdas vocales contra una lija.

—Le pedí tu número a Li Yan porque quería llamarte.

Qué elocuencia, Nami.

—Ah.

Bueno, al menos no es un problema solo mío.

—Me gustaría... darte las gracias. Sé que fuiste el primero en tirarte a la piscina cuando me viste caer y me ayudaste a salir de ella.

—Me asusté mucho —contesta, y esta vez, no hay fallas en su voz, solo verdad. En mi estómago hay de pronto un pajarillo asustado que está a punto de levantar el vuelo, o un Yemon juguetón, que no deja de dar vueltas sobre sí mismo para intentar alcanzar su rabo—. Cuando caí al agua... no te vi. Desapareciste.

Me río, pero la carcajada escapa débil y quebradiza.

—Eso es imposible.

—Lo sé —contesta y, aunque es una oración a la que le faltan palabras, no añade nada más.

Durante un instante absurdo, pienso en confesarle lo que vi, el enorme abismo, la sombra del extraño monstruo, decirle también que no es la primera vez que la veo, que ocurre cada vez que me sumerjo por completo en el agua, pero el momento pasa, sacudo la cabeza y vuelvo a hablar, a pesar de que mi voz sigue sin ser mía.

—Gracias también por haber ido al 7Eleven y haberle avisado a Kaito que no podría ir. Me dijo que incluso te ofreciste a cubrirme.

Escucho una risita nerviosa al otro lado de la línea y me lo imagino caminando de un lado a otro, con una mano en la cabeza y las puntas de las orejas de un rojo encendido.

—No fue nada. Solo...

—Claro que lo fue —lo interrumpo con firmeza. Por primera vez, mi tono es claro y fuerte—. Podrían haberme despedido. De verdad, muchas gracias, Koga.

Él se queda callado, tanto, que ni siquiera oigo su respiración. Miro la pantalla del teléfono, extrañada, pero la llamada sigue en curso.

—En... —Al otro lado de la línea, carraspea y vuelve a empezar—. Ayer, durante la carrera, me llamaste por mi nombre.

Ahora soy yo la que se queda en silencio. Es verdad que, a excepción de ayer, siempre me referí a él por el apellido, aunque en mi cabeza siempre fue *Arashi*. Desde el principio.

—Bueno, tú me has llamado varias veces *Nami* —replico, con más brusquedad de la que quiero. De nuevo, silencio, y yo me maldigo un poco por dentro—. Pero puedes llamarme así si quieres. No me importa.

Una risa explota al otro lado de la línea y mis labios la siguen.

—Tú también me puedes llamar Arashi las veces que quieras.

—Lo haré —contesto, quizá con demasiada rapidez.

Él se queda callado, pero esta vez el silencio que nos envuelve no es incómodo. Es placentero, está lleno de paz, como cuando me sumergía bajo las aguas de Miako y cerraba los ojos, y un silencio compacto y tranquilizador me envolvía.

—*Nami*. —La voz de Arashi me devuelve a la realidad de golpe.

Un escalofrío me recorre la espalda.

—¿Sí?

Lo siento vacilar al otro lado de la línea y mis rodillas comienzan a temblar un poco.

—No es nada. Nos vemos el lunes.

Sonrío, aunque siento una nota amarga en mis labios que me impide estirarlos del todo.

—Claro. *Mata ne*, Arashi.

—*Mata ne*, Nami.

BRISA DE VERANO

21 de julio de 2016

La estación de lluvias terminó el mismo uno de julio y el calor abrasador cayó sin piedad sobre la ciudad de Kioto, mezclado con la humedad y unos nubarrones grises que pocas veces abandonaban el cielo.

Y, con ese mes, llegaron los exámenes de verano.

Desde las semanas previas, el Instituto Bunkyo se sume en una especie de letargo tenso. El calor se hace insoportable a pesar de que las ventanas de clase están abiertas de par en par, cambiamos los uniformes por los de verano, y abandonamos las chaquetas azul marino, las corbatas y los jerséis oscuros.

A mí me cuesta seguir las clases, el sonido interminable de las chicharras que se cuelan por las ventanas me adormece y, a menudo, Arashi, que sigue sentado detrás de mí, me da golpecitos con el bolígrafo en la espalda para despertarme. Harada y Li Yan son menos sutiles y, cuando el profesor Nagano mira hacia otro lado, me arrojan bolas de papel que siempre me dan en la cara. La puntería es la única cosa que tienen en común.

Lo bueno de este ambiente que oscila entre lo soporífero y la tensión propia de los exámenes es que incluso Daigo y Nakamura están más calmados de lo habitual, y por primera vez en el curso, están más pendientes de sus libros que de Arashi y de cualquier otro al que molestar.

—A veces creo que la época de exámenes es mi favorita —me dijo un día Arashi, mientras caminábamos el trecho que compartíamos de regreso, y que llegaba más o menos a la altura del 7Eleven.

Sabía por qué lo decía y, aunque él esbozaba una sonrisa enorme, a mí se me rompía algo un poco por dentro.

Las tardes que no trabajo y en las que ellos no tienen academia de refuerzo o clubes, las pasamos en la biblioteca, estudiando. Es algo que siempre he odiado, incluso cuando Keiko y yo éramos muy amigas, pero ahora casi tengo prisa de que suene la campana para que nos dirijamos juntos a una de las mesas de la biblioteca. A veces, Arashi separa la vista de sus apuntes y me mira, y otras, soy yo la que lo observo a él. Harada nunca se entera de nada, suele estar más centrado en beber leche a escondidas y en que la bibliotecaria no lo pesque haciéndolo, pero muchas veces, Li Yan me devuelve la mirada, pone los ojos en blanco y menea la cabeza.

Cuando no hay clientes en el 7Eleven, me siento tras el mostrador y estudio, mientras Kaito me echa vistazos de vez en cuando.

—Sin una buena academia de refuerzo, no entrarás en una buena universidad —me dice el día antes de empezar los exámenes.

Yo bajo el libro de golpe y lo fulmino con la mirada.

—¿Eres idiota? ¿Te gusta ser idiota?

—Solo recalco lo obvio —responde, encogiéndose de hombros—. Si fueras un genio no habría problema, pero...

Bufo cuando pone cara de circunstancias y vuelvo a centrar mi atención en el libro. Sin embargo, él no se mueve y sus gigantescas botas se quedan a mi lado. Cuento hasta tres, resoplo y levanto de nuevo la mirada.

—¿Qué?

—Ayer hablé con Mizu —comenta, esta vez sin observarme. Es una suerte, porque así no ve cómo me estremezco. Él no es Arashi, y cuando rememoro el rostro de mi antigua amiga, siento que me ahogo un poco—. Quiere entrar en la Tōdai, ¿sabes?

Yo asiento, aunque no tenía ni idea. Ni siquiera sabía que para ella eso era algo importante, pero claro, ¿cómo iba a saberlo? La última vez que hablé con ella solo teníamos doce años, y a Mizu solo le preocupaban las *magical girls* y sus futuros romances de instituto. La universidad, el trabajo, la vida real... estaban todavía muy lejos de todas nosotras.

Esa misma noche abro uno de los cajones de mi escritorio para ver las cartas apiladas en él. Las acaricio y siento el papel rugoso y gastado bajo mis dedos. Estoy a punto de abrir el primer sobre, pero finalmente meneo la cabeza y decido acostarme, mientras Yemon me observa desde la cama con algo que parece decepción.

Los tres días siguientes son una mezcla de nervios, tensión y silencios rotos por cuchicheos. No salgo con mala impresión de los exámenes, aunque sé que tampoco seré de las primeras de la clase. Por suerte o por desgracia, no me importa demasiado. Y cuando al cabo de un par de días dejo en la mesa del comedor el boletín con mis calificaciones, no recibo por parte de mi padre más que una mirada lúgubre.

Más tarde, en mi habitación, me pregunto qué tal le habrá ido a Mizu, si habrá conseguido ser la primera de su clase.

«Podrías llamarla», dice la voz infantil de Amane en mi cabeza. Sé que, si mirase a un lado, la vería sentada con las piernas colgadas sobre mi escritorio, como solía hacer cuando venía a visitarme a mi casa de Miako. «Solo tienes que pedirle a Kaito su número de teléfono».

Pero, como siempre, sacudo la cabeza y me obligo a pensar en cualquier otra cosa. Y Amane desaparece.

Los días transcurren como en un suave letargo, a pesar de que la ciudad comienza a llenarse de turistas (todavía más de lo habitual) y el Festival de Gion, la fiesta más importante de mi distrito y de todo Kioto, que empezó el mismo uno de julio, se acerca a sus días más álgidos. Sacan a los dioses de sus templos y los pasean en preciosas carrozas; hay largos desfiles y cabalgatas recordando momentos históricos, y las *maiko* y las *geiko* de toda la ciudad celebran bailes sagrados y actúan en el Santuario Yasaka.

Las calles que rodean mi hogar se llenan de tantas personas que resulta difícil caminar entre ellas, y mi padre vuelve más malhumorado del trabajo. Un día, Li Yan me pide que la acompañe a comprar un *yukata*.

—¿Por qué?

—¿Como que *por qué*? ¿Quién es la extranjera y quién es la japonesa? El año pasado fui la única que no iba arreglada como era debido, hasta las turistas lo usaban. Me morí de envidia.

Así que la acompaño a una pequeña tienda tradicional cerca de mi casa, donde venden *kimonos* y *yukatas*. Yo hace muchos años que no llevo uno. Ni siquiera me visto con *kimono* para visitar el Santuario Yasaka el primer día del año. Como tantas otras cosas, es algo que me recuerda a Miako. Sin embargo, mientras Li Yan entra y sale del probador, dudosa, y vuelve un poco loca a la dueña de la tienda, mis ojos revolotean hasta un *yukata* azul noche, en el que se muestra un paisaje nocturno plagado de flores que resplandecen por las luciérnagas. No puedo evitar que mis dedos acaricien la tela.

—¿Por qué no te lo pruebas? —me pregunta Li Yan, con media cabeza asomada tras la cortina del probador.

No solo me lo pruebo, sino que gasto parte de mi dinero en él.

Días después me estoy peleando con la prenda en la diminuta habitación de Li Yan. Entre la cama y el escritorio apenas cabemos las dos. Me ha invitado a dormir esta noche, pero no tengo ni idea de dónde va a colocar el futón extra. Al menos, sus padres ya se han marchado a dar una vuelta para disfrutar del ambiente; antes se dedicaron a hacernos un completo reportaje fotográfico y se empeñaron en hacérnoslo en el mismo dormitorio, por lo que las dos ya nos habíamos clavado un par de veces el pico de la mesa y habíamos tropezado por la falta de espacio.

De pronto, el timbre hace eco en la pequeña casa. Li Yan, que en ese momento está intentando ajustarme bien el *obi*, se asusta tanto que la larga tela amarillo pálido que he comprado a juego con el *yukata* cae de sus manos.

Maldigo entre dientes mientras me afano en recogerlo.

Yo había conseguido atar el suyo, aunque no había quedado muy bien. La lazada estaba algo torcida y se lo había apretado demasiado. Para ella, sin embargo, estaba siendo una tarea imposible. Cuando conseguía atar una punta, se caía la otra. No dejaba de murmurar palabras en chino que yo no entendía y que ella no se molestaba en traducirme, aunque podía hacerme una ligera idea de lo que significaban.

No me dice quién acaba de llamar a la puerta. Solo escucho cómo la abre al otro lado del pasillo e invita a alguien a pasar con voz malhumorada.

—¿Por qué tardáis tanto? —Es la voz de Harada.

—Porque ponerse un maldito *yukata* es más complicado que subirse una estúpida bragueta —contesta Li Yan, airada.

No oigo lo que le responde Harada, pero al instante escucho otra retahíla de palabras en chino y en finés, que ahogan todo lo demás, y que son acompañadas por el tintineo de las peinetas y los adornos que se ha colocado Li Yan en la cabeza.

Yo suspiro y me asomo por la ventana. A pesar de que está cerrada, el sonido del ambiente y de la música se introduce a la fuerza e inunda el dormitorio. Como estamos en el primer piso, puedo ver la calle llena, a pesar de que es poco más que un pasadizo secundario. El cielo está despejado por primera vez en días, y los rayos sanguinolentos de un atardecer, que está a punto de sucumbir a la noche, se reflejan en los *yukatas* repletos de colores y en las peinetas y las flores que las mujeres llevan entrelazadas en sus cabellos.

—No ha sido fácil llegar hasta aquí —comenta de pronto una voz, a mi espalda.

Me aparto con tanta rapidez de la ventana, con los brazos envolviendo mi cintura para que el *yukata*, a falta del *obi*, no se abra. Arashi está en la puerta de la habitación. Él también lleva un *yukata*, aunque el suyo es negro, decorado por finas rayas blancas que lo hacen parecer todavía más alto. Intento tragar saliva, pero mi boca, mi lengua y mi garganta se han convertido repentinamente en un desierto.

Hace días que no lo veo; desde que nos dieron las vacaciones de verano hace algo más de una semana. Y es extraño, porque ahora que lo tengo frente a mí, no me había dado cuenta de cuánto lo he echado de menos.

Arashi parece a punto de decir algo más, pero entonces sus pupilas se fijan en cómo mis brazos aferran la tela del *yukata* y mis dedos sujetan con fuerza temblorosa el *obi*. De pronto, su rostro se tiñe de púrpura y se da la vuelta de inmediato. Sabe que estoy prácticamente desnuda bajo la de él.

—Lo... lo siento muchísimo, de verdad —dice tan atropelladamente, que las palabras se mezclan unas con otras—. Creía que ya estabas vestida. Esperaré fue...

—Tengo problemas con el *obi* —lo interrumpo. Me encojo de hombros, como si me diera igual que me viera así, con el *yukata* sin cerrar, pero el movimiento es demasiado rígido, casi doloroso.

Arashi está a punto de salir del dormitorio, pero se detiene en el acto y una de sus grandes manos se posa en el marco de la puerta. No solo se apoya en él, lo aprieta con fuerza, con tanta, que veo cómo sus nudillos se vuelven tan blancos como la pared.

—Puedo ayudarte. Si quieres, claro —se apresura a añadir.

Parpadeo, genuinamente sorprendida.

—¿Sabes atar un *obi*?

Arashi se da la vuelta con lentitud, con una sonrisa tímida tironeando de sus labios.

—Mi tía nos enseñó a mi hermana mayor y a mí cuando éramos niños. Siempre nos regalaba *kimonos* y *yukatas*. El día en que mi hermana fue aceptada en una *okiya* para comenzar su formación, yo fui quien la ayudó a vestirse —dice, con esa pequeña sonrisa, pero con los ojos clavados en sus sandalias—. Cuando era pequeño quería ser *otokosu*, los hombres que ayudan a las *maiko* y a las *geiko* a vestirse.

No le contesto, pero cuando Arashi levanta por fin la mirada en mi dirección, cauteloso, extiendo el brazo y le entrego el *obi*. Él alarga también la mano y, durante un momento, nuestros dedos se tocan. No es la primera vez que nos rozamos accidentalmente, pero sí la primera que no nos apartamos a los pocos segundos. Arashi tarda demasiado en tomar el *obi* y yo tardo demasiado tiempo en soltarlo. No soy capaz de mirarlo a los ojos, porque entonces sé que él verá algo que yo todavía no entiendo y para lo que ni siquiera sé si estoy preparada.

—¿Puedes... puedes darte la vuelta? —me pregunta, con un tartamudeo que trata de no serlo.

Yo lo obedezco con brusquedad y me coloco de cara a la ventana, dándoles la espalda a él y a la puerta. Inhalo el aire de golpe cuando escucho el susurro de la tela detrás de mí.

—Necesito que levantes los brazos —dice Arashi, tan cerca de mí, que siento su voz como si saliera de mi propia garganta.

No me sobresalto, pero no puedo evitar que un escalofrío erice cada centímetro de mi piel. Me muerdo los labios; siento su respiración sobre mi cuello, cómo empuja con suavidad los mechones de mi cabello. Siento los miembros pesados y torpes. Pero esa repentina debilidad que noto no es nada comparada con la bomba nuclear que estalla en mi abdomen cuando sus manos se deslizan sobre mi estómago, tensando y alisando los pliegues del *obi*. Apenas puedo bajar la vista para observar cómo sus dedos se mueven con seguridad. Aunque sus brazos no llegan a tocarme, percibo la calidez que desprenden y que me envuelve como una caricia de verano.

Arashi hace el nudo, pero para tensarlo aún más, tira con fuerza y me atrae hacia él sin pretenderlo. Y yo me quedo congelada en un mar de llamas, recostada sobre su cuerpo.

No nos movemos, creo que ni siquiera respiramos. Siento un corazón que palpita frenético, con rabia o con miedo, que llena todo el espacio y silencia todo lo demás, pero no sé si es suyo o mío. Sus manos, atrapadas entre su pecho y mi espalda, trepan y se quedan ancladas en mis hombros. Creo atisbar un leve temblor.

Siento que inclina la cabeza y algo me roza el cuello. ¿La punta de su nariz? ¿Sus labios? No lo sé, pero mi espalda se arquea involuntariamente.

—Nami —me llama.

Giro la cabeza rápidamente con un movimiento instintivo (y aunque pueda, no sé si quiero detenerlo), y me quedo quieta, con los ojos a la altura de los labios entreabiertos de Arashi, atascados en una palabra que parecen haber olvidado.

Levantar la mirada es casi imposible, pero cuando lo consigo, me doy cuenta de que Arashi no me está mirando, de que sus pupilas se han perdido en mi boca.

No sé si es consciente de la fuerza con la que me aferra por los hombros.

Pero, de pronto, la puerta del dormitorio que Arashi había dejado entreabierta se abre con brusquedad y Harada entra dando tumbos, impaciente, preguntando por qué estamos tardando tanto, que tiene hambre y quiere probar toda la comida de los puestos que hay repartidos por la calle. Ni siquiera se fija en la velocidad con la que su amigo y yo nos separamos.

Me vuelvo hacia la ventana, con las manos apoyadas en la mesa, rogando para que mi rostro vuelva a adquirir un color normal. Cuento en silencio hasta tres y, cuando me doy la vuelta, consigo mantener una expresión indiferente en mis rasgos, aunque todavía noto las mejillas ardiendo.

Intento ignorar la mirada curiosa de Harada y la burlona de Li Yan cuando salgo de la habitación y atravieso el pasillo para acercarme a ella.

Hago lo imposible para no mirar a Arashi.

—¿Nos vamos? —le pregunto a mi amiga.

—¿A qué viene tanta prisa ahora? —me pregunta, antes de guiñarme un ojo. Yo la fulmino con la mirada y escucho cómo algo se cae en el dormitorio de ella y la voz de Harada se eleva para quejarse de la torpeza de Arashi.

Por fin, bajamos las escaleras y llegamos a la calle, saturadas de personas vestidas con *yukatas* y de la música que escapa desde los altavoces que han colocado en las calles principales y llegan hasta nosotros. No hace tanto calor, pero yo no tardo en sacar el pequeño *pai-pai* de mi bolso a juego con el *yukata*, para abanicarme.

El aire tiene un perfume diferente. Huele a verano y a algo más. A lo que olía aquella noche que mi padre nos comunicó unas noticias que no esperábamos a Taiga, a Yoko-san y a mí.

A lo que olía ese once de marzo de hace más de cinco años.

Huele a cambios.

FESTIVAL

21 de julio de 2016

Caminar ahora por el barrio de Gion es como estar en el cielo rodeada de fuegos artificiales. Los rojos, los dorados, los naranjas y los amarillos me ciegan, y se mezclan con los colores pasteles de las mujeres en *yukata* y las tonalidades oscuras que visten los hombres.

Realmente, el Festival de Gion dura todo julio y, aunque el día más famoso de la celebración ya ha pasado, cuando se pasean por las calles diversas carrozas y hay largos desfiles, prefiero las noches en las que las carrozas están expuestas en las calles, el calor ha descendido y los puestos callejeros que venden desde recuerdos hasta comida y bebida no dejan de trabajar.

Aunque todos se han abarrotado de *okonomiyaki* y *yakisoba*, pululamos entre los puestos buscando algo de postre. Yo, al contrario de mis amigos, casi no he podido probar bocado. Desde que Arashi me puso el *obi*, el estómago se me ha cerrado, y no precisamente porque me lo haya apretado demasiado.

Mi corazón no ha desacelerado su ritmo y lo siento bambolear cada vez que atravesamos una multitud y la gente nos aprieta. Las mariposas ya no revolotean en mi estómago, parece que me van a devorar desde el interior.

Yo niego con la cabeza cuando Harada y Li Yan se acercan a un puesto de helados de hielo, y me quedo junto a Arashi esperando que vuelvan, inmersos en un incómodo silencio, aunque a nuestro alrededor flotan las risas, las conversaciones y la música que escapa de los altavoces colocados cada pocos metros. Pero, de pronto, un olor dulce y penetrante nos hace girar la cabeza.

Al lado del puesto de helados hay otro donde un par de mujeres venden *meronpan* calientes, rellenos de helado. El estómago se me abre de pronto y comienza a rugir como si no lo hubiera alimentado en días.

—¿Quieres uno?

—Claro —asiento sin pensar.

No hay cola, así que Arashi no tarda en pedir uno relleno de helado de *matcha* y yo uno de vainilla, idéntico al que pedí en el último festival de verano al que acudí en Miako. Estoy buscando mi monedero en el bolso, cuando él coloca una mano sobre la mía y la aparta.

—No te preocupes —dice con esa sonrisa tímida tan suya.

Desvío la mirada y muerdo el *meronpan*. La mezcla de calor y frío, de la textura crujiente, suave y densa, me explota en la lengua y me hace imaginar que estoy de nuevo en el paseo marítimo de Miako, aunque en esta ocasión no tengo doce años. Arashi también está presente, formando parte del recuerdo.

—No tendrías que haberlo hecho —farfullo, mientras regresamos junto a Harada y a Li Yan, que ya tienen sus helados.

—Lo sé —contesta él, antes de encogerse de hombros y esbozar de nuevo esa sonrisa en la que me obligo no perderme. Alza el *meronpan* en mi dirección y lo roza ligeramente con el mío, como si estuviéramos brindando con dos pequeños vasos de *sake*—. *Kampai!* Es mi favorito.

En vez de decirle que ese dulce me recuerda de una manera absurda a él, contesto:

—El mío también.

Avanzamos los cuatro, pero la multitud se agolpa cuando pasamos junto a una enorme carroza repleta de farolillos encendidos. Con el dulce a medio comer, estoy a punto de manchar de helado a una chica que pasa a mi lado, con un *yukata* particularmente llamativo, repleto de mariposas y flores de cerezo.

—*Gomen.*

Lo digo en voz baja, pero la chica reacciona como si le hubiera gritado en plena cara. Se detiene de golpe y el joven que va a su lado también. Alzo la vista y de pronto me encuentro con la mirada sorprendida de Kaito. Con ese pelo engominado, las cadenas plateadas y la camisa demasiado abierta, parece el representante perfecto de los tópicos de la *yakuza*; la gente que pasa a su lado se aparta un poco. Pero mis ojos no se quedan quietos en él y siguen de largo. No tenía ni idea de que Kaito tuviera novia, así que se me escapa una sonrisa burlona sabiendo que acabo de encontrar algo con lo que hacerlo rabiar. Pero cuando mis pupilas se cruzan con las de la chica del precioso *yukata*, palidezco.

Han pasado más de cinco años, pero reconocería su rostro en cualquier parte. Su largo pelo liso y de color ébano, ese rostro ovalado que muchas y muchos se mueren por tener, y sus ojos almendrados, siempre con un dejo orgulloso. Sus labios gruesos y ligeramente retorcidos, como si estuviera riéndose de una broma interna. Solo que ahora no parece reírse de ninguna y está tan paralizada como yo.

Mizu.

La última vez que la vi fue durante mi último día de curso, el diez de marzo de hace varios años, cuando nos abrazamos llorando y nos prometimos escribirnos cartas. Una promesa que ella mantuvo y que yo fui incapaz de cumplir.

—Cuánto tiempo, *Nami-chan.*

Su tono es afilado, como su mirada. Y, a pesar del calor que flota en la noche, de los cuerpos que se aprietan, el frío me aguijonea hasta la médula. Intento pensar en algo que decir, pero soy incapaz de pronunciar palabra.

Me gustaría pedirle perdón, explicarle por qué empecé a ignorarla desde aquel once de marzo, pero todo suena tan ridículo, tan apabullante en mi cabeza, que no lo soporto.

Le doy la espalda y empujo a Li Yan y a Harada, que son los que están más cerca de mí. Parece que hay más gente que nunca a mi alrededor. Incluso, de soslayo, me parece ver atrapado el pequeño cuerpecillo de Amane, la figura delicada de Yoko-san y la espigada de la profesora Hanon. Arashi me llama por mi nombre, pero yo no puedo mirarlo.

Simplemente, les doy la espalda a todos y hago lo que siempre he hecho con todo lo que tiene relación con Miako.

Huir.

Clavo codos y doy puntapiés a quién se interpone en mi camino, sin importarme de quién se trate. Soy consciente de que se alzan gritos a mi alrededor, pero eso no hace que me detenga. Atravieso parte de las calles de Gion sin pensar a dónde me dirijo. Solo necesito respirar, porque me estoy ahogando.

No sé cuánto tiempo transcurre, qué zonas atravieso, pero de pronto me percato de que mis sandalias están pisando una zona más terrosa y de que el silencio es ahora el que me rodea.

Miro en torno a mí, confundida, tratando de recuperar el aliento.

Estoy en una zona del Parque Maruyama. No hay nadie, ya que todos pasean por las calles de Gion, disfrutando del festival nocturno. Los árboles están empapados en tinta negra, y parecen inclinarse de un lado a otro, como hicieron aquella noche en el último festival de verano que vivió Miako antes de quedar destrozado por el océano. Los grillos cantan, escondidos entre los matorrales y las briznas de hierba, y por encima de algunas copas, veo asomar los tejados iluminados del Santuario Yasaka.

Cerca de mí, hay varias luciérnagas que flotan en el aire. Sus luces entre esmeraldas y doradas hacen palidecer mis manos convertidas en puños. Ahora mismo soy una *yurei*, un fantasma.

De pronto, escucho pasos acelerados detrás de mí. Me vuelvo y observo a Arashi, que camina hasta detenerse a poca distancia. Está ruborizado y empapado de calor por la carrera.

—Les he dicho a Harada y a Li Yan que te encontrabas mal, pero que luego regresarías.

Extiende una mano para apoyarla en mi hombro, pero yo retrocedo un paso. De pronto, siento un miedo atroz. El rostro ruborizado de Arashi se contrae por una pequeña mueca de dolor.

La quietud en el aire desaparece y siento un ligero temblor bajo mis pies, acompañado de un susurro sutil pero continuo. Me acuerdo de ese río subterráneo que corre supuestamente bajo el parque y el Santuario Yasaka, y me estremezco.

—Lo siento —digo, antes de que él diga algo más—. No debería haber huido así.

—¿Quién era esa chica? —me pregunta Arashi, con delicadeza.

Una parte de mí no quiere hablar de nada. Una parte de mí sigue ahogándose, pero la otra lleva mucho tiempo asfixiada por no haber hablado.

—Mizu. Una de mis mejores amigas cuando vivía en Miako —respondo, la voz quema tanto como el hielo cuando escapa de mi garganta. Él guarda silencio, no me pide que prosiga, pero las palabras siguen escapando, como un vómito—. Me... me obligué a olvidarme de ella cuando todo pasó. No podía mantener el contacto, porque hacerlo habría supuesto recordar todo lo que había vivido y lo que ya no existía. Y era demasiado doloroso. Era mejor fingir que nunca había ocurrido.

Arashi alza una mano y la aprieta contra sus labios. La tristeza le desgarra la expresión.

—Sé... sé que no lo hice bien, que no podré disculparme nunca lo suficiente. Pero cada vez que recuerdo Miako, cada vez que recuerdo a la gente... —La humedad en el aire se multiplica a cada segundo que transcurre, casi se hace irrespirable—. No es solo lo que siento. Ocurren cosas extrañas, veo... —Me detengo y trago saliva. Atisbo algo por el rabillo del ojo, pero no vuelvo la cabeza hacia ese espacio que debería estar vacío y que, sin embargo, no lo está—. Veo a personas que ya no están aquí.

La voz se me entrecorta y varias lágrimas se escapan por mis mejillas. Solo son unas pocas, pero son realmente las primeras que derramo por todo lo que pasó aquel día. Cae una tras otra, con cuentagotas.

Mis ojos son demasiado pequeños para dejar escapar el océano que llevo en mi interior.

—Nami —dice entonces Arashi, dando un paso adelante. El tono de su voz ha cambiado—. Tengo... tengo que decirte algo.

De pronto, las lágrimas se me cortan y toda esa agua que cargo por dentro crece un poco más, asfixiándome de nuevo. Levanto la barbilla para enfrentarme a él, que tiene la mandíbula tensa y la mirada clavada en algún lugar a mi espalda, como si también pudiera ver todos los fantasmas que me acompañan.

—¿Qué? —Recorto la poca distancia que nos separa y me quedo a apenas unos centímetros de él, con la misma proximidad que compartimos hace solo unas horas. Pero ya no siento esa tibieza reconfortante por su cercanía, solo frío—. ¿Qué quieres decirme?

Arashi traga saliva una, dos, tres veces, y parece necesitar toda su fuerza de voluntad para mirarme a los ojos.

—¿Recuerdas el primer día de clase, cuando me viste en el 7Eleven? Creías que te estaba siguiendo. —Asiento, confundida, aunque un terror inexplicable está empezando a carcomerme desde dentro—. Tenías razón. Te estaba siguiendo.

Doy un paso atrás, todavía más desconcertada. El mundo se quiebra un poco bajo mis pies.

—¿Cómo? —musito.

—No es algo que suela hacer —se apresura a añadir, con una mínima sonrisa. Creo que intenta tranquilizarme, pero todo me parece una broma de mal gusto—. Pero cuando te vi entrar en clase te... te *reconocí*. Estuve mirándote todo el día, sé que lo notaste, pero no podía evitarlo. Por eso fui detrás de ti después de clases; necesitaba... cerciorarme. Estar seguro de que no estaba soñando.

El miedo pierde un poco la batalla y un ramalazo de enfado me sacude. Las luciérnagas han desaparecido y el rugido y el temblor que siento bajo mis pies parece incrementarse a cada segundo que pasa. Incluso el ambiente comienza a revolverse. Ya no es a humedad a lo que huele; apesta a tormenta.

—¿De qué diablos estás hablando? —siseo.

—Li Yan te contó mi historia. Te dijo que el día del terremoto y del tsunami estaba en Miako. Y era verdad. Yo acompañaba a mis padres y a mi hermano pequeño. —No puedo asentir, siento los músculos y los huesos tan rígidos que sé que, si intentase doblarlos, los rompería en dos—. Mucha gente se preguntó cómo fue posible que sobreviviera después de que casi toda mi familia hubiera perecido. Pero fue por una razón. Por ti.

Doy otro paso atrás y me tambaleo un poco. Me sorprende cómo los ojos de Arashi no se apartan de los míos. Jamás me han desafiado de esa manera. Sus pupilas parecen absorberme la sangre de las venas.

—No te entiendo —mascullo.

Quiero salir corriendo, pero es como si las manos invisibles de Amane, de Yoko-san, de la profesora Hanon, me sujetaran de los brazos y de los hombros, y me impidieran moverme, obligándome a enfrentarme a esas palabras.

—Ese día, en Miako, te vi. No eras una niña de doce años como yo. Te vi de la misma forma en la que te veo ahora. Con un uniforme de sacerdotisa y con el pelo algo más largo. Pero eras *tú*. Sin duda.

Un trueno resuena por encima de nuestras cabezas, el aviso de una tormenta de verano, seguido de un relámpago que ilumina todo de golpe, de la misma forma en que los fuegos artificiales revelaron cosas que no quería ver en aquel festival de verano en Miako. Sin embargo, ninguno de los dos levantamos la mirada al cielo.

—Eso es...

—Si me hubiera quedado junto a mis padres, me habría ahogado. Tú lo sabías, así que te acercaste a mí y me dijiste a dónde debía ir.

—Cuando sucedió el terremoto, yo estaba en el coche, con mi padre y mi hermano Taiga —digo con voz débil—. Ya estaba a kilómetros de Miako.

Buceo en los ojos de Arashi y, aunque sea cruel, espero encontrar alguna pista que me indique que todo esto es una broma, que solo quiere hacerme daño, aunque no entienda por qué. Pero por mucho que hurgo y hurgo, no veo más que verdad.

—Mis padres creían que eras una desquiciada, intentaron alejarte de mí. Yo me asusté. Pero entonces me contaste un secreto, algo que solo sabía yo, algo que nunca le había contado a nadie. —Arashi avanza hacia mí, pero yo me alejo los mismos pasos que él recorre, sin dejar de negar una y otra vez—. Entonces supe que lo que decías, aunque pareciera imposible, era verdad. Y eso me salvó la vida.

Suelto el aire de golpe y otro trueno restalla en el cielo. Parece como si toda esa fuerza brotara realmente de mis pulmones. Lo que dice Arashi no tiene ningún sentido, pero él lo cree de verdad, lo cuenta como un recuerdo muy vívido.

Pero eso es imposible, imposible, *imposible*.

Cuando me enteré de todo lo que había pasado hace cinco años, cuando llegamos a Kioto, odié a mi padre por aquella mudanza, odié no haberme decidido a quedarme un día más, odié no haber sufrido todo lo que Miako sufrió.

Estoy sumergiéndome en una espiral oscura. Lo sé. Debería dar marcha atrás, alejarme de ella, antes de que se interne más en mí y me destroce por dentro. Pero no es fácil hacerlo. Una vez que empiezo a recordar, no es fácil dar marcha atrás.

Y me ahogo. No es agua, pero es algo similar lo que se mete en mi boca, en mi garganta, en mis pulmones, arrebatándome todo el aire. El simple hecho de imaginar que algo así fue lo que sintieron mis antiguos compañeros de clase, casi me hace vomitar. Y de pronto, siento algo parecido a aquel día en la autovía junto a mi padre y a mi hermano.

Parpadeo, y me encuentro en mitad de un pasillo de mi antiguo colegio de primaria, siendo arrastrada por el agua.

Parpadeo, y estoy flotando en ese extraño abismo infinito lleno de agua.

Parpadeo, y me veo a mí misma con doce años, empapada y llorando, tumbada sobre el asfalto.

Parpadeo.

Parpadeo.

Parpadeo.

Me llevo las manos a la cabeza, mareada, y Arashi avanza un nuevo paso hacia mí, con la mano extendida.

—¡No me toques! —grito.

Y como si mi voz hubiese dado una orden, el cielo se abre y una lluvia intensa cae sobre nosotros. Todo lo que llueve durante el mes de junio se concentra solo en este momento, solo en este parque, solo sobre nosotros.

Escucho cómo Arashi suelta una exclamación. Casi no puedo verlo, la cortina de agua es demasiado espesa, pero tampoco es algo que quiero. No quiero ver a nadie. Ahora que no siento las manos de los muertos sobre mí, me doy la vuelta y salgo huyendo.

Antes de que nos dieran las vacaciones, tuve, como todos mis compañeros, una sesión de orientación con el profesor Nagano sobre el futuro y el acceso a la universidad. Mientras corro, desesperada, con el corazón golpeando contra mi pecho como las olas sacuden la arena, recuerdo nuestra corta conversación. Él, después de haber echado un vistazo a mis notas mediocres, me preguntó qué era lo que mejor se me daba. Yo me encogí de hombros, pero esa no fue una respuesta sincera.

Soy una experta en huir, profesor Nagano, pienso, mientras la lluvia me abandona y la noche parece hacerse más oscura. *Es algo que a mi familia y a mí siempre se nos ha dado genial.*

QUINTA OLA

21 de julio de 2010

El paseo marítimo de Miako se había convertido en un sueño de farolillos y estrellas. Estaba repleto de puestos de comida; desde *takoyaki* que te quemaban la lengua porque nunca esperabas lo suficiente para probarlos, pasando por *yakisoba* o brochetas de todas clases, hasta *meronpan* crujientes y tibios, rellenos de helado.

En ese momento, yo sostenía uno mientras nos encaminábamos hacia la playa, donde comenzarían dentro de muy poco los fuegos artificiales. La masa del *meronpan* crujió cuando la mordí, pero el helado de vainilla inundó de sabor mi lengua y me hizo dar saltos de alegría.

—¿Te gusta? —me preguntó mi padre con una sonrisa.

—Muchas gracias por habernos invitado, Tendo-san —dijo Amane, mientras le daba un mordisco al que compartía con Mizu. Ella asintió para corroborar sus palabras, y todos los adornos que llevaba en la cabeza tintinearon y resplandecieron. Lucía tantas peinetas que parecía una pequeña *geisha* sacada de postales antiguas.

—Sí, has sido muy amable —añadió Yoko-san, que se había terminado el suyo hacía apenas unos segundos—. Gracias por haberme invitado.

—No podías quedarte en casa y perderte este festival —contestó mi padre, con esa sonrisa que siempre arrugaba su cara.

Los farolillos y los puestos que decoraban el paseo marítimo formaban un camino luminoso que finalizaba a los pies de la arena, donde ya mucha gente había extendido toallas y esterillas para sentarse a esperar el espectáculo.

Nosotros buscamos un lugar muy cerca de la orilla y mi padre y Yoko-san se dejaron caer en él. Amane y Mizu empezaron a perseguirse, levantando algo de arena a su alrededor. No pude evitar que se me escapara una sonrisa al ver a Amane. Estaba contenta porque sabía que nunca se encontraría con Kaito; por lo que había oído, se había marchado a pasar unos días a Kioto, donde vivía uno de sus tíos.

Mientras las observaba, mis ojos tropezaron de pronto con una figura que se había adentrado más allá de la orilla. Vestía un *yukata* blanco y el agua le llegaba hasta las rodillas, pero no parecía importarle.

Lo miré con más atención, y me acerqué a él, dejando las sandalias junto a la esterilla.

—Solo voy a meter los pies —me apresuré a decir, cuando vi la advertencia en los ojos de mi padre.

—Eres un pececillo, ¿eh, Nami? —me preguntó Yoko-san, en mitad de una carcajada.

Yo le sonreí y me dirigí hacia la orilla. Como había prometido, me detuve cuando el agua alcanzó mis tobillos, aunque me hubiese encantado sumergirme y flotar en las aguas oscuras.

Me incliné un poco hacia delante y conseguí atisbar el filo de unas gruesas gafas de pasta. Se me escapó una sonrisa.

—¡Sabía que era usted, Kannushi-san!

El hombre se volvió al escuchar mi voz y me dedicó una de sus sonrisas arrugadas.

—Los fuegos artificiales se ven bien desde el templo —contestó mientras alzaba la cabeza hacia el cielo nocturno—. Pero no hay comparación posible cuando los veo desde aquí, desde el agua. Y quería verlos una última vez.

Un escalofrío me recorrió la espalda, a pesar de que el aire que se arremolinaba en torno a mí era tibio y el agua no estaba fría.

—¿Por qué dice eso? —murmuré.

—Porque soy un viejo. Y los viejos decimos cosas así todo el tiempo —dijo, con esa sonrisa que parecía sincera.

—Usted no es tan viejo —repliqué, intentando que esa rara sensación que empapaba mi piel como el agua desapareciera.

A él se le escapó una carcajada y volvió a mirar al cielo.

—Están a punto de empezar. ¿Sabes que es lo más extraordinario de los fuegos artificiales? —Como negué en silencio, él continuó hablando. A pesar de que su voz era baja, y de que, a mi espalda, la arena estaba repleta de risas y conversaciones, solo lo escuchaba a él. Su voz ronca y grave sepultaba todo lo demás—. Que consiguen que solo fijemos la vista en ellos. Y, durante esos momentos, nadie mira a su alrededor. Hay quienes dicen que los crearon los *yōkai* para distraer a los humanos.

—Esa sí es una historia de viejos —contesté, aunque eché un vistazo a mi alrededor, esperando ver a alguno a punto de saltar sobre mí.

—Quién sabe —suspiró con nostalgia—. Existen fronteras donde termina la civilización y comienza la naturaleza más salvaje. Nos pueden parecer simples senderos que atraviesan antiguos bosques, la orilla de alguna playa, donde el océano arrulla a la tierra, un *torii* que indica la entrada a un santuario. Todos esos lugares son grietas entre el mundo de los humanos... y otra clase de lugar. —Volvió la cabeza para observarme. Mis pies, medio enterrados en la arena, eran acariciados cuando las suaves olas venían y se iban—. En esa clase de fronteras podrías ver accidentalmente a alguien o algo que no pertenece a tu mundo.

Fruncí el ceño y separé los labios, pero entonces un súbito silbido me hizo levantar la cabeza. Una estela cruzó el cielo negro y, cuando pareció llegar a su punto más alto, estalló.

Fue como si una estrella se deshiciera en miles de pedazos. Cientos de fragmentos plateados y dorados cayeron sobre nosotros y se reflejaron sobre el agua que estaba en calma. La luz invadió mis pupilas y me dejó sin palabras, aunque detrás de mí escuché cómo muchos soltaban gritos y aplausos. Después, otro par de fuegos artificiales cruzaron el cielo como cometas y estallaron en cientos de colores. Esta vez no eran estrellas, eran flores de largos pétalos que se deshacían y parecían caer hacia el infinito. El océano era un espejo tan claro, que no se sabía dónde empezaba el cielo y dónde terminaba el suelo.

De pronto, mientras nuevos fuegos estallaban sobre mí, recordé las palabras de Kannushi-san. Sacudí la cabeza, como para apartar esa sensación de ensueño que me embargaba cada vez que un fuego artificial explotaba entre la luna y las estrellas, y miré a mi alrededor.

Cada vez que los resplandores de colores estallaban, la noche se convertía en día. Casi parecía el flash de una cámara. Durante un momento, todo se paralizaba, todo se hacía visible, para luego sumergirse en la oscuridad. Era cierto lo que Kannushi-san decía, todos tenían la cabeza alzada, nadie observaba a su alrededor. Y era extraño, porque, aunque parecían congelados cada vez que las luces los iluminaban, el resto del mundo se movía. Los árboles del paseo marítimo parecían inclinarse en nuestra dirección, a pesar de que solo una ligera brisa flotaba en el aire. Las colinas eran más grandes, más oscuras, y daba la sensación de que me observaban, al igual que yo las observaba a ellas. Ante un nuevo fuego artificial desvié la mirada hacia el océano. Casi era imposible distinguirlo entre tanta oscuridad, pero creí ver a lo lejos varios reflejos azules, que flotaban por encima de las aguas. Sin embargo, cuando la oscuridad de la noche regresó, esos destellos azulados desaparecieron.

El espectáculo estaba a punto de llegar a su fin. Ahora, un fuego artificial tras otro era lanzado al cielo, y cuando explotaban, todos se mezclaban entre sí, una composición de dorados, rosas, rojos, verdes, naranjas, blancos. El mundo brillaba más que nunca, pero nadie era capaz de verlo.

Observé a Kannushi-san. Él tampoco tenía la vista alzada y me miraba a mí. Aunque sonreía, la luz que le llegaba desde arriba y las arrugas profundas de su cara creaban una serie de claroscuros en su rostro que le deformaban la expresión. Seguía metido en esa agua resplandeciente hasta casi la cadera y la parte de abajo de su *yukata* flotaba un poco. Mi vista se me emborronó en el instante en que el último fuego artificial explotó en el cielo e iluminó el océano. Entre la tela vi algo que no era piel humana, que ni siquiera era piel. Escamas. Como las de los dragones. Como las del dragón del *temizuya* del Templo Susanji.

—¡Nami!

Lancé un grito cuando unos brazos cayeron sobre mí, y me volví con tanta brusquedad que estuve a punto de arrojar a Mizu al agua. Por suerte, Amane la sujetó de los brazos antes de que cayera hacia atrás.

—Lo... lo siento —me apresuré a decir. Parpadeé varias veces y conseguí enfocar mi vista de nuevo—. Me has asustado.

Mizu se encogió de hombros y se enderezó, aunque Amane continuó con las manos apoyadas en sus hombros, temiendo que fuera a perder el equilibrio de nuevo.

Escuché la voz de mi padre llamarme por mi nombre, pero yo lo ignoré y miré a mi alrededor. Kannushi-san ya no estaba. Era imposible. Tendría que haberlo visto salir del agua, pero por mucho que busqué por todas partes, no lo localicé entre la gente que estaba empezando a recoger todo y a salir de la playa para regresar a sus hogares.

Era como si se hubiese fundido con el agua.

—Nami, ¿a quién buscas? —preguntó Amane, con curiosidad.

Suspiré y volví la vista hacia mis amigas. Ya no había luces en el agua. Los árboles parecían de nuevo rígidos y las colinas ya no me observaban.

—A nadie —masculló, mientras abandonaba la orilla y me adentraba en la arena dura—. Supongo que a nadie.

SEGUNDA PARTE

FANTASMAS

LO QUE REALMENTE OCURRIÓ

1 de agosto de 2016

Desde aquella noche, todo se funde en una especie de neblina espesa y pegajosa, como la temperatura, que crece hasta ser insoportable.

No veo a Arashi; tampoco a Harada ni a Li Yan, y no porque no reciba llamadas o mensajes. Tampoco veo a Kaito en el 7Eleven; la señora Suzuki me comentó que estaba de vacaciones, así que comparto mis turnos con Hanae. Él, al contrario que mis amigos, no se molesta en llamarme o enviarme algún mensaje, a pesar de que todo lo que ocurrió fue por su culpa. Aunque, bueno, no es algo que me extrañe. Siempre ha sido un maldito imbécil.

Paso tanto tiempo en casa, que termino mis deberes de verano antes que nunca, cuando es algo que siempre dejaba para la última semana.

Cada vez que paso frente a la puerta de Taiga, él da un par de golpes, pero ahora soy yo la que a veces no contesta. Mi padre sigue en su burbuja del trabajo, a pesar de que está de vacaciones. El poco tiempo que está en casa, aporrea las teclas del portátil o se encierra en su habitación durante horas. A veces, se deja el teléfono móvil en la pequeña sala de estar, en silencio, y varias llamadas perdidas y mensajes llenan su pantalla, pero él nunca contesta. Eso es algo en lo que nos parecemos últimamente.

El uno de agosto, Kaito regresa al 7Eleven. Llega más tarde que yo. Cuando entra en la sala de descanso, ya estoy vestida. Se detiene, franqueando la puerta con su enorme cuerpo, y me dedica una sonrisa burlona:

—Vaya, ¿desde cuándo eres tan puntual?

Me saca una cabeza y media, pero de un empujón lo obligo a hacerse a un lado. Me limito a lanzarle una mirada torva por encima del hombro.

—Date prisa y cámbiate. Hanae ya ha terminado su turno.

Él arquea las cejas, sorprendido, y me sigue con la mirada hasta que cierro de un puntapié la puerta a mi espalda.

—Hoy también estás de buen humor, ¿verdad? —me pregunta Hanae, mientras abandona la caja y se dirige hacia mí.

—Lo siento —farfullo, incómoda.

Ella suspira y saca algo del mostrador y me lo arroja. Yo lo atrapo en el aire. Es un *meronpan* envasado. Aun así, el olor dulce me inunda las fosas nasales y recuerdo a la vez Miako y el festival de Gion, y la forma en que Arashi rozó su dulce con el mío mientras exclamaba: *Kampai!*

—Necesitas azúcar para sonreír más —me dice en el momento en que la puerta de la sala de descanso se abre a mi espalda y Kaito sale tras ella, ya cambiado—. En fin, me voy ya. ¡Hasta el lunes!

Yo guardo el *meronpan* en mi taquilla y, después, Kaito y yo nos despedimos de ella. Cuando las puertas automáticas se cierran a su espalda, nos quedamos solos y en silencio.

—Oye... —comienza él.

—Voy a reponer —lo interrumpo.

Abandono la caja y me interno en los pasillos, aunque Kaito no se da por vencido y me sigue.

—Hanae ha debido reponer antes.

—Me da igual —replico.

Kaito pone los ojos en blanco y, con una habilidad asombrosa a pesar del enorme cuerpo que tiene, me sortea y se coloca frente a mí, cortándome el paso.

—¿Por qué estás enfadada conmigo? —Esta vez soy yo la que alza la mirada al techo. El muy idiota habla en serio.

—No es que esté enfadada contigo. Me caes mal, siempre me has caído mal.

Intento sortearlo, pero él extiende los brazos como un luchador de sumo que se está preparando para abalanzarse sobre mí.

—Eso no es verdad. Al menos, no del todo. —Una de sus gruesas cejas esboza un arco perfecto—. Es por Mizu, ¿verdad?

Yo aparto la mirada y aprieto tanto los dientes que no sé cómo no los hago añicos en la boca.

—¿Qué querías que hiciera? Ella fue la que me llamó y la que me dijo que estaba de visita en Kioto con sus padres. Le dije que trabajabas conmigo y pregunté si quería que te avisara, para que pudiéramos estar los tres juntos. ¿Y sabes lo que contestó? Que no me molestara en hacerlo, que ella sabía que no ibas a venir.

Me cruzo de brazos y me aprieto la boca del estómago con ellos, como si así pudiera unir los pedazos en los que me estoy partiendo poco a poco.

—¿Por qué me parece que me estás echando algo en cara? —siseo.

—¡Porque no lo entiendo! —exclama, y su voz resuena por todo el lugar. Un cliente trajeado que acaba de entrar nos echa un vistazo, da la vuelta y sale con premura—. Ella me contó que te había mandado cartas durante años, que intentó ponerse en contacto contigo, pero tú nunca le respondiste. ¡Era una de tus mejores amigas!

Giro la cabeza para no ver su semblante. Me gustaría que estuviera enfadado o que esbozara su antigua expresión de superioridad y burla, la que siempre tenía cuando compartíamos clase, y no esa pena que parece de verdad. Mis pupilas se clavan en una botella de refresco, en las burbujas que comienzan a ascender, como si alguien lo acabara de agitar con violencia.

—No es de tu incumbencia —digo muy despacio, con la voz ronca.

—Si Amane estuviera viva no...

—¡No te atrevas a mencionarla! —aúllo.

En ese instante, el tapón del refresco sale disparado, y el contenido transparente brota sin control por el cuello de la botella, empapando los cartones de zumo y leche que hay debajo. Kaito ahoga una palabrota y corre para cubrir el refresco con sus propias manos, pero el chorro que escapa tiene demasiada fuerza, y acaba en el suelo y sobre su ropa.

—Traeré unos trapos —digo con el corazón latiendo con frenesí y la mirada todavía quieta en la botella de refresco, ahora vacía por completo. Sin embargo, apenas doy dos pasos antes de que la voz de Kaito regrese hasta mí, más calmada y fría:

—Yo también tengo derecho a hablar de ella; era mi compañera de clase.

Me detengo de golpe, con los brazos estirados y tensos a ambos lados de mi tronco, y le contesto sin mirarlo:

—Pero yo no quiero escuchar ni una sola palabra.

—Pues algún día tendrás que hacerlo, Nami —replica y, de nuevo, esa extraña tristeza se cuela entre sus sílabas—. Porque, si no, te vas a volver loca.

Estiro los labios y de ellos se escapa un pequeño bufido.

—Ya lo estoy, *baka*. —Y miro de soslayo para ver el charco de refresco que casi alcanza mis zapatos.

No intercambiamos palabra durante el resto del turno; de todas formas, apenas tenemos tiempo. Después de nuestra discusión, los clientes empiezan a entrar unos tras otros.

Los minutos transcurren con rapidez y, cuando miro por primera vez al reloj, es casi la hora de terminar. Suspiro y me despido de un cliente; al momento, otro da un paso adelante y deposita su cesta de plástico sobre el mostrador. A apenas metro y medio de distancia, Kaito hace lo mismo con otro que se encuentra en una fila paralela.

Saco un refresco de fresa de la cesta y lo paso por el escáner.

—No necesito bolsa —dice una voz frente a mí.

Levanto la mirada con brusquedad y mi mano queda sostenida en el aire, con la lata entre los dedos. Frente a mí, sin el uniforme de mi antigua academia, se encuentra Keiko. Sus ojos se hunden en los míos, aunque tengo la sensación de que lleva tiempo observándome.

Está prácticamente igual a ese último día que la vi. El pelo algo más corto, los pómulos un poco más marcados. Su nariz pequeña, antes perfecta, está ligeramente torcida en el tabique y tiene un pequeño bulto antes de llegar al final. La cicatriz es apenas una línea rosada en su piel blanca.

—Hola —dice, al ver que no reacciono.

Hago una mínima reverencia y carraspeo con tanta fuerza que atraigo la atención de Kaito y de los dos hombres que hacen fila tras él. Por desgracia, no hay nadie tras Keiko, y ella no parece tener prisa.

—Son ciento veinte yenes —digo; las palabras son trozos de lija que arañan mi garganta

—No sabía que habías dejado el instituto —observa, sin tomar la lata de refresco que he dejado frente a ella.

—No lo he dejado —replico de inmediato—. Esto es solo un trabajo a tiempo parcial.

—Ya veo.

Con una lentitud premeditada, busca en su pequeño bolso, extrae una cartera y saca un par de monedas de yen que deposita sobre la pequeña bandeja de plástico. Mientras tecleo la cantidad en la caja, ella respira hondo y vuelve a hablar.

—Ese día... yo no quería seguirte. Pero ellas insistieron hasta que te perdimos de vista. —Sacudo la cabeza como respuesta y le dejo los ochenta yenes del cambio sobre la pequeña bandeja. Keiko no los toca. Resopla con tanta fuerza que el flequillo vuela sobre sus ojos y vela su mirada—. ¿No vas a decir nada?

—¿Y qué quieres que te diga, Keiko? —le respondo en voz baja pero crispada—. Ya me disculpé decenas de veces en el despacho de la directora.

—Yo no quería una disculpa, quería saber por qué me rompiste la nariz a golpes —contesta, con voz suficientemente alta como para que tanto a Kaito como al cliente al que está atendiendo le lleguen sus palabras. Un escalofrío me recorre y me obligo a mantenerme erguida—. Tú no te viste como yo te vi.

Frunzo el ceño cuando recuerdo el día en que sucedió el incidente. No es que tuviera muchos amigos, pero nadie volvió a hablarme. Eso sí, los cuchicheos me persiguieron hasta el día en que pisé la academia por última vez, con mi padre a mi lado. «Parecía un *yōkai*». «¿Viste su cara? ¿Su pelo?». «Sus manos parecían garras». Mi padre también escuchó alguno de los susurros y se limitó a decir: «Qué tontería».

—Me empujaste —la interrumpo, antes de que diga nada más. El cliente de Kaito ya se ha ido, y aunque él finge estar ocupado con la caja, sé que nos escucha—. Conocías el problema que tenía con el agua...

—En primer lugar, nunca quise arrojarte a la piscina. Ni siquiera quería hacerte una zancadilla. Pero una de las chicas me empujó y perdí un poco el equilibrio. Si me lo hubieras preguntado, te lo habría explicado. Pero no me diste la oportunidad —replica, muy seria. Sus dedos agarran con mucha fuerza la lata de refresco y el metal cruje entre ellos—. Y en segundo, sí, sabía que fingías estar enferma cuando en clase de educación física tocaba estar en la piscina. Sabía también que todo eso estaba relacionado con Miako, el terremoto y el tsunami. —Me echo hacia atrás abruptamente. Esas tres palabras son tres bofetadas rabiosas. Keiko, sin embargo, no se detiene, y sigue hablando, implacable—. Sé que tienes problemas, pero yo no me merezco que los pagues conmigo.

Con brusquedad, recoge los ochenta yenes de la vuelta y los mete dentro de su monedero. Mientras guarda todo en el bolso, añade, mirando con fijeza mi cara pálida:

—Espero que no nos volvamos a encontrar otra vez, Tendo. Si me ves por la calle, no me saludes, por favor. —Está a punto de darse la vuelta y marcharse, pero se detiene y vuelve a mirarme. Su ceño sigue fruncido—. Al menos, me alegro de que hayas arreglado algo.

—¿*Arreglado*? —repito, casi sin voz.

—Tu problema con el agua. Cuando lo has mencionado, lo has hecho en pasado. —Esta vez sí me da la espalda y camina con firmeza en dirección a las puertas automáticas, que se abren a su paso—. Espero que soluciones todo lo demás.

Cuando las puertas se unen con suavidad, yo sigo en la misma posición, con los ojos muy abiertos, sin ser capaz de respirar, aunque por primera vez, no siento que me ahogo. Kaito está apoyado en la pared con los brazos cruzados, a un metro de mí, y me observa de soslayo. Todos los clientes se han ido.

Con lentitud, pero sin que pueda hacer nada por evitarlo, mis ojos se llenan de lágrimas, tal y como se llena la arena cuando la marea crece. Respiro profundamente, hincho los pulmones más de lo que parece posible y me llevo las manos a la cara. Y de pronto, comienzo a llorar. No lo hago en silencio; lloro con desesperación, de una forma que no recuerdo. Jamás he llorado así, sin contenerme, balbuceando y gimiendo mientras las lágrimas caen, caen y caen, y son demasiadas como para que pueda apartarlas con mis manos.

Escucho el suspiro de Kaito a mi izquierda, y de pronto, siento su mano sobre mi hombro. No es un abrazo, pero su mano es grande y está cálida, y aunque me consuela, solo hace que llore más y más. En el estante de las bebidas frías, un par de refrescos explotan y el líquido se vuelve a derramar por el suelo que limpiamos hace no tanto, pero él se mantiene a mi lado. Chasca la lengua con algo que parece fastidio y saca de su bolsillo un pañuelo de tela que me entrega antes de señalarse su propia nariz.

Asiento con el rostro hinchado y amoratado, y me sueno la nariz con fuerza. Cuando se lo devuelvo, él hace una mueca y sacude la cabeza.

Su mano sigue en mi espalda y no se aparta, a pesar de todos los minutos que pasan. Por algún motivo, no entra ni un solo cliente.

—Al principio, yo lloraba mucho. En serio, era increíble. A veces creía que me iba a deshidratar —dice, cuando mis sollozos se transforman por fin en pequeños hipidos—. No... no entendí lo que ocurrió. Y no me refiero al terremoto o al tsunami. Me refiero a Amane.

Giro un poco la cabeza para observarlo.

—¿A... Amane? —balbuceo.

—Un día te contaré la historia y lo que significó para mí. Pero no hoy, no quiero que inundes el local con tantas lágrimas —responde, con una pequeña sonrisa que suaviza durante un momento sus rasgos duros—. Además, deberíamos limpiar el pasillo de nuevo antes de que termine el turno. Tendremos que decirle a la señora Suzuki que algunos de los refrescos han venido en mal estado...

Cabecea y se separa por fin de mí; supongo que se dirige hacia el cuarto de descanso en busca de algo para limpiar. Sin embargo, antes de que llegue a la puerta, comento, todavía con la voz algo tomada por el llanto:

—¿Por qué guardas un pañuelo de tela? —Mis labios esbozan una temblorosa sonrisa de burla—. Sabes que eso es algo que solo hacen los viejos, ¿verdad?

Él se da la vuelta en redondo y mira fijamente mi frágil expresión antes de levantar los brazos por encima de su cabeza.

—Es por el calor, ¿vale? Hace un calor infernal de camino aquí.

Aprieto los labios para que no se me escape una carcajada.

—Claro, claro, lo entiendo. Solo es un comentario. Me gusta el estampado —añado, mientras lo pliego con cuidado y lo guardo en el bolsillo de mi pantalón—. Las flores de cerezo hacen juego con tus botas militares.

—No son flores de cerezo, son rosas, ¡rosas! —subraya, exasperado—. ¿Cómo no puedes distinguirlas?

Me da la espalda, pero sé que sus labios están haciendo el mismo esfuerzo que los míos para no echarse a reír.

Apenas media hora después, salgo del 7Eleven para volver a casa. Kaito me insta a irme porque dice que no me soporta más, pero sé que es para que el chico que entra en el turno de noche no vea mi cara hinchada y mi mirada vidriosa. Estoy cansada, noto los ojos cargados, pero camino más ligera.

Avanzo con tanta rapidez que llego a mi calle apenas diez minutos después. Mientras me dirijo al portal, veo que hay dos personas en el interior del pequeño templo anexionado a mi edificio. Deben ser dos turistas curiosos que no han visto muchos templos como ese; el chico no deja de sacudir el cascabel con insistencia.

Pero cuando escuchan mis pasos, se vuelven los dos, y yo descubro que no son turistas.

Se trata de Li Yan y de Harada.

AMIGOS

1 de agosto de 2016

Harada, Li Yan y yo nos quedamos paralizados en nuestro lugar. Él ha dejado de agitar el cascabel, pero este sigue sonando unos segundos más, antes de que el silencio nos envuelva.

—Venimos en son de paz —dice Harada, con las manos alzadas en un ademán ceremonioso. Li Yan lo fulmina con la mirada y le propina un codazo nada disimulado.

Salen del templete y se acercan a mí, que sigo quieta en mitad de la calle. Antes de decir nada más, Li Yan saca de la pequeña mochila que lleva consigo algo envuelto y que gotea. Me lo entrega casi de forma ceremonial, con la espalda completamente doblada.

Cuando lo sostengo con mis propias manos, me doy cuenta de que es un *meronpan* relleno de helado. Está derretido y es de *matcha*, el sabor que menos me gusta, pero aun así lo saco de la envoltura y le doy un mordisco. No le digo nada de que tengo otro guardado en la bolsa de tela que Hanae me regaló antes de empezar el turno.

—Gracias —murmuro.

—¿Hay algún lugar cerca donde podamos hablar tranquilos? —pregunta Li Yan, a pesar de que estoy segura de que conoce varios, pero prefiere que sea yo la que elija.

Dudo durante un instante, y en mi cabeza aparece la imagen del Parque Maruyama y del Santuario Yasaka, y tengo la estúpida fantasía de que, si fuéramos allí, podríamos ver a Arashi. Pero casi al instante desisto; si él también quisiera hablar conmigo, habría venido con ellos.

—El paseo junto al río Kamo —sugiero—. Ahora no habrá mucha gente.

El camino hacia allí es incómodo y silencioso, a pesar de que la calle Shijo, la principal que tomamos para llegar hasta nuestro destino, está repleta de coches y personas, que parecen hablar y reírse más alto que nunca. En los quince minutos que tardamos en llegar hasta el puente y bajar por las escaleras metálicas hasta la ribera del río, me termino el *meronpan* con helado. Acabo con las manos pegajosas, pero no me importa.

Como ha anochecido, no hay muchas personas por la ribera, solo algunas parejas desperdigadas aquí y allá, sentadas bajo unos árboles de cerezo a los que les quedan muchos meses para florecer. Nosotros tres bajamos la pendiente inclinada y nos sentamos muy cerca del agua. Si extendiera las piernas, podría rozar la orilla con los dedos de los pies.

—Queríamos... —comienza Li Yan, pero yo la interrumpo.

—Lo siento —digo, antes de obligarme a mirar a ambos a los ojos—. No debería haber salido huyendo de esa manera. Vosotros no teníais la culpa de nada. Nadie tiene la culpa de nada —añado, para mí misma—. No sé si Arashi os llegó a contar algo...

Li Yan y Harada me escuchan con atención e intercambian una mirada antes de que él se aclare la garganta.

—Bueno, es Arashi... cuando éramos muy pequeños, tardé meses en sacarle cuál era su juguete favorito.

Se me escapa una pequeña carcajada, aunque los ojos de Harada permanecen serios, con una expresión que no le he visto nunca.

—Y tardó mucho más en contarme lo que le ocurrió ese once de marzo en Miako.

Trago saliva y Li Yan se estremece. Su mano repta hasta la mía y me la aprieta con suavidad.

—Él dice que me vio. Que yo lo salvé. Impedí que se ahogara —murmuro, sin fuerzas. Mi amiga deja escapar un exabrupto, pero Harada ni siquiera parpadea—. Ese once de marzo yo tenía doce años recién cumplidos, pero Arashi me dijo que me vio tal y como soy ahora.

Li Yan suelta algo en chino que no se molesta en traducir, pero su mano no se separa de la mía. Aprieto los labios y miro a Harada. Está tan calmado y serio, que no parece él.

Un súbito escalofrío me recorre.

—Él te lo contó —susurro.

—Puede que te parezca una locura y puede que no tenga ningún sentido, pero sé que Arashi no mentía cuando te dijo que te vio aquel día —responde, tras unos segundos en silencio—. Llevo tres años escuchando la historia de la famosa *kami* que le salvó la vida.

Trago saliva con dificultad.

—¿*Kami*? —repito.

—Así fue como te describió. Siempre decía que la chica que le salvó la vida no era una joven normal, que había algo más en ella.

—Eso... —comienzo, notando la lengua pesada y seca.

—¡Ahora sé de qué me sonaba tu cara! —exclama de pronto Li Yan, dando una palmada—. Estaba segura de que te había visto antes, y no me había equivocado. Vi tu rostro en un dibujo.

—¿En un dibujo? —repito, con un murmullo.

—No tiene ningún sentido —continúa ella, antes de asentir con gravedad—. Pero recuerdo la primera vez que hablé con Arashi, el día que empecé en el Instituto Bunkyo. Estábamos en la hora de la comida, y al pasar por su lado me detuve. Estaba haciendo un retrato, y era tan increíble, que le pregunté si pertenecía al Club de Arte. En ese retrato aparecías tú —dice, mientras una ligera sensación de mareo comienza a aguijonearme la cabeza—. Nunca me contó la historia detrás de ese dibujo, pero ese era el motivo por el que tu cara me sonaba tanto el día en que te vi entrar en clase. Aunque luego mencionaste esa tontería sobre mi pelo y me caíste mal —añade, con una sonrisa arrugada que pretende rebajar la tensión.

Yo bajo la mirada hasta mis manos, intentando encontrar algo especial en ellas, pero no hay nada extraño aparte de unas uñas demasiado mordidas y unos nudillos blancos de tanto apretarlos.

—¿Nunca han pasado cosas extrañas a tu alrededor? —me pregunta Li Yan, con suavidad.

Respiro hondo y mi cabeza se llena de un huracán de imágenes, de palabras y de recuerdos. Sí, claro que habían pasado cosas extrañas a mi alrededor, sobre todo durante el último año en Miako. Lo que creí ver en el agua durante el festival de verano, las palabras de mi hermano Taiga, que por aquel entonces no comprendía, el propio Yemon, que no parecía envejecer y siempre encontraba una forma de estar a mi lado... todo había explotado y a la vez había desaparecido después de que me derrumbara en mitad de la autovía. Y después, todo se había mantenido en una calma relativa hasta que había empezado el nuevo curso en el Instituto Bunkyo.

No, no exactamente.

Hasta que había conocido a Arashi.

Guardo silencio, aunque mi respiración acelerada hace eco en medio de él.

—Míralo de esta forma —dice Li Yan, dándome un ligero empujoncito con el brazo—. Pareces la *magical girl* de un manga.

Se me escapa una pequeña carcajada y no puedo evitar recordar a Mizu y a su antigua obsesión.

—¿Puedes... no sé, separar en dos las aguas con solo alzar las manos? —me pregunta Harada, inclinándose hacia mí con los ojos muy abiertos.

—Pues claro que no, *baka* —replico.

—Qué mierda de *kami*, entonces —suspira, antes de dejarse caer hacia atrás y tumbarse sobre el césped.

Li Yan y yo nos quedamos sentadas observando el río Kamo, que corre con fuerza bajo nuestros ojos. Sin poder evitarlo, miro a mi alrededor, como si estuviera esperando que Arashi apareciera en cualquier momento. Pero por mucho que busco, no encuentro a ningún chico demasiado alto con gafas enormes y sonrisa tímida.

—Él está fuera, visitando a unos primos, creo —dice de pronto Li Yan, sobresaltándome. Sigue mirando el río, pero sus labios se curvan en una pequeña sonrisa—. Si estuviera aquí, seguro que nos habría acompañado.

—No lo creo —murmuro, incómoda.

Recuerdo cómo le hablé, la forma en la que me alejé de él, su expresión, tan rota como el cielo tormentoso sobre nuestras cabezas. Lo había visto dudar varias veces cuando se había encontrado junto a mí, a solas. Yo pensaba que era por otro motivo que hacía que el aliento se me entrecortara y un nido de avispas aguijoneara mi estómago, pero quizás estaba equivocada y solo quería decirme la verdad, contarme lo que había ocurrido ese día. Trago saliva, intentando apaciguar mi garganta, que de pronto parece en llamas.

—Arashi no volverá a Kioto hasta el dieciséis de agosto. Después de visitar a su familia, vendrá conmigo al campamento de natación —comenta Harada, de pronto—. Ese día volveremos pronto, antes del almuerzo. No sé, quizá podrías quedar con él. Y hablar. Así los dos dejaríais de comportaros como unos auténticos idiotas —añade, dedicándome una mirada rápida de soslayo.

De pronto, siento unos deseos insoportables de abrazarlo, pero él parece al tanto de mis intenciones, porque levanta una mano y la posa sobre mi cabeza, como si fuera el emperador al darme su bendición.

—Espero que, de ahora en adelante, valores lo buen amigo que soy —dice con solemnidad—. Puedes llamarme por mi nombre de pila: Kentaro, si quieres. Pero no te pienses cosas raras. No eres mi tipo.

Li Yan y yo intercambiamos una mirada antes de que me sacuda su mano de encima y me tumbe sobre el césped, entre él y ella.

—No quiero; me gusta más Harada.

Él bufa y se cruza de brazos, con los ojos clavados en el cielo nocturno.

—No sé qué diablos es lo que Arashi ve en ti.

Yo sonrío, cierro los ojos e inspiro con profundidad. El olor que flota en el aire es distinto, la hierba húmeda que acaricia mis brazos y mis piernas es completamente diferente a la arena, pero me siento de nuevo como si estuviera entre Mizu y Amane en la pequeña playa de Miako.

Las tres tumbadas junto a la orilla, con los pies a solo unos centímetros del agua.

Juntas.

O-BON

15 de agosto de 2016

Los días que transcurren hasta que el campamento del Club de Natación llega a su fin me resultan eternos, y solo puedo pagar mi nerviosismo con Kaito. En agosto, mi padre regresa al trabajo de oficina y Li Yan también pasa la semana fuera, en su propio campamento organizado por el Club de Arte.

A veces hablo con Taiga, pero él no siempre me contesta, ni siquiera cuando lo felicito por su cumpleaños el trece de agosto. Cumple veintitrés años, y no lo veo desde los veinte. Le traigo un pequeño pastel del *konbini* junto a una tarjeta de felicitación, pero él nunca abre la puerta para recibirlo. Mi padre, por supuesto, se comporta como si se tratase de un día más.

No recibo ningún mensaje de Arashi en todos estos días, aunque en varias ocasiones que me conecto a LINE, veo cómo su emoticono cambia para mostrarme que estaba escribiéndome algo que nunca llega a enviar. Podía imaginármelo con las gafas pendiendo de la punta de su nariz, su pelo levantado en todas direcciones y los dientes hundidos en sus labios, pensativo. Yo sabía que debía escribirle; muchas veces lo intentaba, pero me quedaba durante minutos y minutos con el teléfono móvil en las manos, y no sabía cómo empezar.

El día antes de que regrese Arashi mi padre no trabaja y compartimos la mayor parte del día. Es el día antes de que termine O-bon, la festividad que celebra el regreso de los difuntos al mundo de los vivos durante unas horas. Las calles vuelven a llenarse casi tanto como hace un mes, durante el festival de Gion, y también de farolillos, que alumbran las puertas de los hogares, aunque en esta ocasión no son rojos, sino blancos. De esta forma, los espíritus podrán encontrar su camino de vuelta a casa. En estos días, la frontera que separa los dos mundos es más delgada que nunca, pero curiosamente, no veo a Amane, a Yoko-san ni a la profesora Hanon.

Mi padre y yo compramos un farolillo de papel sencillo en una tienda cercana a casa, que colgamos junto a la entrada. Mientras veo cómo mi padre lo sostiene, le pregunto sin pensar:

—¿No deberíamos colgar otro más? —Él me observa por encima del hombro, con el ceño muy fruncido—. Siempre ponemos uno por mamá y los abuelos, pero tal vez podríamos poner otro para Yoko-san.

—¿Qué? —Mi padre palidece y el papel del farolillo cruje entre sus manos.

—Recuerdo que nos dijo que no le quedaba mucha familia. Sus padres eran ya muy mayores —comento, mientras recuerdo su triste sonrisa cuando me lo contó hace años. Miro a mi alrededor, esperando verla, rondándome como lleva haciendo desde hace meses, pero no aparece. Solo estamos mi padre y yo—. Tampoco tenía hermanos. Si yo fuera ella, me gustaría tener un lugar al que regresar.

La piel blanca de mi padre se recubre de pronto de un tono violeta intenso. El papel del farolillo se arruga todavía más en sus manos mientras me da la espalda de nuevo e intenta colgarlo junto a la puerta de entrada, sin mucho éxito.

—¿Qué tiene que ver ella con todo esto? —farfulla.

Tuerzo un poco la cabeza y lo miro con mayor atención; frunzo el ceño, hay algo en él, en su postura, en su tono, que me resulta familiar.

—Bueno, Yoko-san formaba parte de nuestra familia, ¿no? —digo, mientras el cuerpo de mi padre se crispa más y más—. Yo la quería mucho, ¿tú no?

No sé si es un espasmo de rabia o un escalofrío lo que recorre las manos de mi padre y hace que el farolillo resbale de nuevo y termine junto a la puerta de entrada. Esta vez, no se molesta en recogerlo y se vuelve hacia mí.

—Su maldito cadáver ni siquiera apareció —sisea.

El corazón se me detiene de golpe y doy un paso atrás. Por supuesto, es algo que sé desde hace mucho, fueron muchos los cuerpos que nunca llegaron a aparecer después de que el agua retrocediera, pero eso no hace que el impacto duela menos. Mi padre jamás me ha levantado la mano, pero sus palabras me golpean con la misma fuerza que una bofetada.

—Esto no es más que una maldita y estúpida tradición. ¿Volver a casa? —repite mis palabras con una carcajada triste—. Ninguna de las dos va a volver a casa porque no existen. Esto... —Echa una mirada al farolillo que se encuentra entre sus pies—. Ni siquiera sé por qué estoy haciendo esto.

Y, antes de que pueda decir nada más, se da media vuelta y desaparece tras la puerta de entrada. Yo me asomo, todavía sobrecogida, y lo veo subir las escaleras con rapidez, gritar algo a mi hermano que no llego a escuchar y a lo que él nunca contesta, y el estruendo final de la puerta de su dormitorio.

Trago saliva para calmar mi garganta ardiendo y me acuclillo para recoger el farolillo. Ahora entiendo de dónde ha venido esa sensación de familiaridad que he sentido mientras lo observaba. Ha sido como verme a mí misma.

Con un peso en mi corazón, coloco el farolillo en su lugar junto a nuestra entrada y cierro la puerta tras de mí.

Todo está en silencio.

Subo hasta el segundo piso y me detengo frente a la puerta del dormitorio de Taiga, que golpeo con suavidad. Estoy a punto de hablar, pero su voz llega primero:

—Estoy bien, tranquila. —Y, tras unos segundos, añade—: Es un día complicado para él.

—Es un día complicado para todos —contesto.

Me adentro en mi habitación, que está hecha un auténtico desastre. Yemon está entre las sábanas y juguetea con algo electrónico que parpadea entre sus pequeñas patas grises. De pronto, se me abren los ojos de par en par y me abalanzo sobre él. Le arranco el teléfono móvil y lo coloco a la altura de mis ojos.

«¡Yemon!», siseo mientras le dedico una mirada fulminante que él ignora por completo. «¿Qué has hecho?».

No sé cómo lo ha conseguido, pero ha logrado desbloquear el teléfono y ha accedido a la aplicación de LINE. No solo eso, también ha abierto la conversación con Arashi, y ha escrito:

18:11 p. m.: dlghsvndcdjb.

Intento borrar el mensaje, pero es demasiado tarde. Ahogo un gemido cuando veo que Arashi está escribiendo. Empiezo a dar vueltas de un lado y a otro del cuarto, mientras él, como siempre, se toma su tiempo para escribir.

18:13 p. m.: Hola, Nami.

Hay un emoticono sonriente al lado de su saludo. Después de todo lo que pasó, de haber pasado tantos días sin hablar con él, Arashi es la única persona que puede contestar así tras un mensaje enviado claramente por error.

Yo me dejo caer en la cama, con la sensación familiar de que algo tibio y reconfortante me llena por dentro. A pesar de que siento los dedos rígidos y torpes, tecleo una respuesta.

18:15 p. m.: Gomen. Ha sido Yemon, mi gato, quien te ha escrito.
18:15 p. m.: ¿Tu gato ha desbloqueado el teléfono móvil?

Alzo la mirada al techo y siento deseos de golpearme contra la pared.

18:15 p. m.: Sí.

18:16 p. m.: Es una excusa original.

18:16 p. m.: ¡No es una excusa! Es la realidad. Tenía el móvil en la cama y cuando lo he descubierto ya había enviado el mensaje.

18:17 p. m.: Debes tener un gato mágico, entonces.

Aunque sigue escribiendo, yo desvío la mirada hacia Yemon, que me la devuelve con total inocencia.

«Quién sabe», murmuro. Apenas le dedico un vistazo más, porque el móvil vuelve a sonar con un mensaje de Arashi.

18:18 p. m.: Tendré que darle las gracias algún día.

18:18 p. m.: ¿Por qué?

18:19 p. m.: Porque quería hablar contigo.

Me quedo tan quieta con el móvil en la mano, que Yemon se levanta del colchón y frota su cabeza contra mis brazos, como si quisiera comprobar que no me he transformado en una estatua.

Respiro hondo y me obligo a no pensar mientras tecleo una respuesta.

18:21 p. m.: Yo también. Y también me gustaría verte.

Presiono el botón de ENVIAR y retengo la respiración, pero al final tengo que dejarla ir de golpe porque los segundos pasan y, aunque aparece un icono mostrando que Arashi escribe y escribe, la respuesta nunca llega.

O sí.

18:24 p. m.: LKGMFKLJVKGSVKLHNJG.

18:24 p. m.: Arashi, ¿tú también tienes un gato?

18:24 p. m.: Gomen. No, es peor. Harada.

Se me escapa la risa al imaginármelos juntos, en las tonterías que estará soltando Harada mientras intenta quitarle el teléfono, a la vez que Arashi lo mantiene fuera de su alcance, nervioso, ruborizado y torpe.

18:25 p. m.: Entonces, ¿quieres que nos veamos? ¿Mañana, quizá?

Espero, en tensión, pero esta vez la respuesta me llega de inmediato.

18:26 p. m.: No.

El corazón se me detiene en seco.

18:26 p. m.: DJKLFHIWEHFNSDN. Gomen, *es Harada otra vez. No consigo echarlo de la habitación.*
18:26 p. m.: Mañana no puedo porque es el erikae *de mi hermana. La ascenderán a* geiko *y es una ceremonia a la que no puedo faltar.*

Asiento para mí misma. Recuerdo lo que me explicó una de las primeras veces que estuvimos solos, meses atrás. Suspiro, sintiéndome una idiota por no haber hablado antes, por haber desperdiciado los días que él estaba libre aquí, en Kioto, pero Arashi vuelve a escribir.

18:28 p. m.: ¿Pasado mañana, entonces?
18:28 p. m.: Claro. Nos vemos.

De nuevo, escribe y deja de escribir. Así unas cuantas veces, hasta que finalmente aparece un último mensaje.

18:29 p. m.: Mata ne, *Nami.*

Su estado pasa de conectado a desconectado, y yo arrojo el teléfono móvil contra las sábanas. No me he disculpado por lo que ocurrió el otro día durante el festival, pero él tampoco ha mencionado el tema. No sé muy bien qué significa eso. Me gustaría fingir que todo fue una pesadilla, una alucinación, y que lo que él quería decirme en mitad del Parque Maruyama era algo totalmente distinto, pero desde la puerta entreabierta de mi armario puedo ver el *yukata* mal colocado que dejé allí la noche que regresé empapada por la lluvia, como algo imposible de borrar.

Yemon lanza un maullido bajo y me da un golpecito con su largo rabo gris.

«No me mires así, no pienso darte las gracias», le advierto.

A él no parece molestarle, porque salta desde la cama hasta mi escritorio con elegancia, y se sienta de cara a la ventana abierta, por donde se cuela la brisa caliente del verano. Yo lo imito y me empino hacia el exterior, con los codos apoyados en la madera.

Yemon mantiene su cabeza gacha, con los ojos clavados en algún punto de la calle. Yo me inclino todavía más, siguiendo su mirada, y veo una figura cruzar el *torii* del pequeño templo que se encuentra junto a nuestra casa.

Solo parece un anciano. Estoy a punto de apartarme, pero entonces me parece ver el reflejo de unas gafas negras y gruesas y un destello de barba blanca. Las rodillas me tiemblan y me echo abruptamente hacia atrás.

«No puede ser», murmuro.

SEXTA OLA

15 de agosto de 2010

Como todos los días de O-bon, mi padre se comportaba de forma extraña. Aunque Taiga preparó un desayuno enorme, él apenas probó bocado; no llegó a terminar su bol de arroz, tampoco su café.

Pocas veces estaba de mal humor, pero aquella mañana ni siquiera nos dedicó una sola sonrisa cuando se dirigió a la puerta de salida.

—¿Vas a ver a Yoko-san? —pregunté.

Al instante, Taiga levantó su mirada de la comida y mi padre se paralizó, con el pie alzado, el zapato a medio poner y los cordones en sus manos.

—No —contestó con brusquedad, al cabo de unos segundos interminables—. Hoy, no. Tengo cosas que hacer, pero no tardaré.

Yo volví la vista al desayuno cuando la puerta se cerró con fuerza. No sabía por qué nos lo ocultaba; tanto Taiga como yo sabíamos que iba a comprar un farolillo para colgar más tarde en la puerta de casa.

—No te pongas triste, Nami —me dijo mi hermano, posando su mano durante un instante en mi cabeza—. Hoy es un día duro para él. Recuerda demasiado a mamá.

Asentí y eché un vistazo a mi alrededor. Apenas había fotografías en mi casa; las pocas que había enmarcadas eran de Taiga y mías; solo en una estábamos con mi padre, pero en ninguna salía mi madre. Una vez le pregunté a mi padre por ello y él me contestó que lo hacía por nosotros; creía que, si no veíamos su cara todos los días, no la echaríamos de menos. No obstante, yo tenía la sospecha de que era él quien no quería echarla de menos.

No recordaba nada de ella. Murió antes de que yo cumpliese el primer año, y la única vez que había visto su cara había sido en una fotografía que había encontrado por casualidad hacía tanto tiempo, que ya ni siquiera me sonaban sus rasgos.

Sabía que mi hermano la echaba de menos, pero yo no podía extrañar a alguien a quien nunca había conocido. Mi padre había rellenado su hueco y era suficiente para mí, aunque a veces me sintiese un poco sola cuando él tardaba en regresar de Sendai, donde trabajaba, a algo más de una hora de camino.

—¿Crees que mamá vendrá hoy? —le pregunté a Taiga.

—Pues claro. Aunque estoy seguro de que ella no espera un año entero para visitarnos. A veces... —Tragó saliva y desvió la mirada hacia la puerta por donde había desaparecido mi padre—. Cuando estoy triste en Tokio, hablo con ella y de alguna forma me siento un poco mejor.

—Si estás triste, deberías contárselo a papá. Él te puede ayudar —repliqué, con la boca llena de arroz.

—Él... —Suspiró—. Papá no necesita mis problemas. Sobre todo ahora, cuando está mejor que nunca.

—¿Mejor? —pregunté, con el ceño fruncido—. Pero si papá siempre está contento.

Taiga sacudió la cabeza y se levantó de la mesa con energía. Me dedicó una sonrisa brillante, tan enorme que no me la pude creer.

—Voy a fregar los platos. Tú termina de desayunar.

Me revolvió el pelo con su enorme mano y se dirigió hacia la pequeña cocina que estaba pegada a la estancia. Enseguida empecé a escuchar el sonido del agua al correr. Como ambas habitaciones estaban comunicadas por una pequeña ventana, solo tuve que inclinarme sobre las patas traseras de la silla para observarlo de soslayo.

Había metido los platos en el fregadero, pero no los limpiaba. Tenía la cabeza gacha, los brazos estirados y tensos sobre la encimera, y los ojos húmedos estaban clavados en el agua que corría.

Y de pronto me di cuenta de que mi hermano no era feliz.

EL SACERDOTE
Y EL MAL DIOS

15 de agosto de 2016

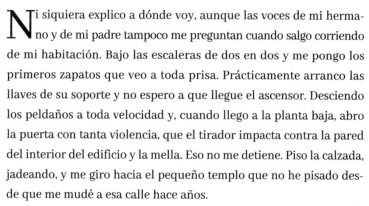

Ni siquiera explico a dónde voy, aunque las voces de mi hermano y de mi padre tampoco me preguntan cuando salgo corriendo
de mi habitación. Bajo las escaleras de dos en dos y me pongo los
primeros zapatos que veo a toda prisa. Prácticamente arranco las
llaves de su soporte y no espero a que llegue el ascensor. Desciendo
los peldaños a toda velocidad y, cuando llego a la planta baja, abro
la puerta con tanta violencia, que el tirador impacta contra la pared
del interior del edificio y la mella. Eso no me detiene. Piso la calzada,
jadeando, y me giro hacia el pequeño templo que no he pisado desde que me mudé a esa calle hace años.

La figura sigue en su interior, algo inclinada frente al pequeño
honden, como si estuviera rezando.

—¿Kannushi-san? —murmuro.

El hombre se endereza de golpe y parece tomar aire con profundidad antes de darse la vuelta y encararme. No estaba equivocada.
Es Kannushi-san; idéntico y, a la vez, completamente distinto al
hombre que recuerdo.

No va vestido con su ropa de sacerdote; en vez de eso lleva unos
pantalones de tela ligera y una camisa celeste de manga corta. Antes
me parecía alto y fuerte, pero ahora casi he alcanzado su estatura.
Por otro lado, es prácticamente igual a la imagen mental que tengo

de él y que ya tiene cinco años. Su pelo blanco, su barba bien recortada, las gafas gruesas. Puedo jurar que ni una sola arruga nueva enmarca sus ojos almendrados, que se fruncen al enforcarme.

—Oh —dice, sorprendido. Yo arrugo el ceño, sin creer su expresión. Aunque sea imposible, una parte de mí me dice que este encuentro no es fortuito—. Eres la niña de Miako, ¿verdad? Nanami. Tu nombre siempre me resultó fácil de recordar.

Noto algo que me acaricia la pierna y, cuando bajo la mirada, veo a Yemon, que ha debido seguirme cuando he corrido escaleras abajo. Se aprieta contra mí y no separa los ojos del anciano. Él también detecta su presencia y su sonrisa se pronuncia.

—Veo que continúa a tu lado, ¿eh? Los gatos son muy persistentes —comenta. Avanza un paso hacia mí, pero sigue con los pies sobre suelo sagrado, en el templo.

—¿Está muerto? —pregunto, a bocajarro.

Los ojos del hombre se abren de golpe y se lleva una mano a la frente, como si dudara si responder o no.

—¿Cómo? —pregunta, incrédulo.

—No atraviesa el *torii* para hablar conmigo. Está igual que hace cinco años. Estamos celebrando O-bon y... —Echo la cabeza atrás, para ver cómo el sol está a punto de ocultarse en el horizonte.

La expresión de Kannushi-san se recompone y me recuerda a aquella noche de festival, cuando se había adentrado un poco en el océano y me hablaba de cosas que no terminaba de entender.

Me pregunto si las entendería ahora.

—Oh, el crepúsculo —dice, en un susurro que consigue erizarme la piel de los brazos—. Otra frontera más. Como este *torii*, como ese portal que acabas de atravesar. Pero eso ya lo sabes, ¿no? Siempre me ha gustado esta hora, cuando el límite entre todos los mundos es más frágil, la frontera entre el día y la noche. ¿Sabías que el crepúsculo es el momento en que los espíritus, los demonios, los monstruos y los dioses lo tienen más fácil para llegar a este mundo, o para que los humanos se aventuren en el suyo? Al crepúsculo se le conoce como *ōmagatoki*: el instante del encuentro con los espíritus.

Mis manos se convierten en puños y tengo que tragar saliva un par de veces para conseguir que mis palabras fluyan sin carraspear.

—Entonces usted también murió, ¿no? El día del terremoto y del tsunami...

—No, querida. Me temo que estoy tan vivo como tú y como ese gato que te persigue —dice, con una carcajada, aunque permanece en el interior del templo, observándome entre los pilares de piedra del *torii*.

—Entonces, ¿qué hace aquí?

—Kioto es una ciudad muy turística, y yo estoy de vacaciones —contesta, antes de encogerse de hombros—. Estaba dando un paseo y este pequeño templo me llamó la atención.

—¿Por qué?

—¿Vives aquí al lado y no te has dado cuenta? Vaya... —Sacude la cabeza y se da la vuelta para observar el pequeño *honden*, como si estuviera disculpándose ante él por mí—. Es un templo gemelo al de Miako. Está erigido en honor al dios Susanoo. Quién sabe, quizá por eso acabaste en este edificio.

Aprieto los dientes y observo de soslayo la pequeña edificación de madera y entiendo de pronto por qué desde el primer momento me repugnó, por qué nunca tuve ganas de cruzar ese maldito *torii*.

—Como si me importara —farfullo.

Kannushi-san arquea las cejas un momento, para luego bajarlas con tristeza. Se aproxima un par de pasos más, pero sigue sin cruzar el *torii*, y yo me quedo quieta en mi sitio. Tengo la sensación de que quiere acercarse a mí, pero ni él abandona suelo sagrado ni yo me adentro en él.

—Pareces enfadada con él. —Suspira con profundidad y une sus manos en su regazo—. Y conmigo.

—Bueno —contesto, tomando aire de golpe—, si Susanoo realmente existe, no hizo mucho cuando sucedió el terremoto, cuando el tsunami arrasó Miako y cientos de ciudades y pueblos más. Creo que mucha gente malgastó monedas y rezos.

Una expresión de dolor cruza su rostro maduro.

—Creo que te lo dije en una ocasión. Los hombres han cambiado demasiado el mundo para que los dioses puedan intervenir directamente, solo pueden introducir cambios sutiles que...

—¿Y cuál fue el cambio sutil que introdujo Susanoo cuando ocurrió todo ese desastre? ¿Qué fue lo que hizo exactamente? —pregunto, alzando la voz más de lo que debería.

Kannushi-san separa los labios, pero cuando parece a punto de responder, sus ojos se fijan en algo que hay en mi espalda. Me vuelvo, sobresaltada, pero solo veo a una anciana que camina por la calle. Sus ojos se posan en nosotros, con curiosidad.

Estoy segura de que no la he visto nunca, pero su mirada es tan intensa, que no tengo más remedio que dedicarle una rápida reverencia mientras Kannushi-san hace lo mismo que yo. La mujer nos la devuelve y esboza una extraña sonrisa.

—Muchas gracias —dice—. De verdad, muchísimas gracias.

Frunzo el ceño, porque no sé si se dirige a Kannushi-san o a mí, y porque no tengo ni idea de por qué da las gracias. El viejo sacerdote asiente y una expresión divertida alivia un momento el pesar que se adueña de sus rasgos. Lo miro, impaciente por una respuesta a mi pregunta, pero él se queda observando a la anciana que atraviesa la calle. Hasta que no desaparece tras la esquina, no se vuelve hacia mí. Y cuando lo hace, me obligo a respirar hondo para calmarme. Hay algo en su expresión que me dice que no me va a contestar. Solo estoy perdiendo el tiempo.

—Me alegro de haberlo visto, pero me tengo que ir —digo, antes de hacer una reverencia—. Cuídese.

Me vuelvo hacia mi portal con Yemon a mi lado, pero sus palabras llegan hasta mí y me detienen.

—Si algún día deseas visitarme, estaré en el templo.

—¿Sigue viviendo allí, a pesar de que Miako no existe? —le pregunto, entre sorprendida y espeluznada.

—Alguien tiene que cuidarlo... y todavía queda gente de los alrededores que cree en los dioses. —Me lanza una mirada cargada de intenciones, pero vuelvo la cabeza—. Si algún día quieres regresar, ya sabes dónde encontrarme. Me encantaría volver a verte.

Asiento, pero no separo los labios. No voy a prometerle algo que no pienso cumplir. Lo encaro para dedicarle una reverencia una vez más.

—*Sayonara*, Kannushi-san.

—*Mata ne*, Nanami.

No hago caso a la diferencia de significado entre nuestras despedidas. Le doy la espalda y camino junto a Yemon hasta que llego al portal y cierro la puerta tras de mí.

Entonces, vuelvo a respirar.

GOLPES

16 de agosto de 2016

Miro constantemente el reloj que cuelga de la pared del 7Eleven, pero los minutos pesan como días. No era ese mi plan para pasar la mañana, pero la señora Suzuki me llamó muy temprano para decirme que Hanae estaba enferma y que necesitaba a alguien que pudiera cubrirla con urgencia. No pude decirle que no.

Mi idea había sido caminar por las calles más antiguas de Gion, donde se concentraban las *okiya*, los hogares de las *geiko* y las *maiko*, y las *ochaya*, las casas de té donde suelen trabajar. Sabía que la hermana de Arashi tendría que ir de un lugar a otro, presentando respetos y fotografiándose, y sabía que él la acompañaría en todo momento. Me hubiese gustado verlo, aunque solo fuera a la distancia. Ahora que quedaba tan poco para que estuviéramos juntos, lo echaba de menos más que nunca.

Pero, aunque di un rodeo, las calles estaban todavía desiertas cuando entré a trabajar.

Ni siquiera hay muchos clientes, así que el tiempo transcurre con demasiada lentitud hasta que termina por fin el turno de la mañana. Recorro el mismo camino que realicé hace unas horas y, aunque en esta ocasión las calles están llenas y veo a un par de *maiko* que caminan del brazo, compartiendo confidencias, no veo a ninguna *geiko* vestida con un elegante *kimono* y rodeada de fotógrafos.

Paso el resto del día en casa con Yemon en mi regazo. Intento quedar con Li Yan, pero cuando le escribo, me dice que la familia de su padre está de visita, y Harada está demasiado ocupado pasándose la parte final de un videojuego algo extraño que no termino de entender. Cuando me pregunta con voz burlona por Arashi, me apresuro a colgar el teléfono.

Cae la noche y ceno sentada en el suelo, con la espalda apoyada en la puerta del dormitorio de mi hermano. Al otro lado, sé que él hace lo mismo, y que come con tranquilidad la comida que le he preparado.

—No he visto a papá en todo el día —comento.

—Creo que hoy tenía cena con los del trabajo —responde Taiga. La puerta tiembla un poco a mi espalda—. Seguramente, llegará tarde.

—¿Cómo es posible que tú te enteres de eso si estás encerrado y yo no?

Me llega su suave carcajada a través de la madera.

—Porque sé escuchar.

Los fideos se me atascan en la base de la garganta y toso un poco. Me quedo quieta, con los ojos clavados en la salsa oscura que hay en el fondo de mi cuenco.

—¿Y quién te escucha a ti? —murmuro.

Lo he dicho en voz baja, pero llega hasta él. Noto la puerta temblar a mi espalda y otra risa, esta vez más sutil, más pequeña.

—Pues tú, claro.

Pero yo no estoy de acuerdo, así que me callo. Terminamos la cena en silencio, solo roto por el sonido que hago cada vez que sorbo los fideos. Taiga tiene razón, porque cuando me voy a bañar, mi padre sigue sin llegar; tampoco cuando me acuesto y Yemon se acurruca a mi lado; ni siquiera cuando miro el reloj por última vez antes de quedarme profundamente dormida.

Pero entonces, unos golpes me despiertan. Parece que solo han pasado un par de minutos, pero cuando miro el reloj del teléfono móvil veo que es medianoche.

Otro golpe hace eco en las paredes de mi habitación y yo me incorporo, desorientada, mientras Yemon salta asustado hacia la ventana y se queda allí observando cómo me abalanzo sobre la puerta y la abro con brusquedad.

Durante un instante, me quedo helada al observar a mi padre frente a la puerta de Taiga, sudoroso, con el cuello desabrochado y la corbata mal puesta, tirando con todas sus fuerzas del picaporte, tratando de abrirla.

—¿Papá? —murmuro.

Él ni siquiera me ve. Sus pupilas solo están concentradas en ese pequeño resquicio que ha conseguido abrir, y que Taiga lucha por cerrar. No puedo verlo, pero escucho sus jadeos de esfuerzo, mientras empuja la puerta en dirección contraria, con todo su cuerpo.

—¡Papá! —grito.

—¡Estoy harto! —brama él, aunque creo que sigue sin oír mi voz—. ¡Sal de una maldita vez! ¡Llevas tres años ahí dentro! ¡TRES AÑOS! ¿Cuándo piensas salir?

—¿Qué estás haciendo? —exclamo, horrorizada—. ¡Para!

Pero lo único que le importa a mi padre es ese pequeño resquicio que existe entre el borde de la puerta y la pared, y que crece cada vez más. La luz del pasillo se cuela en la oscuridad, y soy capaz de ver la cama de mi hermano deshecha y un par de libros que yacen en el suelo, uno sobre otro. También consigo ver un poco del brazo de Taiga, piel pálida, palidísima, y eso, por alguna razón, me ayuda a moverme.

Mi padre es más alto que yo, también es más fuerte, pero está borracho, así que cuando enlazo los brazos en torno a su cintura él trastabilla y el hueco se hace más pequeño. A él se le escapa un rugido de rabia y vuelve a tirar. Sin embargo, yo apoyo mis pies desnudos contra el suelo y lo empujo con todas mis fuerzas.

—¡Déjalo en paz!

—¡¿Cuánto tiempo piensas seguir así?!

Ahora que estoy apretada contra su cuerpo, me doy cuenta del tiempo que ha pasado desde que lo abracé por última vez. El olor a *sake* que lo envuelve me trae los recuerdos de aquellas noches que pasaba con Yoko-san y yo los escuchaba reír y charlar, mientras me quedaba medio dormida con el eco de sus carcajadas felices en mi cabeza. Ese olor dulce me acompañaba después a la cama, cuando mi padre me arropaba y me daba un beso de buenas noches. Pero ahora ese olor que lo envuelve y es idéntico al de hace años me produce aversión. Solo quiero que desaparezca.

—¡Cállate! —grito, cuando me parece escuchar un sollozo que llega desde el otro lado de la puerta—. ¡Cállate de una vez!

—¡Ya habrías terminado la universidad, maldita sea! —sigue aullando mi padre. Golpea con tanta fuerza el tablón de madera, que no sé cómo no lo astilla—. Pero ahora no tienes nada, ¡nada! —Toma aire y chilla tanto que su voz se rompe en miles de pedazos—. ¡¿Sabes la vergüenza que siento cada vez que mis compañeros de trabajo me preguntan por ti?!

De pronto, como si el techo fuera un cielo cubierto de nubes cargadas, suelta una cascada de agua. Tan enorme, tan fuerte, que empapa a mi padre y me moja a mí, y nos hace caer al suelo. Sus manos, por fin, resbalan del picaporte y la puerta de Taiga se cierra con un golpe.

El agua llena el pasillo, se cuela en mi habitación y en la de Taiga, resbala por las escaleras y cubre todos los peldaños.

Mi padre escupe, tose y, de rodillas sobre el suelo, levanta la mirada al techo, completamente desorientado. Este permanece intacto, seco. No se ha roto ninguna tubería, aunque el agua sigue avanzando por el pasillo y goteando de los escalones.

Yo solo lo miro a él, paralizada. El olor a océano satura el pasillo estrecho.

—¿Qué...? ¿Qué...? —farfulla mi padre, apartándose el pelo mojado de la frente.

—¿Por qué has hecho eso? —lo interrumpo, con la voz tan grave, que no parece mía.

Él parpadea y sus ojos se enfocan un poco. Ya no huele a *sake*, la sal y las algas engullen todo.

—Has intentado entrar en su habitación a la fuerza —siseo.

—¡Tiene veinticuatro años! —exclama mi padre, recuperando algo de control en su voz. Mira de nuevo el techo, desorientado—. No puede seguir...

—Le has dicho muchas cosas horribles —lo interrumpo—. Pero no le has preguntado lo más importante.

Mi padre se apoya en la pared, tambaleante, y sus ojos me dedican esa mirada severa a la que ya estoy acostumbrada.

—Nami, no entiendes que...

—¿Por qué? —digo, antes de avanzar un paso hacia él—. Nunca le has preguntado el motivo.

Su expresión, abotargada por la furia y el alcohol, se desconcierta de pronto. Y eso solo me enfada todavía más, porque a mi cabeza regresan los recuerdos de Miako, las visitas de mi hermano, sus ojos húmedos, sus verdades a medias. «Papá no necesita mis problemas», fue lo que me dijo una vez.

Sí que los necesitaba, pienso, con los ojos húmedos de rabia. *Los necesitaba para comprenderte.*

—Taiga no es ninguna vergüenza —susurro, mientras lo miro de arriba abajo—. Pero ahora mismo, tú sí lo eres.

—Nami —oigo que me llama mi hermano mayor, de nuevo a través de una puerta cerrada—. Déjalo.

Mi padre no estalla, pero sí parece empequeñecer. Lo veo en sus ojos, en sus mejillas enrojecidas que palidecen de golpe, en sus brazos, que caen a ambos lados de su cuerpo sin fuerzas.

Y, entonces, me atrevo a hacerle una pregunta que llevo guardando años.

—¿Dónde está el padre que tenía en Miako?

Espero, pero como siempre, él guarda silencio y se limita a observar cómo las gotas caen de su camisa blanca hasta el charco gigantesco que cubre la totalidad el pasillo.

—¿De dónde... ha salido toda esta agua? —musita.

—Es mía —contesto.

Mi padre frunce el ceño y avanza un paso en mi dirección, pero yo le doy la espalda y empiezo a bajar la escalera de dos en dos. Él me llama por mi nombre e intenta seguirme, pero está tan borracho que lo oigo tropezar.

Cuando llego a la planta baja, que está a oscuras, veo sentada en la mesa a Yoko-san, con la mejilla apoyada en el dorso de la mano, como si también hubiera bebido demasiado. Sin embargo, en sus labios no está esa sonrisa dulce que siempre le veía en Miako. Hay dolor en sus ojos, y cuando me ve dirigirme hacia la puerta, se incorpora y extiende el brazo hasta mí.

«Él también te necesita».

Yo sacudo la cabeza, me pongo las primeras sandalias que encuentran mis pies y salgo de casa dando un portazo. En el descansillo veo al vecino que, asomado desde su puerta, me mira de arriba abajo, deteniéndose en mi pelo empapado y en los zapatos. No me he dado cuenta, pero me he puesto dos diferentes.

Le dedico una mirada fulminante que lo hace desaparecer tras su propia puerta y bajo las escaleras golpeando los escalones con tanta fuerza que parecen patadas. Cuando llego a la calle, no me detengo. Paso junto al pequeño templo dedicado a Susanoo y me dirijo al final de la calle. Ando sin saber muy bien a dónde me dirijo; hay poca gente. La mayoría son turistas agotados que regresan tarde a su hotel u hombres de negocios que avanzan tambaleándose después de alguna cena de empresa. Alguno me llama entre voces gangosas y carcajadas, pero yo le dedico un corte de mangas y sigo adelante, como si llegara tarde a algún sitio. Gotas de agua siguen resbalando de mi ropa empapada y de mi pelo.

He dejado un sendero de agua para que alguien me siguiese.

Me echo a reír por la estupidez que acabo de pensar, pero de repente doblo la esquina de la siguiente calle con brusquedad, con los ojos todavía clavados en ese pequeño y delgado camino, cuando me doy de bruces con alguien.

Retrocedo, regresando a la realidad de pronto, y sin levantar la mirada, murmuro:

—*Gomen*.

Avanzo un par de pasos, pero una mano se me enreda en la muñeca y me sujeta con firmeza. Alzo la cabeza de golpe y mis ojos se encuentran con unas gafas gruesas y un peinado ridículo.

LA FOTOGRAFÍA

17 de agosto de 2016

—¿Qué estás haciendo aquí? —murmuro, paralizada. Arashi da un paso atrás al darse cuenta de lo próximos que estamos, pero no me suelta la mano. Echa un vistazo a su alrededor antes de volver a mirarme.

—Vivo cerca.

Frunzo el ceño mientras mi mirada recorre lo que sus ojos observaron hace solo unos segundos. Estamos en pleno corazón de Gion, en la zona más tradicional, donde solo hay viejas casas de madera de dos pisos; apenas hay pequeñas farolas aquí y allá, y la calle estaría a oscuras si no fuera por los pequeños farolillos de papel, blancos y rojos, que cuelgan junto a las puertas correderas de entrada. Muchos de ellos están marcados con el blasón del distrito de *geishas* en donde me encuentro: un círculo hecho a base de pequeñas bolitas de dango y con el kanji *kō* en el centro. El distrito de Gion Kobu.

—Estás empapada —dice Arashi, con voz queda.

—Bueno, de una forma o de otra, el agua siempre me persigue —respondo, con una sonrisa falsa que él no corresponde.

Tras sus gafas, su ceño se frunce con profundidad y yo suspiro.

El mundo me pesa tanto, que mis hombros se hunden, y si no fuera por los tendones que los sujetan, acabarían en el suelo. Arashi suelta con suavidad mi muñeca, coloca una de sus grandes manos sobre mi cabeza y roza mi pelo con sus dedos, con cuidado. Su piel parece contener electricidad y el agua que me empapa me traslada la corriente y me hace estremecer tanto, que doy un pequeño respingo que no puedo controlar.

—Ven —dice.

Aparta la mano y, durante un momento, siento el deseo estúpido de agarrársela con fuerza y volver a colocarla sobre mi cabeza mojada, pero en vez de eso, asiento y lo sigo a través de las viejas calles de Gion.

—¿Qué haces en la calle tan tarde? —le pregunto solo por romper el silencio.

—El *erikae* de mi hermana se ha alargado algo más de lo que pensaba... —contesta, con una pequeña sonrisa—. Pero yo estaba cansado y quería regresar.

—*Gomen* —digo antes de pararme de golpe—. No quiero molestarte. En realidad, debería...

—No pasa nada —me interrumpe Arashi con rapidez—. Dijimos que quedaríamos el diecisiete y... —Saca su teléfono móvil del bolsillo y me muestra la fecha que relumbra en la pantalla—. Ya es diecisiete.

Dudo durante un momento, pero al final asiento y los dos seguimos caminando por las calles, prácticamente a oscuras y silenciosas, donde la paz solo se rompe cuando algunas puertas de edificios cercanos se desplazan y salen mujeres vestidas con *kimonos* y con peinados ornamentados repletos de adornos.

En más de una ocasión, sus ojos se cruzan con los de Arashi y le dedican una breve inclinación.

—Eres muy popular en el mundo de la flor y el sauce —comento, con cierta burla, haciendo referencia a cómo se le llama al mundo de las *geishas*.

Él suelta un pequeño gruñido.

—Mi hermana se encarga de que así sea —dice, aunque, tras una pausa añade—: Y supongo que parte de la culpa la tiene también mi tía. Es la única *okāsan* que, además de llevar una *okiya*, tiene que cuidar de un adolescente. Supongo que algo así genera mucho interés.

—No sabía que tu tía era la dueña de algo así —comento, asombrada—. Debe ser increíble.

—Debe —contesta él, antes de encogerse de hombros—. La última vez que entré en la *okiya* tenía seis años, así que no recuerdo mucho. Es un lugar que está prohibido para los hombres... excepto para los *otokosu* que ayudan a vestirse a las *maiko* y a las *geiko*, aunque ya apenas quedan. Hoy día, solo hay cuatro en todo Kioto.

—Es una lástima —murmuro, cuando siento la tristeza en su voz.

—Supongo que algunas cosas están destinadas a desaparecer —contesta él, mientras se encoge de hombros.

—Tú serías un gran *otokosu* —comento, forzando una sonrisa que lo toma desprevenido—. Me ataste tan bien el *obi*, que me costó horrores quitármelo después.

Me muerdo la lengua demasiado tarde; no debería haber mencionado ese «otro día», porque mi cabeza se llena de imágenes: de sus manos, que rodearon mi cintura y me apretaron contra él; de cómo caminábamos uno al lado del otro, cercados por la multitud... También recuerdo el rostro de Mizu, el *meronpan* con helado que acabó pisoteado, y las palabras que Arashi me dirigió, tan faltas de sentido, pero terriblemente sinceras.

Veo cómo su cuerpo se tensa, quizá también por culpa de esos recuerdos, pero entonces dice:

—Mi familia materna siempre estuvo muy relacionada con este mundo. Luego, si quieres, puedo enseñarte fotografías cuando lleguemos a mi casa.

—¿Tu casa? —repito. Los siguientes latidos de mi corazón los noto como sacudidas—. ¿Vamos a tu casa?

—Está al final de la calle —contesta. Alza el brazo y señala un pequeño edificio, idéntico a los demás, que se encuentra en la esquina próxima—. Así puedo dejarte ropa seca. Te va a quedar algo grande... pero servirá.

—No quiero molestar a tu tía —replico, nerviosa. Doy las gracias por la escasa luz del ambiente, porque noto las mejillas al rojo vivo—. Es demasiado tarde.

—Mi tía suele dormir en la *okiya* la mayor parte de los días —contesta él mientras mueve la mano para restarle importancia.

—¿Y no le preocupa que puedas subir chicas a casa? —pregunto, como si el tono burlón pudiera hacer algo con el rubor que me cubre la cara.

Arashi tropieza de pronto y se precipita hacia delante, pero consigue recuperar el equilibrio en el último momento. Entorno la mirada, pero él gira la cabeza hacia el otro lado, y solo puedo ver sus orejas, brillantes y rojizas aun a pesar de la poca luminosidad.

—La... la verdad es que eres la primera a la que invito a entrar —contesta, con un hilo de voz. Se lleva una mano a la cabeza e intenta aplastarse el pelo con un gesto nervioso, pero no lo consigue.

—Ah. —Trato de pensar algo más que decir, lo que sea, pero mi lengua se traba y mi cabeza se queda en blanco.

Cuando llegamos al final de la calle, él se detiene y se vuelve hacia un edificio de dos plantas, antiguo, pero bien cuidado. De la entrada cuelga un farolillo con el emblema que ya he visto, y sobre la puerta veo siete tablillas de madera, donde hay varios nombres escritos.

—Esta es la *okiya* de mi tía —dice Arashi, esbozando una pequeña sonrisa de orgullo—. Los nombres que ves escritos ahí pertenecen a las *maiko* y a las *geiko* que viven aquí. El tercero desde la derecha es el de mi hermana.

—Saori —pronuncio, con lentitud—. Es muy bonito.

En ese momento, una súbita brisa se levanta y pega la ropa mojada a mi piel. Un escalofrío me recorre y Arashi deja de mirar esa puerta cerrada que oculta tantos secretos para el mundo, para poder observarme.

—Vamos.

Me hace un gesto hacia el pequeño edificio que se ubica a nuestra izquierda, justo enfrente de la *okiya* de su tía. En la entrada de la casa hay una cortinilla roja que cuelga y que él aparta para que pueda pasar. Yo me adentro con cautela y mis oídos se llenan de conversaciones animadas y la suave melodía de un instrumento de cuerda, creo, a lo lejos.

—La planta baja la ocupa una pequeña casa de té, pertenece a una amiga de mi tía que nos alquila el segundo piso como apartamento. Todavía estarán trabajando. En verano, con los turistas, siempre se quedan hasta tarde... —me explica Arashi, antes de volverse hacia una pequeña escalera que pasa inadvertida en una esquina—. Ven, es por aquí.

Subimos los peldaños estrechos y llegamos a otra pequeña puerta corredera, que él abre con suavidad para revelar un diminuto recibidor, donde hay un pequeño zapatero. Él se apresura a abrirlo y saca unas zapatillas suaves. Las coloca en el suelo de tatami que comienza tras el recibidor.

Yo las acepto con un seco asentimiento, aunque por dentro estoy empezando a temblar. Estoy segura de que Arashi se ha dado cuenta, pero no comenta nada sobre mi calzado desparejo.

El apartamento es incluso más pequeño que la planta baja de mi casa. Tras el recibidor hay un pasillo estrecho en el que se ve una cocina mínima. Al otro lado, Arashi me indica que se encuentran el baño y el *ofuro*. Unos cuatro pasos más adelante, está la sala de estar, cuya única ventana da a la calle, y en la que apenas hay una mesa baja, una estantería minúscula, un par de cojines y un viejo televisor. A un lado, hay una puerta cerrada. Imagino que comunica con el dormitorio, pero aparto la mirada con rapidez porque mi mente se rebela, y me imagino a Arashi dormido en un futón, con la camiseta algo levantada de tanto moverse, el pelo revuelto y las mejillas enrojecidas.

—Hace mucho calor, ¿verdad? —me pregunta Arashi, cuando observa mi expresión sofocada.

—*Muchísimo* —contesto.

Él murmura una disculpa y se apresura a encender el ventilador que cuelga del techo y abre la ventana que comunica con la calle.

Después, entra con rapidez en su habitación y sale con una camiseta blanca y una toalla para el pelo. Apenas un par de minutos más tarde, salgo del baño con su camiseta que me llega hasta las rodillas y el pelo algo más seco. Arashi me espera sentado junto a la mesilla baja, muy estirado, con un par de Calpis muy fríos.

Me muerdo los labios para que no se me escape una sonrisa y, cuando estoy a punto de hablar, mis ojos se clavan en una imagen que veo a su espalda. Una de las fotografías enmarcadas sobre la pequeña estantería.

Cuatro caras sonríen con amplitud. Un matrimonio y dos niños pequeños. Tras ellos, puedo ver varios tejados rizados, y más allá, un paseo marítimo y el característico color del océano Pacífico en marzo. Es una vista que conozco muy bien.

Esa tibieza reconfortante, que me llena por dentro como el té caliente cuando estoy cerca de Arashi, desaparece de golpe y no deja a su paso más que un frío desolador.

Pero no es solo eso. Hay algo más.

Con un par de zancadas me acerco a la estantería y tomo la fotografía con manos temblorosas, ignorando todas las demás. La acerco tanto a mi cara, que los rostros se vuelven borrosos y el vaho cubre el cristal.

—¿Nami? —La voz de Arashi llega hasta mí con un eco débil.

Me giro hacia él con los ojos desencajados y balanceo la mirada, frenética, de su rostro anguloso a una de las caras redondas de la fotografía. Una cara que todavía no lleva gafas gruesas, que no debe tener más de doce años, pero que ya he visto antes.

Un súbito mareo me recorre, y con la mano que tengo libre me sujeto al borde de la estantería. Arashi se incorpora con tanta velocidad, que golpea la mesa y uno de los refrescos se vuelca. Él ni siquiera le presta atención. Me sujeta con fuerza de los hombros, como si supiera que puedo perder la estabilidad en cualquier momento.

Cuando hablo, la voz me araña la garganta y suena a muchas cosas rotas.

—Este pueblo... es Miako. —Arashi asiente con gravedad, pero no dice nada—. Y este... eres tú.

Con un dedo tembloroso, señalo a uno de los niños de la fotografía. Está frente a la mujer y tiene un brazo alrededor de un niño más pequeño que él.

Vuelvo la cabeza hacia Arashi cuando me responde.

—Es... la última foto que me hice con ellos.

Aprieto tanto los dedos en torno al marco de madera, que este cruje y mis nudillos se vuelven del color de la nieve. Cierro los ojos y vuelvo a ese día, a ese momento en que la alarma de tsunami sonaba a través de los móviles de mi padre y de mi hermano Taiga, y yo salía del coche, y me encontraba de pronto en mitad de un pasillo cualquiera de mi colegio, con un niño desconocido a mi lado, un niño que llevaba un chaquetón rojo, idéntico al que Arashi viste en esa foto. Un niño al que intenté sujetarme cuando el agua llegó hasta nosotros y junto al que me ahogué.

Dejo la fotografía a un lado y saco mi teléfono móvil del bolsillo. Me meto en la galería de imágenes y retrocedo en el tiempo; busco una captura de pantalla que le hice a una vieja fotografía mía cuando estaba en primaria. Por alguna razón, Keiko me pidió que se la enviara y yo nunca la borré. Cuando la encuentro, la selecciono con un dedo tembloroso y la coloco frente a los ojos de Arashi.

—Esta niña —digo, con la voz hecha pedazos—. ¿La has visto alguna vez?

Arashi ahoga una exclamación y me arrebata el teléfono de las manos; se lo acerca tanto a la cara que es imposible que vea nada.

—El día... el día del tsunami, cuando me encontré a salvo, sé que me desmayé. Un matrimonio mayor que estaba junto a mí me lo dijo cuando recuperé la conciencia. Me dijeron que quizás fuera el mal del terremoto, pero...

—Viste algo —lo interrumpo, inclinándome en su dirección.

—Estaba... —Sus ojos vuelan frenéticos de la imagen del teléfono a la fotografía que reposa sobre la mesa—. Me encontraba en mitad de un pasillo. Parecía un colegio, creo. Y había una niña delante de mí. Estaba asustada, como yo. Y... de pronto, el agua llegó de todos lados. No sabía quién era, pero cuando esa inmensa ola llenó todo, intentamos aferrarnos el uno al otro; pero...

—No lo conseguiste. Y te ahogaste.

—Sí. Pero entonces recobré la conciencia y me encontré en el suelo, completamente empapado, como si el agua realmente me hubiera alcanzado, aunque yo estaba a salvo. —Suelta el aire de golpe y sus ojos se hunden en los míos—. ¿Quién es esa niña? ¿Por qué tienes una foto de ella?

Le quito con suavidad el teléfono móvil de las manos y lo coloco al lado de su fotografía, de forma que tanto mi yo con doce años como el pequeño Arashi estén juntos, aunque separados a la vez.

—Soy yo —musito, y las pupilas de Arashi se dilatan de golpe—. Es la foto que me hizo mi padre el día que empecé sexto de primaria.

Me inclino hacia él y mi mano trepa hasta la suya. A Arashi se le entrecorta la respiración y mis dedos aprietan los suyos con fuerza. Y entonces, pronuncio unas palabras que jamás pensé que diría.

—Dime que pasó ese once de marzo en Miako. Cuéntamelo todo.

SÉPTIMA OLA

1 de agosto de 2010

El nivel de la botella de *sake* había bajado bastante, y Yoko-san y mi padre se reían cada vez más alto. Comían con los palillos algunos encurtidos que habían sacado para acompañar el alcohol y que Taiga y yo habíamos rechazado probar.

Hacía calor, pero la brisa del océano llegaba a nosotros. Estábamos sentados en el porche y yo me había quitado las sandalias. Me encontraba apoyada sobre mis codos y agitaba los pies en el aire; mis dedos rozaban de vez en cuando las briznas de hierba.

Yoko-san nos había invitado esa noche a cenar y había preparado un auténtico banquete. Yo estaba tan llena, que notaba el botón de mi pantalón corto clavarse en mi barriga cada vez que tomaba aire.

Era tarde, estaba algo adormilada, pero tampoco quería irme a casa, que estaba a solo unos metros de distancia. Deseaba aprovechar ahora que mi hermano había vuelto por vacaciones y que mi padre no estaba lo suficientemente sobrio como para ver la hora que era.

Estiré el cuello para divisar el océano a lo lejos, medio escondido entre los tejados oscuros. La luna se reflejaba sobre el agua y la hacía resplandecer.

—Me gustaría bañarme —comenté.

—Tú siempre quieres bañarte —replicó Taiga, mientras me dedicaba una mirada de soslayo—. Cuando vengas algún día a visitarme a la facultad, te llevaré a la piscina cubierta que tienen. Es enorme. Aunque no creo que te permitan nadar —añadió, con un suspiro.

—¿Y tú? ¿Nadas?

Giré la cabeza para observarlo y me pareció que su rostro, de pronto, reflejaba más la oscuridad de la noche que el resplandor de la luna y las farolas. Su ceño se había fruncido tanto, que había desaparecido tras el arco de sus gafas plateadas.

—Me gustaría, pero... no, no tengo tiempo —contestó, tras un par de segundos.

Torcí los labios en una mueca y me tumbé completamente sobre la madera tibia. A mi espalda, las risas de mi padre y de Yoko-san crecían todavía más.

—Tienes que estudiar mucho, ¿no?

Él asintió con una sonrisa que se quedó en un triste intento. Permaneció un rato mirando hacia delante, en dirección al fragmento de océano que se podía avistar desde aquí, aunque en realidad no parecía estar viéndolo de verdad.

—¿Te cuento un secreto? —susurró de pronto.

—¡Claro! —Me erguí de golpe y acerqué mi oreja a sus labios.

—Pero tienes que prometerme que no se lo vas a decir a papá, ¿de acuerdo? —Yo asentí y unimos nuestros meñiques en un pequeño apretón. Él pareció dudar durante un instante, pero tras unos segundos, murmuró—: No le dije la verdad sobre mis exámenes. He suspendido casi todas las asignaturas.

—¿Qué? —exclamé, aunque me apresuré a taparme la boca. Sin embargo, mi padre y Yoko-san seguían entretenidos con el *sake* y los encurtidos—. Pero ¿no has dicho que estudias mucho?

—Eso es verdad. Nunca he estudiado tanto —contestó, con una sonrisa triste en la cara.

—Entonces, ¿por qué has suspendido? Siempre eras el primero de la clase —dije, confundida.

—No lo sé, yo también me lo pregunto. Quizá no he escogido la carrera adecuada.

—Pues cámbiate. Dile a papá que no te gusta y busca otra que sí lo haga.

Taiga meneó la cabeza y suspiró. Se giró para observar la cima del Monte Kai, pero sus ojos no parecían ver nada.

—Parece fácil, ¿verdad? —musitó. De pronto, se volvió hacia mí y me preguntó—: ¿Papá ve mucho a Yoko-san?

Fruncí el ceño, extrañada ante el súbito cambio de tema, sin entender qué tenían que ver Yoko-san y mi padre con los suspensos de Taiga y con el hecho de que no le gustara su carrera.

—No sé; lo normal, creo. Es nuestra vecina.

Taiga miró por encima de su hombro durante un momento hacia el interior de la estancia llena de risas, y lanzó un largo suspiro. No volvió a decir nada más y clavó la mirada en el cielo. Tenía los ojos algo húmedos.

No sabía qué decirle, así que apoyé la cabeza en sus rodillas y lo abracé a medias. Él no se movió y yo terminé quedándome dormida.

Aquella noche, antes de acostarme en mi cama, algo arañó la ventana. Cuando miré al otro lado, vi el rostro gris del gato que siempre me perseguía. La luz de la luna se reflejaba en su pelaje suave y lo hacía resplandecer.

Durante un momento, los dos nos miramos a través del cristal.

Si dejaba que entrase, desobedecería a mi padre, correría el riesgo de que lo descubriese y de que tuviera que despedirme de él. Lo miré durante un instante más, y entonces, me levanté de la cama y abrí la ventana de par en par.

El gato no dudó y cayó de un salto sobre mi escritorio.

«Te voy a llamar Yemon», susurré, cuando hundí la cara en su pelaje. «Creo que es un buen nombre para ti».

EL CHICO QUE NO SE AHOGÓ

17 de agosto de 2016

El ventilador hace un ruido suave, casi adormecedor, y va secando poco a poco mi pelo húmedo. La lata de Calpis que está frente a mí, sobre la mesa, sigue sin abrir, y un par de gotas caen por su lateral. Arashi ha abierto la suya, pero, aunque sus dedos están cerrados en torno a su refresco, no se la lleva a los labios.

La pantalla de mi teléfono móvil se apagó hace unos segundos, pero sus ojos siguen quietos en ella, aunque ya no muestre nada.

—Hay niños que no cambian cuando crecen. Deberías ver una foto de Harada, sigue igual —dice de pronto Arashi, con voz pausada—. Pero nosotros dos hemos cambiado mucho. Sobre todo, tú. Si hubiera visto esa imagen en cualquier otro lugar, nunca la habría relacionado contigo. Nunca te he visto sonreír así —añade, mientras alza la mirada hasta mí.

—Supongo que antes era más risueña —comento, antes de encogerme de hombros.

—Yo, sin embargo, antes sonreía menos. No tenía muchos amigos. Incluso me peleé con algunos compañeros en clase, ¿sabes? —Lo observo con los ojos abiertos de par en par, porque no puedo imaginar a Arashi como una especie de Kaito, que utiliza más los puños que la lengua—. Mi padre estaba muy enfadado cuando en la empresa decidieron enviarlo a Sendai, pero mi madre creyó que sería una buena oportunidad. Sobre todo, para mí. En el fondo, creo que estaba un poco harta de que la llamaran tanto del colegio por mi comportamiento.

El aliento se me entrecorta un poco.

—¿En qué... trabajaba tu padre?

—Era ingeniero civil. Trabajaba para Shimizu Corporation. ¿Por qué?

—Mi padre también —susurro. Él levanta la cabeza de golpe por la sorpresa, pero yo apenas puedo moverla. Siento el cuello rígido, mis huesos se han transformado en ramas secas—. Nos mudamos a Kioto porque su empresa decidió trasladarlo. Al parecer, hubo un hueco que había quedado libre.

Los hombros de Arashi se tensan, puedo incluso ver marcados los tendones en su cuello. Se lleva el refresco de Calpis a los labios y bebe, bebe tanto que se termina la lata y la deja con suavidad sobre la mesa. Cuando se vuelve hacia mí intenta sonreír, pero sus labios solo esbozan una mueca.

—Shimizu Corporation es una empresa enorme. Hay muchos equipos, muchas subdivisiones. Estoy seguro de que ese año quedaron muchos huecos, no solo el que dejó mi padre.

Apenas consigo mover la cabeza un par de centímetros para asentir. No contesto, pero algo dentro de mí está seguro de que el puesto que mi padre ocupó no era uno cualquiera.

—Como la sede se encontraba en Sendai, mi padre quería quedarse allí; pero mi madre insistió en que nos trasladáramos a uno de los pueblos de la costa. Decía que necesitaba un poco de tranquilidad y que quería una casa grande que no podrían permitirse si decidían vivir de nuevo en una ciudad. Sorprendentemente, mi padre accedió, lo cual fue algo que nadie esperaba. —Durante un instante, los ojos de Arashi se oscurecen—. Era... una persona bastante inflexible.

Lo miro de soslayo, con los labios apretados. Aunque ya está vacía, una de sus manos sigue sujetando con fuerza la lata de refresco. Dudo durante un instante, pero me inclino ligeramente hacia delante y las puntas de mis dedos rozan con suavidad el dorso de su mano.

De inmediato, los dedos de Arashi se relajan y dejan de sujetar la lata, cuyo metal queda marcado.

Sus ojos caen sobre los míos. No mueve la mano para separarla o acercarla más a la mía, la deja quieta. Sus pupilas están llenas de oscuridad; pero esta vez, de una oscuridad diferente. Los próximos latidos de mi corazón son tan fuertes que hasta duelen.

—Lo siento —mascullo, sin saber muy bien por qué—. ¿Dónde ibais a vivir? ¿Lo recuerdas?

Arashi tuerce un poco los labios y vacila durante un instante antes de pronunciar el nombre de la calle. Yo me quedo helada, con los dedos crispados, aún en contacto con su propia piel. Mientras lo observo con los ojos desorbitados, él añade:

—Era una casa bonita, muy diferente a la que tenían mis padres aquí en Kioto. Tenía hasta su propio jardín y una valla de madera. Mis padres se la compraron a un matrimonio de ancianos que...

Habían decidido trasladarse a Tokio, con su hija, que acababa de tener un bebé, completo en silencio. No puedo creerlo. Después de tantos años, de esas noches en Miako mirando al techo cuando no podía dormir, cuando me preguntaba quién ocuparía la casa de al lado, quiénes serían esos vecinos que nunca llegaría a conocer...

Sacudo la cabeza e intento despegarme de mis recuerdos.

—Si mis padres hubieran decidido quedarse en su interior, quizás habríamos tenido tiempo para subir por el sendero que comenzaba unas calles por encima y salvarnos —dice Arashi, con suavidad.

—¿Por qué fuisteis al colegio? —le pregunto, obligándome a centrarme. El roce de su mano con la mía no me distrae; todo lo contrario, me ayuda a seguir adelante—. Era el día de fin de curso. Tu hermano pequeño ya debía estar inscrito, ¿no?

Arashi suspira y sus ojos se clavan en la pequeña carita redonda de la fotografía, que nos sonríe a ambos con los brazos un poco alzados, como si estuviera a punto de saltar sobre nosotros para abrazarnos.

—Sí, pero mi madre era una antigua amiga del director del colegio, y él nos invitó a los cuatro a ver las instalaciones. Además, le había prometido a Haru, mi hermano, que le enseñaría cuál sería su clase para el nuevo curso. Y él, claro, se moría de ganas —dice Arashi, con una pequeña sonrisa tan triste como dulce retorciendo sus labios.

Aprieto los dientes y clavo también los ojos en la fotografía. El director del colegio fue uno de los grandes culpables de que hubiera tantas víctimas infantiles en el tsunami. Al contrario que en el otro colegio de primaria, donde la mayor parte de los alumnos y profesores se salvó, en el mío no lograron sobrevivir ni un par de decenas. Sorprendentemente, el director fue uno de ellos, aunque después de que se descubriera la nefasta gestión que hizo del suceso, principalmente por culpa de la tardanza en la toma de decisiones y en el deficiente protocolo de evacuación, y de que las noticias de todo el país se hicieran eco de ello, decidió quitarse la vida en un hotel a las afueras de Sendai.

—Entonces, ¿estabais ya en el colegio cuando comenzó el terremoto? —pregunto, con la boca seca.

—No exactamente. Estábamos de camino, muy cerca. Recuerdo que podía ver la azotea del edificio por encima de las casas cercanas. Pero no llegamos a ver más, porque entonces todo empezó a moverse.

Me llevo la mano que tengo libre a la boca y aprieto los nudillos contra ella. Me imagino a la familia que veo en la fotografía, sonriente, cómo caen de pronto al suelo en mitad de la calle, cómo se cubren la cabeza, cómo se acercan a rastras unos a otros, mientras el mundo se rompe un poco, el aire se llena de gritos y, a solo unos pocos metros de distancia, en la playa, el océano comienza a retraerse.

—Había varios árboles a nuestro alrededor, también postes de la luz, farolas... que empezaron a sacudirse con mucha fuerza. Mi padre dijo que deberíamos entrar en el colegio, que estaba muy cerca. Pero yo me negué.

—¿Te negaste? —pregunto, confundida.

—Me negué porque solo unos minutos antes tú me habías dicho la hora exacta en la que se iniciaría el terremoto y el tiempo que tendría hasta que llegase el tsunami. —Esta vez, los dedos de Arashi se cierran sobre los míos y los aprietan con una fuerza temblorosa—. Me negué porque me dijiste que la única forma de que sobreviviera sería que me dirigiera hacia el Monte Kai e intentase alcanzar el templo que se encontraba en él. Les pedí a mis padres que hicieran lo mismo, por ellos, por mi hermano, pero no me hicieron caso. Mi padre intentó arrastrarme hacia el interior del recinto, creyeron que me había vuelto loco. Pero yo me escapé de sus brazos y me dirigí hacia el lugar que me habías indicado. Él me persiguió, pero creo que perdió mi pista, porque en determinado momento dejé de oír sus gritos. Corrí y corrí, hallé un sendero en la parte más alta del pueblo que ascendía hasta el monte justo cuando el tsunami impactaba contra la playa, pero yo lo ignoré y corrí campo a través. Te hice caso, no miré atrás, y no me detuve hasta que llegué hasta el templo del que me habías hablado, donde había ya varias personas vestidas con *kimono*. —¿*Kimono*?, pienso, desconcertada durante un instante. Pero Arashi continúa—: Entonces, recuerdo que me asomé desde el borde del precipicio, vi el océano desbordado... engullendo todo... y me desmayé. —Arashi respira hondo. Ha hablado rápido, casi sin respirar, y se ha quedado sin aliento—. Y entonces tuve ese sueño tan extraño, en el que me encontraba en ese colegio que había decidido no pisar, con una niña que no conocía a mi lado.

—*Yo* —susurro.

—*Tú* —confirma él, antes de sacudir la cabeza.

—Sabes que todo esto es imposible, ¿verdad?

—Y, sin embargo, yo te vi. Te vi con la misma claridad con la que te veo ahora y eras... idéntica. Me tocaste, incluso. Me agarraste de los hombros y te arrodillaste frente a mí. Mi madre creía que eras una ladrona de niños —añade, con una carcajada débil.

—Pero nadie puede estar en dos sitios a la vez —farfullo, apartando la mirada—. Cuando comenzó el terremoto, yo ya estaba lejos de Miako. Estaba medio dormida en el coche, junto a mi padre y a mi hermano Taiga.

«Hay alguien que sí puede estar en dos lugares al mismo tiempo. Una *magical girl*», dice una voz juguetona a mi espalda. Solo tengo que girar un poco la cabeza para saber que es Amane quien me habla. Está apoyada en el alféizar de la ventana, con los brazos cruzados, observando la calle oscura. «¿Al final te has convertido en una, Nami?».

—¿Qué ocurre? —Arashi se inclina hacia mí cuando me ve palidecer un poco.

—No... es solo ese sueño, en el que yo también te vi a ti. No es solo el agua, lo que a veces ocurre con ella cuando estoy demasiado enfadada o triste. También, desde hace un tiempo, veo personas.

—¿Personas?

—Muertos —explico, con la voz rasposa, y veo cómo Arashi traga saliva—. Gente de Miako que era importante para mí y que murió en el tsunami. Creo. Algunos cuerpos ni siquiera fueron recuperados.

—Lo siento —murmura él. Sus dedos sobre los míos se aflojan y su pulgar se desliza con suavidad por mi piel, acariciándola. No sé si es consciente de ello, pero yo siento cómo cada una de mis terminaciones nerviosas se enciende como las mechas de unos fuegos artificiales—. ¿Siempre... siempre ha sido así?

—No —digo, irguiéndome de golpe—. Todo comenzó este último curso. —Mis ojos se clavan en los suyos con tanta intensidad, que los bordes de su silueta se hacen borrosos—. Comenzó el día que te vi por primera vez.

Arashi se lleva la mano libre al pelo, se lo aplasta un par de veces sin éxito, y después se sube las gafas, que se le han resbalado hasta la punta de la nariz.

—Eso solo hace que todo esto tenga todavía menos sentido —musita.

—Lo sé. —De pronto, aparto mi mano de la suya y doy un puñetazo tan fuerte a la mesa, que la lata vacía se vuelca—. Maldita sea, debería haber hablado contigo antes. Tragarme mi maldito orgullo y mi maldito miedo. Mierda, podría haberle preguntado sobre todo esto a Kannushi-san.

Arashi frunce el ceño.

—¿Kannushi-san?

—Sí, él... es el sacerdote del Templo Susanji en Miako, o al menos lo era. Lo conocí cuando era niña. Siempre... fue un poco raro, pero no sé, me caía bien. —Durante un instante, me encojo al recordar ese último festival en Miako, lo que creí ver entre destello y destello de los fuegos artificiales—. Lo vi durante las fiestas de O-bon, junto a mi casa, en el pequeño templo.

—Vaya —Arashi ladea la cabeza y vuelve a subirse las gafas—. ¿Él también está muerto?

—No, no. O al menos, eso me dijo él —respondo, aunque frunzo el ceño al recordar la imagen idéntica que tenía el anciano de mis recuerdos, sin una arruga más, sin un pelo menos—. Cuando se marchó... me dio la sensación de que habría querido decirme muchas más cosas. O de que se sentía frustrado porque yo no había entendido lo que me había dicho.

—¿No le dijiste lo del agua, lo de todas esas personas que ves?

—Tú eres la primera persona a la que se lo cuento —murmuro.

—Oh. —Arashi baja la mirada y, a pesar de la oscuridad, veo cómo arden las puntas de sus orejas.

Como mirarlo de soslayo hace que mis mejillas ardan también, me dejo caer hacia atrás y me tumbo sobre el tatami. Él, sin mirarme, me imita y se queda tumbado bocarriba a mi lado. La sala es tan pequeña que, aunque tenemos los brazos pegados al tronco, nos rozamos.

—Tú también. —Frunzo el ceño y giro la cabeza hacia él. Arashi hace lo propio y quedamos solo a unos agónicos centímetros de distancia—. Tú también fuiste la primera persona a la que le conté que quería ser *otokosu*. —Asiento, pero no digo nada más. Tengo la sensación de que él no ha terminado de hablar—. Una vez lo dije delante de mi familia, y mi padre me ordenó que no volviera a decir una tontería así. Y lo cierto es que le hice caso... hasta que te lo confesé a ti.

Enarco una ceja y me acerco un poco más a él.

—¿Tontería? —repito.

—Supongo que se sintió avergonzado cuando me escuchó decir eso. Creo que se esperaba que yo quisiera ser médico, dueño de una empresa o yo qué sé... jugador de béisbol, como querían ser muchos compañeros de mi clase.

—Eso sí que es una tontería —sentencio con un bufido.

—Él no lo veía así. Era muy... tradicional, sobre todo con ciertas cosas. Y yo no era lo suficiente para él. Se enfadaba cuando veía que yo prefería dibujar o leer antes que estar en la calle, trepando árboles o corriendo en bicicleta. —Se encoge de hombros, como si no le importara—. Solía decir que se me daban bien las cosas inútiles.

—Menudo imbécil —suelto sin pensar. Arashi abre los ojos de par en par, y yo siento cómo la vergüenza me aguijonea la lengua—. *Gomen.* Tampoco debería haber dicho eso.

—Tranquila. —Arashi me dedica una pequeña sonrisa para que me calme—. Supongo que sí, que a veces era un poco imbécil.

—Mi padre también lo es a veces —masculló, recordando de golpe la puerta de Taiga, y la fuerza con la que tiraba de ella. Arashi asiente, pero yo continúo hablando antes de que él pueda decir nada—. Aunque no era así. De hecho, en Miako, sé que la gente creía que era demasiado permisivo. Mi hermano y yo hacíamos muchísimas cosas con él, más de las que veía que hacían mis amigas con sus padres. Casi estaba contenta de no tener madre, ¿sabes? Pero... después del terremoto y del tsunami, cambió.

Arashi me observa en silencio antes de desviar la mirada hacia la vieja lámpara que cuelga del techo.

—Creo que es imposible no hacerlo después de haber vivido algo así —murmura.

Aprieto los dientes y recuerdo la fotografía que le enseñé de mi teléfono móvil, en la que salía sonriente; totalmente ajena a todo lo que ocurriría durante ese curso que estaba a punto de comenzar.

—No lo sé —farfullo en voz baja—. No me gusta cómo es ahora.

—Quizá necesite hablar con alguien —comenta Arashi, antes de dedicarme una rápida mirada de soslayo—. Como yo.

Me vuelvo por completo hacia él y apoyo el codo en el suelo para erguirme un poco. Durante un estúpido momento, pienso que solo tendría que inclinar un poco la cabeza para besarlo.

—¿Como tú? —repito, burlona.

—Me gusta hablar cuando estás aquí. Contigo, los secretos son menos secretos y todas esas... cosas que no son fáciles de recordar se hacen menos duras cuando eres tú la que me escucha.

Me mira sin parpadear, serio, aunque el rubor le recorre las mejillas y hace que la sangre de mis venas se convierta en algo espeso y caliente. Tengo que hacer uso de toda mi voluntad para no mirar sus labios gruesos.

—Yo siento lo mismo. Te eché mucho de menos cuando estuviste fuera, en el campamento de natación —contesto, con la voz casi tan grave como la suya—. Fui una idiota cuando me contaste lo que había ocurrido en Miako. No sabes la de veces que estuve con el maldito móvil en la mano, queriendo escribirte, o llamarte... pero no tenía ni idea de qué decir.

Una de las comisuras de Arashi se retuerce hacia arriba y yo siento unos deseos irrefrenables de tocársela con la punta de mis dedos.

—Menos mal que Yemon decidió intervenir —susurra, y el aliento se me entrecorta un poco en la garganta.

—Menos mal —corroboro, con un hilo de voz.

Un silencio espeso se derrama entre nosotros; lo único que se escucha débilmente es el sonido del ventilador, que se mueve de un lado a otro. Arashi y yo estamos tan cerca, que cuando el aire me sacude la nuca, mis mechones oscuros se agitan y le rozan la frente. En mi garganta noto un desierto abrasador que no puedo calmar a pesar de que trago saliva; él debe estar igual, porque se lame los labios resecos y yo me pregunto cuántas veces se puede morir en un mismo día.

Estira la mano, y casi sin darse cuenta, enrolla uno de mis mechones oscuros en uno de sus dedos y juguetea lentamente con él. De pronto, sus ojos, resplandecientes tras las gafas, descienden y se quedan quietos en mis labios. Y yo, en vez de inclinarme hacia delante, en vez de tocarle esas mejillas ruborizadas o apartarle ese flequillo de la frente, que antes me parecía ridículo y ahora me parece adorable, me tumbo con brusquedad bocarriba, con tanta, que me hago daño en la espalda.

—Bueno, me dijiste que me ibas a enseñar cosas sobre tu familia y todavía no me has mostrado ni una foto —digo, mientras me cruzo de brazos.

Arashi se queda un momento quieto en la misma posición y, aunque sacude la cabeza a modo de asentimiento, veo de reojo cómo se le dibuja una pequeña sonrisilla burlona, como si supiera que ahora mismo lo que menos me interesa es ver fotografías. Sin embargo, en vez de inclinarse en mi dirección, me sacude el pelo con su enorme mano y se levanta para rebuscar algo en la pequeña estantería del salón.

Cuando se pone a hurgar entre los libros y las cajas, proyecta su trasero hacia mí, y tengo que apartar la mirada de golpe.

—*Kuso* —farfullo.

A pesar de que ahora no puedo pensar en otra cosa, cuando Arashi vuelve con una caja de cartón entre las manos, y comienza a sacar fotografías en blanco y negro en las que aparecen mujeres de largo pelo negro y ornamentados *kimonos*, olvido un poco toda la locura que nos rodea y las extrañas casualidades que no pueden serlo.

Su voz grave y dulce me llena la cabeza, y yo me hundo de lleno en la historia de su familia materna, en la que ha habido desde *geishas*, *otokosu*, dueñas de *okiyas*, pasando incluso por *tayuus* que desfilaron en el pasado llevando enormes *kimonos* muy ornamentados, con *geta* tan enormes, que tenían que apoyarse en el hombro de un asistente para dar siquiera un paso.

Los dos estamos agotados, pero nos quedamos juntos hasta casi el amanecer. Cuando el cielo se vuelve un poco menos negro al otro lado de la ventana, me despierto de golpe. No sé cuándo nos hemos quedado dormidos sobre la pequeña mesa, con las fotografías desparramadas entre nuestros brazos. Me levanto con cuidado de no hacer ruido, y como ya no hace calor, apago el ventilador.

Antes de abandonar el apartamento, hecho un vistazo atrás y lo miro una vez más antes de ponerme mis sandalias diferentes y cerrar la puerta con suavidad a mi espalda.

Recorro el camino de vuelta a casa con tranquilidad, disfrutando del cielo del amanecer, que cada vez adquiere un tono más azul. Cuando llego, el sol está comenzando a salir.

En el recibidor, una vez que me he descalzado, me quedo paralizada al ver una figura sentada en una de las sillas del comedor. Es mi padre. Frente a él, hay una taza vacía que parece haber contenido café.

No es que se haya levantado temprano, es que ni siquiera se ha acostado. Aunque debe haberse dado una ducha, porque no tiene el pelo aplastado y lleva unos pantalones de chándal, en vez de su traje gris.

—¿Qué haces aquí? —murmuro, sorprendida.

—Estaba esperando a que regresaras —contesta, en su tono habitual de siempre.

No añade nada más. Simplemente se pone en pie, me da la espalda y se marcha escaleras arriba. Un par de segundos después, oigo cómo la puerta de su dormitorio se cierra.

ABUSONES
Y VÍCTIMAS

9 de septiembre de 2016

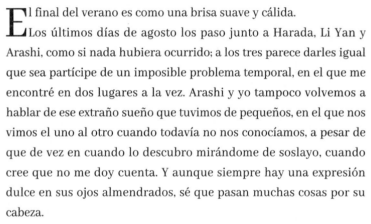

El final del verano es como una brisa suave y cálida.

Los últimos días de agosto los paso junto a Harada, Li Yan y Arashi, como si nada hubiera ocurrido; a los tres parece darles igual que sea partícipe de un imposible problema temporal, en el que me encontré en dos lugares a la vez. Arashi y yo tampoco volvemos a hablar de ese extraño sueño que tuvimos de pequeños, en el que nos vimos el uno al otro cuando todavía no nos conocíamos, a pesar de que de vez en cuando lo descubro mirándome de soslayo, cuando cree que no me doy cuenta. Y aunque siempre hay una expresión dulce en sus ojos almendrados, sé que pasan muchas cosas por su cabeza.

Yo, sin embargo, cada vez que lo miro, recuerdo ese instante en su pequeño apartamento, con sus labios a centímetros de los míos y la melodía refrescante del ventilador a nuestro lado.

En casa nada ha mejorado, pero tampoco ha empeorado. Un día, me encontré el marco de la puerta (que mi padre casi logró arrancar) pegado de nuevo a la pared, al igual que el picaporte, que después de tanto tirar y tirar, se había quedado medio descolgado. Sé que lo arregló mi padre; lo escuché trabajar de noche, cuando creía que yo dormía. Si antes apenas hablábamos, ahora ni siquiera intercambiamos ninguna palabra que no sea *tadaima* o *ittekimasu*.

Taiga, por otro lado, sigue con sus días buenos y sus días malos, aunque los últimos días de agosto apenas me siento junto a su puerta para hablar con él.

La señora Suzuki me da varios días libres en el 7Eleven y los aprovecho en la calle hasta tarde; incluso cuando todos regresan a sus casas, yo paseo sola por el Parque Maruyama y me adentro en el Santuario Yasaka, donde permanezco delante del *honden*, apenas iluminado por los farolillos de papel que alumbran el recinto, hasta que se me abre la boca por los bostezos. Si realmente el dios Susanoo existe, sé que se estará preguntando qué diablos hago mirándolo tanto, si busco una pregunta o una respuesta. Por desgracia, yo no sé qué contestarle, porque no tengo ni la más mínima idea de lo que estoy buscando.

Pero agosto termina, el calor asfixiante cede un poco y el Instituto Bunkyo vuelve a abrir sus puertas. Los clubes extraescolares bullen otra vez de alumnos, el aparcamiento de bicicletas se llena, y pocos cambios hay aparte de algunos cortes de pelo y algunas pieles más morenas.

Una de las cosas que no cambian en absoluto son Daigo y Nakamura. Nada más cruzar la puerta, se abalanzan sobre Arashi, lo envuelven con demasiada fuerza utilizando sus brazos, y comienzan a hacerle preguntas ridículas que él apenas puede contestar.

En un momento, sus ojos se cruzan con los míos y niega con un movimiento contrito, lo que le permiten las extremidades de Nakamura. Yo aprieto los dientes y me obligo a aflojar los puños. No me importaría empapar a esos idiotas como lo hice con mi padre, hacer que una tubería explote por encima de sus cabezas o el agua del retrete los azote como una ola; estaba segura de que algo así ocurriría si me sentía lo suficientemente furiosa. Pero Arashi no quería que interviniera, ni yo ni nadie. Por desgracia, eso era fácil, porque la mayoría de la clase desviaba la mirada con incomodidad cada vez que Daigo y Nakamura se acercaban a él.

—Una vez se enfadó porque decidí ponerme en medio. No conseguí nada y me llevé un puñetazo —me susurra una vez Harada, cuando llevamos ya varios días de clase—. Arashi no quería que me hicieran daño, y decía que era un problema que tenía que resolver él, de una forma o de otra.

—Maldito cabezón orgulloso —añadía siempre Li Yan, con un resoplido.

Pero yo no creo que sea una cuestión de orgullo. Quizá para Arashi es importante porque es una forma de cerrar un capítulo, o tal vez no se trate solo de eso. Quizás es importante que *él* lo cierre.

No obstante, cada vez esas «bromas», como Daigo y Nakamura las llaman, son peores, más descontroladas. Y los comentarios, más incisivos y dolorosos. Por desgracia, no son lo suficientemente estúpidos como para comportarse mal delante de los profesores. Parece como si tuvieran un maldito detector. En cuanto los pasos de nuestro tutor hacen eco por el corredor, se alejan de Arashi como si nada y se colocan en la esquina opuesta del aula.

Un viernes, una semana después de empezar las clases, Arashi me acompaña al 7Eleven; ese día no tiene club. Saluda a Kaito, que ya está en su puesto puntual, como siempre, y él le devuelve el saludo con una leve inclinación de cabeza. Cuando salgo de la sala de descanso, Arashi sigue allí, hablando de algo con mi compañero de trabajo, que se corta de inmediato cuando los dos posan sus ojos sobre mí.

—¿Qué? —les espeto, con más brusquedad de la que deseo.

Arashi levanta una botella de Calpis en mi dirección, y al instante noto cómo un calor penetrante me muerde las mejillas.

—¿Me puedes cobrar esto? —pregunta con inocencia. Sus ojos, en vez de mirarme, se dirigen a una estantería de su izquierda y, antes de que yo pueda responder, saca un *meronpan* con mantequilla—. Y esto también.

—Pues claro —digo, en voz baja.

Me dirijo hacia la caja, mientras Kaito me observa con las cejas arqueadas y me murmura cuando paso por su lado:

—¿Un Calpis te hace sonrojar? Qué rara eres.

—Cállate.

No añade nada más mientras yo le cobro a Arashi. Sin embargo, antes de meter el *meronpan* en la pequeña bolsa de plástico, junto al Calpis, él se echa hacia delante y sus dedos se enredan en mi muñeca para detenerme.

—No, ese es para ti —dice. Vacila, pero veo cómo se esfuerza en mantener el peso de mi mirada—. Por si te entra hambre más tarde.

Yo asiento, algo aturdida, y le entrego la vuelta del billete de mil yenes que me ha entregado. Él recoge el cambio y me dedica una sonrisa tan brillante como tímida mientras mete las monedas en su cartera.

—Pues... ¿nos vemos este fin de semana? —dice, mientras se cuelga la mochila al hombro. Antes de que pueda responder, él añade a toda prisa—: Con Harada y Li Yan, claro.

—Por supuesto —respondo, con una pequeña sonrisa.

Pero él no se mueve y hasta que Kaito no carraspea con fuerza a mi espalda, ni él ni yo reaccionamos. Entonces, Arashi se sube las gafas que se le han resbalado por la nariz, intenta arreglarse el pelo y hace una reverencia de despedida, todo a la vez, todo brazos y piernas, torpeza y nerviosismo.

Cuando desaparece tras las puertas automáticas de cristal, Kaito resopla a mi espalda:

—Adorable. Aunque tú parecías a punto de entrar en combustión espontánea de un momento a otro. —Me vuelvo y lo golpeo con el puño en su brazo, que está tan duro como una maldita piedra—. Y no eres adorable en absoluto.

—Ya lo sé —replico, después de sacarle la lengua.

A Kaito se le escapa una sonrisa divertida y sus ojos se hunden de nuevo en la puerta automática, que ahora está cerrada, a la espera de nuevos clientes.

—De todas formas, tienes un gran don. Te rodeas de gente buena.

La sonrisa que estoy a punto de esbozar se me borra de un plumazo al recordar esa misma mañana a Daigo y a Nakamura, y uno de los empujones que le dieron a Arashi en un cambio de clase y que lo estrelló contra un pupitre. Él dijo que estaba bien cuando me acerqué con la sangre tronando en mis oídos, pero vi de reojo cómo se frotaba el área golpeada. Siguió haciéndolo incluso cuando comenzó la siguiente asignatura.

—Él lo es. Pero hay dos chicos que no lo son y no lo dejan en paz —siseo, con rabia. Levanto la cabeza y fulmino a Kaito con la mirada—. ¿Qué os lleva a chicos como tú a abusar de los demás? Me gustaría saberlo.

—Eh, eh, relájate —contesta Kaito, sorprendido por el brusco cambio de mi tono de voz.

—No, en serio, me interesa saberlo. ¿Por qué atacáis a gente buena, a gente que no se mete en problemas y solo quiere vivir en paz? ¿Por qué en vez de comportarte como una persona normal, decides actuar como un maldito imbécil? —Doy un paso hasta quedar a centímetros de distancia y golpeo su pecho con el índice, una y otra vez, una y otra vez, mientras no dejo de hablar—. ¿Por qué Arashi tiene que aguantar toda esa mierda? ¿Por qué le hacías la vida imposible a Amane, cuando ella solo quería ser tu amiga?

Kaito palidece de golpe. Pero yo también. La última pregunta ha salido sola, sin pensar, como si tuviera vida propia y hubiese estado esperando escondida, todo este tiempo, para salir a la luz. Kaito parece quedarse un momento en blanco, porque no parpadea ni respira. Pero de pronto, toma aire con brusquedad y se separa de mí, como si mi cercanía le doliera. Me pregunto de pronto si él ve a veces a Amane, como me pasa a mí.

—¿Tienes tiempo después del trabajo?

—¿Qué? —Pestañeo, perpleja.

—Si no haces nada después de trabajar, me gustaría que fuéramos a tomar algo. —Arqueo una ceja con desconfianza y él añade—: Para hablar.

Mi corazón se detiene de pronto. Recuerdo ese día después del encuentro con Keiko, cuando comencé a llorar y Kaito estuvo a mi lado (a su manera, claro), y me dijo que cuando estuviera lista, me contaría la historia de Amane. ¿Se refería a eso? Y, lo más importante, ¿estaba verdaderamente lista para escucharla?

De soslayo, veo cómo algo se mueve a mi izquierda. Me giro solo un poco, y como esperaba, veo a Amane sentada sobre el mostrador de la caja, meneando en el aire sus deportivas con cordones de colores. Me mira durante un par de segundos antes de asentir.

Yo respiro hondo y hundo de nuevo la mirada en los ojos afilados de Kaito.

—De acuerdo —respondo, antes de darle la espalda y dirigirme a las neveras para reponer las bebidas que faltan.

YOSHIDA

9 de septiembre de 2016

Kaito me lleva a Miyako Ramen, un pequeño restaurante situado junto a una tienda de alquiler de *kimonos*, muy cerca del Parque Maruyama. El interior es pequeño, todo está saturado de color marrón. Apenas hay cuatro mesas distribuidas por el local, y una barra amplia donde varios universitarios cenan con cara de cansancio.

Kaito no me mintió cuando me dijo que lo visita con cierta regularidad, aunque a veces esté demasiado saturado de turistas. «Fue el primer lugar donde comí con mi madre cuando me mudé a Kioto», me comentó mientras caminábamos hacia aquí, aunque yo no le he pedido ninguna explicación. Uno de los camareros lo saluda por su apellido y se apresura a dejarnos un termo lleno de té frío y unos palillos. Kaito pide un ramen de cerdo muy picante y yo pido uno con mucho sabor a soja. A pesar de que él fue quien dijo que quería hablar, no hace más que comentarios absurdos hasta que nos traen la comida. Él se abalanza sobre su bol y empieza a sorber sonoramente los fideos mientras yo pruebo el caldo del mío. El olor del picante me irrita los ojos.

—Y bien —empiezo, con hastío, al ver que no abre la boca para otra cosa que no sea tragar—. ¿De qué querías hablar?

Kaito levanta los ojos hacia mí, con los largos fideos empapados en un líquido naranja, casi rojizo, apretados entre sus labios. Como si estuviera tomando una decisión, los sorbe con fuerza y se los traga. No deja los palillos a un lado. En vez de eso, los hunde en el bol y comienza a remover el contenido hasta crear una especie de espiral.

—¿Te acuerdas de Yoshida?

Me llevo los fideos a la boca y los saboreo con el ceño fruncido. El ramen está delicioso, pero no tengo ni idea de lo que me está hablando. Sacudo la cabeza por toda respuesta.

—Su nombre completo era Kairi Yoshida. Estuvo en nuestra clase durante el último curso de primaria.

—Sí, vagamente —contesto. Cada año los profesores decidían mezclar a los estudiantes para favorecer la convivencia; recordaba a todos aquellos con los que había coincidido la mayoría de los años, pero otros, con los que había compartido aula solo durante un año, apenas eran un borrón en mi memoria—. ¿Era uno de esos amiguitos que siempre te reían las gracias?

—Qué cruel eres, *Nami-chan* —rezonga Kaito, mientras yo le pongo los ojos en blanco—. Era mi amigo, sí.

Ese comentario consigue que haga algo de memoria. Recuerdo de pronto a Kaito rodeado por su grupo, empujándose y riéndose, y un chico alto y muy serio, que estaba cerca, pero que no llegaba a mezclarse con ellos, al menos no del todo. Creo que apenas intercambié alguna palabra con él.

—¿Qué tiene que ver él con Amane? —pregunto con impaciencia.

—Más o menos todo —responde, con una extraña sonrisa que hace que mi ceño se arrugue todavía más.

Kaito respira hondo y se mete más fideos en la boca de los que le caben. Come casi con ansiedad. Cuando consigue tragar, se bebe el vaso entero de té frío y lo deposita con fuerza en la mesa. Yo lo observo con atención y me pregunto en silencio si el que debería estar preparado para contar la historia es él.

—Conocía a Yoshida desde siempre; mi madre era amiga de sus padres y muchas veces quedaban a cenar en uno de los dos restaurantes familiares que tenía Miako, o íbamos a su casa, que se encontraba muy cerca del paseo marítimo. Aunque estábamos en el mismo colegio, no compartíamos la misma clase, así que nos saludábamos por los pasillos y poco más. Cuando por fin coincidimos en sexto, ninguno de sus amigos había sido transferido a nuestra clase, así que supongo que por eso comenzó a juntarse conmigo.

Cabeceo y sorbo unos fideos más. Apenas he probado el plato, pero el hambre está empezando a abandonarme.

—En las vacaciones de verano de sexto, fue el cumpleaños de mi madre. Quiso montar una gran fiesta, e invitó a algunos amigos suyos y a sus hijos. —Kaito lanza un pequeño suspiro y vuelve a meterse más comida en la boca de la que puede tragar—. Supongo que sabes que la madre de Amane era amiga de la mía, ¿verdad?

—Siempre me pregunté cómo podían permitir que trataras tan mal a Amane —digo, con mis ojos convertidos en dos dagas.

—Ninguna de las dos sabía nada —replica Kaito antes de encogerse de hombros—. Amane nunca le contó nada a su madre, y yo obviamente no le dije nada a la mía. Hubiese sido como escupir hacia arriba.

—Qué niño tan listo —siseo.

—No creas. —Kaito aprieta los labios y baja la mirada hacia su tazón de ramen a medio comer—. Supongo que imaginas lo que ocurrió.

—Que Amane, ese niño que no pinta nada en esta historia y tú coincidisteis en el cumpleaños —respondo, mientras dejo los palillos a un lado con brusquedad.

—Exacto. Éramos solo tres, pero mi madre decidió comprar una de esas piscinas pequeñas de plástico y ponerlas en nuestro jardín, para que pudiéramos jugar. Amane no metió ni un solo dedo del pie, a pesar de tener bañador, pero Yoshida y yo no salimos del agua.

—Me alegra que lo pasarais tan bien y que la pobre Amane se aburriera tanto. —Casi podía imaginármela en un rincón, sentada en una silla con su bañador de colores, meneando las piernas en el aire, en silencio, mientras todos los que la rodeaban reían y hablaban.

—Hubo un momento en el que fui al baño y me tropecé con ella —continúa Kaito, ignorándome—. Yo pasé de largo, pero Amane me llamó por mi nombre, y yo no tuve más remedio que hacerle caso. No me gustaba estar con ella, la verdad.

Suelto un bufido de exasperación y me levanto de golpe de la silla. No entiendo qué diablos quiere contarme con esta historia, o si solo se está riendo de mí, pero no pienso escuchar más. Sin embargo, Kaito reacciona con rapidez, se abalanza por encima de la mesa y me sujeta del borde de la camiseta al tiempo que golpea su bol de ramen, y este empieza a dar unas vueltas vertiginosas, en el borde.

De pronto, todo el restaurante nos mira, hasta los universitarios adormilados.

—Espera —dice, con un dejo de súplica que no pega con ese pelo engominado y esas enormes botas militares—. Por favor.

En sus ojos negros hay un manantial de emociones. Creía que tenía los ojos húmedos por el picante, pero de pronto me doy cuenta de que estoy equivocada. Sacudo la cabeza y vuelvo a sentarme.

—Me llevó a la parte trasera del jardín. Yo la acompañé, pero estaba muy nervioso, la verdad. Se comportaba de una forma muy extraña, con mucha seguridad y calma. Casi parecía un adulto. —Kaito se pasa las manos por el pelo y vuelve a suspirar—. Cuando estaba segura de que nadie podría escucharnos, me preguntó qué sentía por Yoshida.

Pestañeo, perpleja, y ladeo un poco la cabeza.

—¿Yoshida? —repito, como una idiota.

—Mi amigo —añade Kaito, como si fuera eso lo que me confundiera—. Supongo que se había dado cuenta de cómo lo miraba, no lo sé.

Asiento cuando lo comprendo de golpe. Él se queda en silencio un par de segundos y esta vez se mete una cantidad normal de fideos en la boca. Los sorbe con lentitud, como si estuviera saboreándolos con intensidad.

—¿Y tú qué le dijiste? —pregunto.

—Que estaba loca y que era una tonta. —Kaito se encoge de hombros y menea la cabeza, aunque su pelo, tan estirado hacia atrás por la gomina, no se agita nada—. Si estaba asustado antes, en ese momento estaba muerto de miedo.

Cabeceo, porque, aunque una parte de mí detesta todavía al Kaito de Miako, otra parte, que odio ahora mismo, lo entiende.

—Yo quería parecer amenazante, quería asustarla, pero Amane siempre veía a través de todas esas cosas. Era su don, ¿no? —Kaito alza la mirada de su cuenco para observarme, y yo no puedo evitar que se me humedezcan un poco los ojos antes de asentir con dificultad—. Como vi que no estaba consiguiendo lo que quería, comencé a amenazarla, a gritar. Era curioso, porque yo era el que estaba fuera de control, pero ella, de alguna forma, me tenía acorralado. Recuerdo que se acercó a mí y, a pesar de mis chillidos, de... todo lo que le estaba diciendo, me puso las manos en los hombros. —Kaito estira sus fuertes brazos por encima de la mesa y me sujeta de la misma forma que hizo Amane con él, con sus manos enormes y ásperas—. Y me dijo: «A mí también me gustan solo las chicas. Así que tranquilo, guardaré tu secreto».

—¿Qué? —jadeo, con sus manos todavía apoyadas en mis hombros. Sus palabras son olas, son tsunamis, son terremotos, que me hacen caer de rodillas y me golpean una y otra vez, y me dejan empapada y dolorida—. ¿De qué estás hablando?

—¿Por qué siempre te quedabas sola en los trabajos por pareja? —me pregunta Kaito, una de sus gruesas cejas se arquea.

—Yo... —Pero callo y hago memoria. Si cierro los ojos, puedo ver a la profesora Hanon pidiendo que eligiéramos a nuestro compañero y la velocidad de Amane al correr hacia el pupitre de Mizu. A veces ella elegía ponerse conmigo, pero solo cuando sabía que yo estaba enfadada por quedarme siempre apartada de ellas en ese tipo de trabajos, o porque estaba molesta con Mizu por algún motivo.

Me muerdo los labios con tanta fuerza, que no sé cómo no los hago sangrar.

—No lo sabía —murmuro—. ¿Cómo *no* podía saberlo?

—Ella no te lo contó —contesta Kaito, antes de llevarse el cuenco a los labios y terminar el caldo de su ramen. El mío está prácticamente entero.

—Pero ¿por qué? ¿Creía... creía que me lo iba a tomar a mal, que iba a dejar de ser su amiga? —pregunto, mientras me inclino tanto hacia delante, que el borde de la mesa se me clava en el estómago—. Me hubiese dado igual. *Me da igual.* Ni siquiera es algo sobre lo que podría opinar.

—No lo sé, Nami. No estaba dentro de su cabeza. —Kaito suspira y desvía la mirada por todo el local—. Quizás, en el fondo, estaba tan asustada como yo, y pensaba que era mejor ocultarlo. Ahora, después de tantos años... todo se ve de una manera distinta, pero cuando vives en un pueblo tan pequeño, cuando ves que a todos tus amigos solo les gustan las chicas, cuando todas las películas de amor son siempre entre hombres y mujeres y todo lo que se sale de lo normal es vigilado con lupa, incluso apartado... no sé. Quizás Amane veía todo eso, pero al darse cuenta de que estábamos en situaciones similares, se sintió segura por una vez. Creyó haber encontrado a alguien que la comprendería, que no la juzgaría.

—Claramente se equivocó —farfullo, con rabia. Mis ojos son puñales cuando se clavan en los suyos.

—Eh, yo nunca conté lo que me dijo ese día —replica Kaito, a la defensiva—. Pero era un idiota y me comporté con ella como algo peor. No merecía su consideración, su cariño, sus indirectas que solo trataban de hacerme sentir bien, de hacerme sentir seguro.

—En eso estamos de acuerdo. —Él me dedica una expresión sombría, pero no tiene más remedio que guardar silencio—. ¿Y Mizu? ¿Sabe que...?

—Creo que ella nunca se lo dijo, así que yo no tengo derecho a hacerlo sin su permiso —contesta Kaito, con la voz suave.

Asiento, aunque mis músculos y mis huesos apenas tienen fuerza para mover nada y la cabeza me pesa demasiado. Los recuerdos son una carga tan grande como el plomo.

—Me pregunto... —La voz se me rompe en la garganta y tengo que tragar saliva un par de veces para poder continuar—. Si ese once de marzo hubiese sido como otro once de marzo normal, si Miako no hubiera sido arrasado... Si hubiésemos crecido juntas, ¿Amane me lo habría contado? ¿Se lo habría confesado a Mizu?

Miro a mi alrededor, y en uno de los taburetes de la barra que antes estaban ocupados por los universitarios, veo a Amane, balanceando los pies en el aire. La miro a los ojos, sin vacilar, y le repito las mismas preguntas en silencio. Ella me dedica una pequeña sonrisa y se encoge de hombros.

—No lo sé —contesta Kaito, como si él también pudiera ver a Amane e interpretar su expresión—. Pero el punto no es qué habría ocurrido si un terremoto no hubiese sacudido Miako. El punto es qué habría ocurrido si ella hubiera decidido no ayudarme ese once de marzo. —Desvío la mirada hacia él, interrogativa, y veo cómo ha palidecido de golpe—. Porque eso fue lo que pasó. Decidió ayudarme y, por ese motivo, fue ella la que se ahogó y no yo.

OCTAVA OLA

10 de junio de 2010

—Para esta actividad tendréis que poneros en parejas.

Cuando las palabras de la profesora Hanon llenaron el aire, todos nos levantamos de nuestros asientos y los arrastramos por las losas gastadas del suelo. Yo estaba al final de la clase, así que fui rápida y corrí hasta las primeras filas, pero Amane y Mizu ya se habían puesto juntas.

Me quedé quieta en mitad de uno de los pasillos repletos de pupitres y miré alrededor. Todos habían sido tan rápidos como yo y habían elegido a un compañero. Solo quedaba una persona libre, que miraba alrededor como yo.

Resoplé con fastidio cuando sus ojos se cruzaron con los míos.

Kaito Aoki.

Hice amago de escabullirme, aunque no tenía ningún lugar en el que esconderme. Las palabras de la profesora llegaron hasta mí.

—Aoki, Tendo, poneos juntos.

Amane y Mizu se volvieron en mi dirección y me dedicaron una mirada de disculpa. Yo apreté los labios y no se las devolví mientras caminaba arrastrando los pies hacia el pupitre de Kaito. Tuve cuidado en colocarme lo más alejada que me permitía la mesa.

—Yo tampoco tengo ganas de estar contigo —dijo, cuando vio cómo lo observaba de soslayo. En vez de ponerse a leer la hoja que nos había repartido la profesora Hanon, empezó a garabatear en una esquina—. No sabía que Amane fuera tan mala amiga.

Me volví hacia él en redondo, con los ojos escupiendo llamas.

—¿Y dónde está Yoshida? Tú también te has quedado solo. —Los ojos de Kaito se estrecharon como los de las serpientes, pero yo no había terminado—. ¿Por qué siempre hablas de Amane? —le pregunté, exasperada—. En vez de molestarla tanto, deberías decirle que te gusta y punto. Así ella te rechazaría y la dejarías en paz.

Kaito dejó caer el bolígrafo y se volvió hacia mí, boquiabierto.

—¿De qué estás hablando? A mí no me gusta Amane.

—Mi padre me dijo un día que, si un chico me molestaba mucho era porque quería llamar la atención, porque le gustaba. Y tú no paras de molestar a Amane.

—Qué tontería. ¿Por qué iba a hacer daño a alguien a quien supuestamente quiero? —Kaito volvió a tomar el bolígrafo y lo apretó con tanta fuerza, que sus nudillos se pusieron blancos—. A mí no me gusta nadie.

Lo miré durante un instante más antes de volver a la actividad. Pero él seguía hablando.

—Quizá deberías preguntarle a Amane quién le gusta a ella.

—Tú, no, te lo aseguro —repliqué de inmediato, con los ojos en blanco.

Kaito se encogió de hombros y una extraña expresión tironeó de los rasgos afilados de su cara. Siguió concentrado en su garabato durante todo el tiempo que duró la actividad. En los últimos cinco minutos se inventó de mala forma las preguntas que debía hacerme y entregó el trabajo a la profesora Hanon antes de salir de clase. Por supuesto, no se despidió.

Cuando salimos del colegio, Yemon se encontraba junto a la puerta principal, como si hubiera venido a recogerme. Me acerqué a él y dejé que se restregara por mis piernas. Mizu y Amane estaban a mi lado, y parecían algo preocupadas.

—No sabíamos que la profesora Hanon te pondría en pareja con Kaito —dijo esta última, en voz baja.

—No pasa nada —contesté, mientras me ponía en cuclillas para acariciar al gato. Sentí la vibración del ronroneo cuando pasé las manos por su cuello. De pronto, elevé la mirada hacia Amane—. ¿A ti te gusta alguien?

La pregunta la sobresaltó; se puso tan nerviosa como cada vez que Kaito andaba cerca. Noté cómo mi ceño se fruncía.

—¿Qué? ¡No, no! Los enamoramientos tontos se los dejo a Mizu —dijo, con una risa que sonó algo estrangulada.

La aludida sacudió la cabeza y dirigió la mirada hacia el colegio.

—Como si aquí hubiera alguien interesante —suspiró, dramática—. A lo mejor cuando empecemos el instituto...

Yo torcí los labios, pero no dije nada mientras el gato no dejaba de ronronear bajo mis manos. No podía desfruncir el ceño.

—Nami —dijo entonces Amane, acuclillándose para estar a mi altura—. La próxima vez no te quedarás sola. —Mizu, a su lado, asintió con energía.

TERCERA
PARTE

SOMOS AGUA
Y RECUERDOS

AMANE Y KAITO

9 de septiembre de 2016

Una ola de lividez me deja sin respiración y, de pronto, no sé si quiero conocer esa historia. Fue Taiga el que se acercó a mí hace más de cinco años para decirme que habían encontrado a Amane. Una semana después del tsunami. Al menos, a ella la encontraron. Yoko-san nunca llegó a aparecer y cuando se descubrió por fin el cuerpo de la profesora Hanon, yo ya no quería saber nada más de Miako.

Sin embargo, aunque quiero cubrirme los oídos y huir, permanezco sentada, arañándome las mejillas con los dientes.

—Ese día Amane llegó muy tarde a clase. Por lo visto, había tenido que ir con su madre al médico. Cuando la vi entrar, pensé que era una idiota, yo no habría ido al colegio para solo unas horas, sobre todo si era el último día de curso —dice, con una pequeña sonrisa—. Conoces cómo son los días así. Vagueamos durante la mayor parte de la jornada y, al final, siempre hay unas estúpidas palabras de despedida. Y fue en ese momento, en mitad del discurso de despedida de la profesora Hanon, cuando de repente todo empezó a temblar. Hicimos lo de siempre, ya sabes. Nos metimos debajo de los pupitres y esperamos. Algunos comenzaron a vomitar y yo sentí náuseas.

—Kaito se aprieta la mano contra la boca del estómago y toma aire. Yo ni siquiera puedo respirar—. Cuando por fin cesó, el director emitió un anuncio por megafonía y nos dijo que todos deberíamos dirigirnos al patio y esperar. Eso fue lo que hicimos; al cabo de un par de minutos, todo el colegio estaba allí reunido.

Asiento y me imagino a Amane y a Mizu muy juntas, quizá de la mano, algo asustadas, aunque en más de una ocasión tuvimos que hacer lo mismo en los seis años que estuvimos en ese colegio. ¿Estaría también en ese patio la familia de Arashi? ¿Su padre había dejado de perseguirlo o fue el agua lo que lo alcanzó e impidió que llegara hasta él?

—La profesora Hanon no estaba de acuerdo con que nos quedáramos allí. Yo vi cómo se dirigía al director, que iba de un lado a otro del patio, discutiendo con el resto de los profesores. Creo que le dijo algo relacionado con un tsunami, pero el director negó con la cabeza y señaló más allá de la cerca del colegio, donde estaban los muros de protección de ocho metros. —Kaito gira la cabeza hacia la barra, ahora ocupada por varios extranjeros que tienen serios problemas con los palillos y los fideos del ramen, pero creo que no los ve a ellos—. Había habido algún tsunami antes, pero nadie se hubiese imaginado que habría uno con olas que llegarían a alcanzar cuarenta metros.

Me muerdo los labios, mientras recuerdo las imágenes que vi en la televisión días después de la tragedia; la mayoría no eran más que vídeos caseros, grabados con teléfonos móviles en los que solo se oían los gritos y el rugir del agua.

—Cuando el agua comenzó a llegar, no había sonado ninguna alarma de tsunami. A decir verdad, creo que nunca sonó. Recuerdo que alguien apareció corriendo en el patio, gritando, y de pronto lo sentimos. El suelo no había dejado de sacudirse desde el terremoto, pero aquella vibración era diferente y el rugido que se oía no parecía provenir del interior de la tierra, sino del océano. —Kaito cierra los ojos y vuelve a centrar su mirada en mí—. Después, todo se convirtió en una especie de infierno. Todos corríamos, todos gritábamos. La profesora Hanon nos ordenó a los mayores que corriéramos colina arriba, y a los más pequeños, que subiesen a la azotea del colegio.

Algunos lo hicieron, como Mizu. Ya sabes que era la más rápida de la clase —añade, con una sonrisa desgarrada en sus labios—. Pero otros éramos más lentos; había demasiada gente y... entonces, el río Kitakami se desbordó y fue entrando en el patio. De pronto, solo veía agua que se acercaba a mí, como una marea que ascendía a toda velocidad. Oí que la profesora Hanon nos ordenaba entonces volver al colegio. Yo lo hice y, de pronto, me di cuenta de que corría con Amane al lado. Ella me miró y me dijo que debíamos subir hasta la azotea, que sería el único lugar a salvo.

—¿Cómo sabía eso? —murmuro; mi voz es una ronquera desafinada.

—No lo sé, pero parecía muy segura de sí misma, y yo, por primera vez, confié en ella —contesta él, sin parpadear—. No puedo describir bien lo que vi o lo que sentí mientras subíamos desesperados las escaleras. Los cristales de las ventanas se reventaban por la presión, las puertas de las clases eran arrancadas de golpe, los pupitres y las sillas eran arrastrados... Había muchos alumnos a nuestra espalda y sabíamos que el agua los iba alcanzando uno a uno. Sentía que éramos demasiado lentos, que el agua terminaría atrapándonos tarde o temprano. Mientras subíamos a la escalera del último piso, Amane y yo nos tropezamos y caímos sobre los peldaños. —Kaito se detiene cuando la voz se le quiebra y suelta el aire con fuerza cuando un par de lágrimas asoman por los bordes de sus ojos—. Debíamos movernos rápido. Ella tenía que saberlo, había visto cómo el agua se había tragado a algunos compañeros que se habían rezagado. Tenía que levantarse y correr de nuevo, sin mirar atrás. Pero en vez de eso, noté que me empujaba y decía: «Vamos, Kaito». Solo esas dos palabras. —La voz se le enronquece, ya no le queda aire—. Yo no miré atrás. Sentí su empellón en las piernas y corrí y corrí hasta llegar a la puerta que comunicaba a la azotea, y entonces me volví para mirar, pero no la vi. Solo el agua, que se acercaba a los pocos que habíamos llegado hasta allí.

Kaito sacude la cabeza y hunde los talones de sus manos en los ojos, mientras por las mejillas ruedan lágrimas gruesas. A pesar de las cadenas plateadas, de su pelo de punta y engominado, de sus botas militares, ahora no es más que un niño encogido que no puede parar de llorar. Algunas de las personas del restaurante lo miran de reojo.

Respiro hondo e intento ignorar la sensación de que mis venas parecen atascadas por el hielo, y me inclino hacia delante hasta que mi mano toca la piel de su brazo, tan fría como la mía.

—Kaito —murmuro.

En la silla de la barra, Amane nos sigue observando con atención. No deja de menear los pies en el aire.

Él se estremece ante mi contacto, pero sigue sin apartarse las manos de los ojos.

—No sé por qué lo hizo, por qué perdió el tiempo en dedicarme esos malditos segundos que no tenía. Yo nunca la traté bien —añade; su voz es una melodía desafinada—. Dime, ¿valió la pena? —Cuando levanta la cabeza y me mira, sus pupilas arden y escupen tanto dolor, que me resulta difícil no girar la cabeza—. ¿Valió la pena que ella muriera y yo siguiera vivo?

Contemplo de soslayo a Amane, que me devuelve la mirada con una pequeña sonrisa. De un salto, se baja del taburete y se aproxima a Kaito. Sin mencionar palabra, apoya su cabeza en su hombro y lo envuelve con los brazos; él no se estremece por el contacto y sus ojos permanecen fijos en los míos, a la espera de la respuesta.

—No lo sé, Kaito —digo, con lentitud, y siento que me parto por dentro como él—. Pero fue una decisión que tomó ella. Amane siempre fue demasiado buena, Mizu no paraba de repetírselo. De lo que estoy segura —añado, mientras Amane le da unas ligeras palmaditas a su pelo engominado, que no se mueve a pesar del roce— es de que ella no querría que lloraras más.

Él asiente, pero las lágrimas continúan rodando por sus mejillas y sorbe una y otra vez por la nariz. Me inclino hacia delante y le aprieto el brazo con suavidad; su piel está congelada.

En ese momento, las cortinillas que cuelgan de la puerta del local se hacen a un lado, y un joven alto, algo mayor que yo, entra y mira a su alrededor. Tiene el pelo teñido de un rubio casi blanco y unos rasgos afilados y atractivos.

De pronto, sus ojos se cruzan con los míos y se desvían hacia la cabeza gacha de Kaito, y se quedan allí congelados. Sin decir una palabra, se acerca con rapidez a nosotros.

—Kaito —dice, cuando coloca su mano en el hombro en el que Amane no está apoyada.

Él levanta la cabeza de inmediato y mira al joven. Esboza una pequeña sonrisa y se apresura a limpiarse las lágrimas que todavía penden de sus ojos.

—Hola, Masaru. —El joven desvía la mirada de él a mí, con el ceño fruncido—. No pasa nada, estoy bien.

—Sí, claro —responde Masaru, con los ojos en blanco—. Jamás te he visto *tan bien*.

Entorno un poco la mirada mientras Amane suelta una pequeña risita. Kaito capta mi expresión y sus mejillas se enrojecen un poco antes de desviar la mirada hacia su cuenco de ramen vacío.

—Él es mi Yoshida ahora —explica.

—Ah, entiendo.

—Pues yo no entiendo nada —replica Masaru, con el ceño todavía más arrugado—. ¿Quién es Yoshida? ¿Ella?

—Soy Nanami Tendo —contesto, mientras me pongo en pie y le dedico una reverencia—. Fui compañera de clase de Kaito, en Miako.

La piel clara de Masaru palidece un tono más y su ceño de desconfianza se transforma en otro de preocupación. Sus dedos se tensan sobre el hombro de Kaito.

—Me parece que ahora sí comprendo un poco —murmura.

—Tengo que irme —digo, ahora con los ojos clavados en Kaito. Antes de que él pueda contestar, dejo un par de billetes de mil yenes sobre la mesa—. Otro día me invitas tú.

—Pero... —Kaito nunca me había parecido tan pequeño, ni tan débil. Ni siquiera cuando lo vi por primera vez en clase, en primero de primaria, lloroso porque lo habían obligado a separarse de su madre y enfadado con el mundo.

—Es lo que hacen los amigos —lo interrumpo, y sus ojos vuelven a llenarse de nuevo—. Gracias por contármelo. Por todo.

Kaito separa los labios, pero su garganta es incapaz de articular otra palabra, así que sacude la cabeza y asiente, y yo les dedico una rápida reverencia tanto a él como a Masaru antes de salir del local.

Cuando llego a la calle, la noche es cerrada y las farolas están encendidas. Apoyo la espalda en la pared de madera, cerca de donde se anuncia la tienda de *kimonos* y *yukatas*, y alzo la mirada al cielo repleto de estrellas. Mi vista se ha vuelto borrosa. Suelto el aire que retengo en el pecho con dificultad.

—Me alegro de que seas su amiga —me dice una voz desde mi izquierda.

Bajo la cabeza y observo a Amane, que me mira a los ojos, sonriente. Ya no queda ni una sola gota de miedo corriendo por mis venas.

—¿Por qué lo hiciste? —murmuro.

Su sonrisa se pronuncia. Es la primera vez que le contesto, a pesar de que han pasado varios meses desde la primera vez que me habló.

—¿Por qué no iba a hacerlo? Estaba incluso más asustado que yo —dice, mientras echa un vistazo hacia el interior del restaurante—. Necesitaba esas dos palabras para seguir adelante.

—¿Y tú? —murmuro, con la voz tomada.

—Yo siempre estaré viva. En él. En Mizu... —Extiende la mano en mi dirección y separa los dedos—. Y en ti.

Antes de poder pensar en lo que estoy haciendo, alzo el brazo y mis dedos tocan los suyos. No los atraviesan, siento la piel de Amane, su suavidad, y me sorprendo de lo pequeña que es su mano comparada con la mía. Es como si realmente estuviera viva frente a mí.

—Estoy segura de que nos veremos dentro de poco —dice, mientras esboza una sonrisa tan grande, que sus ojos se cierran.

—¿Vernos? —repito, demasiado aturdida por su tacto, por su presencia, porque parezca tan tan viva.

—Donde siempre. De camino al colegio.

Mis dedos la aferran con más fuerza, como si supieran que la voy a perder de nuevo.

—¿Qué estás diciendo? —susurro.

Pero ella sacude la cabeza y su sonrisa se abre más.

—Recuérdame de vez en cuando, Nami.

—Pero...

De pronto, mi mano se convierte en un puño cuando Amane, sus pequeños deditos, sus ojos cerrados y su enorme sonrisa desaparecen, y no me dejan nada más que aire que se pierde entre mis dedos.

Miro a un lado y a otro, con el corazón desbocado, y la llamo a voz en grito, pero ella no vuelve a aparecer. Insisto, pero solo consigo que un anciano que camina por la acera de enfrente desvíe la mirada hacia mí, sobresaltado.

Me quedo sin fuerzas, con los brazos colgando en el aire. No va a volver a aparecer. Algo en mi interior lo sabe. El hombre me sigue mirando, así que aparto la vista y comienzo a andar en dirección a casa.

Cuando llego, todo está en silencio. Taiga parece que está dormido y mi padre se ha encerrado en su dormitorio, puedo ver la luz que escapa por la rendija de su puerta abrirse paso en la oscuridad que invade el pasillo.

Como nadie sale a recibirme, entro en mi cuarto y me dejo caer en la cama, donde Yemon me espera dormido.

Respiro hondo; noto los ojos cansados y algo húmedos. Los párpados son trozos de lija cada vez que pestañeo, así que los dejo caer y me dejo llevar por la oscuridad, pero de pronto mi móvil suelta un pitido agudo. Lo miro, es un mensaje de LINE, de Kaito. Solo tiene un número de teléfono, pero yo sé a quién pertenece, no necesito que me dé ningún nombre.

Antes de que me arrepienta, lo selecciono y pulso la tecla de llamada. Me lo llevo a la oreja y espero sin respirar, mientras un tono tras otro atraviesa mi oído. Y de pronto, se descuelga.

—¿Sí?

—Hola, Mizu —digo, con una voz que se parece a la que tenía en Miako, cuando tenía solo doce años—. Soy Nami.

Hay un silencio al otro lado y, de pronto, su tono se endurece.

—¿Qué quieres?

Y entonces, empiezo a llorar. Es como si hubiese mantenido una presa cerrada durante demasiado tiempo y la estructura, repleta de grietas, no lo soportara más. Una tras otra, mis lágrimas escapan y se convierten en un río, en una cascada, en un lago, en un océano. Y no puedo parar, no puedo ni quiero parar. Al otro lado, Mizu escucha.

No sé cuánto tiempo pasa, pero de pronto el llanto cesa e inspiro con brusquedad para llenar mis pulmones colapsados y refrescar un poco mi garganta agotada.

—Está bien, Nami. Está bien —susurra Mizu, al otro lado de la línea—. Háblame. Cuéntame por qué nunca contestaste mis cartas. Por qué nunca te pusiste al teléfono. Te escucharé. Pero júrame que me lo vas a contar todo, ¿prometido?

Eso no significaba que me perdonaba. Tampoco que volvería a ser mi amiga, pero era un comienzo. Las palabras siempre eran el inicio de algo. De mí dependía ahora que se convirtieran en algo más.

Amane no aparece, pero me la imagino frente a mí, con el meñique alzado junto a Mizu, que me observa también sonriente con sus doce años.

Yo también alzo el meñique en la oscuridad.

—Prometido —susurro.

LA ILUSTRACIÓN

20 de septiembre de 2016

Bostezo cuando dejo el jarrón de flores en la mesa del profesor, ahora con agua fresca. Las flores están tan gachas como yo, que me muero de sueño. En el fondo de la clase, Li Yan resopla con cansancio mientras termina de barrer.

Un calor agradable llena la estancia. Ya estamos en pleno otoño, pero los días todavía son tibios, y la luz que los colma es más dorada. Me quedo absorta, observando el patio a través de la ventana, con el susurro que hace la escoba inundando el lugar. Vuelvo a bostezar. Y de pronto, la puerta de la clase se abre con tanta violencia, que Li Yan suelta un grito y la escoba resbala de sus manos.

Es Harada.

—¿Qué diablos haces aquí tan temprano? —exclama Li Yan, con una mano en el pecho—. ¿Es que nos quieres dar un infarto?

—¿Ha llegado ya Arashi? —pregunta, mientras desvía la mirada de una a otra.

—¿Arashi? —repito mientras me acerco a él.

—¿No os ha mandado un mensaje a vosotras? —pregunta Harada a su vez, confundido.

En ese momento, la puerta vuelve a abrirse y tras ella aparece un Arashi sudoroso que lleva las gafas casi colgando de la punta de la nariz.

—Lo siento, pero quería hablar con vosotros antes de que llegara el resto de la clase —se excusa antes de que ninguno de los tres pueda abrir la boca. Su mirada, frenética, se detiene en mí—. He encontrado algo que tiene que ver contigo. Contigo y con Miako, y con el hecho de que estuvieras en dos lugares a la vez.

Harada y Li Yan clavan sus ojos en mí. Yo siento como si unas manos invisibles me estuvieran estrangulando muy poco a poco.

—¿Qué? —musito.

Arashi lleva su teléfono móvil en la mano, pero cuando ve cómo palidezco, se apresura a bajarlo. Una sombra de duda enturbia su mirada.

—Pero si quieres, puedo dejarlo pasar —dice, con cautela—. Podemos olvidarlo.

—No —replico, con voz fuerte. Estoy harta de olvidar. *No quiero* olvidar—. ¿Qué has encontrado?

—De acuerdo. —Arashi alza su teléfono móvil y los tres nos acercamos y juntamos nuestras cabezas, formando un círculo perfecto—. El otro día pusieron un antiguo documental sobre el terremoto, el tsunami y el posterior accidente de Fukushima. Solo vi una parte, en la que estaban entrevistando a algunos de los supervivientes de las ciudades y los pueblos más afectados. Uno de ellos era Miako.

Asiento y trago saliva, aunque noto como si fueran piedras al rojo vivo lo que baja por mi garganta.

—Busqué el documental completo en internet. Tiene un par de años. En él, algunos de los supervivientes de Miako cuentan qué ocurrió aquel día, que fue lo que vieron y sintieron, y varios de ellos coinciden en que se encontraron a una joven sacerdotisa por las calles, insistiendo en que debían subir lo antes posible al Templo Susanji del Monte Kai; no está claro el motivo, o al menos, no aparece en el documental.

—Pero yo no soy una sacerdotisa —contesto, con el ceño fruncido—. Nunca he trabajado en ningún templo.

Arashi asiente, pero continúa hablando.

—Otros afirman que una joven avisó que se produciría un terremoto y un posterior tsunami; y suplicaba a los peatones que subieran a las colinas. Nadie la conocía, así que algunos la tomaron por loca. Sin embargo, mirad.

Sus dedos se desplazan a toda velocidad por la pantalla del móvil hasta dar con un video de YouTube. En la imagen congelada, veo a una anciana de pelo blanco con un vestido repleto de flores. En un pequeño cartel se anuncia que su nombre es: Kukiko Yamada. Mi mirada se vuelve borrosa. Su cara me suena, aunque no hay nada particular en ella. Es como si estuviera viviendo un *déjà vu*.

Arashi reproduce el video y al instante, la clase vacía se llena con la voz pausada y dulce de la mujer.

—Salía del supermercado cuando una joven sacerdotisa chocó conmigo. La bolsa se me cayó al suelo; creo que ella durante un instante pensó en seguir adelante, pero se detuvo y me ayudó a recoger todo. Cuando me entregó la bolsa, me pidió con mucha urgencia que buscara algún lugar alto. Fue extraño. No la conocía, pero ella sí sabía mi nombre. —La anciana suspira y una pequeña sonrisa estira sus labios finos—. Parecía una simple chica que trabajaba para un templo, pero algo me decía que era algo más. No sé por qué le prometí que iría a un lugar elevado, pero eso hice, y cuando el tsunami llegó a Miako, y el río Kitakami se desbordó e inundó ese pobre colegio, yo ya estaba lejos del peligro.

Se me escapa un jadeo y todos me miran. Ya sé de qué la recuerdo. La vi el día de O-bon, mientras hablaba con Kannushi-san. Era la anciana que nos dio de pronto las gracias, a pesar de que no habíamos intercambiado ni una sola palabra con ella.

—¿La conoces? —pregunta Li Yan, con sus ojos almendrados abiertos de par en par.

—No exactamente —contesto, con la voz temblorosa.

La imagen de la anciana desaparece para dar paso a otras en las que el agua es la protagonista. Son grabaciones realizadas por personas que huían o se encontraban en lugares altos, en las que se ve cómo el agua crece de forma incontrolable y engulle todo con unos dientes invisibles. Todo desaparece bajo su paso, y lo que no, lo arrastra con la facilidad con la que un riachuelo empuja un barquito de papel.

Intento respirar hondo, pero entonces una mano cálida y suave envuelve la punta de mis dedos. Es Arashi. Harada, de alguna forma, se pega tanto a mí que su hombro roza el mío, y Li Yan desliza su brazo por mi espalda, arriba y abajo. Aunque mis rodillas tiemblan, descontroladas, sé que no me caeré. Si lo hiciera, ellos tres me sujetarán a tiempo.

Después de un instante, las imágenes se funden en negro y vuelve a aparecer Kukiko Yamada.

—Cuando yo era pequeña, vivía en una pequeña aldea en la montaña, y todavía se creía en la existencia de *yōkai*, de *kami* que se escondían entre nosotros. Alguna vez creí ver alguno, aunque mis padres decían que solo eran imaginaciones infantiles. Cuando vi a esa joven alejándose a toda prisa de mí, tuve la sensación de que retrocedía en el tiempo, de que estaba viviendo un... *déjà vu*. Ahora es mi nieta la que dice que son fantasías de persona mayor —añade, con una risa cascada, mientras parece buscar algo que no sale en el encuadre de la cámara—. Desde que era pequeña, cada vez que creía ver algo que no pertenecía a nuestro mundo, lo dibujaba.

Poco a poco, la anciana alza un cuaderno de dibujo. Pasa varias páginas hasta detenerse en una. Entonces, lo vuelve para que la cámara pueda enfocarla, y todos, excepto Arashi, nos echamos hacia atrás.

Soy yo. En esa página en blanco, dibujada con carboncillo, hay un dibujo tan parecido a mí, que casi podría ser una fotografía actual. Solo hay dos diferencias. La más evidente es la parte superior de mi ropa, porque claramente llevo una *chihaya*, aunque la ilustración esté en blanco y negro. La segunda, más sutil, es una herida, o una cicatriz, no estoy segura, que me nace en mitad de la frente, y atraviesa mi ceja y el ojo derecho.

Kukiko Yamada gira el dibujo en su dirección y suspira.

—Algún día me gustaría encontrarme con ella y darle personalmente las gracias por estos años que me ha regalado.

Trago saliva con dificultad y recuerdo ese instante, la reverencia que me dedicó, sus palabras. Pero no tiene sentido, aparte de ese momento en el que nos cruzamos en O-bon, no la había visto antes. En Miako había muchas personas mayores como ella; no recordaba haberme cruzado con ella nunca. ¿Cómo diablos sabía dónde encontrarme, si ni siquiera conoce mi nombre? ¿Cómo es...?

De pronto, una idea me atraviesa con la fuerza de un rayo.

—Su nieta vive en Osaka. Conseguí ponerme en contacto con ella, pero... —Arashi vacila y se sube las gafas con nerviosismo. Yo no necesito que termine la frase.

—Está muerta —murmuro. Ni siquiera es una pregunta.

—¿Cómo lo sabes? —pregunta Li Yan, con los ojos como platos.

—Falleció el año pasado, pero cuando le conté a su nieta que sabía de una persona idéntica al dibujo de su abuela, me dijo que quería conocerte. He visto el horario de trenes. Si quieres, esta tarde podemos ir a Osaka y regresar antes de que se haga demasiado de noche —añade Arashi, aunque su mirada está llena de cautela.

Los tres me observan con las pupilas algo dilatadas y las manos convertidas en puños. El documental que se muestra en el móvil de Arashi continúa, aunque ahora no se ve más que agua que arrastra barcos, casas, coches y vidas.

Cierro los ojos y tomo mucho aire.

—¿A qué hora sale ese tren? —pregunto.

LA *KAMI* DEL AGUA

20 de septiembre de 2016

Cuando llegamos a Osaka es noche cerrada, pero la estación donde nos deja el tren está cerca de Dotombori, una de las zonas más turísticas, donde nunca existe la oscuridad.

Aunque las vacaciones han terminado, todo está plagado de gente. Es difícil avanzar entre los propios habitantes y los turistas, que no hacen más que dar vueltas sobre sí mismos, con las cabezas alzadas hacia los neones, boquiabiertos. Al ambiente ruidoso, se le une el chisporroteo de las planchas que están junto a las puertas de los restaurantes y los gritos de los vendedores de los puestos más vacíos, que luchan para atraer clientes. El aire está impregnado de una mezcla de *okonomiyaki*, *gyozas* y *takoyaki*, y aunque Li Yan no hace más que tirar de Harada para que no se retrase, yo siento el estómago cerrado. El olor a fritura y el calor me marean un poco.

Arashi encabeza la marcha, con los ojos fijos en su teléfono móvil, que muestra la ruta a seguir. Por suerte, la nieta de Kukiko Yamada vive en una calle cercana, apenas un pasadizo que parece no tener final, iluminado por farolas que arrojan una luz verdosa al asfalto.

Los cuatro nos detenemos junto al diminuto portal, pero Arashi no levanta la mano hacia el timbre hasta que yo no asiento. Al momento, un zumbido estridente nos envuelve y se mezcla con el resto de los sonidos de la noche.

—¿Sí? ¿Quién es? —pregunta una voz femenina por el interfono.

—¿Yamada-san? Soy Arashi, estuvimos hablando esta...

Su voz se interrumpe por un súbito timbre, que nos invita a entrar. Los cuatro intercambiamos una mirada, pero nos adentramos en el portal y subimos la escalera estrecha hasta la única puerta que se abre para darnos la bienvenida.

—¡Vaya! No sabía que ibais a ser tantos —exclama la joven que aparece tras la puerta. Debe tener unos treinta años, tiene el pelo largo y negro, y unas gafas gruesas que hacen que sus ojos se vean diminutos—. Pasad, pasad.

El apartamento donde vive es aún más pequeño que el de Arashi, aunque parece completamente nuevo. Todo es blanco y beige, y está saturado del aroma dulzón del té de cebada.

Después de descalzarnos, ella nos indica que nos sentemos alrededor de la única mesa con la que cuenta la casa. Como no hay más de cuatro sillas, ella se queda de pie, apoyada en la encimera de su pequeña cocina. Sus ojos, en vez de deslizarse entre nosotros cuatro, no se separan de mí.

—Es imposible —comenta, después de un silencio incómodo en el que puedo contar los latidos de mi corazón—. Pero eres idéntica a la chica de la que mi abuela estuvo hablando en sus últimos años.

Su mirada se desvía hacia una estantería ubicada a nuestra espalda. Yo sigo el rumbo de sus ojos y me topo con una fotografía enmarcada, en la que aparece ella junto a la anciana que vi esta mañana en el móvil de Arashi. Su sonrisa dulce es idéntica a la que me dedicó el día de O-bon.

—Al principio pensé que la tragedia había sido demasiado para ella, que la había enfermado. Siempre se le había dado muy bien pintar... habría querido ser ilustradora, ¿sabéis? Pero en su tiempo, las mujeres no podían decidir qué hacer con su vida. —Se levanta y, sin preguntarnos, nos sirve té frío en cuatro vasos que después trae hasta nosotros. A continuación, nos da la espalda para hurgar en un pequeño mueble del salón. De un cajón, extrae una carpeta de cuero, repleta hasta arriba de papeles que asoman por las esquinas—. El retrato que mostró en el documental solo era uno de muchos.

Me pasa la carpeta y cuando la abro, un par de páginas se resbalan, pero antes de caer al suelo, Li Yan consigue sujetarlas. Las alza hasta colocarlas a la altura de sus ojos.

—*Kuso* —murmura Harada, aunque es Li Yan quien mueve los labios—. Sí que eres tú.

Desde el papel, mis ojos me observan. Parezco preocupada con mi ceño fruncido y mis labios entreabiertos en una palabra que no logro adivinar. Llevo puesto en esta ocasión el atuendo completo de una sacerdotisa, incluso la *hakama* roja. Observo la imagen durante demasiado tiempo, pero estoy segura de que no tengo nada así escondido en mi armario.

Despliego por la mesa el resto de las ilustraciones. En algunas solo aparece mi cara en primer plano, y en otras se ve mi figura de espaldas, en donde da la sensación de que me alejo a toda prisa de mi observadora. A medida que los dibujos pasan, me transformo. En las últimas ilustraciones que extraigo de la carpeta mi cuerpo se ve más difuminado, mi ropa corriente se transforma en largos vestidos vaporosos, como si estuvieran hechos de espuma de mar. A la última ilustración la arrugo un poco entre mis dedos. En ella mi expresión es extraña, y aunque no hay más color que el negro del carboncillo, mis ojos parecen desprender un brillo casi mágico. Mi media melena oscura se vuelve infinita y parece mezclarse con el agua que se alza a mi alrededor y envuelve mi cuerpo como si me encontrase en mitad de una de las transformaciones de una *magical girl*.

—En sus últimos días, confundía la fantasía con la realidad —suspira la joven, con los ojos posados sobre ese último dibujo—. Y aunque siempre estuvo obsesionada con lo que ocurrió en Miako, empezó a llamarla a ella... a *ti*, la *kami* del agua.

Me aclaro la garganta con embarazo y me apresuro a apartar la mirada de sus ojos punzantes, que se meten más en mi interior de lo que puedo soportar.

—Hay más personas que afirman haberme visto ese día y... es cierto que esos retratos son demasiado exactos como para que sean una casualidad —empiezo a decir; cada palabra es una piedra que trato de escupir—. Pero yo no recuerdo haber estado allí. Ni siquiera es posible que algo así haya ocurrido.

—Y, sin embargo, pasó —contesta la joven, con un asentimiento.

—¿Usted cree lo que contaba su abuela? —pregunta Li Yan, tan boquiabierta como todos.

—Supongo que su obsesión fue un tanto contagiosa... y yo hice mis pesquisas después de que ella murió. No fue fácil, porque la mayoría de los habitantes abandonaron la zona después del terremoto y del tsunami, y nadie quiere recordar un día tan horrible... pero conseguí contactar con varios supervivientes y algunos reconocieron tu cara.

—¿Qué? —jadeo.

Arashi me mira y su mano en mi espalda es un recuerdo de que tengo que volver a respirar.

—No fueron muchos. Quienes te recordaban perfectamente fueron un par de antiguos trabajadores del Ayuntamiento. —Parpadeo y miro a mis amigos, como si ellos pudieran darme una explicación a este nuevo sinsentido. Había ido una vez de excursión al Ayuntamiento con el colegio, pero no había hablado con nadie. Al guía no le hicimos mucho caso y el alcalde apenas nos había dedicado unas palabras. ¿Conocía mi padre a alguien que trabajara allí? No tenía ni idea—. Otros no estaban muy seguros de tu cara, pero sí recordaban a una joven que avisó del peligro antes de que llegara el terremoto.

Me desplomo y los bordes de la silla se me clavan en la espalda. La nieta de Kukiko Yamada me observa con atención, esperando una respuesta, pero ahora mismo soy incapaz de enhebrar ni una sola palabra. Mi cabeza solo está llena de tormentas.

—Tú no eres un caso único —continúa, al cabo de un largo minuto de silencio, solo roto por nuestras respiraciones—. Hubo personas como tú, a veces jóvenes, a veces ancianos e incluso niños, que alertaron del peligro antes de que se produjera, sobre todo en las localidades más afectadas.

—¿Cómo es posible? —susurra Li Yan, tan pálida como el entorno que nos rodea.

—No lo sé, por eso es fascinante. ¿Recordáis el tsunami que se produjo en el océano Índico, que tanto afectó a Tailandia, en el año dos mil cuatro? —Apenas acertamos a sacudir la cabeza—. Un niño comenzó a anunciar que una ola gigantesca llegaría a la playa y arrasaría con todo. Estaba tan nervioso, que su familia regresó al hotel con él y otras personas, que también decidieron abandonar la playa. Todos ellos se salvaron de una catástrofe que arrebató miles de vidas y dejó muchos desaparecidos. He averiguado que ocurrió algo parecido con el terrible terremoto de Kobe, en el noventa y cinco, aunque por desgracia, nadie hizo caso a un anciano que avisó a gritos la catástrofe que se iba a producir.

Me levanto con tanta brusquedad de la mesa, que la silla cae hacia atrás. Nadie me dice nada y yo no pido perdón. Sin añadir palabra, me dirijo hacia la ventana y la abro de un tirón para que la brisa nocturna me acaricie la cara.

Respiro hondo, una vez, dos veces, hasta que pierdo la cuenta y mis ojos empiezan a vagar, distraídos, por el exterior, a pesar de que siento todas las miradas sobre mí. De pronto, entre los tejados cercanos, me parece ver uno que destaca de los demás, de madera roja y rizado en el borde. El tejado de un templo.

—Una vez, alguien me dijo que los dioses no pueden intervenir como lo hacían antiguamente en nuestro mundo. Al parecer, lo hemos cambiado demasiado —susurro, todavía dándoles la espalda—. Así que lo que hacen es introducir pequeñas variables, cambios sutiles que pueden alterar el final de algo, o al menos, parte de él.

¿Y cuál fue el cambio sutil que introdujo Susanoo cuando ocurrió todo ese desastre? ¿Qué fue lo que hizo exactamente?, gritan en mi cabeza mis propias palabras, las que proferí a Kannushi-san durante nuestro encuentro en O-bon.

La joven deja escapar una pequeña carcajada y sus ojos se separan de mí hasta llegar al último dibujo de su abuela, donde aparezco siendo más una diosa que una humana.

—Entonces, tú fuiste elegida para producir ese cambio sutil. —Se levanta con lentitud y se acerca a mí para dedicarme la reverencia más profunda que me han hecho nunca. Las puntas de su cabello negro casi rozan el suelo y entre los mechones puedo atisbar su mirada vidriosa—. Creo que estás tan confundida como yo, también creo todo esto no tiene ningún sentido, pero... si realmente estuviste allí y ayudaste a mi abuela, muchas gracias. Muchísimas gracias.

La nieta de Kukiko Yamada insiste en que me lleve todos los dibujos de la anciana, pero yo no puedo aceptar más que el que apareció en el documental. Así que, media hora después de habernos despedido con reverencias infinitas, lo tengo sobre mis rodillas temblorosas, por culpa del traqueteo del tren de regreso a Kioto.

Como es un día de semana, los cuatro estamos solos en el vagón. Harada y Li Yan, estirados sobre uno de los bancos, y Arashi y yo enfrente de ellos.

Dejo escapar un largo bostezo y apoyo mi cabeza en el hombro de Arashi. Siento cómo él se sobresalta y, de soslayo, puedo ser testigo de la velocidad con la que se colorean sus mejillas.

—Si hay algo claro en toda esta locura —murmuro, mientras Harada trata de que Li Yan se apoye en él en vano, porque solo recibe un puñetazo en las costillas—, es que, de alguna forma, mi yo del presente, o del futuro cercano, debe viajar a ese día de Miako. Al once de marzo del dos mil once.

Arashi asiente con seriedad, como si lo que estuviera diciendo no fuera una absoluta locura.

—Un viaje en el tiempo. Es la única forma posible. Porque si realmente fui yo la que estuvo allí, la que le recomendó a Kukiko Yamada y a ti que os pusierais a salvo, debería tener recuerdos de ello, y no los tengo, lo que significa que es algo que todavía me queda por hacer.

Intercambio una mirada infinita con él y me derrumbo de nuevo sobre su hombro. Mi cuerpo jamás ha pesado tanto. Siento que en cualquier momento romperé este viejo asiento de plástico y me hundiré más y más en la tierra.

—Pero los viajes en el tiempo no existen —musito.

—Tampoco las personas que son capaces de estar en dos lugares a la vez —replica Arashi, con una sonrisa.

Yo no puedo correspondérsela. Clavo la mirada en la ventana de enfrente, en la que solo se ve oscuridad y mi reflejo emborronado, como si estuviera observándolo a través de lágrimas.

Hay algo más que no digo en voz alta. ¿Qué ocurrirá si no consigo llegar a Miako en ese día exacto? ¿Qué sucederá con todas esas personas a las que supuestamente salvé si nunca aparezco por allí?

Trago saliva y siento la garganta en carne viva.

¿Qué será de la vida de Arashi?

NOVENA OLA

20 de septiembre de 2010

—Espero que os portéis bien —dijo la profesora Hanon, ante la puerta todavía cerrada del Ayuntamiento de Miako.

—Sin Kaito, eso es algo fácil —observó Mizu en voz baja, a lo que yo asentí con convicción.

Aun sin él, que estaba enfermo en casa, sabía que la profesora Hanon se ponía nerviosa cada vez que salíamos de excursión, incluso aunque fuéramos a un lugar tan aburrido como el que teníamos delante. Quizás fuera por el *obento* que llevábamos en las mochilas, pero siempre hablábamos más alto, reíamos y gritábamos más, y a alguno le daba por despistarse del camino.

El Ayuntamiento de Miako era un edificio rectangular y de color blanco, de aspecto occidental, en el que se agitaban varias banderas por culpa de la brisa del mar. Para ser el edificio más importante de Miako (eso nos había dicho la profesora Hanon), era el más feo.

Pronto, un funcionario salió por las puertas acristaladas y nos dio la bienvenida. Después, nos condujo al interior del edificio y nos enseñó algunas de las zonas más importantes (según él). No dejó de hablar sobre el buen trabajo que hacían en el pueblo, aunque yo no podía evitar recordar cómo mi padre se quejaba muchas veces del Ayuntamiento, aunque la gran mayoría de las veces no terminaba de entenderlo del todo.

Subimos unas escaleras anchas en fila, y tras atravesar una galería llena de despachos, llegamos a una sala que estaba cerrada, pero a la que nos asomamos por turnos por la pequeña ventana de cristal que tenía la puerta.

Cuando me puse de puntillas y me asomé, solo vi una mesa, una silla y algo parecido a un micrófono. Nada más.

—¿Alguien sabe qué es este lugar?

Nadie contestó. Todos miramos al funcionario con los ojos entornados y alguno bostezó.

—Ese micrófono está conectado a los altavoces que están repartidos por todo el pueblo. Si ocurriera algo grave —recalcó, con las cejas arqueadas—, solo tendríamos que activarlo y comunicar qué es lo que sucede. Y así la gente sabría qué hacer.

—¿Algo grave? —preguntó Yoshida, que sin Kaito a su lado estaba más huraño de lo normal.

—Sí, bueno, algo como... —Los ojos del funcionario volaron hasta la única ventana con la que contaba la estancia. Desde ella, se podía ver un fragmento de la playa—. Algo como un tsunami, por ejemplo. Antes de que el agua llegara a la costa, todo el mundo estaría a salvo.

La profesora Hanon cabeceó, aunque por su expresión, no parecía demasiado convencida.

La última parada era el despacho del alcalde. Todos estábamos aburridos, sabíamos que luego nos íbamos a quedar en un parque cercano, cerca del río Kitakami, y que devoraríamos nuestros *obentos*, así que alzamos la voz y la profesora Hanon nos regañó. Nadie quería ver al alcalde y la verdad era que el alcalde tampoco quería vernos a nosotros.

Apenas nos dedicó unas palabras rápidas. Era un hombre que vestía de traje y que tenía el pelo tan repeinado por la gomina, que parecía como si se hubiese volcado un cubo de aceite sobre él. Estaba de pie frente a un escritorio enorme, aunque algo viejo. Sus dedos repiqueteaban cerca de un teléfono. Nos dijo que éramos el futuro de Miako y que quizá, cuando fuéramos mayores, alguno trabajaría en el Ayuntamiento. Todos nos miramos horrorizados y él se apresuró a despacharnos con una sonrisa grasienta. Casi cerró la puerta en las narices del funcionario.

Para ser el futuro de Miako, no nos trató demasiado bien.

Cuando nos marchamos, pasamos de nuevo delante de «el lugar más importante del Ayuntamiento» y yo miré el micrófono a través del cristal de la puerta.

—Podrían habernos dejado utilizarlo —refunfuñó Mizu—. Habría sido divertido.

—¿Y qué hubieras dicho? —preguntó Amane, interesada.

—No sé, habría gastado una broma. —Mi amiga se encogió de hombros y añadió—: Habría dicho... ¡se va a producir el mayor terremoto de la historia! ¡Corred todos! *¡Buuuuuh!*

Las tres nos miramos y, de pronto, nos echamos a reír. Sin embargo, las carcajadas se nos entrecortaron cuando nuestro guía se detuvo en mitad del pasillo, tan de golpe que un par de compañeros que caminaban delante chocaron con él. El hombre, sin disculparse ni pedir perdón, clavó unos ojos vidriosos en nosotras tres. Su cara estaba más blanca que las paredes que nos rodeaban.

Yo me estremecí.

—¿Se encuentra bien? —preguntó la profesora Hanon, girando la cabeza en su dirección.

Nuestro guía sacudió la cabeza y su sonrisa meliflua volvió a aparecer. Aseguró que estaba bien, pero se quedó quieto en el pasillo, y cuando Amane, Mizu y yo pasamos por su lado, nos susurró:

—Jamás volváis a bromear sobre eso.

AGUAS REVUELTAS

24 de octubre de 2016

Cuando la profesora de educación física anuncia que la última semana de octubre daremos las clases en la piscina cubierta del colegio, apenas siento un ligero escalofrío. No porque le haya perdido el miedo al agua, pero después de un mes desesperada por buscar información relacionada con viajes en el tiempo, por ver que los días transcurren sin pausa y no encuentro ningún hilo del que tirar, aquello no es más que otra molestia con la que lidiar. Simplemente, pensé que podría fingir estar enferma y faltar los dos días en la semana que tuviese educación física. Pero, sorprendentemente, el día anterior a la clase estoy en el Aeon Mall, uno de los centros comerciales de la ciudad, comprando un bañador reglamentario de color negro.

Tengo miedo de tocar el agua, sí, pero a la vez siento una necesidad desesperante de hacerlo. Llevo más de cinco años sin sumergirme en una piscina, al menos voluntariamente, y de pronto, mi piel ansía empaparse de agua y de cloro; echo de menos de una forma casi dolorosa la sensación que experimentaba de niña cuando nadaba. Porque, bajo la superficie, a veces sentía que me era más sencillo respirar.

Cuando pago por la prenda, veo a la profesora Hanon junto a la cajera, sonriendo. «Ya era hora de que regresaras», dice, a lo que yo no respondo, aunque sí mantengo su mirada durante más tiempo que nunca. Una parte de mí quiere preguntarle: «¿Tú también vas a desaparecer como Amane?».

Al día siguiente, cuando el profesor Nagano da por finalizada la clase de matemáticas y todos nos levantamos con nuestras bolsas de deporte en la mano, Li Yan se acerca a mí con el ceño fruncido.

—¿Vas a ir? —me pregunta, con los ojos clavados en el tirante de neopreno que se asoma entre la tela.

—Creo que sí —contesto; tengo los dedos tan cerrados en torno a las asas, que los nudillos se me han vuelto blancos.

—Todo irá bien —dice Arashi, a mi espalda.

—Y si no, me arrojaré por ti a la piscina y te sacaré con mis propios brazos —añade Harada, antes de darme un empujón con el hombro.

Me sorprendo cuando le dedico una mirada retadora. Cuando salimos de la clase en dirección a la piscina cubierta, pasamos junto a la profesora Hanon, que está apoyada con los brazos cruzados en el dintel de la puerta.

«Si la hubieras visto nadar, no harías esa broma, chico», le dice a Harada, que por supuesto no la escucha. Después, sus ojos se cruzan con los míos. «Buena suerte, Tendo».

Asiento levemente antes de clavar la mirada en la coleta de Li Yan, que se balancea mientras camina delante de mí. Por un pie que avanza, el otro quiere cambiar de dirección y salir corriendo. Mi cuerpo está partido en dos y mi cabeza está fragmentada en tantos pedazos que no puedo elegir ninguno.

Miro por encima del hombro y mis ojos se cruzan con los de Arashi, que se guiñan tras las gafas cuando me sonríe, con un ligero rubor en sus mejillas. Yo intento devolverle la sonrisa, pero mis labios solo son capaces de esbozar una mueca doblada.

No es solo que parte de mi cuerpo necesite el agua para descansar del torbellino que llevo dentro de mí, no es solo que tenga que obligar a esa parte de mí que sigue teniendo miedo, porque no puedo quedarme atascada en un momento que sucedió hace cinco años.

Si realmente encuentro una forma para regresar a ese terrible once de marzo y lo consigo, seré testigo de todo lo que ocurrió y de todo lo que solo vi en videos borrosos y mal grabados antes de que me negara a ver más.

Debo enfrentarme al agua para poder vencerla ese día.

De pronto, el olor a cloro me quema las fosas nasales y miro a mi alrededor. Nos hemos adentrado en el polideportivo y ya estoy junto a las puertas del vestuario femenino. Se escuchan las risas y los empujones en el masculino y las advertencias de la profesora Ono, la profesora de educación física y encargada del Club de Natación, para que no tardemos mucho.

—Tendo —dice, al ver que sigo parada en mitad del ancho pasillo—. ¿Te encuentras bien?

Separo los labios y estoy a punto de decir que no, que tengo la espalda empapada de sudor frío, que no puedo controlar el temblor de las manos, que mi estómago se está licuando poco a poco, pero suelto el aire de golpe, sacudo la cabeza y me apresuro a desaparecer en los vestuarios, mientras ella me dedica una expresión interrogativa.

Me cambio y me pongo el bañador negro idéntico al de mis compañeras, mientras me obligo a no pensar. Pero cuando me recojo la media melena en una coleta, siento los dedos tan débiles, que los mechones se me escapan entre ellos.

—Ven aquí —dice Li Yan, mientras con una velocidad pasmosa me trenza el pelo con fuerza y lo esconde bajo el gorro de natación—. ¿Preparada?

No contesto, pero atravieso con decisión la puerta del vestuario que comunica con la piscina. En el momento en que lo hago, el olor a cloro y el ambiente cálido y húmedo me rodean y me dejan paralizada. Aunque el sol se cuela por los amplios ventanales, todas las luces están encendidas y se reflejan en el agua de la piscina, creando destellos que me ciegan. No es la primera vez que piso este lugar, hace más de un mes, durante el Festival Deportivo, vi esta misma piscina, pero estaba a muchos metros de distancia. Ahora, solo tengo que avanzar unos pasos para que el agua que rebosa de los bordes me bañe los pies.

De pronto, por la superficie tranquila, aparece una súbita onda que la estremece. Tengo miedo de asomarme y ver un abismo infinito y una sombra que se esconde dentro de él. Me agarro las manos con fuerza. *Tranquila, Nami,* me digo.

—¿Estás bien? —Me vuelvo con brusquedad cuando escucho la voz de Arashi tan cerca de mi oído. Él retrocede un paso de inmediato, con la cara rota por la culpa—. Lo siento, no quería asustarte.

—No me...

Olvido de pronto lo que iba a decir y siento un calor sofocante, ardiente, demasiado intenso, empaparme la cara y resbalarme por todo el cuerpo, como si me hubieran arrojado un litro de té hirviendo por encima. Ni siquiera me molesto en alzar mis manos para cubrirme unas mejillas que deben estar tan rojas y brillantes como los farolillos que cuelgan de las *okiya* de todo Gion.

Mis ojos desobedecen a mi cerebro y se quedan atascados en el cuerpo de Arashi. Algo se me retuerce por dentro y mi cabeza recuerda ese momento en el que estuvimos solos, en su apartamento, tan cerca que podía acariciarlo con las pestañas. Mantengo mis manos pegadas a mi estómago, como si así pudiera controlar la sensación que me sacude por dentro e impedir que me desobedezcan y se estiren para tocar una piel que no es mía.

Él me devuelve la mirada y casi puedo ver cómo todas sus terminaciones nerviosas se erizan. Tras sus gafas, sus pupilas se dilatan y, para mí, el ruido, mis compañeros, el mundo entero desaparece.

Pero de repente su cuerpo se dobla en dos y su expresión, vibrante como un cable de alta tensión, se rompe para transformarse en una de dolor. Parpadeo, como si me despertara de un largo sueño, y me doy cuenta de que Daigo y Nakamura están colgados de cada uno de sus hombros.

Los ruidos regresan a mis oídos, por encima de la sangre que de pronto ruge en el interior de mi cabeza. Oigo la voz de la profesora, que nos pide que nos coloquemos a un lado de la piscina. Sin embargo, ninguno de nosotros cuatro se mueve.

—Guau, estás en forma, *Arashi-kun* —ronronea Daigo.

—¡Mira qué músculos! —Nakamura golpea con tanta fuerza la espalda de Arashi, que este se dobla hacia delante.

La rabia transforma mi cuerpo en un cable demasiado tensado; apenas puedo girar la cabeza hacia la profesora, que no nos presta atención. Algunos compañeros miran en nuestra dirección, pero, aunque sus ceños están algo fruncidos, ninguno dice nada, ninguno se acerca.

—¿A ti qué te parece, Tendo? —me pregunta Daigo, con una sonrisa estúpida tirando de sus labios finos.

El rubor de Arashi se transforma; ya no hay intimidad en su mirada, solo una vergüenza insoportable. Detrás de ellos, con los brazos cruzados y una expresión sombría en su cara, veo a la profesora Hanon.

«A veces, los chicos pueden ser muy crueles», murmura.

—Estoy seguro de que le importa mucho tu opinión, ¿verdad? —continúa Daigo, mientras le propina más que unas simples palmaditas en la espalda—. Deberías ser consciente de cómo te mira en clase, la sonrisa tonta que se le queda cuando le haces una pregunta o cuando le pides algo.

—Cállate —siseo, porque ya no queda ni un ápice de vergüenza en la piel de Arashi, solo pánico.

—¿Sabes que te escribe? El primer día de la vuelta de las vacaciones de verano encontramos una carta en su mochila. Nos la quiso enseñar para que le diéramos su opinión.

—Yo... yo no... —musita Arashi, con la voz ahogada. Jamás había visto tanto miedo en sus ojos.

Mi corazón se tropieza y comienza a latir con un ritmo desesperado.

—Pero decidimos que era mejor no enseñártela y guardar entre los tres ese pequeño secreto. —Nakamura le da un fuerte codazo a Arashi, pero él está tan lívido que ni siquiera se inmuta—. Era un poco rara, ¿sabes? Hablaba de conexiones en el tiempo y de viajes extraños que no tenían sentido ninguno. En vez de una carta de confesión, parecían los desvaríos de un loco.

—¿Confesión? —Esa palabra escapa de mis labios antes de que pueda controlarlos.

—¡Chicos!

Los cuatro nos sobresaltamos cuando vemos a la profesora Ono junto a nosotros, con el ceño fruncido y los brazos en jarras. A su lado, la profesora Hanon continúa en la misma postura y la observa con tristeza y frustración. Después, me dedica una mirada rápida.

«Los docentes podemos ser muy ciegos». Suspira a la vez que la mujer deja escapar un bufido crispado. «Lo siento mucho, Tendo».

—El resto de la clase os está esperando para comenzar el calentamiento. ¿Vais a hacerles esperar mucho más, o preferís una visita a la sala de profesores?

—*Gomen*, profesora —dice de inmediato Nakamura, mientras se aleja por fin de Arashi. Daigo lo sigue, antes de dedicarnos una mirada burlona.

—Ara... —comienzo, pero la voz crispada de la mujer me interrumpe.

—Tendo y Koga, ¿a qué esperáis?

Él murmura una disculpa y se apresura a dirigirse al otro lado de la piscina. En vez de ir junto a Harada y a Li Yan, se coloca en el extremo de toda la masa de estudiantes. Yo me dirijo hacia él arrastrando los pies, pero Arashi me ve y se aleja un poco más. Me detengo, con el alma partida en dos, y cambio de dirección hasta colocarme entre Harada y Li Yan. Los dos me dedican una mirada entre tensa e inquisitiva.

—¡Profesora! ¿Qué le ocurre a la piscina? —pregunta de pronto una alumna.

Todos dirigimos la mirada hacia la superficie del agua, que en vez de estar en calma, se sacude con violencia. Pequeñas olas golpean con fuerza el borde y lo rebasan, hasta llegar a empapar nuestros pies.

Desvío la mirada con rapidez, a pesar de que sé que la única culpable de esta agitación soy yo. O quizás esa extraña sombra gigantesca que siempre veo en las profundidades.

La profesora Ono observa el agua y deja escapar un suspiro de frustración.

—Puede que se trate de un problema del sistema de llenado y vaciado de la piscina. Esperad un momento, iré a comprobarlo.

Sacude la cabeza y desaparece, farfullando entre dientes, tras una de las puertas que comunica con el interior del polideportivo. Li Yan se vuelve hacia mí, aunque sus ojos están centrados en el cuerpo encogido de Arashi.

—¿Qué ha pasado?

Mis ojos vuelan hasta Daigo y Nakamura, que ahora parecen muy entretenidos en molestar a otra de mis compañeras, tirando una y otra vez de los breteles de su bañador.

El agua de la piscina se sacude con más fuerza y los alumnos más cercanos a ella dan un paso atrás, por si acaso.

Hablo con Li Yan y Harada entre susurros, buscando los ojos de Arashi. Pero, aunque un par de veces se encuentran con los míos, él aparta la mirada con rapidez, como si fuera el primer día de clase y acabáramos de conocernos.

Cuando termino, los puños de mi amiga están crispados y la cara de Harada está coloreada por una rabia amarilla.

—¿Ellos le quitaron la carta? —sisea.

—¿Sabías lo de la carta? —pregunta Li Yan, sorprendida.

—Soy su mejor amigo, por supuesto que lo sabía. No sabes cómo estaba después de que te contara la verdad en el Festival de Gion y tú salieras huyendo. Estaba tan mal, tan confundido, que yo le di la maldita idea de que te escribiera una carta. Gastó dos libretas completas —añade, mientras menea la cabeza—. Pero, poco antes de regresar de las vacaciones, me contó que por fin había conseguido terminar una. Quería dártela el primer día de la vuelta al instituto.

—Pero él no me entregó nada —respondo, con un hilo de voz.

—Él me dijo que se lo había pensado mejor, pero ahora ya sé por qué me mintió. —Harada, que apenas me alcanza en estatura, parece de pronto un gigante. Con un pie, podría destrozar ciudades enteras—. Es suficiente. Creo que es suficiente —masculla, antes de echar a andar.

—Eh, ¿pero a dónde vas? —pregunta Li Yan, aunque él no le contesta.

Va directo hacia donde se encuentran Nakamura y Daigo, junto a la chica a la que no dejan de molestar. De pronto, y sin previo aviso, le da un puñetazo tan fuerte al primero de ellos que resbala y cae hacia atrás. Li Yan se lleva las manos a la cara.

—*Lā shǐ, lā shǐ, lā shǐ*... —farfulla.

Al momento se produce un tumulto y todos mis compañeros se echan hacia atrás, dejando un círculo perfecto en el que están un Daigo paralizado por la sorpresa, un Nakamura que escupe algo de sangre y Harada, que sacude la mano arriba y abajo.

—Duele, duele... —masculla—. ¿Por qué duele tanto si soy yo el que lo ha golpeado?

Li Yan y yo nos acercamos al borde del círculo, pero cuando llegamos, es Harada el que está en el suelo, con un ojo que empieza a hincharse. Daigo se frota los nudillos. Antes de que se pueda levantar, Arashi se coloca delante de él, con los brazos alzados.

—¡Dejadlo en paz! —exclama.

Mi voz se eleva en un grito en el mismo momento en que él deja escapar un aullido de dolor cuando Daigo lo golpea también. Tropieza con las piernas de Harada y cae de espaldas. Su cara está intacta, pero sus gafas están destrozadas y hay fragmentos de cristal por todo el borde de la piscina. Harada, totalmente fuera de sí, lanza un rugido de rabia y se levanta de un salto. Alguien grita que se detenga, pero él no hace caso. Con uno de sus ojos terriblemente hinchado, se abalanza hacia delante, pero apenas ve, y no llega a esquivar la patada de Nakamura, que lo echa hacia atrás.

---

* Lā shǐ: Mierda (traducido del chino tradicional).

271

Esta vez no llega a poner las manos en el suelo y su frente golpea contra el borde de la piscina antes de caer al agua, dejando una marca rojiza en las baldosas blancas. El agua, más revuelta que nunca, apenas muestra un borrón oscuro que se hunde más y más, sin que haga nada por volver a la superficie.

Mis rodillas se flexionan y, antes de que me dé tiempo a darme cuenta de lo que hago, de que tenga tiempo de sentir el miedo, ya estoy sumergida en el agua tibia de la piscina cubierta. En ese instante, el agua se calma y puedo ver con claridad cómo Harada se encuentra en el fondo, con los brazos y las piernas estirados y la cabeza echada hacia atrás. Hay un punto rojo en su sien del que brota un sendero rojizo que me guía para llegar hasta él.

Esta vez, no hay abismo, no hay una figura oscura que parece observarme.

Es extraño, llevo más de cinco años sin pisar el agua de forma consciente y ahora que por fin vuelvo a estar inmersa en ella es como si nunca la hubiera abandonado. Porque, a pesar de todo, es como si pudiera volver a respirar hondo de nuevo.

Buceo hasta el fondo y coloco los brazos de un inconsciente Harada en mi cuello. Apoyo los pies en las baldosas y empujo hacia arriba. Muevo los brazos y las piernas con todas mis fuerzas, pero él pesa más que yo, y aunque vuelvo a sentirme como en casa, mis músculos han perdido fuerza.

Cuando estoy a punto de alcanzar la superficie, Arashi se arroja al agua y me ayuda a sacar el cuerpo de Harada. En el borde de la piscina está esperando la profesora Ono, presa de un ataque de pánico.

Cuando colocamos a Harada de lado, él escupe agua y comienza a toser con descontrol. La sangre de su herida le resbala por media cara.

La piel blanca de la mujer se vuelve roja.

—¿Qué ha pasado? —pregunta, con voz desafinada—. Quiero ahora mismo una explicación.

—Harada se resbaló —contesta Nakamura.

—¿Se resbaló? —repite la profesora, mientras el aludido lucha por recuperar el aliento.

El agua de la piscina, que se había calmado por fin, vuelve a crisparse, pero esta vez nadie le presta atención. Todos aguantan la respiración, pero yo no lo soporto más. Arrodillada en el borde de la piscina, con la sangre de mi amigo manchándome los pies, hago amago de levantarme, pero la mano de Arashi envuelve mi muñeca y tira de mí hacia abajo.

Desvío la mirada hasta él, entre perpleja y llena de rabia. Él ni siquiera me dedica un vistazo, tampoco la profesora Hanon, que está tan cerca de Arashi que podría rozarlo con la punta de sus dedos si solo estirara las manos. Hay una pequeña sonrisa de orgullo tirando de sus comisuras cuando ve cómo se pone de pie y da un paso al frente.

—Profesora, Harada no se ha resbalado.

CONFESIÓN

24 de octubre de 2016

Veintinueve miradas se clavan en Arashi que, por primera vez, no se hace pequeño.

—¿Cómo dices? —pregunta la profesora, con el ceño cada vez más fruncido.

El silencio que flota en la piscina es sobrecogedor. Desvío los ojos hacia Daigo y Nakamura, estirados como un cable en tensión. Si sus miradas pudiesen oírse, sonarían como disparos.

—Harada no se ha resbalado sin más. Daigo lo ha empujado después de haberle dado un puñetazo. ¿Se ha dado cuenta de cómo tiene el ojo? —Arashi habla con absoluta tranquilidad, de pie delante de toda la clase, como si estuviera recitando un texto que conoce a la perfección. Con cuidado, se saca sus gafas partidas del bolsillo de su bañador y se las muestra a la mujer—. Cuando intenté defenderlo, Nakamura me golpeó a mí también.

—¡Mentiroso! —exclama el aludido, dando un paso al frente—. Se te debieron romper cuando te tiraste a la piscina, así que no trates de echarme la culpa.

—Unas gafas no se rompen así al entrar en contacto con el agua —replica Arashi, con sencillez. Alza la montura para que podamos ver el puente que unía las dos lentes, completamente doblado—. De hecho, profesora, le recomiendo que tenga cuidado. Hay muchos cristales a su alrededor.

La mujer baja la mirada. En efecto, a apenas unos centímetros de sus chanclas hay varios fragmentos afilados, que brillan con la luz de los halógenos. Cuando levanta la cabeza, sus pupilas se quedan quietas en Nakamura y en Daigo que, por primera vez en todo el curso, parecen un tanto incómodos.

—No es la primera vez que ocurre —continúa Arashi, con su voz grave y pausada—. Desde hace un par de años, se han dedicado a destrozarme libros, a golpearme, ha coaccionarme y a avergonzarme de todas las formas que han podido. Harada ha acabado así solo porque trataba de defenderme. —Sus ojos, ahora enormes sin las gafas, se fijan en los dos chicos que tiemblan de ira frente a él—. Por desgracia, estoy seguro de que ni él ni yo somos los únicos que hemos soportado un trato así.

Nakamura hace amago de abalanzarse contra él, pero Daigo lo sujeta del brazo y tira con violencia. Le escupe un susurro rápido al oído mientras el resto de la clase permanece en un silencio que parece palpitar a cada segundo que transcurre.

La profesora Ono se ha olvidado por completo de la piscina y de las extrañas sacudidas del agua.

—Estás haciendo acusaciones muy graves, Koga.

—Lo sé —contesta él—. Pero es la verdad.

El segundo que transcurre parece contener horas en su interior.

—Está bien. La clase queda suspendida. —La mujer asiente, como si estuviera respondiéndose a sí misma—. Jarvi, acompaña a Harada a la enfermería. —Li Yan asiente y ayuda a Harada a ponerse en pie, con el brazo alrededor de sus hombros—. Daigo, Nakamura y Koga. Quiero que os cambiéis y vengáis conmigo a la sala de profesores, allí os recibirá el profesor Nagano. No quiero ningún problema en el camino —advierte, con un dedo amenazador alzado—. El resto de la clase, cambiaos y volved al aula.

Arashi asiente y es el primero en ponerse en movimiento, sin soltar ni una palabra más. Busco sus ojos, pero él me rehúye y se dirige a los vestuarios con una decisión que nunca le he visto.

Estoy a punto de seguirlo, pero una figura se interpone en mi camino. Una que no está viva.

—Déjalo marchar, Tendo.

—¡Pero no puede enfrentarse solo a esos dos delante del profesor Nagano! No es justo —le replico, por primera vez. Algunos de mis compañeros giran la cabeza en mi dirección, pero no me importa.

—No, no lo es. Pero no confundas la justicia con el poder. Estoy seguro de que hablará, es un chico fuerte. Créeme, los profesores tenemos un sexto sentido. —Yo me cruzo de brazos y le dedico una mirada fulminante—. Cuando estábamos en Miako, muchos profesores detestaban a Kaito Aoki, y yo, como tutora, recibía muchas quejas sobre él. Sé que no se portaba bien, pero sabía que en el fondo ese chico valía la pena y que algún día lo demostraría. —Trago saliva y pienso en uno de mis primeros días en el 7Eleven, cuando entró un chico de secundaria, con el rostro golpeado. Recuerdo la mirada de Kaito, cómo le había regalado el cupón y había hecho trampas para que pudiera llevarse otra bebida más—. No me equivoqué, ¿verdad?

—No —contesto con un hilo de voz.

La profesora Hanon suelta una pequeña carcajada y se inclina hacia mí, pero no mucho, porque no me falta tanto para alcanzarla en estatura. Todo su cuerpo me sonríe.

—Tampoco me equivoqué contigo, Nanami Tendo. Como aquel día en la carrera del colegio, sé que me dejarás sin palabras cuando nos volvamos a encontrar.

—¿Cuando nos volvamos a encontrar? —pregunto abruptamente.

Ella asiente y, con horror, veo cómo su cuerpo comienza a desaparecer. Alargo la mano, pero mis dedos le atraviesan el tórax. Parece una ilustración con los colores desvaídos por el sol.

—¿Por qué me dice eso? Amane también mencionó algo parecido —digo, a tanta velocidad que mis palabras se atropellan. Necesito preguntar más, pero ella es apenas una sombra de colores y mi lengua no se mueve con la suficiente rapidez—. Es Miako, ¿verdad? Debo volver a Miako, a ese día, cuando todo ocurrió. Pero ¿cómo lo hago?

La profesora Hanon no me responde. Se limita a ensanchar su sonrisa y me dice en un susurro que apenas llega a mis oídos:

—Me alegra de que hayas perdido el miedo al agua.

Cuando la última palabra se extingue, ya no queda rastro de ella. Y, como Amane, algo dentro de mí me asegura que no volveré a verla, al menos en esta época.

Miro a mi alrededor y me doy cuenta de que estoy absolutamente sola en la piscina. Debería ir a cambiarme y no tardar en llegar a clase, porque la profesora Ono ya está lo suficientemente enfadada como para crisparla más. Sin embargo, en vez de dirigirme hacia la puerta tras la que escapan las conversaciones aceleradas de mis compañeras, me encamino de nuevo al borde de la piscina y me acuclillo en él.

Ahora, el agua está tan calmada que puedo ver mi reflejo. Este lo cubre todo, así que no veo el fondo, solo un abismo muy profundo. Algo oscuro y enorme se mueve a lo lejos, y un parpadeo dorado llega hasta mí.

Me recorre un escalofrío, pero no me muevo de mi sitio.

«Me alegra mucho que hayamos hecho las paces», murmuro, mientras mis dedos se adentran en el agua y esta los envuelve como si estuviera acariciándolos. «Te echaba mucho de menos».

Casi puedo sentir cómo otra mano envuelve la mía y la aprieta. Me quedo quieta, un instante más, antes de ponerme en pie y caminar hacia los vestuarios con decisión.

De vuelta en el aula, me siento sola porque Harada y Li Yan siguen en la enfermería y Arashi está todavía en la sala de profesores. Daigo y Nakamura sí están en clase, hablando entre sí, como si nada hubiera pasado, aunque sus posturas son forzadas y sus miradas están alerta. Casi parece que estén contando en silencio los minutos que faltan para que termine la jornada de hoy.

Sin embargo, cuando queda apenas un cuarto de hora, levanto la mano y le suelto a la profesora Ono que necesito ir al baño con urgencia. La mujer me hace un gesto seco hacia la salida y yo prácticamente salgo corriendo.

En vez de dirigirme a los servicios femeninos, camino con rapidez hacia la sala de profesores. Una vez junto a su puerta abierta, me detengo y asomo solo los ojos por el borde. La enorme sala se encuentra desierta, solo una de sus mesas está ocupada: la de mi tutor, el profesor Nagano. Está sentado de brazos cruzados y escucha con severidad a Arashi, de pie frente a él. No puedo ver su expresión porque está de espaldas a mí.

No hablan. El silencio que llena la sala está roto por las voces de los estudiantes que han salido ya de clase y plagan el patio; sus voces se cuelan por las ventanas entornadas.

—¿Por qué no me había contado todo esto antes? —dice entonces el profesor Nagano, tras un corto suspiro.

Aprieto los dientes y siento deseos de entrar en la estancia para sacudirle los hombros y gritarle: «¿Eso es todo lo que tiene que decir?». Me habría gustado que la profesora Hanon no hubiese desaparecido para poder decirle: «Los profesores a veces sois los mayores imbéciles del mundo».

No obstante, Arashi no se inmuta y contesta con sencillez:

—Porque me habían amenazado. Sé que hay otros chicos que han recibido palizas después de denunciar el abuso escolar que estaban sufriendo. Estoy seguro de que ha oído hablar de casos así.

El profesor Nagano tiene la decencia de enrojecer un poco y apartar la mirada. En vez de responder de inmediato, comienza a toquetear algunos papeles de su mesa.

El primer día de curso usted prometió que no permitiría malos comportamientos, pienso, mientras lo observo con fijeza. *Espero que lo cumpla.*

Como si me hubiera escuchado, levanta de pronto la cabeza y sus ojos se cruzan con los míos durante un instante. Me echo hacia atrás y él deja escapar un carraspeo que no parece casual.

—Valoraremos lo ocurrido, Koga. No voy a asegurarle que los expulsaremos de inmediato, porque hasta ahora solo hemos recibido quejas contra ellos por su parte. Aun así —añade con rapidez—, si vuelve a ocurrir algo parecido a lo de hoy, no dude en avisarme.

—Claro, profesor —contesta Arashi.

Abandona la sala de profesores con tanta rapidez, que cuando quiero darme la vuelta y marcharme, él ya está a mi lado, observándome a través de sus gafas rotas y torcidas.

—¿Estabas espiando? —pregunta. Su expresión es inescrutable.

Intento buscar una excusa, la que sea, pero en ese momento alguien dobla la esquina y se detiene al vernos. Ambos volvemos la cabeza. Es una de nuestras compañeras de clase, la misma a la que Daigo y Nakamura estaban molestando en la piscina.

—Oh —musita. Está pálida y sudorosa, a pesar de que no hace calor, y creo que no se da cuenta de la fuerza con la que se retuerce los dedos—. ¿Ya has... has hablado con el profesor Nagano?

Arashi asiente y la chica se relaja un poco. A pesar de la blancura de su piel, dos pequeños círculos rojos aparecen en sus mejillas.

—Gracias por hacerlo. Por hablar con él, quiero decir, por contarle la verdad —murmura, a toda prisa. Sus palabras se enredan, pero cuando termina la frase, respira con profundidad y sacude los hombros—. Gracias por ser el primero.

La chica realiza una profunda reverencia y se queda así durante unos segundos ante nosotros, que permanecemos paralizados. Cuando Arashi comienza a balbucear que se incorpore, ella lo hace con rapidez, con el rostro encarnado, y desaparece a toda velocidad en la sala de profesores. Su voz es chillona cuando le pregunta al profesor Nagano si puede hablar con él sobre Daigo y Nakamura.

Arashi está paralizado, con el rostro vuelto hacia el lugar en donde ella estaba y sus ojos se han tornado vidriosos. El pecho se me retuerce al verlo así, en mitad de un silencio que parece estrangularlo, así que suelto lo primero que me viene a la cabeza.

—Vaya, parece que le gustas.

La parálisis de Arashi se rompe de pronto y se gira hacia mí con brusquedad, con la expresión completamente descompuesta. Si no hubiese sido raro, me habría dado un cabezazo contra la pared, pero en vez de ello, me maldigo por lo idiota que soy y echo a andar con premura.

—Venga, vayamos a la enfermería a ver a Harada y a Li Yan.

Pero eso resulta ser una idea aún peor que mi comentario burlón, porque cuando llegamos la encargada nos informa que lo han mandado al hospital porque su herida necesitaba puntos. Li Yan y Mr. Hanks, el profesor de inglés, lo han acompañado.

Cuando volvemos al pasillo, los hombros de Arashi casi llegan al suelo. Y sus ojos, ahora grandes sin el cristal de las gafas, desprenden más pesadumbre que nunca.

—Ven —digo mientras lo empujo hacia al final del pasillo—. Salgamos de aquí.

—Pero todavía quedan unos minutos de clase —responde él, aunque se deja llevar.

Yo hago caso omiso y salimos del instituto camuflados entre estudiantes de secundaria que han terminado antes las clases. Arashi se mueve como empujado por la corriente y yo soy el agua que lo guía por las calles. Ni siquiera compruebo hacia dónde nos dirigimos. Simplemente camino mientras los primeros árboles del Parque Maruyama nos dan la bienvenida.

No sé si es tristeza o cansancio lo que mana de su cara como lágrimas, así que empiezo a hablar. Hablo tanto, tan rápido, que las sílabas se entremezclan y la respiración se me entrecorta porque ni siquiera me detengo a tomar aliento.

—Cuando... cuando hablaste delante de todos, quería aplaudirte —continúo. Avanzo un par de pasos y me coloco frente a él, antes de retomar el camino de espaldas—. Quería gritar por ti hasta quedarme sin voz. Si tuviera más fuerza te subiría en hombros y te llevaría por todo Gion como si fueras la maldita carroza de algún templo.

A Arashi se le escapa una media sonrisa. Esa pequeña mueca en su cara es una maldita luz cegadora, es el sol, y yo soy como Ícaro, que quiere acercarse a él a toda costa, aunque me queme viva. Pero de pronto, esa sonrisa se amarga y sus pies dejan de moverse. Yo me detengo a su lado y de pronto, me doy cuenta de que estoy debajo del enorme *torii* que da paso al Santuario Yasaka, en ese límite invisible que separa el mundo mortal del mundo de los dioses.

—No merezco ningún aplauso —mascula.

—¡Claro que sí! ¿Sabes el valor que hace falta para hablar como lo hiciste delante de todos? ¿Para denunciarlos delante de la profesora y de la clase? Yo no sé si hubiese sido capaz —digo, con la voz tan alta, tan chillona, que algunos paseantes me dedican miradas de soslayo—. No... no me imagino lo complicado que debe ser decidir ser el primero en decir «basta».

Arashi tiene la cabeza gacha, ni siquiera sé si me ha escuchado. Está cerca de mí, a apenas dos pasos, pero lo siento más lejos que nunca.

—Cuando... cuando vi el golpe de Harada, cuando vi su sangre, me asusté y me di cuenta de que esto tenía que parar —dice, con la voz desgarrada. Cada palabra que pronuncia parece hacerle sangrar—. Y me di cuenta también de que podía ser demasiado tarde. Porque si hubiera hablado antes, él no estaría ahora en el hospital. Esto lleva sucediendo desde hace años, cuando coincidí con ellos dos en clase. Si en el primer momento hubiese dicho «basta», no te habrían hablado de mi carta, Harada no habría recibido ningún puñetazo y esa chica de la clase no tendría que haber ido a hablar con Nagano. ¿Cuántos habrán sufrido por no haberlos detenido esa primera vez?

—¿Y a cuántos vas a ayudar en un futuro, ahora que has dado el paso? ¿Cuántos se salvarán de lo que ellos puedan hacerles ahora que tú has decidido detenerlos? —lo interrumpo. Él tiene los ojos vidriosos, pero yo apenas soy capaz de contener las lágrimas. Verlo así me está partiendo por dentro—. Harada se recuperará, y a mí...

Y a mí me darás la carta algún día. Fracaso en aguantarle la mirada y siento cómo el calor me carcome por dentro. Soy una idiota, ni siquiera puedo decir la palabra «carta». Solo con pensarla siento cómo la lengua me quema. Si la pronuncio, arderé en llamas.

Él se lleva la mano al pelo, se lo revuelve y se lo aplasta, una y otra vez, una y otra vez. Tiene las gafas bien colocadas por una vez, aunque están rotas, pero se las sube y se las clava en el puente de la nariz. Después, vuelve a alzar la mano hasta su cabeza y la deja ahí, con los dedos enredados entre sus mechones oscuros.

—Quería hacerlo bien —murmura, con un hilo de voz.

—¿*Qué?* —pregunto, aunque lo he escuchado a la perfección.

—Quería hacerlo bien —repite, a la vez que baja las manos y las deja estiradas a ambos lados de su tronco—. Porque es algo que me importa mucho. Por eso escribí la carta.

Trato de asentir, pero siento los músculos y los huesos tan oxidados, que apenas soy capaz de bajar un par de centímetros la barbilla. Ahora mismo, quiero salir corriendo y huir del parque, y a la vez, abalanzarme sobre Arashi para abrazarlo, tocarle ese flequillo disparatado y perderme en él de todas las formas que sean posibles. Pero mis pies no avanzan, solo son los pilares de mis piernas temblorosas.

—En ella te decía mil cosas. Lo que sentí al verte cruzar la puerta de la clase el primer día, con tu mirada amenazadora. La primera vez que me sonreíste solo a mí. Las veces que me subías las gafas cuando se me resbalaban hasta la punta de la nariz. Lo que reamente me hubiese gustado decirte, y... *hacer*, la vez en la que te ayudé a atarte el *obi*... o cuando estuvimos solos, en mi apartamento, durante esa noche de agosto —dice. Tiene las mejillas del color de las flores de cerezo en primavera y sus ojos brillan como el océano de Miako en pleno verano, y me miran, no se apartan ni un instante de los míos—. Eran tres páginas completas, creo. Y con letra muy pequeña.

Avanzo hacia él despacio, muy despacio. De mis pies cuelgan cadenas de plomo contra las que lucho. No tengo fuerzas. Siento que me voy a derrumbar en cualquier momento.

Pero consigo llegar hasta él.

—Arashi.

—¿Sí?

Coloco mis manos en sus mejillas, y con el roce de su piel, todo se apaga a mi alrededor. Sé que ahora una pareja de ancianos que sale del santuario nos estará mirando y comentando algo entre dientes, y estoy también segura de que un grupo de chicas y chicos de secundaria que se encuentra a nuestra espalda habrá estallado en chillidos y risitas, pero no puedo escucharlos. Lo único que soy capaz de oír es la respiración de Arashi, tan superficial y rápida como la mía, y los latidos de un corazón descontrolado que no sé si es el suyo o el mío. Mis manos están heladas y su cara está ardiendo.

Me hubiese gustado decirle algo, pero tengo la lengua pegada al paladar y sé que, sin importar lo que diga, ni siquiera un «te quiero» puede compararse con lo que siento.

Una gota de un océano.

Así que me pongo de puntillas, tiro del rostro de Arashi hacia abajo y lo beso bajo el enorme *torii* de entrada al Santuario Yasaka.

Su piel se eriza debajo de mis dedos. Las gafas resbalan por su nariz y rozan mi mejilla. Sus labios son suaves, cálidos, dulces, y cuando se mueven con tanta ternura sobre los míos siento como si me mareara, como si de pronto perdiera sentido qué es arriba o abajo, como si flotara en las aguas cálidas de Miako.

Al separarme, intento volver el rostro hacia arriba para ver la expresión de Arashi, pero solo llego a atisbar unas mejillas encarnadas antes de que sus largos brazos me envuelvan y me aprieten con fuerza contra su pecho.

—Quédate así un poco más —lo oigo susurrar, con la voz más grave que nunca—. Por favor.

No respondo. Mi voz se ha perdido hace mucho, así que alzo mis brazos y los envuelvo alrededor de su cintura.

Los sonidos del Parque Maruyama regresan a nosotros poco a poco, aunque los murmullos reprobatorios de los adultos y las risitas emocionadas y burlonas de los chicos y chicas de instituto siguen sonando un poco lejanas.

Voy a encontrar la forma de volver a Miako ese once de marzo, pienso de pronto. No sé a quién se lo prometo, si a Arashi, a mí misma, o a lo que se esconde tras el *torii* del Santuario Yasaka.

No voy a permitir que él desaparezca.

Nunca.

Él me sigue abrazando con ternura, siento sus labios apoyados en la raíz de mi pelo, pero yo lo aprieto entre mis brazos con rabia, con necesidad, como si estuviera en mitad de una violenta inundación y él fuera el único lugar seguro al que aferrarme.

UN PADRE ORGULLOSO

7 de julio de 2016

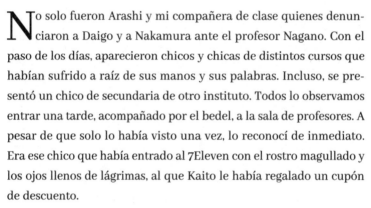

No solo fueron Arashi y mi compañera de clase quienes denunciaron a Daigo y a Nakamura ante el profesor Nagano. Con el paso de los días, aparecieron chicos y chicas de distintos cursos que habían sufrido a raíz de sus manos y sus palabras. Incluso, se presentó un chico de secundaria de otro instituto. Todos lo observamos entrar una tarde, acompañado por el bedel, a la sala de profesores. A pesar de que solo lo había visto una vez, lo reconocí de inmediato. Era ese chico que había entrado al 7Eleven con el rostro magullado y los ojos llenos de lágrimas, al que Kaito le había regalado un cupón de descuento.

No los expulsaron de inmediato. Al cabo de una semana, los transfirieron a los dos a otro instituto en el otro extremo de la ciudad, aunque comenzaron a faltar en el momento en que las denuncias contra ellos empezaron a ser numerosas. Cada vez que salía del instituto, estaba alerta, miraba a un lado y a otro, pero jamás los volví a ver.

Arashi sustituyó sus gafas gruesas y rotas por otras de montura metálica que seguían resbalando hasta la punta de su nariz. Harada disfrutaba enseñando los puntos de su frente. Incluso, el idiota se los rascaba más de la cuenta para que le quedase cicatriz, aunque Li Yan solía propinarle un puñetazo en las costillas cada vez que lo pescaba. Era algo que la ponía de los nervios, pero no tanto como cuando nos veía a Arashi y a mí cerca; entonces solía poner los ojos en blanco y sacudir la cabeza.

Después de aquel día, de lo que ocurrió bajo el *torii* de entrada al Santuario Yasaka, nuestra relación apenas había cambiado. Sí, nos quedábamos más cerca el uno del otro, a veces nuestras manos se rozaban y no las apartábamos, y era rara la ocasión que no nos quedáramos perdidos uno en los ojos del otro. Habían pasado casi dos semanas, y yo me moría por abrazarlo y besarlo de nuevo, pero sabía que Arashi era muy tímido, que necesitaba su tiempo, y yo lo quería demasiado como para no proporcionárselo. A veces, cuando lo miraba a escondidas y lo veía sonreír, una sensación agridulce me envenenaba por dentro, porque recordaba que, si no encontraba una forma de volver a Miako, si no conseguía salvarlo cuando era solo un niño, el Arashi que conocía nunca existiría y se ahogaría igual que tantas otras personas. Pero no habíamos averiguado nada más. Había visitado todas las páginas de internet que había hallado sobre viajes en el tiempo, pero la mayoría solo hablaban de conspiraciones absurdas y de locuras aún mayores que las que ya me envolvían.

—¿Sabes que estás colocando las botellas bocabajo? —La voz de Kaito me hace regresar a la realidad.

Me vuelvo, sorprendida, y me doy cuenta de que tiene razón. Me apresuro a poner bien la botella de Calpis, pero de pronto frunzo el ceño cuando me fijo con más atención en Kaito y desvío la mirada hacia el reloj.

—Llegas tarde —observo.

—Bueno, tú siempre llegas tarde y no te lo restriego por la cara —replica él, mientras se dirige dando zancadas a la sala de descanso. Sin embargo, yo me coloco delante e interrumpo su camino—. ¿Qué?

—Tienes mal aspecto.

Y, antes de que pueda apartarse, le apoyo la mano en la frente. Él se apresura a apartarla, avergonzado, pero su calidez me ha arrasado los dedos.

—¡Estás ardiendo! Tienes fiebre —digo; Kaito me sortea y entra con rapidez en la sala de descanso. Yo me quedo junto a la puerta—. ¿Por qué no has avisado a la señora Suzuki?

—Estoy bien.

—Mentira.

A pesar de que la puerta está cerrada, lo oigo resoplar.

—¿Qué querías que hiciera? Es viernes por la tarde. Nuestro turno dura hasta las ocho. Es el peor día de la semana y en una hora esto estará repleto de estudiantes, turistas y ejecutivos que se quieren emborrachar con cerveza. No quería crear problemas.

—Eres un idiota —farfullo, aunque no se entera. Cuando sale tras la puerta, su cara es una mezcla de parches pálidos y rojos y su pelo ni siquiera está de punta—. Tienes un aspecto horrible.

—Tú también estás rara —me replica él; pasa por mi lado y se detiene tras la caja. Veo cómo sus manos se tensan sobre el mostrador.

—¿Rara? —repito.

—Sí. Estás... ¿demasiado feliz? Generalmente pareces cabreada. —Estoy a punto de responderle, pero él entorna la mirada y continúa—. Ha ocurrido algo. —No es una pregunta.

—Han ocurrido muchas cosas —lo corrijo, con un suspiro—. ¿Recuerdas a mi amigo Arashi? —Él asiente con una sacudida seca—. Lo besé. Y creo que lo quiero.

—*Agh* —me interrumpe, mientras sacude el índice como hace el profesor Nagano cuando está a punto de perder los nervios—. No, por favor. No quiero saber nada de besos, abrazos y noches románticas. Ese tipo de intimidades cuéntaselas a tus amigos.

—Pero tú eres mi amigo y fuiste el primero en contarme que tenías novio —replico, con los ojos en blanco. Él aparta la mirada, avergonzado, y yo suelto un largo suspiro—. Pensaba que podía confiar en ti.

—Y puedes —replica Kaito con brusquedad—. Pero los temas amorosos me ponen... incómodo. Prefiero que me cuentes otras cosas.

—¿Como que llevo meses viendo fantasmas?

—Sí, por ejemplo. —De pronto, sus pupilas se dilatan—. ¿Qué acabas de decir? —Le saco la lengua y me dirijo a las neveras para reponer las bebidas y la comida fría—. Es una broma, ¿verdad?

Pero yo no le contesto y él termina farfullando por lo bajo. Apenas cinco minutos después, entra nuestro primer cliente. Y después de él, otro, y después otro. Cuando me doy cuenta, el 7Eleven está repleto y me corren ríos de sudor bajo el uniforme.

Kaito está en la caja, pero cada vez se encuentra peor. A pesar de que se ha colocado una cinta en la frente para recoger el sudor de la fiebre, esta no tarda en empaparse, y cuando se dirige a buscar algo a algún mostrador cercano, va dando traspiés. Parece que va a derrumbarse en cualquier momento.

Cuando está en la caja, frente a una interminable fila de clientes, lo tomo del brazo y lo aparto con brusquedad.

—Estoy atendiendo a...

—Por favor, discúlpenos un momento —lo interrumpo, con la cara vuelta hacia la mujer que espera a que le cobren, con una sonrisa deslumbrante y los ojos muy abiertos. Ella asiente y retrocede un poco ante mi vehemencia—. No tardaré en volver.

Prácticamente lo empujo hacia la sala de descanso y, una vez en el interior, lo obligo a tumbarse sobre el diminuto sofá en donde le cuelga la cabeza y gran parte de las piernas.

—Esto es ridículo —se queja, mientras lucha contra mis manos para incorporarse—. Está todo a rebosar...

—Yo puedo encargarme de ello. Tú estás enfermo y deberías irte a casa. —Antes de que pueda replicar, le robo el teléfono móvil del bolsillo del delantal y coloco la pantalla frente a él—. Desbloquéalo. Llama a alguien y que venga a recogerte.

—Nami, hay varios clientes esperando y...

—Y seguirán esperando hasta que no desbloquees el teléfono y llames a alguien. Así que yo me daría prisa —puntualizo, con las cejas arqueadas y la cabeza señalando hacia la puerta de la estancia.

Kaito resopla y me arrebata de un tirón el móvil. De mala gana, llama a Masaru. Cuando termina, me dedica una mirada que pretende ser fulminante, pero que se queda en un patético intento por culpa de la fiebre.

—¿Contenta? Vendrá en la furgoneta de su trabajo, así que no tardará nada.

—Muy bien. Ahora quédate aquí y no te muevas hasta que llegue, ¿de acuerdo?

—¿Tengo opción? —me pregunta, con un gruñido.

—Por supuesto que no —le contesto, antes de desaparecer tras un portazo.

El 7Eleven está repleto. Es como si todo el barrio de Gion se hubiese puesto de acuerdo para venir a comprar aquí, a pesar de que hay varios *konbini* cerca. Con toda la rapidez que puedo, despacho a los clientes que están en la fila e intento entenderme con los turistas con mi inglés nefasto y su japonés infernal.

Por suerte, Masaru no tarda en llegar. Lo veo entrar por encima de la nueva fila de clientes que tengo para cobrar.

—Está en la sala de descanso —le indico.

—Gracias por obligarlo a avisar —dice, junto a la puerta que le indico, y añade antes de que yo pueda responder—: Sé que por sí mismo, este idiota no lo habría hecho. No te preocupes, no te molestaremos, saldremos por la puerta de atrás.

Asiento y lo veo desaparecer en la sala de descanso. Después, solo puedo concentrarme en el trabajo. Corro de un lado a otro; en el momento en que no hay nadie para cobrar, aprovecho y repongo todo lo que se necesita. Guardo más comida caliente en los mostradores especiales. Recoloco los productos que algunos clientes han inspeccionado y han dejado en lugares que no son los correctos.

Mientras estoy cobrando a un grupo de estudiantes de secundaria particularmente ruidosos, que no hacen más que reírse, mirarme y darse empujones, la puerta vuelve a abrirse y yo giro la cabeza en esa dirección.

—¡Bienveni...!

Se me extingue la voz cuando veo que se trata de la señora Suzuki. Ella me dedica una leve inclinación y se acerca a mí, a la vez que mira a su alrededor con atención.

—Señora Suzuki, ¿qué hace aquí? —le pregunto, cuando el grupo de chicos se aleja entre risitas y gritos en dirección a la puerta.

—Kaito me ha llamado. Me dijo que se encontraba muy mal y que lo habías obligado a irse. Eres una buena compañera. —Yo enrojezco, pero la mujer me dedica una sonrisa dulce—. No he podido encontrar a nadie que viniera a reemplazarlo las dos horas que quedan, así que me he acercado yo. Aunque... —Sus ojos se deslizan por todo el local, por los clientes que pululan por los pasillos y se acercan a la caja para que les cobre—. Veo que lo tienes bastante controlado.

Asiento e intento mantener mis labios quietos, para que no se me escape ninguna sonrisa. No tenemos tiempo para hablar mucho más, porque vuelven a acumularse los clientes. Continuamos la jornada en silencio; la señora Suzuki se encarga sobre todo de cobrar, pero como hace tantos años que no trabaja de cara al público, tengo que ayudarla con los cambios. A pesar de ello, el resto de la tarde fluye a toda velocidad y, cuando levanto la cabeza para mirar al reloj, solo faltan quince minutos para el cambio de turno y apenas quedan clientes en el *konbini*, solo una fila de ejecutivos con aspecto cansado.

—¿Por qué no vas a cambiarte? Debes estar cansada, Nami —me dice la señora Suzuki—. Yo me encargaré de ellos.

—No se preocupe —le digo, aunque las piernas me palpitan—. Terminaré esto.

Ella asiente y retrocede hasta uno de los mostradores de comida caliente. Yo cobro con una sonrisa a los ejecutivos, casi sin levantar la mirada del mostrador. Por fin, llega el último. Sigo sin alzar la mirada, solo observo el producto que tengo frente a mí: una cerveza Asahi muy fría. Le digo el precio, pero la persona no me extiende ni una tarjeta de crédito ni los míseros doscientos yenes que cuesta la lata.

—¿Se encuentra bien, señor? —pregunta la señora Suzuki, a mi espalda.

Entonces, levanto la cabeza y los ojos de mi padre me golpean con la energía de una bofetada.

Clavo las uñas en el mostrador y me obligo a no moverme, a pesar de que una parte de mi cuerpo quiere correr y correr, y no detenerse hasta llegar a otro barrio, a otra ciudad, o incluso a otro distrito.

—Nami —susurra él, pálido por la sorpresa. Sus dedos todavía agarran la cerveza.

La señora Suzuki se acerca a mí y sus dedos se apoyan en mi hombro; tiran ligeramente de mí hacia atrás mientras su ceño se frunce. Toda la dulzura ha desaparecido de su rostro.

—Se... señora Suzuki —carraspeo. Intento esbozar una sonrisa que solo se queda en una pequeña mueca—. Este es mi padre.

—Oh. —Su cara se relaja, aunque su mano permanece en mi hombro, como si estuviera alerta—. Entonces, usted es Tendo-san, ¿cierto?

Mi padre parpadea varias veces y por fin realiza la reverencia de rigor, a la que la señora Suzuki corresponde con otra. Sus ojos permanecen estáticos en los míos. Yo no debería estar aquí, sino en la academia de refuerzo que nunca he pisado. Hoy mismo me había entregado el dinero para pagar el próximo mes.

Debería decirle algo, lo que sea, pero la mano de la señora Suzuki sigue en mi hombro y mi padre continúa mirándome, como si las palabras hubiesen dejado de existir para él. Parece más gris que nunca.

—Tengo mucha suerte de contar con Nami en este trabajo, ¿sabe? —dice la señora Suzuki, mientras me da unas palmaditas en la espalda—. Es una joven muy trabajadora y eficaz, y además se preocupa mucho por sus compañeros.

Mi padre cabecea, no porque esté de acuerdo, sino porque tampoco puede hacer otra cosa.

—Fíjese, hoy mismo ha mandado a casa a su compañero, Kaito, porque él se sentía mal, a pesar de saber que tendría mucho más trabajo por delante, que ella sola sería la responsable del turno. —La señora Suzuki me dedica una amplia sonrisa, pero yo tengo el rostro congelado—. Quizás, usted no ha trabajado en un lugar como este, Tendo-san, pero a veces es complicado. Las personas no siempre son amables, los pedidos no llegan a tiempo y algún listillo intenta llevarse algo sin pagar. Trabajar en lugares como este es duro, pero Nami lo hace mucho más sencillo. Y eso, por desgracia, no es lo normal. Estoy segura de que estará muy orgulloso de su hija. En este mundo de locos se necesita a mucha gente como ella.

Me sentiría abrumada por sus palabras si nos encontrásemos en otra situación. Quiero restarle importancia, pero solo soy capaz de observar la expresión de mi padre que, por alguna razón que no comprendo, se hace más y más gris. Cuando la señora Suzuki termina de hablar, parece haberse transformado en un anciano.

Por fin, me paga los doscientos yenes por la lata de Asahi y se vuelve hacia la señora Suzuki.

—Ha sido un placer conocerla.

Nos dedica una reverencia rápida a las dos y sale con prisa cuando las puertas automáticas se abren ante él. Yo me quedo quieta, con la mirada clavada en la salida. La señora Suzuki aparta su mano, y de pronto me siento terriblemente sola ante el abismo. Me gustaría agarrarla de nuevo y obligarla a que se apoyara otra vez en mí.

En ese momento, las puertas vuelven a abrirse, pero no es mi padre, sino Hanae que acude para el cambio de turno. Después de saludarme con alegría, se escurre hacia la sala de descanso.

La señora Suzuki la saluda también y me da la espalda. Antes de que mi compañera salga, se vuelve hacia mí con un *nikuman* caliente y envuelto en una servilleta.

—Para el camino —dice.

Yo asiento, con el bollo ardiendo entre mis manos. Ella parece a punto de decirme algo más, pero deja escapar un pequeño suspiro y me da una ligera palmadita en el hombro antes de decirme:

—Muchas gracias por tu trabajo de hoy. Puedes marcharte.

DÉCIMA OLA

8 de noviembre de 2010

—Su padre viene desde Sendai, así que tardará un poco —explicó Yoko-san a la profesora Hanon, que asintió—. Pero yo cuidaré de ella hasta que él llegue.

La profesora se acuclilló frente a mí y me puso su mano sobre el hombro antes de incorporarse de nuevo.

—Espero que te recuperes pronto, Tendo.

Yo cabeceé, pero un espasmo en el vientre me hizo retorcerme de nuevo. Yoko-san se dio cuenta y se apresuró a tirar de mí hacia la salida. Caminábamos las dos muy juntas; su brazo no se separaba de mis hombros encogidos.

—Lo siento —murmuré—. Por mi culpa has tenido que cerrar la cafetería.

—¿Qué? No, no. Tranquila. No habrá ningún problema. Esperaremos a tu padre en casa, ¿de acuerdo? Prepararé té. Eso te calmará un poco el dolor de estómago.

Yo no contesté y seguí su paso, retorciéndome de vez en cuando, hasta llegar una media hora después a su hogar. Atravesamos el jardín y me pareció ver entre las hojas verdes de los matorrales el cuerpo esquivo de Yemon. No había flores porque estábamos en otoño y hacía frío, pero el jardín seguía siendo precioso, parecía la portada de algún cuento infantil. A su lado, el nuestro, repleto de malas hierbas, recordaba más a una selva.

La casa de Yoko-san era más pequeña que la mía, pero a mí me encantaba visitarla. Todo era verde, blanco y crema. Había muchos libros y muchas plantas, y un *kotatsu* enorme en el que me encantaba enterrarme en los días más fríos de invierno.

—Lo encenderé, si quieres —me dijo Yoko-san—. Siéntate mientras preparo el té.

—¿Puedo ir antes al servicio? —pregunté, con timidez. Un nuevo calambre me atravesó.

—Claro, ya sabes dónde está.

Me dirigí al pequeño cubículo que se encontraba en mitad del corto pasillo, junto a las escaleras. Sin embargo, antes de sentarme en el retrete, empecé a gritar. Y no paré hasta que Yoko-san acudió corriendo, con la cara desencajada.

Me apresuré a cubrirme con las manos como pude y retrocedí hasta que mis piernas temblorosas chocaron con la porcelana blanca.

—¡Vete! ¡Vete! —grité, aunque en realidad quería que se quedara, que me abrazara y me dijera que no había visto nada, que la sangre que empapaba mi ropa interior no era más que una ilusión.

Pero los ojos de Yoko-san se habían dado cuenta de cuál era el problema, y en vez de retroceder, se acercó y se arrodilló frente a mí. Cuando lo hizo, empecé a llorar y me cubrí la cara con las manos. Ella me las apartó con suavidad.

—Tranquila, Nami. No estás herida, no estás enferma. Es normal —dijo, y lo repitió varias veces para que lo comprendiese. Me sonrió con algo que parecía melancolía—: A mí me ocurre cada mes.

De pronto, el corazón me traqueteó y, aunque no bajó su acelerado ritmo, dejé de sentir su deseo de romperme las costillas. Aparté las manos poco a poco y miré de nuevo hacia abajo. La sangre me hizo estremecer, pero me obligué a no mover las pupilas. Ah. Así que se trataba de *eso*.

—¿Sabes lo que es la menstruación? —me preguntó Yoko-san.

—La hermana de Mizu la tiene desde hace varios años. Ella misma nos lo contó —contesté, vacilante—. Nos dijo que te mueres de dolor, que no puedes nadar en la piscina ni ir a la playa, tampoco bañarte en el *ofuro*, y que siempre tienes ganas de llorar. —Debía ser cierto, porque noté cómo, de nuevo, las lágrimas mordían mis ojos—. Yo quiero volver a nadar, Yoko-san.

Ella negó moviendo la cabeza de un lado a otro y soltó una carcajada pequeña.

—Eso son tonterías. Puedes nadar en la piscina siempre que quieras. —Se incorporó un poco y la vi trastear en los cajones del mueble del baño—. No te voy a mentir. A veces es molesto, pero hay remedios para sobrellevarlo un poco mejor.

—La hermana de Mizu la tuvo a los catorce —contesté, recordándolo de pronto.

—A veces aparece antes, a veces después... seguro que tu madre tuvo la menstruación a tu edad. Esas cosas se heredan.

De pronto, se paralizó, como si acabase de tocar algo ardiendo. La miré de reojo, pero ella siguió buscando algo en los estantes hasta que se volvió hacia mí con un cuadrado de plástico verde en su mano.

Después, me preparó el *ofuro* y me explicó cómo ponerme lo que contenía ese pequeño paquetito de plástico. Cuando salí casi media hora después del baño, ella había encendido el *kotatsu* y había preparado dos tazas de té caliente.

Aunque todavía no hacía tanto frío, me escondí bajo la gruesa colcha del *kotatsu* y pegué mi cuerpo al de Yoko-san. Ella me envolvió con su brazo y me apretó contra su pecho.

—El calor ayuda con los calambres; pero si no se te pasa, puedo darte algún analgésico.

—Se me pasará —le respondí, con los ojos cerrados, porque en ese momento, en un descanso entre calambre y calambre, me sentía perdida en algún lugar tibio y suave—. Mizu nos contó a Amane y a mí que cuando su hermana descubrió lo que le pasaba, se volvió medio loca. No se calmó hasta que llegó su madre —añadí. A pesar del calor que nos envolvía, sentí cómo la mujer se estremecía a mi lado—. Yo no tengo madre, pero tengo a Yoko-san.

Ella no contestó, pero me abrazó con más fuerza. Y como si fuera magia, el miedo, la incertidumbre e incluso el dolor que me atravesaba de vez en cuando terminaron por desaparecer.

Quizá Yoko-san sí fuera una *magical girl*.

CARTAS

7 de julio de 2016

El *nikuman* todavía está caliente cuando llego a casa.
Es tarde, hace muchas horas que no como nada, pero tengo la garganta tan cerrada, que dejo el bollo en la encimera de la cocina.

—*Tadaima!* —exclamo.

—*Okaeri!* —me contesta Taiga desde el piso de arriba.

Espero, pero no escucho otra voz que me dé la bienvenida. Trago saliva y subo las escaleras con rapidez. A cada paso que asciendo, mi estómago se cierra un poco más. Me detengo frente a la puerta cerrada de mi hermano mayor y la rozo con los nudillos.

—¿Dónde está papá? —pregunto, con una voz que no parece mía.

Escucho cómo al otro lado de la puerta un cuerpo se arrastra por la habitación hasta acercarse a mí todo lo posible.

—No lo sé. Hace unos minutos llegó a casa, estuvo en su dormitorio y volvió a salir. —Asiento, pero no respondo. Escucho un roce contra la puerta—. ¿Por qué? ¿Ha ocurrido algo?

—Me ha visto trabajando en un 7Eleven —murmuro, en voz tan baja que no sé cómo llega a escucharme.

—¿En un 7Eleven? —repite mi hermano, confundido—. ¿Trabajas en un *konbini*? ¿Desde cuándo?

—Desde que decidí no apuntarme a la academia de refuerzo.

La puerta tiembla cuando la espalda de Taiga se apoya en ella. A pesar de la pared que nos separa, lo oigo suspirar.

—Nami... —Pero no dice nada más.

Yo me muerdo con tanta fuerza los labios, que no sé cómo no los hago sangrar. Con la cabeza gacha, arrastro los pies hasta mi habitación, pero en el momento en que abro la puerta, Yemon sale por ella.

«Eh, ¿a dónde vas?», le chisto, cuando él me lanza una mirada retadora antes de escapar por el pasillo. Siento un escalofrío de terror cuando lo veo acercarse al dormitorio de mi padre. «¡No, quieto! ¡Ahí no puedes entrar!».

Pero él me ignora y desaparece tras la puerta entreabierta de la estancia con la cola en alto. Lo maldigo entre dientes y lo persigo a toda prisa; cuando llego a la habitación, abro la puerta de par en par y lo encuentro totalmente estirado sobre la cama.

«¿Qué estás haciendo, Yemon? ¡Fuera, fuera!».

Pero el gato me observa con la cabeza ladeada durante un instante, antes de estirar las patas y revolverse sobre algo que cruje. El sonido me hace parpadear y desviar la vista. La mesilla de noche que está junto a la cama perfectamente hecha tiene los cajones abiertos y por encima del edredón, sobre el que ahora está el gato, hay desperdigadas decenas de hojas de papel escritas y fotografías.

Noto cómo la saliva se extingue de mi boca y, sin pensar en las consecuencias, me siento en el borde de la cama. En el momento en que toco con mis dedos el primer sobre, Yemon salta de ella y se pierde por el pasillo, balanceando su trasero con algo que parece orgullo.

Acerco el papel a mis ojos. En el reverso del sobre está el nombre de mi padre y en su interior hay una carta escrita que extraigo con cuidado y aliso sobre mis rodillas. La leo por encima y mi vista se vuelve algo borrosa cuando se detiene en ciertas frases.

Contigo he recuperado la esperanza.
Desde el principio me hiciste sentir como en casa.
Adoro a tus hijos. Ojalá ellos me adoren a mí.
Te quiero.
Te quiero.
Te quiero.

Le doy la vuelta a la hoja, frenética, y noto cómo los nervios me explotan cuando leo el nombre que aparece al final.

—Queríamos contároslo —dice entonces una voz a mi espalda, que no pertenece a mi padre.

Me vuelvo con lentitud y me encuentro a Yoko-san junto a la puerta del dormitorio, con una de sus manos alzadas, a punto de rozar el picaporte. No sé si los fantasmas pueden llorar, pero hay lágrimas en sus ojos.

—Estabais juntos —musito.

—Nadie lo sabía —contesta ella, con la voz tomada—. Tu padre... no sabía cómo os lo tomaríais. Sobre todo, Taiga. Había sido un niño muy unido a su madre y no quería que yo me convirtiese en su enemiga.

Yoko-san alza el índice y señala algo entre las hojas desperdigadas por encima de la cama. Entre las letras escritas hay fotografías antiguas. Alzo una de ellas y mi corazón deja de latir durante un instante. En ella aparece un Taiga de unos tres años, mi padre sonriente a un lado y al otro, mi madre. Lo sé, aunque no reconozca su cara, su expresión. Está feliz y sana, y sonríe tanto que se le ven todos los dientes. Es extraño, porque ahora que tengo una fotografía suya entre mis manos, no encuentro ningún parecido físico entre ella y yo. Si hubiese sido un fantasma que me hubiera visitado como Amane o la profesora Hanon, o como Kukiko Yamada durante el O-bon, nunca la habría reconocido.

—Aquí hay muchas cartas —digo, mientras revuelvo los papeles mezclados con fotografías antiguas.

Solo hay una en la que salen mi padre y Yoko-san. La recuerdo; de hecho, yo misma la hice en Miako, en el jardín de su casa. En ese momento fue espontánea, ni siquiera se tocaban, pero ahora que deslizo mi mirada por sus cuerpos, veo la forma en que la cadera de ella se inclina hacia él, cómo el brazo de mi padre está próximo a su espalda, pero sin tocarla en ningún momento. Sus sonrisas son tensas, pero muy felices a la vez.

—Llevabais mucho juntos —digo, y no es una pregunta.

Ella asiente, pero no añade nada más. Yo le doy la espalda y paso las manos con frenesí por la superficie de la cama. Encuentro más fotografías de mi madre, todas ellas antes de que enfermara. Solo hay una en la que aparezco yo. Soy un bebé regordete que todavía no sabe caminar. Estamos sentados en el jardín de nuestra casa. Mi madre me sostiene y Taiga está al lado de mi padre, observándome con cierta envidia. Yo tengo los brazos estirados hacia uno de los dos gatos que teníamos, uno gris, que era algo más pequeño que Yemon. El otro, de color miel, está repantingado sobre el césped, con los ojos cerrados.

La fotografía es en blanco y negro, pero todos estamos llenos de colores. Sobre todo, mi padre. Hacía mucho, muchísimo tiempo que no lo veía sonreír así.

Estoy tan concentrada en la imagen que tengo entre las manos, que cuando escucho los pasos ya están demasiado cerca de mí. Me vuelvo con brusquedad y me encuentro a mi padre. Pero no al hombre lleno de matices de la fotografía, sino a una persona gris como el traje y la gabardina que lleva puestos, con los labios apretados e inclinados hacia abajo.

Yoko-san, a su lado, le lanza una mirada desgarradora y extiende una mano para tocarlo, aunque nunca llega a hacerlo. Sabe que, si lo acaricia, él no sentirá nada.

—Nami —pronuncia mi padre con lentitud, mientras sus ojos se deslizan por la superficie de la cama.

Yo me levanto, con la fotografía aún en mis manos, y lo encaro con piernas temblorosas.

—Papá, siento haberte engañado. Lo siento de verdad —comienzo, con una voz que sale a trompicones—. Pero no estaba preparada para ir a ninguna academia de refuerzo. El dinero que me dabas para pagarla lo tengo guardado, puedo devolvértelo ahora mis...

—*Nami* —me interrumpe. Cierro la boca de inmediato y observo cómo el deja escapar un largo suspiro—. Ven, vamos a hablar.

MAMÁ

7 de julio de 2016

Yoko-san y yo seguimos a mi padre, que avanza por el pasillo. Lo observo, con la vieja fotografía presa entre mis dedos y el corazón latiendo a destiempo.

Todavía puede considerarse un hombre relativamente joven, pero desde atrás, parece que estoy observando a un anciano con esos hombros tan estrechos y caídos, y ese pelo ralo que antes siempre llevaba levantado en todas direcciones. Los dedos de las manos que le cuelgan sin fuerza a ambos lados del tronco están amarillentos de tanto fumar. ¿Por qué no me había fijado antes?

Espero que descienda por las escaleras, pero en vez de ello, se detiene entre mi dormitorio y el de Taiga, y se sienta en el suelo, con la espalda apoyada en la pared.

Yo me quedo helada y miro a Yoko-san, pidiéndole una explicación a la que ella no presta atención, porque solo tiene ojos para mi padre, llenos de amor y dolor.

—Siéntate, Nami —dice, con esa brusquedad que ya forma parte de su voz. Pero como yo sigo paralizada, él añade con suavidad—: Por favor.

Trago saliva antes de dejarme caer en el suelo y cruzar las piernas. Confundida, espero que empiece a hablar, que me eche en cara mi desobediencia, que me grite cómo estoy tirando mi futuro por la borda, pero en vez de eso, inclina la cabeza hacia la puerta que tiene al lado.

—¿Taiga? —Un escalofrío me endereza cuando lo oigo pronunciar el nombre de mi hermano con tanta calma—. ¿Puedes venir un momento?

Se produce un instante de silencio que parece prolongarse hasta el infinito. Desde que mi hermano se encerró en la habitación, exceptuando las primeras semanas, nunca lo he visto hablar directamente con mi padre.

No va a responder, pienso. Pero entonces, escucho un susurro al otro lado y cómo la puerta cruje un poco cuando la espalda de Taiga se apoya en ella.

—Estoy aquí —dice.

Mi padre intenta inspirar hondo un par de veces, pero la respiración se le entrecorta y claudica con una sacudida de cabeza.

—Cuando perdí a vuestra madre, sufrí el mismo tsunami que sepultó a Miako años después.

Miro sobresaltada hacia la puerta de mi hermano. Sé que, de no existir ese muro de madera entre los dos, me habría mirado de la forma en que yo querría mirarlo a él.

Mi padre jamás ha hablado de la muerte de mi madre.

Jamás.

—Sentía que no me había quedado nada por dentro. Y lo poco que restaba no eran más que ruinas, ruinas que tenía que enterrar para olvidarlas y que no dolieran más. Sabía que os estaría privando de una parte muy importante de vuestra vida, sobre todo a ti, Nami, que no tenías recuerdos de ella. —Sus ojos apagados se hunden en los míos durante un instante—. Pero me quemaba por dentro cada vez que veía fotografías de ella, o cada vez que tenía que alimentar a los dos gatos que ella había adoptado; yo era incapaz de acariciarlos. Hubo un momento que no lo soporté más y encontré a otra familia que los cuidara, en Sendai. Por eso siempre te dije que no quería gatos en casa, Nami. Porque, de una forma o de otra, me siguen recordando a ella.

Yo ni siquiera asiento. Sé que, tras la pared en la que me apoyo, Yemon estará tumbado en la cama, moviendo la cola con pereza, medio dormido.

—Pero tú dijiste que habían escapado —dice la voz de Taiga, desde su habitación. Hay un golpe de rabia contra la puerta, suave, pero parece que toda la casa tiembla—. Me mentiste.

—Lo sé —musita mi padre—. Lo siento mucho, hijo.

Mi hermano, al otro lado, no contesta, pero el tablero de madera cruje un poco. Yoko-san, algo apartada de nosotros, se lleva la mano a los ojos para enjugarse las lágrimas.

—Si no hablaba de ella, si todo lo que le pertenecía no estaba presente, su recuerdo se desvanecía y casi parecía que ella no había existido. Y aunque sé que era algo horrible, me hacía sentir mejor. Podía respirar mejor.

Entorno la mirada para observar a mi padre; todo su cuerpo parece formar una curva descendente.

—¿Por qué nunca nos lo contaste? —pregunto, con voz queda. Sus ojos apenas se alzan en mi dirección—. ¿Por qué nunca buscaste a alguien con quien pudieras hablar sobre esto?

—No quería que me vierais llorando, que me vierais sufrir, porque entonces vosotros también sufriríais conmigo.

—¡Somos tus hijos, tu familia! —exclamo; alzo tanto la voz, que esta se me rompe un poco—. ¿Si no hablas con nosotros, con quién...?

—Nami, cállate. —La voz de Taiga atraviesa la puerta para llegar hasta mí, pero podría haber atravesado un muro de hormigón—. Yo lo entiendo. Y tú también deberías hacerlo, ¿o es que nunca te has guardado para ti misma algo que te causara mucho dolor al recordarlo?

Trago saliva y el sabor es tan amargo que casi me provoca una arcada. Aparto la mirada y la clavo en el suelo, en el hueco que existe entre mis piernas dobladas. Mis dedos, apoyados sobre mis pantalones, se convierten en garras.

—Nami tiene razón. Hablar duele, pero es la única forma de apagar fuegos que siguen encendidos. Y vuestra madre había dejado a su paso un incendio espantoso. —Mi padre se inclina un poco hacia mí y posa su mano sobre la mía—. Solo conseguí apagarlo un poco cuando conocí a Yoko.

Él suspira y desvía la mirada hacia la izquierda, donde se encuentra la figura de la mujer, a pesar de que él no puede verla. Yoko-san esboza una pequeña sonrisa y se deja resbalar por la pared hasta quedarse sentada junto a mi padre, hombro con hombro.

—Nos queríamos mucho, pero yo tenía miedo de contároslo. Os había acostumbrado tanto a que siempre seríamos los tres juntos, a que no habría nadie más, que sentía terror de lo que podría pasar. Por eso lo mantuvimos en secreto.

—Yo lo sabía —dice entonces Taiga—. Desde el principio.

Mi padre se sobresalta y mira hacia la puerta. Sé lo que está pensando, en sus ojos bulle la pregunta: *¿Y por qué no me lo contaste?*

De pronto, un relámpago me recorre y me enderezo, con los ojos clavados en la puerta cerrada de Taiga.

—Por eso nunca se lo dijiste —jadeo.

Mi padre balancea la mirada entre la puerta y yo. Al otro lado solo hay silencio.

—¿Decirme? —repite—. ¿Decirme qué?

—Taiga no lo pasaba bien en Tokio. En la universidad. Él nunca me dijo nada, pero cada vez que venía a visitarnos a Miako lo veía más y más triste.

Una expresión confusa tira de nuevo de los rasgos de mi padre.

—¿La universidad? Pero... te iba bien. Sacabas buenas notas. Tenías amigos.

Se produce un largo minuto de silencio hasta que la voz de Taiga lo rasga y lo hace sangrar.

—No llegué a aprobar ni una sola asignatura.

—¿Qué? —musita mi padre; su voz apenas es audible en un silencio que hace tanto ruido.

—Odiaba la carrera. Odiaba la ciudad. Odiaba todo del lugar en el que estaba. No conectaba con la gente y echaba terriblemente de menos Miako. —Las palabras de Taiga son golpes de martillo, ásperas, duras y entrecortadas. Cada palabra llena de rabia contenida durante tantos años es un hachazo—. Era mayor de edad, era independiente. No tenía que enseñarte un boletín de notas ni contarte la verdad.

—Pero... —Mi padre no llega a enhebrar una segunda palabra, el torrente de voz de Taiga, que suena con más fuerza que nunca, lo interrumpe.

—Sabía que te habías gastado muchísimo dinero en enviarme a Tokio. Estabas muy contento con la carrera que había elegido y conocía tu relación con Yoko. Nami no puede recordar nada de lo que ocurrió tras la muerte de mamá, pero yo sí. *Yo sí.*

Taiga calla, aunque un par de sollozos entrecortados llegan hasta nosotros. A mi padre le brillan sus ojos y alarga la mano hacia el picaporte, pero la deja flotando en el aire. No llega a tocarlo.

—Pero supongo que al final callarme no sirvió de nada. —No puedo verlo, pero las lágrimas suenan en las palabras de mi hermano mayor—. Yo abandoné la universidad y tú perdiste de nuevo a alguien a quien querías.

Decir. Contar. Hablar. Si mi hermano hubiera hablado antes, si nos hubiese contado los problemas que tenía con tanta exigencia, con la universidad, para no molestar a mi padre, para no preocuparlo cuando vio cómo rehacía su vida, quizá nunca habría cerrado para siempre la puerta de su habitación. Si mi padre nos hubiera hablado de lo que sentía por Yoko, la relación que mantenía con ella, lo que debía haber supuesto para él perder por segunda vez a la persona que amaba, habríamos entendido mejor su dolor, lo habríamos comprendido mejor a él.

Deslizo la mirada de la puerta cerrada a mi padre, y después a Yoko-san.

—Ella también iba a mudarse, ¿verdad? Aquí, a Kioto —pronuncio, con lentitud—. El día en que nos marchábamos, su casa también estaba repleta de cajas de mudanza.

—Se suponía que iba a hablar con vosotros cuando llegáramos. No iba a quedarse en casa, pero sí a unas pocas calles de distancia. Creíamos que, con el tiempo, podría mudarse finalmente a casa y formar parte de nuestra familia... si vosotros hubieseis estado de acuerdo.

—Claro que lo habríamos estado —contesta abruptamente Taiga.

—En Miako —añado, mientras Yoko-san clava unos ojos vidriosos en mí— ya formaba parte de nuestra familia.

Mi padre vuelve el rostro con brusquedad, pero no puede evitar que una lágrima se escurra de sus ojos antes de que sus dedos puedan atraparla.

—Creo que ella se hubiese sentido muy feliz al escuchar eso —susurra.

—Estoy segura de que lo sabe —digo, con los ojos clavados todavía en Yoko-san.

Mi padre asiente, pero no puede responder. Ella tampoco dice nada, aunque su sonrisa es más amplia que nunca. Ahora, todos están en silencio, pero en un silencio que no tiene nada que ver con el anterior, que parecía aullar entre nosotros; ahora, el silencio suena al suave roce de las olas con la orilla.

Y sé que me toca hablar a mí.

—No quiero ir a la universidad, papá —comienzo—. Al menos, no por ahora.

Él gira la cabeza hacia mí, pero no asevera ni niega; por primera vez en mucho tiempo, parece escucharme.

—Necesito tiempo... para poner todo en orden. Tengo demasiados temas sin cerrar. Y no quiero que la presión o la exigencia puedan conmigo, no porque *no sea* capaz, sino porque *no puedo* ser capaz.

Mi padre no responde. Al otro lado de la puerta, sé que Taiga está conteniendo la respiración. Como yo.

—¿Qué temas? —pregunta al cabo de casi dos minutos. Solo hay una sincera curiosidad.

Respiro hondo y mis ojos escapan hacia Yoko-san, que me dedica un gesto de ánimo. Yo asiento, cuento hasta tres y comienzo a hablar.

—Desde lo que ocurrió en Miako... tengo problemas con el agua.

—¿El agua? —repite mi padre, con el ceño fruncido.

—Al principio, ni siquiera era capaz de meterme en el *ofuro*. Me duchaba a toda prisa, a veces, con tanta, que ni siquiera me enjuagaba bien el pelo. Con el paso de los años sí pude aprender a meterme dentro de nuevo, pero nada más. Si veía demasiada agua concentrada: un estanque, un lago, el mar, aunque fuera por la televisión, me ponía mal. Sentía como si no pudiese respirar. —Mi padre me contempla atónito, con los labios separados en una palabra que nunca llega—. Golpeé a Keiko porque creí que me había empujado a la piscina. Esa fue la única razón.

—Nami... —susurra Taiga, con una voz que no parece suya, desde el otro lado de la puerta.

—Cuando empecé el curso en el Instituto Bunkyo, conocí a un chico. Se llama Arashi Koga, y fue un superviviente del terremoto y del tsunami de hace cinco años. Estaba en Miako cuando ocurrió. Su padre trabajaba en tu misma compañía, papá. Intercambiaron vuestros puestos. A él lo enviaron a Miako y a ti te destinaron aquí, a Kioto. —Trago saliva y me obligo a hablar con más lentitud, pero mis palabras son un vómito, y los vómitos no se pueden cortar, aunque aprietes los dientes y cierres la boca—. Cuando lo conocí, empecé a recordar a gente que no estaba, empecé a recordar momentos que me había obligado a olvidar, como ya habías hecho tú con mamá. Incluso... —Mi mirada se clava en Yoko-san, que me devuelve otra agridulce—. Incluso comencé a ver a gente que ya no está.

—¿Qué? —jadea mi padre. Se pone de rodillas y se acerca a mí, con las manos alzadas, pero al igual que al picaporte de Taiga, no me toca. Me permite mi espacio.

—Pero... poco a poco he ido comprendiendo lo que ocurría, lo que *me* ocurría. Ya no siento terror cuando estoy cerca del agua. Me gustaría volver a nadar, ¿sabes? Aunque ya sea demasiado tarde para dedicarme a la competición. —No lo entiendo, porque mis labios están estirados, están sonriendo, pero mis ojos no dejan de escupir lágrimas—. Y sé que pronto dejaré de ver a toda esa gente que ya no está. Aunque los recordaré siempre, toda mi vida. Porque merecen ser recordados.

Mi padre asiente, sus manos finalmente tocan mis hombros, pero yo no puedo parar.

—Pero todavía necesito cerrar algo, todavía necesito hacer algo más, papá. —Me arranco las lágrimas de un manotazo y lo miro directamente, como lo hacía cuando él no era un desconocido y yo solo era una niña—. Y hasta que no lo haga, sé que no podré continuar.

Mi padre soporta el peso de mis ojos durante unos segundos que saben a años. Finalmente, él es el primero que aparta la mirada y la clava en el techo. Cuando deja escapar el aire de un suspiro, parece que ha soltado más que dióxido de carbono de sus pulmones, de su cuerpo.

—¿Sabéis? El día que vuestra madre se quedó embarazada de Taiga, empezó a hablar de cómo quería que fuese ese futuro niño o esa futura niña. —La expresión se me hace pedazos cuando creo que todo lo que le he contado no ha servido de nada, que ni siquiera me ha escuchado, pero entonces, su mano busca la mía y la estrecha—. Y dijo todo lo que me ha contado de ti la señora Suzuki, Nami.

Las lágrimas que se me habían congelado de golpe en los ojos se derriten y vuelan libres por mis mejillas.

—Vuestra madre no quería que fuerais esa clase de personas en las que yo he querido convertiros durante estos años. Ella deseaba que no tuvieseis miedo de poder decirnos lo que pensarais, que fuerais libres. Me decía: «Yo no quiero que mis hijos se transformen en personas grises». Yo me reía y le decía: «¿Grises?», y ella, muy seria, me explicaba: «No quiero que sean como esos oficinistas vestidos de negro y gris que viven en su trabajo, se alimentan mal y apenas sonríen. Yo no quiero que saquen buenas calificaciones y que sean los primeros de la clase, pero sí me gustaría que fueran trabajadores, que luchasen por lo que quieren, que ayudasen a sus compañeros. Quiero que se conviertan en personas a las que la gente les guste recordar». —Mi padre me limpia un par de lágrimas con los nudillos y me dedica una sonrisa muy triste, pero es una sonrisa, al fin y al cabo. Es una expresión que no le he visto esbozar en años—. La familia de tu madre nunca aceptó que no quisiera ir a la universidad. Le avergonzaba que trabajase en un *konbini*, pero ella era feliz así. Y eso era lo importante. Los recuerdos nos hacen ser quienes somos. Y yo me he obligado a olvidar tantos, que ya no sé quién soy. No sé qué diría si me viera ahora, convertido en todo lo que odiaba.

Mi padre se separa de mí para bajar la mirada hasta sus manos; las observa como si estuvieran sucias o como si no formasen parte de él. Estoy a punto de decir algo, pero Yoko-san alza una mano para detenerme.

Mi padre no ha acabado de hablar.

—Está bien, Nami. Te daré el tiempo que necesitas siempre que me prometas que tú también me darás un tiempo a mí.

—Y a mí —añade Taiga, desde el otro lado de la puerta.

Yo no respondo nada. No puedo. El nudo que tengo en la garganta requiere muchas lágrimas para que se afloje algo, así que abrazo a mi padre y dejo que él me abrace con todas sus fuerzas. Y aunque los brazos de Taiga no nos tocan, también lo siento aquí, a nuestro lado, rodeándonos a los dos con su tibieza y su calma.

La única que no se une a nosotros es Yoko-san. Ella se levanta con lentitud y camina hacia el final del pasillo, hacia la habitación de mi padre que, si nada hubiese ocurrido, habría terminado siendo también suya.

Su cuerpo empieza a desaparecer y su figura se hace borrosa y, a pesar de que tengo los ojos llenos de lágrimas, sé que no es por eso. Ella también se va a marchar.

Me gustaría preguntarle algo. Sé que tengo que preguntarle algo. Dentro de mí existen demasiadas dudas sobre Miako, sobre lo que va a ocurrir, sobre lo que tengo que hacer, pero no puedo separar los labios, ni siquiera puedo pensar en una sola palabra.

Pero ella me mira y sé que me entiende. Lo leo en su expresión.

«Ya sabes que nos volveremos a ver pronto».

¿Cómo? ¿Cuándo? Pero los brazos de mi padre sepultan todas esas preguntas.

«Recuerda que las fronteras son grietas entre tu mundo... y otros», me dedica una última sonrisa, sus labios ya casi son tan blancos como la pared que se encuentra tras ella. «Gracias por haberme dejado estar a tu lado y junto a tu padre. Gracias por haber sido mi familia hasta el final».

Yoko-san se vuelve hacia la puerta abierta que comunica con la habitación de mi padre, avanza un paso, pero, antes de que llegue a atravesarla, se disuelve en el aire y no deja rastro de su existencia. Solo su recuerdo.

No sé cuánto tiempo permanecemos abrazados mi padre y yo, con Taiga pegado al otro lado de la puerta, pero llega un momento en el que nos ruge el estómago a la vez, nos reímos, y decidimos comer juntos en mitad del pasillo algunas sobras que tenemos en la nevera.

Compartimos el *nikuman* que la señora Suzuki me regaló y, por primera vez en años, Taiga abre un poco la puerta para escuchar mejor nuestra conversación.

CUARTA
PARTE

EL CAMÍNO
DE REGRESO

CONEXIÓN

5 de diciembre de 2016

Los exámenes llegan de forma tan abrupta como el frío. El aire corta las mejillas cuando silba y los árboles ya no están cubiertos de hojas doradas. Sus ramas son finas y decrépitas, como un anciano al borde de la muerte.

Como me siento yo cada vez que termina un nuevo día.

En casa ha regresado el color, al menos parcialmente. A no ser que mi padre llegue muy tarde del trabajo, ahora comemos en el pasillo, junto a la habitación de Taiga. Él abre un poco la puerta y mi padre ha comprado una pequeña mesita de camping que coloca entre nosotros dos para que podamos apoyar los platos. Es incómodo, porque el pasillo es estrecho, pero nos hace sentir más unidos. Y aunque disfruto de esos momentos, cuando me acuesto y Yemon se acurruca junto a mí, recuerdo que el tiempo se me acaba, que debo encontrar una forma de regresar a Miako, más de cinco años atrás.

Cada vez que miro el dibujo que hizo Kukiko Yamada, veo menos diferencias entre la imagen y yo. Solo hay dos aspectos que siguen siendo distintos. La ropa. Y luego está la herida. O la cicatriz, no estoy segura. La que me cruza el ojo y la ceja, y hace que mi mirada sea más desafiante, más profunda.

Antes de ver a la anciana en Miako, debo vestirme de una forma absurda y algo o alguien me arañará la cara. ¿Tiene sentido? No, por supuesto que no lo tiene.

Ese lunes tampoco puedo concentrarme, ni siquiera cuando estoy delante del examen de física. No hago más que leer la primera pregunta una y otra vez. A cada nueva lectura, los latidos de mi corazón se multiplican.

¿A qué presión corresponden aproximadamente treinta metros de una columna de agua?

Treinta metros. En Miako y en otras ciudades y pueblos cercanos dijeron que cuando el tsunami llegó a tierra, hubo olas de más de cuarenta metros. ¿Qué iban a hacer los míseros diques de contención de ocho metros de altura? Si el dios Susanoo hubiera existido realmente y hubiera provocado todo eso, se habría reído con la boca abierta al verlos.

Golpeo la punta del bolígrafo una y otra vez contra el pupitre. El sonido es tan molesto en mitad del silencio, que atraigo varias miradas.

¿A qué presión corresponden aproximadamente treinta metros de una columna de agua?

Si consigo llegar hasta Miako, si encuentro la maldita manera de llegar hasta el momento y el lugar indicados, si logro salvar a todos los que pueda, ¿qué haré después? ¿Cómo podré escapar del terremoto y, sobre todo, del tsunami, con vida? El océano y el río Kitakami desbordado anegaron todo, destrozaron cada objeto, vivo o inerte, que hallaron a su paso. Nadie puede sobrevivir a algo así. De hecho, solo unos pocos lo consiguieron.

Los golpeteos del bolígrafo contra el pupitre aumentan de intensidad. Arashi, detrás de mí, extiende la mano y me roza la espalda con la punta de sus dedos.

—¿Te encuentras bien? —murmura.

Pero yo no contesto, soy incapaz de separar los ojos de la pregunta y de subir y bajar el bolígrafo.

—Tendo, está molestando a sus compañeros —dice de pronto el profesor Nagano. Su voz fría detiene mi mano en el acto.

—Lo siento —farfullo, y me apresuro a soltar el bolígrafo.

Es inútil, no puedo concentrarme en el examen. Ni siquiera puedo estar sentada aquí ni un instante más. Levanto la mano, pero también me incorporo sin esperar a que el hombre me dé permiso para hablar.

—Profesor, necesito ir al baño con urgencia —miento.

Nagano cierra de un golpe el cuaderno que estaba leyendo y clava sus ojos negros en los míos.

—Tendo, si abandona la clase será como si dejara en blanco el examen... —comienza, pero yo lo interrumpo.

—Perdón, pero no puedo aguantar más.

Al menos, hay parte de verdad en ello. Sin añadir palabra, ignoro la mirada de Li Yan, que está sentada a mi izquierda, y no contesto a la pregunta silenciosa que me hacen los labios de Harada. Creo que el profesor Nagano dice algo más, pero yo ya no puedo escucharlo. Sin mirar atrás, echo a andar con rapidez y salgo de la clase.

El resto de las aulas también están en silencio. Los cursos que no se encuentran en mitad de un examen, están preparándose para uno, así que cuando entro en los servicios femeninos, no hay nadie en ellos.

Me acerco a un lavabo, pongo el tapón al fondo y abro el grifo todo lo posible. Dejo que el agua corra y corra, hasta que la pila está casi a rebosar. Después, sin pensar en lo que estoy haciendo, tomo aire de golpe e introduzco toda la cabeza hasta que el agua helada me cubre por completo y llega a acariciarme el cuello de la camisa.

Cierro los ojos. No puedo respirar, pero por algún motivo me siento en paz. Así puedo sentir que mi cabeza se enfría, se aclara. El propio tsunami que me destroza por dentro parece retroceder un poco.

Pero de pronto una mano se agarra con violencia a mi hombro y tira de mí. El impulso es tan fuerte que trastabillo hacia atrás. Habría caído al suelo, ahora mojado por las gotas que escapan de mi pelo empapado, de no haber sido por unos brazos que me sujetan por la cintura.

—¿A... Arashi? —pregunto.

Lo reconozco por su altura y por su olor; no puedo verle la cara, porque sus brazos me aprietan con fuerza contra su pecho. Sus largos dedos se clavan en mis hombros empapados y me echan con brusquedad hacia atrás.

Tras las gafas nuevas, sus ojos relumbran con pánico.

—¿Qué estabas haciendo? —exclama.

—Necesitaba pensar —contesto. El agua que resbala desde mi cabeza me enfría, aunque las manos de Arashi contra mis hombros desprenden incendios. No habíamos estado así de cerca desde ese día bajo el *torii* del Santuario Yasaka, donde lo besé.

—¿Pensar? —repite, con un hilo de voz.

—Antes lo hacía, cuando no me daba miedo el agua. Corría hacia el mar cuando era verano, y cuando no, podía ir a nadar a la piscina del colegio —contesto, mientras me encojo un poco de hombros y esbozo una sonrisa avergonzada.

Él suspira y me vuelve a estrechar contra su pecho. Yo inspiro su olor, tan dulce como el de los *meronpan*, y casi siento deseos de morderlo. Él siente que algo cambia entre nosotros, porque percibo sus músculos tensarse bajo mi mejilla.

Cuando me aparta, esta vez lo hace con suavidad y con cuidado de que sus ojos no se desvíen de los míos. De pronto, es él quien está avergonzado.

—Tienes que volver al examen —le digo—. Si tardas en regresar, el profesor Nagano...

—No importa —me interrumpe Arashi, con decisión—. ¿Qué es lo que ocurre?

Yo camino hacia una de las paredes de azulejos verdosos y me dejo caer contra ella. Soplo un mechón pegado a mi cara, pero este no se mueve.

—Estoy asustada. Muy muy asustada. Tengo la sensación de que hay alguna especie de cuenta atrás en marcha, y de que, aunque no sé cuándo terminará, algo me dice que no queda demasiado.

—¿Hablas de Miako?

Asiento antes de llevarme las manos a la cabeza.

—No tengo ni idea de cómo llegar a un momento que sucedió tantos años atrás, en un pueblo que ya ni siquiera existe. Es... ¡imposible!

—Y sin embargo, Kukiko Yamada hizo un dibujo idéntico de ti hace más de cinco años.

—Lo sé, lo sé. —Suelto el aire de golpe y siento deseos de sumergirme en la pila de agua de nuevo—. Pero ¿y si no lo descubro? ¿Qué ocurrirá con todas esas supuestas personas a las que salvé? ¿Qué pasará contigo?

Arashi parpadea, sorprendido.

—¿Conmigo?

Me separo de un empujón de la pared y me coloco a centímetros de él. Lo agarro de las manos y él entrelaza sus dedos con los míos. Es real, muy real, pero siento que podría desaparecer en cualquier instante, como hicieron los fantasmas de Amane, la profesora Hanon o Yoko-san.

—Si lo que me dijiste sobre mí es cierto...

—Claro que es cierto.

—Pues si lo es, eso significa que, si yo no encuentro una forma de retroceder en el tiempo y encontrarte, tú morirás —suelto, con la voz entrecortada—. Nunca llegarías a existir en esta época.

—Lo sé. Pero si no llegaras a salvarme a mí, podrías salvar a otra gente.

El silencio llena durante un instante todo. También mi cabeza.

—¿Qué acabas de decir? —pronuncio, con un hilo de voz. Arashi me devuelve la mirada sin vacilar.

—Gente que merece vivir tanto como yo.

—¡Cállate! —grito, de pronto. Él palidece de golpe y la sonrisa que estaba comenzando a esbozar se convierte en un tajo partido—. ¿Cómo puedes decir eso?

—Yo... —Arashi se toquetea las gafas, se aplasta el pelo una y otra vez—. Solo quería hacerte sentir mejor.

—¿Hacerme sentir mejor? —repito, con los ojos en llamas—. ¿Cómo me va a hacer sentir mejor que me insinúes que tú dejarás de existir? Aquí, conmigo. Con Li Yan y Harada.

—¿Y tu amiga de la infancia? —replica él; su voz también se alza y se enronquece—. ¿Y si salvándome a mí la condenas a ella? ¿Y el resto de los alumnos y profesores que murieron en tu colegio? Sé lo que pasó, investigué sobre ello. Solo se salvó el diez por ciento de todas las personas que estaban en el interior del centro. ¿Y si yo te hago perder un tiempo que necesitas?

—Amane jamás desearía algo así —escupo, porque, aunque ya no la tengo junto a mí, ni viva ni siendo un fantasma, sé lo que pensaría. Lo que desearía—. Ella sabe que te quiero.

Las pupilas de Arashi se dilatan y sus labios se separan en un suspiro que nunca dejan escapar. Mi corazón tropieza dentro de mi pecho y pienso seriamente en escapar, pero Arashi se encuentra delante de mí, tan alto como un muro infranqueable, y detrás tengo una pared de azulejos verdes.

—¿Qué? —pregunta, con un hilo de voz.

Aprieto tanto los puños, que me clavo las uñas en las palmas.

—¿Por qué crees que te besé el otro día? —digo, obligándome a no separar mis ojos de los suyos—. ¿Crees que eres el único que quiso hacer algo más cuando me ayudaste a ponerme el *obi*? ¿O cuando estuvimos en tu apartamento? Sabes cómo te miré ese día en la piscina. Claro que lo sabes. Es algo que no se puede ocultar. Así que sí, te quiero. Te quiero muchísimo. Así que no vuelvas a decir estupideces relacionadas con salvarte o no en Miako.

Arashi tiene los ojos tan abiertos, que parecen grandes, aun tras los gruesos cristales de sus gafas. Hay algo en su rubor inocente que lo hace parecer más atractivo, que hace que me duela horrores no alargar las manos para tocarlo.

—¿Has terminado? —pregunta, con una voz ronca y lenta, llena de una calma falsa.

—Pues sí.

Le devuelvo la mirada, desafiante, antes de que él incline la cabeza y sus labios toquen los míos. Es un beso tan inesperado que me quedo paralizada, con los ojos abiertos. Es un roce, una caricia, pero cuando Arashi se aparta de mí y apoya su frente contra la mía, murmura:

—Yo también te quiero. Eso era lo que trataba de decirte en la carta que Nakamura y Daigo me quitaron.

Y esa vez ya no sé quién se acerca a quién. Pero de pronto tengo su boca sobre la mía y los ojos cerrados, porque no necesito ver nada más. Solo sentir. Arashi me abraza con fuerza, me envuelve de una forma que me hace derrumbarme. Sus dedos suben y bajan por mi espalda, me acarician la nuca. Me ahogo en su olor. Recorro su pelo suave, su ridículo flequillo con mis manos. Las malditas gafas se le resbalan de nuevo y siento el roce del metal sobre mi mejilla. Los dos nos reímos a la vez e inspiramos nuestras propias sonrisas. Pero de pronto la boca de Arashi se desliza por mi mandíbula y baja por mi cuello, y a mí la risa se me entrecorta con un jadeo.

Ese mareo que sentí la primera vez que nos besamos vuelve a mí con más fuerza que nunca, y caigo hacia atrás, clavo los omóplatos en la pared mientras me sostengo de él con todas mis fuerzas. Él también parece trastabillar, porque, aunque uno de sus brazos me sigue envolviendo la cintura, alza el otro y apoya la mano en la pared.

Su boca se queda ahí, recostada en mi piel, en el límite donde comienza el cuello rígido de mi camisa. Yo tengo la barbilla encima de su pecho y el rostro ligeramente inclinado hacia un lado, consciente de lo rápida que es su respiración, de la fuerza temblorosa de sus brazos.

No sé cuánto tiempo transcurre, pero ninguno de los dos nos movemos.

—Nagano nos va a matar cuando decidamos volver a clase —murmura de pronto él, contra mi pelo. Su voz suena ligeramente desafinada, como si acabara de despertar de un profundo sueño.

—Yo no quiero regresar —contesto, en un susurro.

Sus brazos me estrechan con más fuerza, conscientes de que no solo me refiero a la clase.

—Estoy seguro de que tiene que haber una conexión. Y de que la conoces, aunque todavía no te hayas dado cuenta. —Arashi se separa un poco de mí para mirarme a los ojos—. Debe existir algo que enlace a Kioto con Miako. Algo que siempre ha estado.

Yo desvío los ojos hacia el lavabo anegado de agua y sacudo la cabeza. Es absurdo. Kioto y Miako no tienen nada en común. La ciudad tiene casi un millón y medio de habitantes, mientras que el pueblo donde vivía rozaba a duras penas los mil. Kioto es un valle rodeado de colinas y montañas, y Miako estaba apostado en una bahía, junto a la desembocadura del río Kitakami y frente al océano Pacífico. En esta ciudad la mayoría de las personas se agrupan en pisos, y en Miako, en virtud de la economía, la mayoría tenía hogares amplios, casas tradicionales donde faltaba la calefacción en invierno, pero en las que se podía disfrutar de un jardín precioso en verano. Lo único que pueden tener en común dos lugares tan distintos es lo único que comparten todos los municipios de Japón, a expensas de su población y de su localización.

Los templos y los *konbini*.

Un relámpago me sacude de golpe y la boca se me seca. Miro a un lado y a otro, mientras las manos de Arashi se apoyan en mis hombros y él me pregunta qué ocurre. Pero yo no puedo escucharlo.

Los templos.

El templo junto a mi casa.

Cierro los ojos y vuelvo a esa escena del día de O-bon. Me encuentro de nuevo en mi calle, con Yemon junto a mis pies y Kannushi-san frente a mí, dedicándome una de sus enigmáticas sonrisas.

Es un templo gemelo al de Miako. Está erigido en honor al dios Susanoo.

Susanoo. El Templo Susanji, el de Miako, también estaba consagrado al mismo dios.

La sonrisa de Kannushi-san hace que todo vibre: el instituto, este baño, mis huesos. Sus palabras resuenan con altavoces por todo mi interior.

Quién sabe, quizá por eso acabaste aquí.

Aferro con fuerza los brazos de Arashi y alzo la cabeza para mirarlo.

—La he encontrado. —Sonrío, aunque el miedo me hace trizas por dentro—. La conexión.

UNDÉCIMA OLA

5 de diciembre de 2010

Cuando atravesé el *torii* del Templo Susanji me abrí un poco el chaquetón. Hacía frío, pero había subido por la ladera del Monte Kai a tanta prisa, y el corazón me latía tan rápido, que no necesitaba tocarme las mejillas para notar cómo me ardían. Yemon caminaba unos pasos por delante, balanceando su cola de un lado a otro.

Una vez que pisé el suelo sagrado, vacilé. Sin embargo, el gato siguió caminando a pesar de que le chisté para que regresara. Suspiré hondo. Era la primera vez que subía sola aquí tras mucho tiempo. Exactamente, desde el festival de verano, cuando vi a Kannushi-san dentro del agua y habló de los fuegos artificiales y de lo que muchos no veían cuando observaban el cielo.

Desde entonces, había logrado convencer a Mizu y a Amane para que me acompañaran. Y aunque el viejo sacerdote se había acercado a nosotras e incluso nos había regalado algún amuleto a cada una, apenas había hablado conmigo. Después, cuando Taiga vino de visita desde Tokio, insistí en hacerlo subir hasta aquí; lo mismo había hecho con mi padre y con Yoko-san un día de otoño que decidieron dar un paseo para ver las hojas doradas y rojizas de los árboles.

No había pensado en venir hoy. No sabía qué sentir ahora que recordaba lo que había visto esa noche, sobre todo cuando no faltaba tanto para que el sol se escondiese. Si mi padre supiera que estaba aquí, se enfadaría. Pero al salir del colegio, escuché que por culpa de las intensas lluvias había habido un derrumbe de tierra cerca del templo y que había estado a punto de sepultarlo por completo. Sin embargo, ahora que había llegado hasta él, todo parecía normal. Había algunos paseantes observando las maderas húmedas y frías de los distintos edificios; unos niños que conocía de mi colegio señalaban a sus padres los peces koi del estanque, y un chico joven, de la edad de mi hermano, estaba comprando un amuleto (aunque en el fondo creo que intentaba entablar conversación con la sacerdotisa). Ella lo contemplaba con la cara ladeada y los ojos llenos de aburrimiento.

Sí, todo parecía estar bien, así que me di la vuelta para descender por el amplio sendero cercado, de vuelta a Miako. Pero entonces me encontré frente a Kannushi-san. Di un paso atrás, sobresaltada. No lo había escuchado llegar, a pesar de que parte del suelo estaba lleno de gravilla.

—Hola, Nanami. —Realicé una pequeña reverencia, pero no separé los labios. Él esbozó una sonrisa tranquilizadora—. Vi a Yemon y supe que debías estar cerca.

Seguí su mirada y encontré la figura regordeta de mi gato, sentado junto al borde del estanque. Sus patas colgaban sobre el agua. Lo fulminé con la mirada, pero él se limitó a mover la cola con pereza.

—Había escuchado que ha habido un derrumbe cerca, que ha estado a punto de enterrar el templo —contesté, al ver que el sacerdote no decía nada más.

—Oh, ¿y estabas preocupada?

Con el gesto un poco torcido y las mejillas coloradas, asentí un par de veces. Kannushi-san me observó durante un instante más antes de echar la cabeza hacia atrás y soltar una larga carcajada. Después me dio unas palmaditas en el hombro y me empujó con suavidad hacia el estanque, donde Yemon jugaba con los peces koi, metiendo la pata e intentando alcanzarlos sin éxito.

Me acuclillé en el borde e introduje los dedos en el agua fría. La mayoría de los peces huyeron de mis dedos, excepto uno, que se acercó a mí y comenzó a dar vueltas junto a mi mano; sus aletas me rozaban las yemas y me hicieron cosquillas.

—Hola, pececito.

Kannushi-san se agachó a mi lado. Sus rodillas no crujieron, como las de mi padre cuando lo hacía.

—¿Me tienes miedo, Nami?

Levanté la cabeza de golpe, aunque dejé mi mano sumergida. El pez que nadaba entre mis dedos se detuvo, como si también le interesara la respuesta.

—No —contesté, tras pensarlo con seriedad durante un minuto—. Pero vi cosas raras ese día, durante el festival de Miako, en el océano.

Esperé que Kannushi-san dijera que solo había estado bromeando, que debía haber estado confundida, que las luces y las sombras me habían jugado una mala pasada; eso era lo que hubiera dicho mi padre, o Yoko-san, o incluso mi hermano Taiga. Sin embargo, él contestó con simpleza:

—Entiendo.

Yo lo miré sin pestañear, mientras me mordía la mejilla por dentro. Kannushi-san me respondió con otra sonrisa sincera.

—Puedes hacerme una pregunta, si quieres. Prometo que te contestaré con total honestidad.

El pez, bajo mi mano, comenzó a moverse a toda velocidad, como si intentase llamar mi atención, pero yo solo tenía ojos para Kannushi-san. Hasta Yemon se había incorporado y miraba al sacerdote con las pupilas muy estrechas, en guardia.

Tragué saliva.

—Usted me habló esa noche de verano, durante el festival, de *yōkais*, fantasmas... Parecía conocerlos muy bien. —Kannushi-san asintió con placidez y yo recordé la forma extraña que se había dibujado en el agua aquella noche, mientras todo se iluminaba por culpa de los fuegos artificiales. Escamas. Estaba segura de que había visto parte de algo gigantesco repleto de escamas—. ¿Usted es uno de ellos?

—¿Me preguntas si soy algún tipo de espíritu maligno, de demonio? —Asentí con vehemencia—. Estoy seguro de que a algunas personas se lo parezco a veces, pero no, Nanami. No soy ninguna clase de espíritu maligno.

Cabeceé, y por el rabillo del ojo vi cómo el pez que se agitaba entre mis dedos volvía a moverse con más calma y Yemon se sentaba de nuevo en el borde del estanque y bostezaba, de pronto aburrido.

Saqué la mano del agua y, mientras las gotas se escurrían por mis dedos, observé a Kannushi-san a hurtadillas. Casi parecía decepcionado.

Estaba segura de que no me había mentido, pero algo dentro de mí me decía que no había formulado la pregunta correcta.

EL DIOS DEL MAR, LAS TORMENTAS Y LAS BATALLAS

13 de diciembre de 2016

Cuando regreso a clase, mi expresión debe estar tan descompuesta, que Nagano me envía a la enfermería y decide llamar a mi padre. Me asegura que puedo repetir el examen cuando me recupere e incluso me da una torpe e incómoda palmadita en el hombro. Creo que todavía se siente mal por no haberse percatado de todo lo que hacían Daigo y Nakamura antes de que Arashi se atreviera a denunciarlos.

Cuando mi padre llega a la enfermería, la escena no tiene nada que ver con la que sucedió unos meses antes, durante el Festival Deportivo del instituto.

—¿Te encuentras mejor? —me pregunta, mientras sus ojos me recorren de arriba abajo.

Asiento y bajo la mirada; no quiero mentirle, sobre todo ahora, pero no puedo contarle la verdad de lo que ocurre. Ni siquiera el padre que existía cuando vivíamos en Miako lo habría comprendido.

—¿Quieres que pidamos un taxi? —me pregunta, cuando llegamos al muro que separa el recinto del instituto con la calle.

—No, creo que me vendrá bien andar —le contesto.

Él cabecea y caminamos bordeando los muros del instituto, con el frío mordiendo nuestras mejillas. De vez en cuando, mi padre acelera el paso hasta regresar a ese ritmo frenético de los ejecutivos que corren para abordar el metro, pero entonces se da cuenta y vuelve a mi lado.

—No puedo quedarme en casa contigo. Tengo que regresar a la oficina, estoy con un proyecto importante —dice, tras unos minutos de silencio. Su tono sigue siendo algo cortante, pero su mirada es suave.

—No pasa nada —le contesto, con una sonrisa—. Solo voy a dormir. Además, Taiga está en casa.

Mi padre me responde con una sonrisa rápida y sigue caminando. No intercambiamos más palabras en los siete minutos que nos separan hasta el portal de nuestra casa. No es un silencio cómodo, como el que podría compartir con Arashi o con mis amigos, pero tampoco se parece a ese otro que llenaba el comedor cada vez que nos sentábamos frente a frente, durante las cenas.

Cuando llegamos junto a la puerta de nuestro edificio, lo veo vacilar. Durante un instante de pánico, pienso que va a cambiar de opinión y se va a quedar en casa, cuidándome, pero entonces carraspea varias veces y dice:

—He estado pensando.

Al súbito pánico se une una oleada de miedo. ¿Y si ha cambiado de parecer sobre mi trabajo en el 7Eleven? ¿Y si quiere obligarme a ir a una universidad este año, sí o sí, a pesar de todo lo que le dije? ¿Y si esta súbita calma que nos ha envuelto estos días no es más que el aviso de una nueva tempestad?

—Yo estoy mucho tiempo en la oficina, y aunque estoy tratando de reducirlo... tú y Taiga pasáis muchas horas solos.

Parpadeo y, tras un instante de duda, me limito a asentir.

—Quizá sí sería buena idea que tuviéramos un gato. Sé que quieres uno desde que vivíamos en Miako y te encaprichaste con uno callejero. O dos, he leído que es mejor tenerlos por parejas —añade, con cierto nerviosismo—. Me he estado informando.

En mi cabeza aparece la imagen de mi padre frente a su ordenador portátil, aporreando el ratón con frenesí mientras observa con atención fotografías de gatitos adorables. No puedo evitarlo. Cuando me doy cuenta lo estoy abrazando en mitad de la calle. Él se queda helado, con los brazos algo alzados, pero sin envolverme con ellos.

—¿Te puedo confesar algo? —le pregunto, con cautela—. Ya tengo un gato.

Mi padre se separa de mí para observarme con el ceño fruncido.

—¿Cómo?

—Lo siento. Lleva todos estos años viviendo en mi habitación. Come de las sobras y no tengo ni idea de dónde hace sus necesidades. Se llama Yemon —explico, a toda prisa—. Es el mismo gato de Miako. Nos siguió hasta aquí, hasta Kioto. Apareció en mi habitación unos días después de que llegáramos.

—¿El mismo gato? —repite mi padre, pasmado.

Asiento mientras él desvía la mirada hacia las ventanas de nuestra sala de estar, como si esperase ver una cara gatuna asomada. Lanza un largo suspiro y vuelve a mirarme.

—Debe ser un gato muy especial.

—Lo es —corroboro, con energía.

—Está bien. —Decenas de frases pasan por su cabeza a toda velocidad, puedo verlo. Quizás he sido una ingenua al contárselo, quizás debería haberme callado—. Debo haber estado demasiado metido en mí mismo y en mi trabajo, en ver lo que solo quiero ver, para no saber que un gato lleva viviendo en mi casa desde hace cinco años.

Hay una mezcla de tristeza y amargura en sus ojos, y yo siento deseos de abrazarlo de nuevo.

—No, papá. Ya te lo he dicho. Yemon es un gato muy especial.

—Bueno, entonces déjalo salir de tu habitación. Quiero conocerlo. —Echa un vistazo a su reloj de pulsera y durante un instante me coloca la mano en el hombro y me lo aprieta con suavidad—. Tengo que irme, Nami. Llámame si ocurre algo, ¿de acuerdo?

—Claro —asiento.

Él me dedica una última mirada de despedida y sale corriendo cuando ve a un taxi por una de las esquinas de la calle. Espera que la puerta se abra y se introduce a toda prisa. Después, el coche sale zumbando.

Yo me quedo un instante más, quieta, con los ojos clavados en esa esquina. Hace frío, pero siento como si acabara de deslizarse chocolate caliente por mi garganta. De pronto, un súbito maullido que conozco muy bien llama mi atención. Bajo la cabeza y encuentro a Yemon. No sé de dónde ha salido, hace un instante no estaba aquí, pero me observa como si llevara mucho tiempo esperándome.

«Sabes que hemos hablado de ti, ¿verdad?».

El gato ladea la cabeza y sus ojos relumbran con un brillo extraño. Después, con la cola levantada, se aleja de mí y se acerca al pequeño templo que se encuentra junto al portal de casa. Echa un vistazo hacia el *torii* y suelta otro maullido.

Y, de pronto, la calidez desaparece de mi cuerpo.

Tendría que entrar en casa e irme a la cama, como cree mi padre que debería hacer, pero en vez de ello, paso de largo junto al portal y atravieso el pequeño *torii* de piedra.

Es la primera vez que piso este pequeño templo, a pesar de que llevo viviendo junto a él más de cinco años. Está descuidado, hay hierba creciendo entre los adoquines de piedra y las dos lámparas de piedra dispuestas tras el *torii* están llenas de verdín.

El *honden* es pequeño y oscuro. Y huele a madera húmeda. De un travesaño cuelga un gran cascabel; de él cae una cuerda pálida que llega a menos de medio metro de mis manos. Frente al *honden* hay una pequeña caja de madera, decorada con kanji dorados y cuya parte de arriba no está cerrada, sino atravesada por decenas de varillas por la que se escurren las monedas. En el fondo, apenas hay unos pocos yenes.

Antes de rezar, me lavo en el *temizuya*, aunque el agua que escapa del caño está helada. Sin embargo, realizo el ritual completo bajo la atenta mirada de Yemon. Primero la mano izquierda, luego la derecha, después la boca, y por último limpio el propio cazo de madera, que dejo con cuidado a un lado de la fuente de piedra.

Del monedero de mi mochila, saco una moneda de cien yenes y la arrojo al interior de la caja. Esta se escurre entre las varillas de madera y cae al fondo con un sonido metálico. Entonces, alzo las manos, aferro la cuerda con fuerza y la agito. El sonido del cencerro reverbera en toda la calle. Y, cuando suelto la cuerda, el tintineo perdura dentro de mi cabeza, incluso cuando hago dos reverencias profundas y doy dos palmadas fuertes.

Ese sonido produce un eco mortal. Ningún sonido que pertenezca a este mundo puede durar tanto, puede sonar así. Pero ya no estoy en el mundo de los mortales. He cruzado el *torii*.

Hago mi petición en silencio y, súbitamente, el sonido del cencerro desaparece y deja a su paso un silencio demasiado denso y pesado. Parece que todo el planeta ha decidido callar.

—Así que querías verme.

Me vuelvo en redondo. Kannushi-san se encuentra frente a mí con su vestimenta habitual de sacerdote. Ahora que lo veo de nuevo, vestido como siempre recordaba, me doy cuenta de que no ha cambiado absolutamente en nada. Ni una sola arruga nueva cruza su rostro, su barba no ha crecido ni un solo centímetro. Es el reflejo exacto del anciano al que conocí en Miako.

Me coloco frente a él y lo examino con atención. No tengo miedo, pero el corazón me palpita con fuerza. Kannushi-san espera con paciencia y una sonrisa dócil en el rostro.

—Aquel día... usted me dijo la verdad. Me lo confesó todo, aunque yo no lo entendí. —Cierro los ojos y puedo recordar las palabras exactas, como si hubiesen sido pronunciadas hace solo cinco días, y no cinco años—. Nada es lo que parece. Lo que salvé no era solo un pez. Usted no era solo un sacerdote.

—Y tú dejaste de ser solo una niña —completa él.

—¿Y quién es, entonces? —lo increpo, mientras mi voz se alza sin que pueda controlarla.

Kannushi-san sonríe.

—Creíste al principio que era algún espíritu maligno, pero ahora no piensas eso, ¿verdad? Ahora sí conoces la verdad.

Aguanto el peso de sus ojos unos instantes más, antes de desviar la mirada por encima del hombro y clavarla en el viejo *honden* de madera, hacia su interior oculto entre dos pequeñas puertas labradas, también de madera.

—Susanoo —pronuncio, en un murmullo apenas audible—. El dios del mar, de las tormentas y de las batallas.

El anciano suspira; en sus ojos cálidos se mezclan tal cantidad de sentimientos, que no soy capaz de descifrar su expresión.

—No recuerdo la última vez que alguien me llamó así, por mi verdadero nombre —comenta; su vista también está hundida en el *honden*.

Estoy delante de un dios. Y, sin embargo, el mundo sigue su curso. Al final de la calle continúan pasando los coches, y una mujer con un niño pequeño de la mano acaba de salir de la pastelería francesa de enfrente. Apenas nos dedica una rápida ojeada antes de regañar a su hijo, que se ha metido el dedo en la nariz.

—¿Y qué son entonces los peces del estanque del santuario? —demando saber, sin importar si sueno como una auténtica demente—. ¿*Yōkais*?

—Peces —contesta Kannushi-san con una sonrisa burlona que me hace enrojecer de rabia y vergüenza—. Excepto el que tú salvaste. Como te dije, era más que un simple pez. Quizás hayas oído hablar de él; su nombre es Ryōjin. Significa literalmente «dios dragón».

Se me escapa una carcajada rota y doy una vuelta sobre mí misma antes de enfrentarme de nuevo a Kannushi-san, Susanoo, o quién diablos sea.

—¿Me está diciendo que un dios con forma de dragón se ha convertido en un pez? ¿En un animal débil, que puede morir en cualquier momento?

—No es que se haya convertido como tal, ha adoptado esa forma. ¿Qué dirían los humanos si vieran a un monstruo de cuarenta metros de largo, en cualquier mar u océano? Ya no hay sitio donde podamos escondernos siendo nosotros mismos.

—Oh, cuánto lo siento —respondo, con tanta acritud que mis palabras suenan como cristales rotos.

Kannushi-san enarca una ceja y ladea un poco la cabeza.

—Estás enfadada. —No es una pregunta—. ¿Por qué?

—Porque me está diciendo que en el Templo Susanji vivían dos dioses y no hicieron nada para frenar un tsunami que destrozó tantas vidas.

El dios suspira y una mezcla de conmiseración y hastío surge en sus ojos.

—Creo que te lo dije en una ocasión, a ti y a todos tus compañeros de clase —dice, con un tono que me recuerda al del profesor Nagano—. Los humanos habéis cambiado demasiado el mundo para que los dioses puedan intervenir en él. Y vosotros mismos lo habéis hecho también. No solo habéis transformado todo lo que os rodea, sino que también nos habéis olvidado a nosotros. Los dioses, los *kami* y otras deidades nos alimentamos de rezos y ofrendas, y pocos visitan ya un templo si no es en un día de fiesta o si no se trata de un turista que solo quiere hacer fotos.

—¿Estás insinuando que todo lo que pasó es culpa nuestra? —siseo.

—Vosotros habéis adquirido un poder que hace cientos de años no poseíais, con vuestras máquinas y vuestra tecnología, pero eso también conlleva unas consecuencias y una responsabilidad —contesta él, sin alterarse en lo más mínimo—. Si respetarais más a la naturaleza, si no construyerais tantas fábricas que no necesitáis, si buscarais alternativas para conseguir ciertos recursos, quizás el mundo no habría perdido el control y nosotros podríamos ayudaros más. Así que sí, todos tenemos algo de culpa.

Aprieto los dientes con tantísima fuerza, que los escucho crujir, pero no puedo decir nada para refutar sus palabras, absolutamente nada.

—Lo que ocurrió ese once de marzo fue terrible. Murieron muchos, desaparecieron demasiados, pero podría haber sido peor.

—¿Cómo? —consigo articular, con la voz ahogada.

Kannushi-san arquea una ceja y ladea un poco la cabeza para mirarme. Hubiese dado un paso atrás de no haber tenido a Yemon pegado a mis piernas.

—Tanto Ryōjin como yo, como el resto de todos los dioses que todavía existen, sabíamos lo que iba a ocurrir ese día. Después de que tú lo ayudaras, Ryōjin habló conmigo. Los dos estuvimos de acuerdo en cambiar tu destino. Te transformamos en una variable que podía ayudar a otros, un cambio sutil, una *kami*.

La boca se me seca y me tengo que apoyar en la lámpara de piedra. Las piernas me tiemblan demasiado.

—¿*Kami?* —repito. A mi cabeza regresa uno de los dibujos de Kukiko Yamada, en el que aparecía rodeada de agua, como si fuera una deidad religiosa, una diosa.

—Estoy seguro de que cuando has estado cerca del agua, has visto cosas que se salían de la normalidad, o has sido capaz de hacer cosas que nadie más puede, aunque sean pequeños detalles.

—Pe... pero... —Tiene razón. Sé que la tiene, y aunque busco palabras en mi cabeza, no encuentro ninguna.

—Cualquiera puede convertirse en *kami*. Un antiguo amigo mío, lo definió como: «Todo aquello que conmueve al hombre y despierta en él cierta melancolía». Y Nami, tú me produjiste mucha cuando te vi abalanzarte de esa forma sobre el pobre Ryōjin, por tu desazón cuando creíste que había muerto. Me hizo creer que este mundo todavía tenía salvación.

Asiento, todavía aturdida. Me siento tan dura y fría como la piedra en la que me estoy apoyando; lo único que soy capaz de sentir es la cabeza de Yemon, que se frota contra mis piernas débiles, una y otra vez.

—Todo esto quiere decir que... si no le hubiesen ofrecido ese trabajo a mi padre en Kioto...

—Sí —contesta Kannushi-san, sin dudar—. Tú habrías sido otra niña más ahogada en el interior del colegio. La visión que tuviste, y que ese joven también tuvo, fue una especie de eco de una realidad paralela, de lo que habría sucedido. La muerte es la mayor frontera de todas, y a veces, puede romper incluso la propia realidad y llegar hasta nosotros en forma de sueños o de visiones.

—Pero no lo entiendo. Le ofrecieron ese puesto a mi padre porque trasladaron... o porque vosotros hicisteis que trasladaran al padre de Arashi a la sucursal de Sendai. ¿Por qué en esa visión veo también a Arashi? Si yo nunca hubiese venido a Kioto, él nunca habría llegado a Miako.

Kannushi-san esboza una sonrisa irónica y menea la cabeza.

—Nosotros no hicimos que lo trasladaran, esa plaza iba a acabar libre. No era un buen hombre y tampoco un buen trabajador. Su destino se lo buscó él solo. —Arrugo el ceño y recuerdo las palabras de Arashi sobre su padre, cómo se encogía al recordarlo—. Yo lo único que hice fue hablar con una... *amiga* para que, de alguna forma, la empresa tuviera en cuenta el nombre de tu padre. Su currículum fue el que le dio el puesto.

Pongo los ojos en blanco, imagino qué clase de amiga. Si hay dioses camuflados en peces y en sacerdotes de templos, ¿quién dice que no pueden estar escondidos en aburridos oficinistas o empleados de algún comercio?

—Todos los *kami* poseen un templo propio, en el que poder rezar y realizar peticiones, pero no podíamos proporcionarte uno —dice entonces Kannushi-san, con una sonrisa amable—. Sin embargo, sabíamos que necesitabas tu propio *komainu*. Un protector. *Un guardián.*

Sigo su mirada y bajo los ojos hasta Yemon, que ha dejado de frotarse contra mis rodillas para empezar a lamerse una pata. Me acuclillo y acerco mucho mi cara a su cabeza. Él me observa con el mismo aburrimiento de siempre.

«Definitivamente sí eres un gato muy especial», murmuro.

Él suelta un murmullo bajo y bosteza por toda respuesta.

Yo me incorporo despacio, pero esta vez no necesito apoyarme en nada. Levanto la barbilla y contemplo a Kannushi-san con fijeza.

—Está bien. Puede que ahora sepa lo que... soy. —Hago una mueca, pero me obligo a continuar—. Pero eso no me da todas las respuestas. Hay personas que juran haberme visto el once de marzo del dos mil once, en Miako, con mi aspecto de ahora, así que eso significa que debo regresar a ese día e intentar salvar a los que sobrevivieron, ¿verdad? Ese es el verdadero significado de la variable. No son solo los acontecimientos que se desarrollaron colateralmente a ese momento en el que mi familia decidió marcharse. Me salvasteis para que yo después pudiera salvarlos a ellos.

Kannushi-san no asiente, pero tampoco niega con la cabeza.

—Si soy una *kami*, ¿podría...? No sé, teletransportarme en el tiempo, o algo. —Ante su expresión divertida, me obligo a decir—: O quizás un dios podría ayudarme a llegar hasta allí.

Kannushi-san se apresura a apartar la mirada y su mano parece alzarse de forma inconsciente hasta su blanco cabello, que acaricia de forma distraída.

—Me temo que no tengo muy buena relación con los dioses que podrían ayudarte en esa empresa... somos más de ocho millones. No puedo llevarme bien con todos —añade a toda prisa.

Sacudo la cabeza y me muerdo los labios. Tengo la mirada hundida en Yemon, aunque realmente no lo veo. La cabeza me va a estallar.

—Hay lugares en los que los límites se debilitan, recuerda —susurra de pronto Kannushi-san.

Yo levanto la cabeza de golpe. En mi mente resuenan las palabras de Yoko-san.

—Las fronteras —mascullo—. Las fronteras crean grietas.

Él asiente y una ancha sonrisa se extiende por todo su rostro. Estoy a punto de preguntar algo más, pero entonces un carraspeo me llama la atención. Miro por encima del hombro y veo a una anciana esperando junto al *torii* de entrada, con los brazos cruzados y una expresión de impaciencia cruzándole la cara.

Quiere rezar o pedir algo, pero las dos no cabemos en el interior del templo.

—Tienes que irte —dice Kannushi-san.

—¿Qué? No, ¡no! Que espere, maldita sea —replico, sin importarme que la mujer me oiga—. Tengo que saber cómo llegar a Miako ese día. Si no, no podré salvar a nadie.

—Hay dos problemas que tienes que solventar. La distancia y el tiempo, pero hay uno que puedes solucionar con relativa facilidad, ¿verdad?

—La distancia... —La mujer vuelve a carraspear, y le lanzo una mirada fulminante por encima del hombro antes de dedicar toda mi atención a Kannushi-san. Yemon, junto a mis piernas, le ofrece un largo bufido—. La distancia. —Un rayo me atraviesa con tanta fuerza, que mi cuerpo se sacude—. Puedo ir hasta allí, hasta Miako.

Kannushi-san sonríe y tomo esa expresión como un asentimiento. A mi espalda, escucho los pasos de la anciana, que parece tener intención de atravesar el *torii*. Yemon se aleja de mí para colocarse frente a ella. Tiene el pelo erizado y enseña los dientes. La mujer gruñe algo que no llego a entender, mi cabeza va a toda máquina, los pensamientos se enredan unos con otros.

—El tiempo —musito—. ¿Cuál es la frontera del tiempo? ¿Cuál es su límite?

El tiempo no es como una orilla, como un río, como un sendero. Es algo intangible. ¿Cómo puedo estar en una frontera de algo que realmente no puedo ver con mis propios ojos, que no puedo pisar, como sí pisaría la orilla de un estanque o el borde de una carretera?

—No lo entiendo, Kannushi-san —murmuro, desesperada. A mi espalda, Yemon suelta otro maullido de advertencia a la anciana que trata de sortearlo—. El tiempo no tiene límite como tal, ni siquiera existe realmente. Es algo que hemos inventado nosotros.

—Piensa, Nami. El tiempo siempre ha existido, pero habéis sido vosotros los que habéis creado los límites. Sabes lo que estás buscando. Lo conoces.

—Pero... —La voz se me extingue, los ojos se me humedecen.

¿Cuál es el mayor límite del tiempo? Tengo que averiguarlo. Ya. ¡Ya! ¡YA! Si no lo consigo, Arashi desaparecerá, Kukiko Yamada nunca me ilustrará, y otras personas también se ahogarán.

Arashi. Las lágrimas me muerden las mejillas. Los dientes me duelen de tanto apretarlos. Tiempo. Eso es lo que quiero pasar con él, mucho tiempo. Ir al cine. Pasear junto al río Kamo. Ir más veces a su apartamento. Reírme en una cafetería con él mientras escuchamos las peleas absurdas de Harada y Li Yan. Acudir a más festivales juntos y al templo Yasaka en año...

Separo los labios de golpe y Kannushi-san esta vez asiente, aunque todavía no he dicho nada. Pero de pronto la anciana atraviesa el *torii* y Kannushi-san desaparece, como si nunca hubiese estado aquí, a mi lado.

Pero sé que no necesito llamarlo de nuevo. Sé que tengo que ir a Miako.

Y ahora sé *cuándo*.

Me doy la vuelta y me agacho para recoger a Yemon entre mis brazos. La anciana está muy cerca de mí, los pequeños muros que separan el templo de los edificios colindantes nos obligan a estar próximas. Me dedica una mirada repleta de desconfianza.

—¿Con quién hablabas? —me pregunta.

Yo le sonrío, aunque en realidad lo que esbozo no es más que una mueca repleta de dientes.

—Con el dios de este templo, ¿con quién, si no?

Y, sin añadir nada más, atravieso el *torii* y regreso al mundo de los humanos.

PREPARATIVOS

14 de diciembre de 2016

—Tengo que ir a Miako el último día del año.

Estoy apoyada en el mostrador del 7Eleven, inclinada hacia Arashi, Harada y Li Yan, que me escuchan con atención. Kaito está con los brazos cruzados y la espalda apoyada en la pared; su vista está clavada en el techo desde que empecé a hablar.

—No sé por qué me involucráis en esto —rezonga—. En algo que además no tiene ni pies ni cabeza.

—No te estamos involucrando —siseo.

—Claro que sí. Podríais haber quedado en una maldita cafetería y no, estáis hablando delante de mí, involucrándome. Si al menos entrara algún cliente, podría dejar de escuchar esta historia tan rara.

Es cierto. Por algún tipo de milagro, las puertas automáticas apenas se han abierto hoy.

Bufo y le lanzo una mirada fulminante que él responde con un hastiado arqueo de cejas. Estoy cansada, por la noche no he podido dormir nada mientras elaboraba un plan creíble que me permitiera atravesar medio país.

—Me debes una, así que cállate —replico, y esta vez, Kaito aprieta los labios y no añade nada más—. Sé que Miako está en reconstrucción, como muchos otros pueblos de alrededor. Creo que ni siquiera tiene todavía una estación de tren, apenas hay personas viviendo allí. La mayoría quiso marcharse, incluso aquellas cuyas casas no sufrieron tantos daños.

—Entonces, ¿cómo vamos a llegar hasta allí? —pregunta Li Yan, con el ceño fruncido.

Me vuelvo hacia ella con rapidez.

—¿Por qué hablas en plural?

—¿Es que crees que vas a ir hasta allí sola?

—Esa era mi idea.

—Pues es una muy mala —contesta mi amiga, con los ojos en blanco.

—No vamos a dejarte sola, Nami —añade Arashi.

—El viaje tendrá que hacerse durante fin de año. No podréis estar con vuestras familias. Eso os traerá problemas y... y ni siquiera sé si será peligroso —añado, bajando la voz una octava.

—¿Estás de broma? —resopla Harada, teatral, como siempre—. Nos quedan solo unos pocos meses de libertad. En unos meses tendremos que hacer el examen de entrada a la universidad y después, cuando empecemos la carrera, todo cambiará. Y no te voy a hablar de lo que ocurrirá cuando todos nos convirtamos en unos aburridos oficinistas vestidos de negro que suben al metro para ir a trabajar.

—Yo no pienso ser así —interviene Li Yan, pero Harada la ignora y continúa hablando.

—Además, nos necesitas. Puedes ser una *kami*, que el agua se comporte de forma especial contigo y veas fantasmas y *bla, bla, bla...* pero para llegar aquí, has necesitado nuestra ayuda.

—Si realmente consigues retroceder en el tiempo, si consigues salvar a todos los que puedas... ¿qué pasará después? —añade Arashi, su ceño se hunde con preocupación—. Porque el tsunami llegará y Miako será arrasado.

De nuevo, pienso para mí misma. Y esa vez no lo veré a través de una pantalla de televisión.

—No puedo pensar en eso si ni siquiera sé si conseguiré todo lo demás —replico, incapaz de devolverle la mirada—. Por eso no quiero involucraros. ¿Y si... y si ocurre algo y vosotros...? —La voz se me entrecorta y Kaito suelta un largo bufido.

—No insistas, Nami —dice—. Si han sido lo suficientemente idiotas como para ser tus amigos después de que te pasaran todas esas cosas tan extrañas que suenan más bien a mucha marihuana y a drogas de diseño, no van a hacerlo ahora.

—Yo estoy totalmente de acuerdo con el matón —asiente Li Yan.

Kaito se inclina hacia ella con la suavidad de una serpiente.

—¿Qué acabas de decir? —susurra.

—Has dicho que tienes un plan para llegar a Miako —interviene Arashi, mientras avanza con intención para colocar el cuerpo entre ellos dos—. ¿Cuál es?

Respiro hondo y miro a mis amigos, que me devuelven la mirada con decisión, sin parpadear. Claudico. Da igual que intentase dejarlos atrás, ellos me seguirían, como hizo Yemon cuando me marché de Miako.

—He estado viendo horarios. Podríamos tomar un *shinkansen* desde la estación hasta Tokio. Allí, haríamos un transbordo y nos subiríamos a otro *shinkansen* que nos llevaría hasta Sendai. Serían unas cinco horas. Una vez en la ciudad, creo que podríamos ir en tren hasta algún pueblo o ciudad cercana a Miako. Ishinomaki, por ejemplo. Sé que está bastante reconstruido. Allí nos podríamos enterar si hay algún autobús que nos lleve a Miako; si no, siempre podríamos pagar un taxi entre los cuatro. Quizá no salga tan caro.

Sí, un taxi entre cuatro no saldría demasiado caro, pero sí los dos billetes de *shinkansen*. Yo tengo dinero gracias a mi sueldo en el 7Eleven, pero ninguno de mis amigos trabaja a tiempo parcial. Y no sería solo un billete, sino cuatro por persona. Hago los cálculos de nuevo, a pesar de que los repasé anoche varias veces.

—Serían algo más de cuarenta y seis mil yenes —murmuro. Kaito suelta un silbido por lo bajo y mis amigos se miran entre ellos—. De verdad, no hace falta que...

—Ya está decidido, Nami. Así que no insistas —me interrumpe Li Yan, con una voz que no da lugar a réplica—. El dinero se puede conseguir, pero las excusas serán más difíciles. ¿Tienes pensada tu coartada?

Trago saliva y asiento, aunque todavía no la he puesto en práctica. Sin que pueda evitarlo, mis ojos viajan hasta Kaito.

—Creo que una antigua amiga podría ayudarme con eso.

Su ceño se frunce un poco, pero no separa los labios para hacer ningún comentario.

—Deberíamos comprar los billetes cuanto antes —dice Arashi, sus ojos vuelan hacia el reloj digital que cuelga de la pared e indica el día y la hora—. En Navidad y Fin de Año, todo se agota demasiado rápido.

—Deberíamos hacerlo ahora —corrobora Harada.

Pero en ese momento, un par de clientes entran por la puerta. Mis amigos se enderezan y se alejan del mostrador de inmediato. Estoy a punto de decirles que lo dejemos para más tarde, cuando Kaito se coloca a mi lado en la caja y me da un ligero empujón para que me aparte.

—Id a la maldita estación. Total, no queda demasiado para que termine el turno.

Le dedico una sonrisa tan amplia como empalagosa, y él finge que una arcada lo recorre antes de que un chico se acerque a la caja para preguntar por una revista. Yo me cambio a toda prisa y salimos en dirección a la estación de trenes de Kioto.

Como mis amigos apenas tienen dinero disponible ahora mismo, me acerco a casa y recojo todos mis ahorros junto a mi sueldo del 7Eleven, guardado durante meses. Apenas he gastado nada, solo utilicé una mínima parte del dinero en comprarme un *yukata* para el Festival de Gion, así que puedo pagar en metálico los ocho billetes.

El hombre que me los entrega observa con las cejas arqueadas cómo los dejo desordenados y arrugados en la bandeja. Después, sus ojos se balancean entre los ocho billetes recién impresos y nuestras expresiones nerviosas.

—Prometedme que no vais a escapar de casa —dice.

—Por supuesto que no —contesta Harada, con una sonrisa tan grande como falsa.

El hombre suspira, pero recoge el dinero y nos entrega los billetes. Todos los guardamos de inmediato, como si temiéramos que pudieran desvanecerse en cualquier momento, y salimos de la inmensa estación a paso rápido, por si al vendedor se le da por cambiar de idea.

De camino a casa, escucho las mentiras elaboradas que se les ocurren a mis amigos para que sus padres los dejen pasar tres días fuera. Saldremos el treinta de diciembre por la mañana y volveremos el día uno por la tarde, ya que al día siguiente comienza de nuevo el instituto. Como no sé en qué condiciones encontraremos Miako, hablamos sobre pasar las dos noches en Ishinomaki, en algún hotel barato. No reservaremos previamente para no entregar ningún dato nuestro, así que espero que quien nos atienda no nos ponga ningún problema cuando vea a cuatro menores de edad con pintas de estar haciendo algo que no deben.

Apenas diez minutos después, llegamos a una intersección en la que nos despedimos. Como no hay nadie en los alrededores, miro dubitativa a Arashi, con las mejillas algo sonrojadas, mientras Harada y Li Yan no pierden ojo, pero es él quien avanza y se acerca a mí. Su mano se desliza por la mía y me da un suave apretón; su olor dulce me embriaga y, antes de que se me ocurra alguna estupidez que soltar o vuelva la cabeza para besarlo, sus labios rozan con ternura los míos.

Harada suelta una risita y se vuelve hacia Li Yan.

—¿Me despides a mí también con un besito?

—*Vittu pois**, Harada —contesta ella, batiendo sus pestañas con teatralidad.

—¿Eso significa que sí?

Ella se limita a alzar los ojos al cielo y a darle la espalda. Harada la sigue, dando saltitos, mientras Arashi se separa de mí con lentitud

---

* Vittu pois: Vete a la mierda (traducido del finés).

y una expresión de disculpa en su mirada. Con la cadera, le doy un ligero empujón y él se aleja junto a nuestros amigos, mientras agita la mano con cierta torpeza por encima de su cabeza.

Yo me quedo quieta en la intersección, con los semáforos cambiando de verde a rojo, y a verde otra vez, y no me muevo hasta verlos desaparecer por una esquina. Después, cuando me doy la vuelta y camino en dirección a casa, el plan regresa a mi cabeza, y a pesar de sus lagunas y sus errores, creo de verdad que tengo una oportunidad de conseguirlo. Porque Harada, el rey de las fanfarronadas, había tenido razón esa tarde. Los necesito. Y más de lo que creo.

Cuando llego a casa encuentro a Yemon en el sofá, totalmente repantingado. Está tan dormido, que apenas ladea la cabeza en mi dirección para dedicarme un pequeño maullido. Ahora que mi padre lo ha aceptado en casa, se pasea por todos los lugares como si fuera el rey; incluso, las pocas veces que estoy sentada junto a mi padre viendo la televisión, él prefiere su regazo al mío.

«Menudo guardián eres», mascullo, cuando él bosteza y se vuelve para darme la espalda.

Subo la escalera y, antes de llegar al piso de arriba, me llega la voz de mi hermano mayor.

—¿Nami? ¿Eres tú?

—Hola, Taiga.

La puerta se abre un poco, como viene siendo habitual en las últimas semanas. Sin embargo, la luz de su cuarto está apagada y no llego a avistar ni una sola parte de su cuerpo.

—Has llegado pronto.

—Oh... bueno, Kaito me ha dicho que saliera antes, apenas había clientes —comento, a toda prisa. Antes de que él pueda decir algo más, me apresuro a añadir—: Lo siento, Taiga, pero tengo que hacer una llamada urgente.

Me encierro en mi dormitorio y me quedo de pie en mitad de mi habitación. Con mucha lentitud, extraigo el teléfono móvil de mi bolso y abro la lista de contactos. Muevo el pulgar hacia arriba y la lista baja hasta detenerse en un nombre.

Respiro hondo y, antes de que pueda arrepentirme, presiono la tecla de llamada. Apenas suenan un par de tonos cuando alguien descuelga al otro lado.

—¿Sí? —pregunta una voz musical, más aguda que la mía.

—Hola, Mizu.

—Nami —responde ella, sorprendida.

—¿Cómo estás? —le pregunto, incómoda.

Después de que la llamara llorando y estuviera casi dos horas al teléfono boqueando y sin aliento, mientras ella, al otro lado de la línea, esperaba paciente, no hemos vuelto a hablar. Sí, hemos intercambiado mensajes por LINE, nos hemos puesto al día, pero poco más. Recuperar una amistad que lleva perdida tantos años no es fácil, por eso no estoy segura con esta conversación.

—Eh... bien, supongo. He estado muy estresada con los exámenes, pero los terminé ayer y creo que han salido bien. —La oigo titubear, con tanto embarazo como el que siento yo—. ¿Y tú?

—La verdad es que no sabría qué decirte —respondo, tras varios segundos en silencio—. Te llamaba porque necesito pedirte un favor. Un favor enorme.

Mizu no contesta de inmediato y la escucho soltar un largo suspiro al otro lado de la línea.

—Debes estar muy desesperada para pedirme algo así, de pronto —comenta.

—Ni te imaginas.

Diez segundos en silencio. Diez segundos en los que mi corazón late treinta veces.

—¿Qué es lo que necesitas?

—Estaré fuera de Kioto durante el último fin de semana del año. Me marcharé el viernes y regresaré el domingo, y necesito que tú seas mi coartada. Sería genial que estuvieras de acuerdo, que me ayudaras, pero, aunque digas que no, diré de todas formas tu nombre. Como has dicho, estoy desesperada.

Mizu suelta un suspiro más profundo que el anterior.

—¿Y a dónde piensas escaparte durante ese fin de semana?

—A Miako.

—¿¡Qué!? —El ligero hastío de su voz desaparece de un plumazo—. ¿Por qué querrías volver a un lugar así? Yo tuve que regresar hace un par de años para ver a unos amigos de mis padres; viven en la zona alta, cerca de la carretera, en unas viviendas prefabricadas que construyó el gobierno. Es horrible, es estar en mitad de un cementerio enorme. Ya apenas queda nada, solo el instituto de las afueras, que han cerrado porque ya no hay alumnos que asistan allí, además de las pocas viviendas que no llegaron a inundarse y ese viejo templo que tanto te gustaba.

—El Templo Susanji —musito.

—Sí, mis padres insistieron en dar un paseo hasta allí. Miako me dio escalofríos cuando vi todo lo que había cambiado, pero aquel lugar me produjo muchos más. Era idéntico, Nami; incluso estaban esa tonta sacerdotisa y ese extraño sacerdote que siempre desvariaba.

—Es ahí donde voy a ir. Tengo que llegar hasta ese templo.

—¿Qué? ¿Por qué quieres ir a ese lugar viejo y mohoso en fin de año? —Su voz suena casi tan desesperada como la mía—. Olvídate de la coartada. Conviértela en algo real. Ven a Niigata, iremos a esquiar y te enseñaré la ciudad. Te presentaré a mis amigos. Y así todo volverá a ser como antes.

—No puedo, Mizu —contesto, con voz débil.

—Pero ¿por qué?

—Porque la Mizu que yo conocía no me detendría, ni avisaría a mi padre porque consideraría que toda esta locura es la misión de una *magical girl*. Pero no tengo ni idea de cómo reaccionará la nueva Mizu, todavía la estoy conociendo. Y por mucho que quiera, no puedo arriesgarme.

—¿Y Amane? —pregunta ella de pronto, con la voz ronca.

El aire se enrarece a mi alrededor y me atraganto al respirar.

—¿Qué?

—¿Qué diría Amane sobre tu locura?

Miro hacia el escritorio, donde alguna vez su fantasma apareció con una sonrisa plácida y unos pies que se meneaban en el aire. Me gustaría que apareciera de nuevo, que me diera una respuesta, pero ahora ya solo me quedan los recuerdos.

—Creo que diría: «Te acompaño».

Mizu resopla al otro lado de la línea y escucho el sonido de unos pasos antes de que su voz vuelva de nuevo hacia mí.

—Está bien. Seré tu coartada.

Está a punto de colgar, así que me adelanto:

—Espera.

—No me pidas otro favor, porque has agotado el cupo de hoy —me advierte.

—Antes has dicho que, si fuera a Niigata, todo volvería a ser como antes. —Ella no contesta, pero casi puedo sentir su asentimiento, a pesar de que nos separen tantos kilómetros—. Mizu, es imposible que las cosas sean como antes. Pero eso no tiene por qué ser malo, ¿sabes?

Transcurre casi un minuto en el que solo puedo escuchar su respiración, algo más acelerada y enronquecida. Y después, escucho un crujido, como si se hubiera dejado caer en su cama.

—Lo sé —musita, con un hilo de voz que apenas acierto a escuchar—. Espero que algún día vengas de verdad a visitarme a Niigata.

—Iré —contesto a toda prisa—. Te lo prometo.

Mizu suspira y esta vez cuelga tras despedirse. Yo me quedo con el teléfono pegado a la oreja a pesar de que ya no hay más que silencio, y no lo bajo hasta que no oigo la puerta de entrada abrirse.

—¿Papá? —pregunto, alzando la voz.

Salgo del dormitorio y bajo las escaleras de dos en dos. Mi padre está tratando de quitarse los zapatos, aunque Yemon se lo está poniendo difícil, porque no para de restregarse contra sus piernas sin descanso.

—*Tadaima* —saluda él, con un dejo agotado.

—*Okaeri* —respondo; desciendo de un salto los dos peldaños que me quedan—. ¿Puedo hablar contigo un momento?

Él cabecea, pero yo espero a hablar hasta que avanza para dejarse caer en el sofá. Me siento a su lado y Yemon se coloca entre los dos, como si fuera un muro, o un puente.

—Hace unos meses... volví a hablar con Mizu, mi amiga de Miako. Te acuerdas de ella, ¿verdad?

—Claro que sí, tus amigas se quedaban a dormir muchas veces en casa —contesta mi padre, distraído, mientras acaricia el lomo del gato—. Me alegro de que hayáis retomado el contacto.

—Sí, bueno... —Vacilo y mi padre arquea una ceja—. Me ha invitado a pasar el último fin de semana del año con ella y su familia, en Niigata. Me ha dicho que quiere enseñarme a esquiar.

—Vaya.

Parpadea y su mano se detiene sobre el lomo de Yemon, que gira la cabeza hacia él, molesto. Yo escondo las manos debajo de las piernas y aprieto las uñas contra el cojín del sofá. La calefacción no está encendida, por lo que el piso está frío, pero, aun así, varias gotas de sudor brillan como perlas en mis sienes.

—Sé que no es una buena fecha... —empiezo.

—Está bien —me interrumpe mi padre. Su mano vuelve a acariciar a Yemon, que se retuerce de gusto a su lado—. ¿Ese viaje a Niigata tiene que ver con ese tema que debes solucionar? —No puedo evitar sobresaltarme y mi expresión me delata antes de que pueda controlarla. Mi padre me observa de soslayo—. Supongo que esto cuenta por un sí, ¿cierto?

Trago saliva y asiento con lentitud. Al fin y al cabo, es una verdad a medias.

—Dejaré que vayas, con una condición. Ya que no vamos a estar juntos ni en Fin de Año ni la mañana de Año Nuevo, sí me gustaría que pasáramos una Navidad juntos, en familia, de verdad, no como años anteriores. —Cabeceo con tanta rapidez, que me mareo. Casi estoy a punto de abalanzarme sobre mi padre para abrazarlo, cuando añade—: También me gustaría pedirte algo más. No es una condición, pero sí una consideración. —Sus ojos me sondean antes de continuar—. Si consigues solucionar ese... tema que es tan importante para ti, me gustaría que te replantearas el examen de acceso a la universidad. —Abro la boca de golpe, como un reflejo, pero él levanta una mano para detenerme—. No es una obligación, tampoco una condición. Solo te estoy pidiendo que lo pienses. Sé de sobra que no estarás preparada para el nivel que te van a exigir, pero creo que sería buena idea que vieras cómo es, que te enfrentaras a él solo para conocerlo y así decidir en un futuro, con toda la información en la mano, qué es lo que deseas hacer realmente.

Las palabras desaparecen en mi mente. Me gustaría replicar, pero mi lengua está pegada al paladar y mis dientes muy unidos. Él me pide comprensión, pensar algo desde un punto de vista distinto al mío. Algo por lo que llevo suplicando desde hace mucho tiempo. Y por mucho que me cueste admitirlo, sería muy hipócrita negárselo.

—Está bien. —Respiro hondo y asiento una sola vez—. Lo reconsideraré.

Una amplia sonrisa se derrama por los finos labios de mi padre antes de que me propine un par de palmaditas en la espalda y me pregunte qué quiero cenar. Pero yo ya no lo escucho. Ahora hay algo que llena toda mi mente.

Tengo los billetes de *shinkansen*.

Tengo la coartada de Mizu.

Tengo el permiso de mi padre.

Vuelvo a Miako.

TEMBLOR

28 de diciembre de 2016

El mes de diciembre es agua entre mis dedos, que se escapa a toda velocidad sin que yo pueda hacer nada para evitarlo. Los días se hacen cada vez más fríos, la humedad de la noche se congela y crea hebras de plata en el suelo que yo piso cada vez que voy al instituto.

Estoy tan nerviosa, que mi corazón ni siquiera se acelera cuando se publican las listas de calificaciones de los exámenes. Por suerte, no salgo tan mal parada, sobre todo teniendo en cuenta la concentración nula que tuve durante esa semana infernal. Por supuesto, quedo muy por debajo de Arashi y de Li Yan, pero Harada y yo conseguimos prácticamente la misma nota. Él se enfada conmigo, pero se le pasa cuando al día siguiente le regalo un dulce que estaba a punto de caducar en el 7Eleven.

La señora Suzuki me da la última semana de diciembre libre, así que no tengo que pedirle a Hanae que me cubra el viernes, el día que tenemos programada la marcha a Miako. De esa forma, también, puedo pasar la Navidad con mi familia. Mi padre y yo comemos en el suelo un enorme festín que él encarga con antelación, recordamos viejos momentos que nos hacen reír y no decimos nada cuando Taiga abre la puerta más de lo normal, aunque intercambiamos una mirada brillante. A mi padre casi se le escapa una lágrima, y no solo por culpa de la cerveza. La Nochebuena, sin embargo, la paso con Arashi, Li Yan y Harada. Nos arreglamos más que nunca, cenamos en un lugar más caro de la cuenta, aunque elegimos lo más barato del menú, y después vamos a un karaoke donde Harada intenta fingir que es mayor de edad y conseguir bebidas alcohólicas, algo en lo que falla estrepitosamente. Y aunque no bebemos ni una gota, acabamos saltando en los sofás, cantando canciones antiguas, desgañitados. Cuando la encargada del karaoke sube, malhumorada, para recordarnos que nuestras horas han terminado, nos encuentra a Arashi y a mí hechos un lío de brazos y piernas en un rincón del sofá, a Li Yan roncando con la boca abierta, completamente tumbada en la zona que queda libre, y a Harada cantando baladas a todo pulmón con lágrimas en los ojos.

Esa, junto a la que paso con mi padre y mi hermano en el pasillo, se convierten en las mejores noches de mi vida.

Todo parece ir tan bien, que casi siento miedo.

El día veintiocho decido preparar la mochila para el viaje, pero la deshago tres veces antes de convencerme de que no me he dejado nada. Al fin y al cabo, no necesito mucho. Además de los jerséis y las bufandas para el invierno, guardo también algo de ropa más ligera. Si realmente consigo volver a Miako, será marzo, la primavera estará a punto de comenzar, y al ser una población tan cercana al océano, la temperatura será suave.

Me visto con el pijama y pongo la alarma. Mañana tengo instituto, pero el viernes nos darán el día libre por la proximidad del Año Nuevo. Será mi último día de normalidad, antes de que todo el caos se desencadene.

«Ven, vamos a dormir, Yemon», digo, aunque no estoy segura de si podré cerrar los ojos siquiera.

Aunque Yemon adora a mi padre, sigue durmiendo conmigo. Sin embargo, me echa una mirada rápida antes de volverse hacia la ventana cerrada. Suelta un pequeño maullido bajo, casi amenazador.

Me tumbo y doy un par de palmaditas impacientes sobre el colchón.

«Yemon, vamos».

Pero el gato se limita a lanzar otro maullido ronco y salta hacia mi escritorio. Su silueta se recorta contra la luz de la farola más cercana. Ni siquiera se tumba o se sienta, permanece en pie, con el rabo bajo y ondulante, como si estuviera a punto de atacar en cualquier momento.

«Bueno, como quieras».

Me cubro con el edredón y le doy la espalda. Llevo tantos días en tensión, con los nervios recorriendo mis venas como la sangre, sin apenas descansar, que cuando apoyo la cabeza en la almohada me quedo completamente dormida. Sin embargo, mi sueño no es plácido. Antes de tiempo regreso a Miako, vuelvo a tener doce años. No hay mudanza a Kioto, es otro día corriente de colegio. Mi hermano está en la universidad y mi padre en Sendai, en el trabajo. Yo me encuentro en clase, cerca de los asientos de Mizu y Amane, hablando entre nosotras mientras la profesora Hanon intenta poner orden. Kaito está unas filas por delante, junto a su amigo Yoshida, molestando a otro compañero con bolas de papel. Miro por la ventana y frunzo un poco el ceño al ver a tantos pájaros volar. Casi parece que estuviesen huyendo de algo.

Y de pronto, comienza el temblor.

No son sacudidas como las que he sentido alguna vez, en casa o en el colegio. Todos los años, la tierra tiembla un poco. Pero esto es algo más. Lo veo en los ojos de nuestra profesora antes de que ella empiece a vociferar:

—¡Bajo los pupitres! ¡Todos bajo los pupitres!

No hace falta que insista. Todos los años hacemos simulacros como este, así que sabemos bien lo que tenemos que hacer. Algunos se ríen, nerviosos, como Kaito, pero la carcajada se le congela cuando uno de los halógenos del techo se desprende y cae en mitad de la clase, y miles de cristales se esparcen por el suelo.

—¡Aguantad! —grita la profesora Hanon, desde su lugar bajo la mesa—. ¡Terminará dentro de poco!

Pero no termina. El temblor continúa con tanta fuerza que me despierto. Estoy en mi cama, tumbada bocarriba, casi al borde, y me estoy preguntando si lo que acabo de ver es solo un sueño o un recuerdo de lo que habría pasado si Kannushi-san no hubiese intervenido, cuando me doy cuenta de que no solo está ocurriendo en mi cabeza.

Es real.

Se está produciendo un terremoto ahora mismo. La alarma de sismo de mi teléfono móvil suena con fuerza, pero apenas es un murmullo en mitad de este caos atronador. La pantalla se enciende y apaga, e ilumina a fogonazos la lámpara del techo, que se columpia con violencia.

Intento levantarme de la cama, pero el temblor es tan fuerte, balancea tanto el edificio, que pierdo el equilibrio y caigo de lado sobre el suelo. Yemon está a mi lado, maullando con fuerza.

«Tranquilo», susurro, aunque mi voz se pierde en el sonido atronador. «Tranquilo. Todo va a salir bien».

¿A quién se lo digo? ¿A él o a mí?

—¡Nami! —grita la voz de mi padre, desde el pasillo—. ¿Estás bien?

Lo veo a gatas en el pasillo por el resquicio de la puerta entreabierta. Su expresión no es de pánico, pero la tensión tira de sus rasgos. Asiento y él me devuelve el gesto antes de volverse hacia la puerta de Taiga y aporrearla con los dos puños. Yo le doy la espalda y me arrastro como puedo bajo el escritorio, junto a Yemon, que se acuclilla a mi lado. Intento cubrirme la cabeza con los brazos, pero el terremoto es tan fuerte que pierdo el equilibrio a pesar de estar de rodillas. Como puedo, solo utilizo mi brazo izquierdo para proteger parte de mi cabeza mientras el otro me da un poco de estabilidad.

—¡Taiga! ¡Taiga! —oigo que mi padre grita.

Desde ese día en el que esperamos dentro del coche, ese catastrófico once de marzo, he vivido más terremotos, pero ninguno así. Porque si cerrara los ojos, me vería transportada de nuevo a ese día, el sonido que me atraviesa los oídos y la cabeza es el mismo, la alarma que suena en mi móvil, y en los teléfonos de mi padre y mi hermano en sus respectivas habitaciones, es idéntico al que sonó hace más de cinco años.

Dejo de cubrirme la cabeza y con el brazo que tengo libre atraigo a Yemon contra mi pecho. Lo aprieto con mucha fuerza, pero él no se queja ni se aparta. Su cuerpo cálido y suave es algo a lo que puedo aferrarme.

Otra vez no, por favor, suplico, con los labios apretados. *Otra vez no, otra vez, no, otra vez, no. No, no, no, no, no, no...*

No sé cuánto tiempo transcurre. En un momento, la lámpara se estrella finalmente contra el techo y decenas de cristales afilados caen sobre el escritorio y sobre el suelo, pero apenas es un chasquido en mitad de este eco furibundo que se une a alaridos lejanos, seguramente de los vecinos y de algún viandante que ha sido sorprendido en plena calle.

Pero entonces, cuando parece que han transcurrido días, el temblor cesa. Al menos, de momento. Sé que quedan varias réplicas hasta que la tierra se calme de verdad.

Salgo a rastras de debajo del escritorio y tengo cuidado en que mis pies descalzos no pisen ninguno de los cristales desparramados. Todo lo que había en la estantería, en la mesa, ha caído al suelo, no tengo ni un solo resquicio de madera sobre el que avanzar. Yemon salta a la cama y se deja caer en ella, como si nada hubiese ocurrido. O como si nada más fuera a ocurrir.

Avanzo con cuidado y alcanzo mi puerta, que abro del todo.

—¿Papá? —musito—. ¿Taiga?

La puerta de la habitación de mi hermano está abierta, pero como el resto de la casa, está completamente a oscuras. No escucho ni un susurro que provenga del interior.

—¿Estáis bien? —insisto, alzando la voz.

Oigo varios pasos. Más de un par. Toqueteo el interruptor, pero el servicio eléctrico se ha interrumpido. Cuando vuelvo a levantar la cabeza, veo a dos figuras frente a mí. La más alta sostiene a otra, que cojea un poco.

—¿Ta... Taiga? —farfullo.

—Le ha golpeado una estantería al caerse, pero creo que está bien —contesta.

En ese momento, la luz vuelve y yo doy un paso atrás. Mi padre hace una pequeña mueca de dolor cuando intenta apoyar el pie; sin embargo, mis ojos son solo para mi hermano mayor.

Hace más de tres años que no veo a Taiga. Y, de alguna manera, es muy parecido al recuerdo que tengo de él. Está mucho más delgado, el pelo está cortado a trasquilones y su piel es casi transparente. Puedo ver el color verdoso y azul que se esconde tras la piel de sus brazos, bien aferrados en torno a mi padre.

Él también me contempla, aunque de una forma distinta a la mía. Sus pupilas parecen temblar mientras observa mi melena oscura, que llega a rozar mis hombros, mi ceño fruncido por la preocupación, mis labios apretados. Taiga se lleva la mano libre a la boca y aprieta los nudillos contra ella, como si estuviera a punto de vomitar. Quizás esté sufriendo el «mal del terremoto». Quiero acercarme a él, pero hay algo que me detiene, aunque no sé muy bien qué. Hace demasiado tiempo que no me ve, pero debería haber algo de alegría en sus rasgos, donde solo veo terror y desconcierto. Casi parece estar viendo a un fantasma.

Separo los labios, pero él se me adelanta, ahora con los ojos hundidos en mi mejilla.

—Estás sangrando.

Me llevo la mano a la cara y una punzada de escozor me hace guiñar los ojos. Es verdad, quizás uno de los cristales de la lámpara me hizo un corte. Cuando aparto los dedos, los veo llenos de sangre. Pero no me importa. Ahora mismo no me importa nada. La expresión de mi hermano se ha tranquilizado y, aunque pálido, avanza un paso en mi dirección, con mi padre todavía sujeto a su hombro. Cojea, pero sé que ahora no debe dolerle nada. Como yo, solo tiene ojos para su hijo mayor, al que hace años que no veía.

—Me hubiese gustado salir por mí mismo —mascolla entonces Taiga—. Desde... desde que papá habló con nosotros, contacté con una psicóloga especializada en... bueno, ya sabes en qué. Decía que estaba haciendo progresos. Yo mismo... yo mismo había notado cambios en mí. Quería abrir la puerta del todo —dice Taiga, con una sonrisa diluida en sus labios—. Creía que estaba a punto, de verdad.

De pronto olvido el terremoto, los cristales regados por el suelo, las lámparas que siguen ondeando del techo, las estanterías caídas. Me abalanzo con tanto ímpetu sobre ellos, que mi hermano pierde el equilibrio y los tres caemos al suelo, enlazados por nuestros brazos. A mi padre se le escapa una sonrisa, a pesar de que el tobillo se le está empezando a hinchar. Está en medio de nosotros dos, sus manos apoyadas en nuestros hombros, estrechándonos con fuerza.

—No importa la manera. Has salido —dice, con una expresión de felicidad que no le he visto esbozar en años. Pero de pronto, al moverse, esta se transforma en una mueca—. ¿Por qué no bajamos al salón? Necesito estirar la pierna y, a estas alturas, dudo de que podamos dormir.

En la sala de estar, la lámpara de pie ha caído sobre la televisión, y la ha destrozado. Aparte de eso y de varios platos rotos en la cocina, el piso de abajo ha salido mucho mejor parado que nuestros dormitorios.

Preparo café para los tres justo a tiempo, porque cuando estamos sentados en la mesa, se produce una réplica y la luz vuelve a irse. Pasamos el resto de la noche del sofá al hueco que existe bajo la mesa del comedor, rellenando nuestros cafés aguados y comiendo algo de las sobras de la cena.

El mundo todavía tiembla, pero creo que nosotros nos sentimos más felices que en mucho tiempo. Un terremoto nos había partido en dos, nos había separado y destrozado, y otro había terminado de unir los pedazos que nos faltaban.

A pesar del fuerte seísmo y de las réplicas, el piso aguanta, y aparte de los objetos caídos, no se producen grietas ni nada que nos advierta que no es seguro permanecer dentro. De hecho, la propia policía nos lo recomienda cuando llama a nuestra puerta para ver si nos encontramos bien, sobre las seis de la mañana. Al parecer, ha sido un terremoto de 7,9 en la escala de Ritcher, el segundo más potente que se ha producido en Japón, solo por debajo del que tuvo lugar en el dos mil once. Como todavía se esperan réplicas, el policía nos recomienda no movernos de la sala de estar y esperar a arreglar los desperfectos una vez que las autoridades lo anuncien.

Pero, mientras el policía todavía habla con mi padre, que ya es capaz de apoyar el pie en el suelo, me suena el teléfono. Es un mensaje de LINE, de Arashi.

—¿A dónde vas? —me sisea Taiga, escondido de la vista del policía. Que haya salido por fin de su habitación no significa que esté preparado para el mundo exterior—. El agente ha dicho que no debemos movernos de aquí.

—Es solo un momento —repongo, antes de deslizarme hasta el cuarto de baño de la planta baja y cerrar la puerta a mi espalda.

Por suerte, aunque muchos de nuestros enseres yacen ahora sobre el lavabo y el suelo, el espejo sigue en su sitio. Cuando me observo en él, siento cómo se me seca la boca. La herida que tengo en la cara me cruza la ceja y termina un par de centímetros por debajo de mi ojo, al inicio de mi mejilla. Todavía está algo amoratada y los extremos brillan, sanguinolentos, pero es idéntica en forma y lugar a la del dibujo de Kukiko Yamada.

—*Kuso* —mascullo, antes de desbloquear el móvil.

Abro la aplicación de LINE. Tengo varios mensajes pendientes, de Harada, de Li Yan, de Kaito e incluso de Mizu, pero elijo el icono de Arashi. Cuando lo selecciono, veo que él está en línea y que me ha escrito hace un par de minutos.

6:07 a. m.: ¿Estáis bien?

Yo me apresuro a contestar.

06:09 a. m.: Sí, ¿tú? ¿Y tu familia?
06:09 a. m.: Todo bien, más o menos.
06:10 a. m.: Ha sido un terremoto horrible.

Se produce un silencio al otro lado de la pantalla, aunque veo que Arashi sigue en línea. Comienza una frase y la borra como cinco veces antes de que el mensaje final llegue hasta mí.

06:13 a. m.: ¿Has visto las noticias?
06:14 a. m.: Se nos ha roto la televisión y no le hemos hecho demasiado caso al móvil.

Arashi no contesta, pero me envía un enlace de un artículo de un medio digital. Lo selecciono sin dudar y el mundo se tambalea de nuevo bajo mis pies, aunque esta vez la culpa no sea de ningún terremoto. Mis ojos se mueven a toda velocidad mientras mi dedo pulgar desliza el artículo hacia abajo. Solo soy capaz de leer algunas frases.

> *Potente seísmo sacude Japón.*
> *Las prefecturas del centro han sido las más afectadas, según los primeros informes.*
> *A solo dos días de Fin de Año, las infraestructuras ferroviarias sufren importantes daños.*
> *Se han cancelado gran cantidad de trayectos. Empresas ferroviarias como Nozomi aseguran que devolverán el dinero de todos...*

Dejo de leer y, sin pensar, llamo a Arashi.

—Puede que nuestro tren salga —digo con atropello, sin saludarlo ni darle tiempo a él a hacerlo—. Tenemos que comprobarlo.

—Ya lo he hecho. Está cancelado, Nami —responde; sus palabras se pisotean una sobre otras.

—¿Y un autobús? Tengo dinero, podría intentar...

—Es Fin de Año, todos los billetes están agotados —me interrumpe él.

—¿Y qué vamos a hacer? —murmuro.

Alzo la cabeza para mirarme de nuevo en el espejo. Mis ojos vuelven a caer sobre el profundo arañazo que me atraviesa ahora parte del rostro. El tiempo está a punto de acabarse. Esta herida es la señal que faltaba.

—¿Qué vamos a hacer, Arashi? —insisto. La voz se me quiebra en un jadeo ahogado.

—No lo sé, Nami. —Su voz es un hilo a punto de romperse—. No lo sé.

DUODÉCIMA OLA

31 de diciembre de 2010

Mi padre cantaba a pleno pulmón una canción antigua que tenía que ver algo con los árboles de Sakura, con el inicio de la primavera y el amor. Tenía la cabeza echada hacia atrás y los brazos abiertos. Con uno, agarraba con fuerza los brazos de Taiga que, aunque sujetaba entre los dedos un pequeño vaso lleno de *sake*, apenas había bebido.

Mi hermano sonreía con los labios apretados. A decir verdad, todavía no lo había visto reírse a carcajadas ni una sola vez, a pesar de que llevaba en Miako desde el día antes de Navidad. «Estás más delgado, ¿no?», le pregunté cuando fui a recogerlo con mi padre a la estación de tren. Él había sacudido la cabeza y me había revuelto el pelo, para después decirme que era una niña muy rara, que no debía fijarme en cosas así. Pero lo cierto era que había visto más cosas además de que sus muñecas parecían más afiladas o sus hombros más estrechos. Bajo sus ojos tenía unos círculos muy marcados. Al verlos, me pregunté si sería porque salía mucho por la noche. Mi padre, sin embargo, no preguntó, y se alegró mucho cuando se enteró de que Taiga había aprobado todos los exámenes a los que se había presentado. Yo estaba delante cuando se lo dijo y no pude evitar preguntarme si habría vuelto a mentir.

De repente, Taiga se unió al estribillo de la canción, pero apenas se le escuchaba por culpa del vozarrón de mi padre. Al otro lado de la mesa estaba Yoko-san, que cantaba con voz dulce y daba palmas, siguiendo el ritmo. No podía ir a su ciudad natal a visitar a sus padres durante el Año Nuevo por culpa de su trabajo en la cafetería, así que mi padre decidió que pasara la última noche del año con nosotros. Ella había dudado, pero Taiga había insistido con una sonrisa y yo prácticamente se lo supliqué.

En el fondo de nuestra sala de estar, la televisión estaba encendida, aunque ninguno prestaba atención al programa que se estaba emitiendo. El volumen estaba al mínimo, aunque por encima del ruido de la estancia, de las risas y las canciones, me pareció captar unas palabras.

—¡Va a empezar la cuenta atrás! —grité, para que todos me escucharan.

A la vez, los tres volvieron su atención al televisor mientras mi padre dejaba de cantar y subía el volumen con el mando. En la pantalla, dos presentadoras vestidas con trajes brillantes nos preguntaban con sonrisas si estábamos listos para despedir el año.

Los cuatro nos pusimos de pie y esperamos, en una rara tensión. El corazón me latía muy deprisa, como siempre ocurría en la noche de Fin de Año, y mis ojos no se separaban de la pantalla, donde había aparecido una cuenta atrás.

Las presentadoras comenzaron a corear.

Diez.

Nueve.

Yoko-san me apretó la mano y yo desvié la vista momentáneamente hacia ella. Parecía que tenía los ojos demasiado brillantes. ¿Estaba llorando? Pero no tenía sentido, porque sonreía, sonreía mucho.

Ocho.

Siete.

Seis.

Mi padre pronunciaba los números y golpeaba la mesa con el puño cada vez que lo hacía.

Cinco.

Cuatro.

Taiga tenía los ojos cerrados. Casi parecía estar rezando. Algo necesitaría pedir a los dioses como para no esperar a mañana, cuando visitásemos a Kannushi-san en el Templo Susanji.

Tres.

Dos.

Uno.

—¡FELIZ AÑO NUEVO!

Todos empezamos a aplaudir y volvimos a ignorar la televisión. Mi padre y Yoko-san se miraron; durante un instante, pareció que estaban a punto de decir algo a la vez, pero entonces un ruido tremendo, acompañado de un potente fogonazo, hizo temblar toda la casa.

—¡Fuegos artificiales! —chillé.

Corrí hacia la entrada, me puse los zapatos a toda prisa y, sin echarme por encima el abrigo, salí al jardín. No me había equivocado, desde la playa salían propulsados varios fuegos artificiales que explotaban en dorado y rojo en el cielo y se reflejaban en el océano.

Mi padre, Yoko-san y mi hermano me siguieron al exterior y soltaron una larga exclamación al ver el espectáculo de luces.

Yo recordé las palabras de Kannushi-san, sobre lo que ocurría cada vez que un fuego artificial explotaba, de lo que sucedía a nuestro alrededor y que no nos molestábamos en observar. Pero, al contrario de lo que hice en el festival de verano, no miré a nada que no fuera a mi familia y al cielo. En ese momento, no me interesaba nada más.

—¿Crees que será un buen año? —escuché que le preguntaba Yoko-san a mi padre.

Él se giró hacia ella, pero nos sonrió a todos.

—Dos mil once va a ser un año maravilloso.

KAMPAI!

29 de diciembre de 2016

El café americano que pedí hace tiempo se ha quedado frío, al igual que el resto de las bebidas de la mesa. La superficie líquida de distintos colores refleja nuestras expresiones: cansadas, frustradas, tristes.

El sonido suave de la música que brota de los altavoces de la cafetería Tea & Coffee, ni siquiera consigue animar el ambiente. A excepción de nosotros, la cafetería está vacía, a pesar de que hoy el sol brilla en el cielo e invita a salir de casa. Somos los únicos en todo el local, además del joven que se encuentra tras el mostrador. La ciudad, como gran parte del país, todavía tiembla tras el terremoto.

De pronto, mi teléfono móvil suelta un pitido estridente y todos nos sobresaltamos. Miro la pantalla, es un mensaje de LINE de Kaito.

Suelto la mano de Arashi; nuestros dedos han estado entrelazados bajo la mesa desde que nos hemos sentado uno al lado del otro, frente a Harada y a Li Yan. Tengo la sensación de que, si no lo toco durante demasiado tiempo, desaparecerá y será como si nunca hubiera existido.

Abro el mensaje.

16:05 p. m.: ¿Dónde estáis?

Parpadeo. ¿Cómo diablos sabe que estoy acompañada? De todas formas, le contesto y le pregunto si ocurre algo. Él simplemente se desconecta al leer mi respuesta.

En el momento en que dejo el teléfono móvil sobre la mesa, Harada suelta un sonoro bufido que mueve las servilletas de papel sobre la superficie de madera.

—Esto no tiene sentido.

—Oh, ¿pero es que esta historia lo ha tenido alguna vez? —pregunta Li Yan, mientras echa la cabeza hacia atrás.

—Mira su cara, tiene la misma herida que aparece en el dibujo de la anciana —dice Harada—. Eso significa que esto tenía que pasar sí o sí, ¿no?

—Podría haberme hecho esto de cualquier otra forma —replico, mis dedos rozan los bordes inflamados del profundo arañazo—. Lo único que está claro es que tengo que llegar hasta Miako de forma inmediata.

—¿Y no puedes teletransportarte o algo así? —Todos clavamos en Harada una mirada en blanco—. ¿Qué? ¿No lo hizo ese viejo sacerdote del templo de Miako?

—¡Él es un dios! —exclamo; atraigo de inmediato la atención del joven del mostrador y Arashi me da un ligero puntapié bajo la mesa. Bajo la voz de inmediato—. Puede que, a mí, él y su amiguito dragón me transformaran en algo... diferente, pero estoy segura de que no puedo hacer cosas así. ¿No te parece suficiente ver fantasmas, encontrar cosas que no existen en piscinas y hacer que el agua se comporte de forma extraña?

—Si nos devolvieran todo el dinero de los billetes, podríamos alquilar un coche y un conductor privado —suspira Arashi—. Quizá no tendríamos dinero suficiente para volver, pero al menos podríamos llegar a Miako.

—Ni siquiera se puede entrar en la página web de la compañía —comenta Li Yan, que golpea la mesa con sus uñas, con toques cada vez más fuertes—. Está saturada y se bloquea cada vez que pongo la dirección en el navegador.

—¿Y decirles a nuestros padres que...? Mi padre trabaja en una compañía de autobuses como conductor. Podría pedirle que tomase prestado uno y... —Harada agacha la cabeza cuando ve nuestra expresión—. Bueno, es una idea, ¿no? Es importante... no, es más que importante que lleguemos hasta ese maldito pueblo. —Sus ojos se deslizan hacia Arashi y su ceño cae en picado—. Hay vidas en juego.

—No nos creerán —contesto, mi mirada se hunde en los dedos de Arashi, entrelazados con los míos—. O pensarán que la presión de los exámenes nos ha vuelto locos.

—Mis padres ni siquiera tienen coche —bufa Li Yan, sus golpes contra la mesa son casi puñetazos.

Nos volvemos a sumir en un silencio denso, que pesa tanto que nos hace hundirnos todavía más en nuestros asientos. Sigo aferrada a la mano de Arashi, pero casi no puedo mirarlo. Su pulgar se desliza una y otra vez por el dorso de mi mano, como si yo fuera a desaparecer, y no él.

De pronto, la puerta de la cafetería se abre y la campana que hay sobre ella taladra nuestros oídos. A pesar del sobresalto, no nos volvemos.

—¡Bienvenido! —saluda el joven del mostrador, con una sonrisa en sus labios, que se apaga un poco al ver al recién llegado.

—No voy a pedir nada —contesta una voz recia que conozco muy bien.

Me vuelvo de golpe y me encuentro con la inmensa figura de Kaito. Parece agitado y eso hace que sus facciones sean todavía más amenazadoras.

—¿Qué haces aquí? —le pregunto, sorprendida.

Él no contesta inmediatamente. Toma una silla de la mesa más próxima y la arrastra sin cuidado hasta acercarla a nosotros; luego se deja caer con pesadez y resopla. El dependiente parece a punto de decirle algo, pero Kaito lo silencia con solo una mirada. Después, hunde sus monstruosos ojos en nosotros. Harada, por si acaso, se echa un poco hacia atrás.

—Tengo una solución.

—¿Solución? —repito, atónita.

—A vuestro problema, porque tenéis uno muy gordo, ¿no? —dice él, con cierta exasperación. Al ver que ninguno de los cuatro despega los labios para hablar, añade—: El viaje a Miako. Sé que han cancelado la mayoría de los trenes para los próximos días.

Todos asentimos, con los ojos muy abiertos.

—Masaru tiene una furgoneta —comienza.

—¿Quién es Masaru? —interrumpe de inmediato Harada, antes de que Li Yan lo asesine con la expresión.

—Mi pareja —contesta, tras una pausa.

—Oh, ¿y tiene pinta de matón como tú? —Esta vez Li Yan hunde uno de sus dedos en el hueco que existe entre las costillas de Harada y él acaba la pregunta con un chillido.

Kaito chasca la lengua con fastidio, pero me parece ver el asomo de una sonrisa. Vuelve la cabeza y centra su atención en mí.

—Realmente, el vehículo no es suyo, sino del trabajo, pero me dijo que podría llevárselo durante el fin de semana si lo devolvía sano y salvo. Seremos seis y solo hay asientos para cinco, pero creo que...

La voz se le atasca en la garganta cuando yo paso mi cuerpo por encima de la mesa, haciendo temblequear las bebidas, y enredo los brazos alrededor de su cuello. Su rigidez es idéntica a la de cualquier estatua.

—Muchas gracias —murmuro, con voz temblorosa—. De verdad, muchísimas gracias.

—Ya, como si esto no lo hubieras pensado el otro día, cuando fingiste que no te dabas cuenta de cómo me enteraba de toda la historia —replica él, aunque con una media sonrisa que intenta no esbozar.

Lo observo de soslayo y compruebo cómo enrojece cuando es consciente de las miradas brillantes que le dedican mis amigos. Él termina por girar la cabeza, avergonzado, y yo me separo de él y sujeto la mano de Arashi con más fuerza que nunca. Él me devuelve el apretón.

—Hay un problema —añade Kaito, con la voz un poco más grave—. No podremos salir hasta mañana por la tarde. Masaru estará trabajando y no podrá marcharse con la furgoneta hasta el final de la jornada. He hecho cálculos, por mucho que corramos o lo poco que descansemos, no podremos estar antes del mediodía del día treinta y uno en Miako.

Siento que me desinflo un poco, pero Arashi vuelve a entrelazar sus dedos con los míos, con decisión.

—No pasa nada. Sin ti, o sin Masaru, no tendríamos ninguna opción. —Le dedica una pequeña reverencia y vuelve la cabeza hacia mí. Tiene la sonrisa despeinada, como su ridículo flequillo—. Lo conseguiremos.

Harada se pone en pie con tanta brusquedad, que arroja la silla a su espalda. Sujeta su taza de té frío y la levanta por encima de su cabeza.

—¡Propongo un brindis por Kaito y Masaru! —exclama.

El rubor vuelve a las mejillas de Kaito.

—Oye, no hace falta que...

Pero todos nos ponemos de pie y alzamos nuestras tazas.

—¡Por Kaito y Masaru!

—*Kuso*... —masculla él, mientras se cubre la cara con las manos.

—*KAMPAI!* —aúlla Harada.

—*Kampai!* —coreamos todos.

Hacemos chocar nuestras tazas y yo me llevo el café aguado y frío a los labios.

Y me sabe a esperanza.

EL INICIO DEL FINAL

30 de diciembre de 2016

—¿Lo llevas todo?

Ajusto las asas de la mochila a mi espalda e intento esbozar una sonrisa luminosa. Es difícil por culpa de las náuseas del almuerzo que me he obligado a tragarme para aparentar normalidad.

—Sí, solo van a ser dos días —contesto. Me obligo a no vacilar ante la mirada de mi padre, que me observa dubitativo desde la entrada de casa, recién llegado del trabajo. Taiga está cerca del sofá, con los brazos cruzados y el ceño un poco fruncido. Yemon se encuentra entre los dos, sentado, con su cola barriendo el suelo. Casi parecen un muro que debo sortear.

—Todavía no sé si es buena idea que te marches a Niigata —masculla mi padre, mientras se lleva una mano a la nuca.

—Pero le prometí a Mizu que iría. Además, hablaste con ella, ¿no? Allí no han sufrido daños; el plan de esquí sigue en pie —replico, con prisa.

Después de lo que ha hecho Mizu por mí, de cómo mintió para cubrirme cuando mi padre, tras el terremoto, exigió hablar con ella, debo comprarle un regalo con todo el dinero ahorrado del 7Eleven, y aun así no sería suficiente.

—Está bien, está bien. Pero avísame cuando llegues, ¿de acuerdo? Y no te olvides de entregarle el regalo a sus padres —dice, con un suspiro que suena a derrota. Yo asiento con energía y levanto la bolsa de papel de la que asoma una caja envuelta con un papel dorado—. Disfruta mucho. Yo cuidaré de Yemon.

Como si lo hubiera oído, el gato deja escapar un largo maullido y se levanta para alejarse de nosotros con pasos elegantes y calculados.

Le doy un abrazo rápido y me acerco a mi hermano para darle otro. Cuando mis brazos lo envuelven, lo siento delgado, frágil, pero no tengo la sensación de que lo vaya a romper, como sí sentía poco antes de que él decidiera encerrarse en su habitación.

—Espero que sepas lo que estás haciendo —me murmura al oído.

Un escalofrío me sobresalta, pero no dejo que mis brazos lo suelten.

—No sé de qué me estás hablando. Solo voy a...

—Te conozco, Nami, aunque hayamos estado más de tres años separados por una pared —me interrumpe él, serio, pero sin hostilidad. Sus brazos se apartan de los míos poco a poco—. Ten cuidado, ¿vale? Ten *mucho* cuidado.

—Claro que sí. No sé esquiar, así que no pisaré las pistas peligrosas —le contesto con ligereza, aunque mis ojos vuelan lejos de los suyos.

Taiga aprieta un poco los labios, pero alza una mano para revolverme el pelo, como cuando era pequeña.

—Recuerda que yo también estuve en Miako ese día —murmura, antes de separarse de golpe de mí.

—¿Qué? —musito.

Me quedo paralizada, sin fuerzas. Casi parece que no puedo sostener el regalo para los padres de Mizu.

—¿Nami? ¿No vas un poco justa de tiempo? El autobús...

La voz de mi padre me hace reaccionar. Me doy la vuelta en redondo y me dirijo a toda prisa hacia la puerta sin mirar atrás, porque siento terror de que Taiga pueda decir algo más. Me pongo las zapatillas de deporte a toda prisa, el abrigo y la bufanda.

—*Mata ne*, Nami —se despide mi padre.

Con un pie fuera de casa y la mano quieta sobre el picaporte, vacilo durante un instante, antes de musitar:

—*Sayonara*.

Cierro la puerta de golpe y en vez de esperar el ascensor, bajo las escaleras corriendo. Cuando llego a la calle no me detengo y sigo con paso acelerado varios minutos más, hasta arribar al punto acordado, en un pequeño aparcamiento donde ya hay algunas figuras apelotonadas, cargadas con mochilas, que se giran al escuchar mis pasos.

—¡Llegas tarde! —exclama Harada.

Empiezo a farfullar una disculpa, pero las palabras se extinguen de mis labios cuando todos se apartan y puedo ver el vehículo tras ellos. Es una furgoneta, sí, pero no es exactamente como me había imaginado. Es cuadrada y blanca, o al menos en parte, si ignorara los arañazos y las abolladuras. En el interior hay sitio solo para cinco, porque la parte de atrás está repleta de útiles de la construcción. Las ruedas son delgadas, parecen demasiado frágiles para soportar esa estructura tan enorme y destartalada. Estoy segura de que este vehículo es mucho más viejo que yo.

—¿De qué año es ese cacharro? —Ese es mi saludo.

Masaru, con una sonrisa divertida dibujada en sus labios, me guiña un ojo.

—De principios de los noventa.

—¿Hay algún problema? —añade Kaito, mientras se acerca a mí con un par de zancadas.

Estoy a punto de replicar con su misma brusquedad, pero una figura más alta que nosotros se coloca entre los dos, con los brazos algo alzados.

—Los noventa fueron una época estupenda —dice Arashi, con una sonrisa nerviosa tirando de sus rasgos. Sus ojos se deslizan hasta la furgoneta y su mueca se tensa un poco—. Estoy seguro de que en esos años se construían coches muy... robustos.

Masaru suelta una pequeña carcajada y se acerca a nosotros. Coloca una mano en el hombro de Kaito y tira de él para apartarlo.

—No te preocupes, aguantará todo el viaje —dice, sin una sombra de duda en sus ojos.

Soporto su mirada un instante más antes de soltar un pequeño suspiro. No sé qué le habrá contado Kaito sobre el viaje, pero él está aquí, no va a pasar el fin de año con su familia y es mi última oportunidad para llegar a Miako.

—Tienes razón, lo siento mucho. —Me afianzo las tiras de la mochila sobre la espalda y me dirijo a la furgoneta—. No sabes cuánto te agradezco que estés aquí. Sé que no son buenas fechas.

—Para Kaito eres muy importante, así que también lo eres para mí —contesta él, antes de encogerse de hombros.

Dirijo una mirada sorprendida hacia el aludido, que sacude la cabeza y se aleja con rapidez de nosotros, farfullando como un viejo malhumorado. Sin añadir palabra, se apresura a tirar, más que a colocar, las mochilas de mis amigos que están en el suelo. Harada y Li Yan se quejan, pero él los ignora y abre con brusquedad la puerta de atrás. Con un solo gesto de la cabeza, les indica (más bien, ordena bajo amenaza) que entren.

Yo me acerco para ver cómo Li Yan se aprieta contra la ventana sucia y Harada se repantinga en el asiento. Arashi se sube con agilidad y se pega todo lo posible a su amigo para dejarme un espacio que de todas formas sigue siendo demasiado pequeño. Yo me subo de un salto a la furgoneta y me coloco de lado para poder cerrar la puerta a mi espalda. Estoy tan pegada a Arashi, que mi pecho se hunde en su brazo y noto cómo él se envara, pero por mucho que quiera apartarse, es físicamente imposible.

—Si nos ve la policía, nos detendrá —comenta Li Yan, a la vez que intenta quitarse el chaquetón en el ínfimo espacio que tiene.

—Uno de vosotros puede agacharse en el suelo de la furgoneta y lo cubriremos con abrigos —comenta Masaru. Se sienta en el asiento del conductor y lo adelanta todo lo que le permiten sus largas piernas, aunque el espacio continua siendo insuficiente para nosotros.

—Tendrás que ser tú, Harada —dice Arashi.

—¿Qué? ¿Por qué?

—Porque eres el más bajito de todos.

—¡Se supone que eres mi mejor amigo! ¿Cómo puedes...?

La voz de Harada desaparece cuando Masaru hace girar la llave de contacto y el motor se pone en marcha. No es un arranque suave, la furgoneta da un salto hacia delante y el ruido recuerda al de una bomba al explotar. Todos soltamos un grito.

—No pasa nada. Es el motor, que todavía está frío —se apresura a explicar Masaru.

Está a punto de meter primera, cuando de pronto veo una sombra gris a través de la ventana sucia.

—¡Un momento! —exclamo, y abro la puerta de golpe. Salto al aparcamiento y veo cómo se acerca a toda prisa Yemon, con el rabo en alto.

—¿Y ahora qué pasa? —pregunta Kaito, con la cabeza asomada por la ventanilla.

—Es Yemon, mi gato —explico, sin mirarlo. Él maúlla y frota su cabeza contra mis piernas antes de plantarse frente a la puerta abierta de la furgoneta—. Creo que tiene que venir con nosotros.

—¿Estás de broma? —gime Harada—. Aquí dentro no cabe ni una maldita mosca. Además, ¿dónde va a hacer sus necesidades? Es un viaje que va a durar muchas horas.

—No habrá problemas con eso —me apresuro a contestar—. Es un gato... especial.

—Pues que entre de una maldita vez, entonces —suelta Kaito, mientras sube la ventanilla.

—¿Os habéis vuelto locos? —exclama Harada, pero todos lo ignoran.

Como si lo hubiera entendido, Yemon salta al interior del vehículo y se sienta sobre las piernas apretadas de Arashi. Olisquea a Li Yan y le suelta un bufido de advertencia a Harada, que intenta alejarse de él en vano.

Yo vuelvo a subir a la furgoneta y me aprieto contra Arashi. Levanta un brazo, dubitativo, y me coloco bajo él. El olor dulce de su vieja sudadera y de su piel me tranquiliza. Y, durante un instante, olvido lo que puede pasar en menos de veinticuatro horas.

ROAD TRIP

30 de diciembre de 2016

La negra noche nos engulle cuando dejamos atrás las luces de Kioto y nos adentramos en la autovía. Apenas hay coches en la carretera, así que, si no fuera por las escasas luces del salpicadero y las pantallas de nuestros teléfonos móviles, ni siquiera seríamos capaces de vernos los unos a los otros. Aunque al principio hablamos, al final el ambiente se vuelve silencioso, a excepción del ruido constante del motor y del ronroneo de Yemon.

En un momento dado, Masaru decide poner la radio, pero como la antena no funciona, opta por introducir una vieja cinta de casete que Kaito encuentra en la guantera. La mayoría son canciones antiguas, muchas ni siquiera las conozco, otras me suenan de haberlas oído de pequeña, del tarareo de mi padre o de algún anuncio. Todos las escuchamos en silencio, mientras la furgoneta avanza por la autovía a velocidad constante y más elevada de la que podría haber creído en un principio.

A pesar de lo que nos espera, un ambiente tranquilo reina en el interior del vehículo. Masaru mueve la cabeza al ritmo de la música, Kaito incluso canturrea algunas partes, aunque parece más bien repetir la letra en forma de siseos amenazadores. Li Yan se entretiene rozándole la nariz con la punta de su cabello castaño a un dormido Harada, que abre los ojos durante segundos, desorientado, antes de cerrarlos de nuevo y volver a dormir. Yemon también duerme, aunque completamente estirado, bocarriba, apoyado en las piernas de Arashi y en las mías. Mi mejilla sigue apoyada en el pecho de Arashi y él juguetea distraídamente con un mechón de mi pelo, enrollándolo y desenrollándolo de su dedo.

De pronto, la cara de la cinta termina y Kaito le da la vuelta. Una nueva melodía comienza a hacer eco por toda la furgoneta y yo noto que mi corazón se ralentiza un poco.

Almost heaven, West Virginia,
Blue Ridge Mountains, Shenandoah River.
Life is old there, older than the trees,
younger than the mountains, growin' like a breeze...

—¡Me encanta esa canción! —exclama Harada, mientras se inclina un poco hacia delante—. ¡Sube el volumen!

—Esto no es una maldita excursión de instituto —mascula Kaito, pero aun así le hace caso y la melodía me llega hasta los huesos.

—¿Ocurre algo? —me pregunta Arashi, cuando nota mi estremecimiento.

Me yergo y miro a mi alrededor, como si esperara ver a Kannushi-san en mitad de la carretera. Pero fuera no hay más que oscuridad. Recuerdo esta canción, a pesar de que la escuché por última vez hace más de cinco años, cuando abandonaba Miako. Ahora suena de nuevo, que intento regresar.

Sacudo la cabeza y vuelvo a apoyar mi mejilla contra su hombro. Cierro los ojos y dejo que la música me inunde. Harada la está cantando con la mano en el pecho, Li Yan la tararea también. Hasta Arashi canturrea algunos versos del estribillo, distraído.

Sin separar los labios, mi lengua pronuncia todas y cada una de las palabras que suenan.

Country roads, take me home
to the place I belong.
West Virginia, mountain mama,
take me home, country roads...

Cuando la canción termina, tengo cuidado en que nadie se dé cuenta de cómo me seco la lágrima que se me ha escapado del ojo.

El viaje continúa y las horas comienzan a sucederse unas tras otras. El paisaje es monótono, no vemos más que asfalto y oscuridad, y el único indicativo del paso del tiempo son las paradas que hacemos de vez en cuando para ir al baño, repostar y comprar algo para comer.

Sobre las diez de la noche, vemos en el horizonte miles de luces que se alzan en todas direcciones e iluminan los alrededores, a pesar de la distancia que nos separa. Si Kioto es la ciudad de los mil templos, Tokio es la de las mil luces, aunque para mí ahora no sea más que la ciudad que destrozó a mi hermano. A Yemon tampoco le gusta esa visión, porque echa las orejas hacia atrás y suelta un maullido bajo y prolongado.

—El viaje ha llegado más o menos a la mitad —anuncia Masaru, aunque un bostezo ahoga la frase.

Kaito se inclina hacia él, pero todos oímos sus palabras.

—Deberías descansar unas horas. Esta mañana has madrugado mucho y has trabajado durante todo el día.

—Estoy bien —replica Masaru, pero en ese momento da un volantazo para regresar la furgoneta al carril, del que se había estado desviando progresivamente.

Se produce un instante de silencio.

—Estoy de acuerdo, deberíamos parar un poco —digo, tras vacilar un instante—. Todavía tenemos tiempo.

No es cierto, apenas quedan unas horas para que comience el último día del año, pero cuando Masaru me dedica una mirada de agradecimiento a través el retrovisor, me fijo en lo amoratados y oscuros que son los cercos que nacen de sus ojos.

—Bueno, ahora que lo decís... conozco un sitio barato donde podremos descansar un poco antes de continuar viaje —comenta, antes de tomar una de las salidas que lleva a Tokio.

El tráfico se incrementa, pero no nos internamos mucho en el área metropolitana. Apenas unos pocos minutos después, Masaru cambia de dirección y conduce la traqueteante furgoneta por varias calles secundarias. Yo contemplo a mi alrededor, perdida como todos, pero Masaru sabe a dónde dirigirse. Después de doblar una esquina, ve un aparcamiento y estaciona.

Estamos junto a lo que parece un *love hotel* venido a menos. En la puerta hay un cartel de neón rosa y amarillo, que, de no haber estado medio roto, mostraría un enorme corazón.

Todos guardamos silencio, aunque mis ojos se clavan en la espalda de Kaito. Él, sin embargo, tampoco dice nada y se apresura a salir de la furgoneta.

—Parece un sitio muy... pintoresco —comenta Harada, una vez que ya estamos todos en la calle y estiramos nuestras extremidades doloridas—. Pero no nos van a dejar entrar con un gato.

Yemon, como si lo hubiera entendido, gira hacia él la cabeza, lo fulmina con sus ojos azules y tras dedicarme un suave maullido, se encamina hacia un pequeño parque que asoma al final de la calle.

No me preocupo. Sé que estará aquí a la hora que decidamos continuar el viaje, sea cual fuere.

Aunque menos Masaru, todos somos menores de edad, a ninguno nos piden identificación alguna. De hecho, ni siquiera nos miran la cara. Del recepcionista del *love hotel* solo vemos sus manos cuando acepta el dinero que cubre las seis horas que decidimos descansar. Hay una barrera opaca que impide que vea nuestras caras y que nosotros veamos la de él. Como solo quedan dos habitaciones libres, Masaru y Kaito deciden quedarse con una, y el resto de nosotros cuatro con otra, por lo que Harada y yo tenemos que pasar por debajo del mostrador para que el recepcionista no se cerciore de que cuatro personas vamos a ocupar una habitación para dos.

Por suerte, las habitaciones están insonorizadas, y ni un solo sonido atraviesa las paredes. Lo cual es un alivio, la verdad. La estancia es pequeña, apenas hay sitio para dejar nuestras mochilas, pero la cama es grande, tiene pétalos de plástico repartidos por la colcha, el baño tiene *ofuro* y hay una pequeña máquina de la que se pueden sacar, por una pequeña cantidad de yenes, disfraces de lo más pintorescos.

Después de asearnos un poco y dejar que el agua caliente nos termine por vapulear, caemos en la enorme cama. Li Yan y Harada en los extremos, Arashi y yo en el centro. No hay parte de nuestros cuerpos que no estén en contacto. Apenas pasan un par de minutos hasta que escucho la respiración pausada de mi amiga acariciándome la nuca y los ronquidos de Harada llenan la habitación.

—Que duermas bien —me susurra Arashi, con voz somnolienta.

—No creo que pueda con semejante concierto —le contesto, con una pequeña sonrisa, mientras paso mi pierna por encima de su cadera y empujo con el pie el trasero de Harada.

Pero cuando vuelvo a mirar los ojos de Arashi, ahora enormes y libres sin los cristales de las gafas, la sonrisa desaparece de mi boca y no queda más que una mueca apretada.

—Te prometo que arreglaré el pasado. Conseguiré que no desaparezcas —susurro.

—No me preocupa el pasado —contesta él, también con un murmullo—. Me preocupa el futuro. Me preocupa que seas tú la que desaparezca.

Yo trago saliva porque no puedo contestar, y me limito a abrazarlo con mucha fuerza. Así, a pesar de sus palabras, de lo que sé que puede ocurrir mañana, me quedo profundamente dormida. No sueño con nada, así que cuando escucho sonar la alarma del teléfono, parece que acabo de cerrar los ojos.

Al incorporarme en la cama, me sorprendo al ver a todos ya preparados. No sé si es la luz amarillenta de la habitación, pero sus pieles han adquirido un tono enfermizo.

—Tenemos que irnos —dice Arashi, antes de ofrecerme su mano.

Después de dejar la tarjeta de la habitación en esas manos misteriosas que aparecen bajo el mostrador, bajamos hacia la calle. Todavía no ha amanecido, las farolas siguen encendidas, y Masaru y Kaito están junto a la furgoneta desvencijada. No solo ellos. Junto a una rueda, lamiéndose una pata, se encuentra Yemon. Al verlo, Harada me dedica una mirada desorbitada.

—Sabía que estaría aquí —le contesto mientras me encojo de hombros—. Ya te he dicho que es un gato muy especial.

Antes de subir a la furgoneta, Kaito nos reparte a cada uno un *onigiri* y un brik de yogur. Cuando lo observo con una ceja arqueada, él se limita a farfullar:

—Mientras todos roncabais, di un paseo y encontré por casualidad un *konbini* abierto. No soy una maldita marmota como vosotros.

A pesar de su ceño fruncido, del tono agresivo de sus palabras, veo cómo le tiembla un poco el labio inferior, así que le doy las gracias y, antes de subir a la furgoneta, le aprieto el brazo con suavidad.

Cuando Masaru arranca el motor, me invade una extraña sensación de *déjà vu*, que se incrementa a medida que los kilómetros pasan. El día anterior apenas intercambiamos palabra, pero hoy ni siquiera despegamos los labios. Kaito no enciende la radio ni pone otra cinta, pero nadie se lo pide tampoco.

Abandonamos a velocidad constante el área metropolitana de Tokio, todavía sin la congestión típica del tráfico, y pronto avanzamos por autopistas despejadas, a medida que dejamos viviendas atrás y los árboles comienzan a crecer a nuestro alrededor. Ni siquiera hacemos paradas para ir al baño. Cuando tenemos que detenernos en una estación de servicio para repostar, aprovechamos para comprar algo más para comer. Yo elijo un *meronpan* que está un poco seco, pero por alguna razón el sabor dulce reconforta un poco mi burbujeante estómago, que no ruge por hambre.

Poco antes de las siete, amanece. Pero el sol no asoma tras las copas peladas de algunos árboles o se desliza entre las hojas perennes de otros. El día está nublado y una bruma ligera hace que el paisaje parezca todavía más frío. De alguna forma, me recuerda a ese once de marzo; cuando me marché, Miako estaba nublado, casi parecía que iba a llover. Yo misma parezco nublada por dentro, pero le envío un mensaje lleno de emojis a mi padre, diciendo que estoy en una estación de esquí y que dejaré el móvil en el coche, que no recibirá noticias mías hasta la noche. Pocos minutos después, él me contesta y me dice que todo está bien en casa, a pesar de que seguramente esté buscando a Yemon como un loco. Suspiro y bajo el teléfono. No puedo decirle que el gato está aquí, durmiendo entre mis piernas y las de Arashi, y tampoco puedo contarle el motivo. Espero que su mentira piadosa valga lo mismo que la mía.

Kaito es el que guía. Lleva su teléfono móvil entre las manos y una aplicación le indica el camino más corto. Llega un momento en que tenemos que desviarnos de la autovía y seguir por una carretera secundaria, más estrecha. Por suerte, apenas hay tráfico, aunque no avanzamos con rapidez. Llega un momento que encontramos las huellas de algún árbol caído, que han retirado de la calzada hace no mucho, porque quedan restos de ramas secas y hojas; hallamos también algún poste de la luz combado y alguna grieta que serpentea por el asfalto.

—El terremoto —murmura Arashi, lúgubre—. Aquí debió ser más intenso.

A pesar de que la furgoneta traquetea cada vez más, Masaru no se detiene y seguimos avanzando. Miro por encima del asiento del copiloto y observo el teléfono móvil de Kaito. Trago saliva. Solo quedan quince minutos para llegar.

Ladeo la mirada hacia las colinas que bordean la carretera. Ocultos tras ellas, está el océano, está Miako. Parecen tan cercanas, que tengo la sensación de que si alargo mi mano temblorosa podré tocarlas.

Pero, de pronto, un grito me hace levantar la cabeza.

—¡Cuidado!

A la salida de la curva, nos topamos con una caravana de coches completamente detenida. Masaru pisa el freno a fondo y todos nos precipitamos hacia delante.

—¿Estáis bien? —pregunta Masaru.

Contestamos con un quejido y Yemon suelta un bufido malhumorado antes de esconderse en mis brazos.

—¿Qué ocurre? —pregunta Li Yan.

En unos metros la carretera se divide en dos. Hacia la izquierda, hay un cartel que indica el desvío hasta Ishinomaki, por el que los coches avanzan poco a poco; por el otro, el camino principal continúa y, si entrecierro los ojos, puedo leer un cartel que indica que el desvío hacia Miako se encuentra solo a dos kilómetros de distancia. Sin embargo, el camino está cortado. Hay un coche de policía en mitad de la calzada y varias vallas amarillas que impiden el paso. Tras ellas, en la lejanía, me parece ver algunos obreros y máquinas con luces parpadeantes.

—El camino debe estar cortado —suspira Masaru.

Kaito aprieta los labios y, sin decir palabra, comienza a golpear el puño contra la bocina del coche.

—¿Qué haces? —exclama su novio, mientras intenta apartarle la mano.

Pero Arashi y yo nos precipitamos hacia delante y comenzamos a apretar la bocina también, sin mesura. El sonido es tan estridente, que varias bandadas de pájaros abandonan los árboles que nos rodean a toda prisa. Puedo ver cómo los ocupantes de los coches de delante giran la cabeza y nos observan con el ceño fruncido, pero yo no dejo de apretar el volante, una y otra vez, ni siquiera cuando un policía sale del coche patrulla y se acerca a nosotros con cara de pocos amigos.

No lo entienden. El camino *no puede* estar cortado. Tengo que llegar hasta Miako, y tengo que llegar ya.

El agente se detiene junto a la ventanilla de Masaru y él no tiene más remedio que bajarla. Con una sonrisa en los labios, está a punto de decir algo, pero yo me adelanto.

—Necesitamos seguir adelante.

El hombre desvía sus ojos ceñudos de Masaru a mí, y los desliza después por los cuerpos apretados que llenamos el asiento trasero, con Yemon incluido.

—La carretera está cortada. El terremoto...

—Nos dirigimos a Miako —lo interrumpo—. Es muy urgente.

—¿Miako? —El agente parpadea y nos echa a todos un nuevo vistazo; la confusión casi parece vencer su enojo—. Ahora mismo es inaccesible. Las carreteras que lo rodean están demasiado dañadas por el terremoto. Ayer mismo se hizo una entrega de provisiones por helicóptero.

—¿Y cuándo se podrá acceder? —pregunta Arashi.

—Quizás al final de la jornada; o mañana, como muy tarde.

Yo me giro y le doy la espalda al hombre, a pesar de que añade algo que yo, ni nadie, escucha.

—No puedo esperar tanto —murmuro.

El último día del año es la frontera del tiempo, pero no sé qué ocurrirá con el día de Año Nuevo. Y no puedo arriesgarme a averiguarlo. El agente sigue hablando, menciona algo sobre que vamos demasiados en el vehículo, y que este no está preparado para el transporte de más de dos personas, pero mis ojos vacilan entre mis amigos y la puerta.

De pronto, como si fuera el pistoletazo de salida, Yemon da un salto y se abalanza sobre el agente, que grita y retrocede, e intenta quitárselo de encima. Yo abro la puerta y salto fuera, mientras Arashi, Li Yan y Harada me siguen. Kaito permanece en el interior del vehículo junto a Masaru, que pone en marcha el motor y da un violento volantazo para esquivar al agente que todavía lucha para apartar a Yemon del pecho.

Mientras la furgoneta ruge y se dirige hacia el desvío de Ishinomaki, Kaito saca la cabeza por la ventanilla y me mira. A pesar de que no despega los labios, sé lo que me pregunta.

—¡El Templo Susanji! —grito, antes de desviar la mirada.

El corazón se me cae del pecho. Dos policías más han salido del coche patrulla y se acercan a toda velocidad a nosotros. Uno de ellos lleva una radio pegada a la boca.

Sigo corriendo, no puedo parar. No tengo ni idea de si piensan detenerme, pero no puedo perder más tiempo. Son las once de la mañana; a esta hora, el once de marzo de hace cinco años, llevaba varias horas despierta en el que sería mi último día en Miako.

Uno de los agentes se planta frente a mí; es alto y robusto, y sé que me alcanzará de un momento a otro. Pero entonces una figura pasa a mi derecha y da un giro brusco al abalanzarse sobre el hombre. Es Li Yan, que envuelve con fuerza sus largos brazos alrededor del tronco del policía y se deja caer. El agente no sé si está confundido o furioso.

—¡Corre! —me grita mi amiga—. ¡Corre!

Y yo lo hago, con Arashi a mi lado, pero el último agente se acerca a nosotros con la radio en la mano, y suelta palabras a toda prisa. Dice que me detenga, pero yo no puedo dejar de mover mis pies. De pronto, como de la nada, aparece Harada y se coloca delante del hombre. Este va tan rápido, que no puede esquivarlo, y los dos chocan. La radio escapa de la mano del agente y Harada la arroja al suelo antes de pisotearla con todas sus fuerzas. Después, nos lanza una mirada de horror a Arashi y a mí, como si acabara de darse cuenta de lo que ha hecho.

—¡Más os vale llegar a tiempo! —exclama, antes de que el agente se le eche encima y lo aplaste contra el suelo.

Yo me detengo un momento, pero Arashi me sujeta de la muñeca y me obliga a seguir adelante. No hay camino que seguir, todo es césped y matorrales, y móviles que nos graban desde los coches detenidos en la carretera. Avanzamos a toda velocidad y nos dirigimos hacia las colinas.

Hacia Miako.

ÚLTIMA OLA

1 de enero de 2011

Cuando los fuegos artificiales llegaron a su fin nos quedamos un instante más en el jardín. Desde donde estaba, vi a algunos de nuestros vecinos asomados también a sus jardines y otros, más adelante, con medio cuerpo fuera de sus ventanas. En el cielo ya solo quedaban estelas humeantes, que parecían flores derritiéndose.

De pronto, el viento nocturno se levantó y yo me estremecí. Mi padre me vio de soslayo y me rodeó con sus brazos.

—Venga, volvamos adentro —dijo.

Cuando regresamos al salón, los ánimos estaban más calmados. La televisión seguía a todo volumen, pero Taiga se apresuró a bajarlo. Con un suspiro, se sentó en el sofá y todos lo imitamos.

—Ahora que es Año Nuevo... —comenzó mi padre, atrayendo todas nuestras miradas—. Tengo algo que anunciar.

Estaba apoyada en Yoko-san, así que pude notar cómo se tensaba contra mi cuerpo. Taiga asintió, con gesto expectante, y yo esperé en silencio a que mi padre continuase.

—Hace un par de semanas me enteré de que había quedado un puesto libre en la empresa, en la sede de Kioto.

Los hombros de Yoko-san se relajaron, pero los míos se crisparon. Me eché involuntariamente hacia delante, con el corazón golpeando con fuerza mi pecho. Taiga permaneció inmóvil.

—Es un puesto muy solicitado, pero... me lo ofrecieron hace un par de días. Y he aceptado.

Yoko-san dio un par de palmadas y se levantó para felicitarlo; mi hermano mayor soltó una exclamación de sorpresa, pero yo me quedé en el sofá, paralizada.

—¿Qué? —murmuré.

Mi voz congeló las expresiones de todos. Las mejillas enrojecidas de mi padre se apagaron y ladeó la cabeza para mirarme.

—Nami...

—¿Y qué pasará con el colegio? —pregunté, con un hilo de voz.

—Esperaremos a que termines el curso, por supuesto. En abril ibas a comenzar el instituto, y así será, pero en otra ciudad. —Yo lo observé con los labios entreabiertos y la mirada entornada. El corazón me hacía daño—. He visto una academia que está muy bien, en pleno centro, no muy lejos de un parque precioso.

Me quedé en silencio porque era incapaz de pensar en nada. No lo entendía. En Miako también había parques. En Miako también había un instituto, al que acudía la hermana de Mizu. Aunque siempre se estaba quejando de él, yo sabía que era feliz allí.

—Kioto es una ciudad maravillosa, ¿sabes que la conocen como la ciudad de los mil templos?

—En Miako también hay templos —repliqué.

Yoko-san y mi hermano intercambiaron una mirada mientras mi padre se arrodillaba frente a mí. Quería tomarme de las manos, pero yo las aparté y las dejé bien resguardadas tras mi espalda. Mi ceño estaba tan fruncido, que sobre la cara de mi padre vi un borrón negro.

—Nami, será un cambio, pero un buen cambio. Tengo que conducir más de una hora para llegar a Sendai, donde está la empresa, muchos días a la semana.

—¡Pues entonces vámonos a Sendai! —exclamé, desesperada. No sabía exactamente a cuánta distancia estaba Kioto de Miako, pero sabía que estaba todavía más lejos de Tokio, y eso ya estaba demasiado lejos.

—Nami...

—Pero... ¿y Amane y Mizu? —insistí; la vista se me empezó a emborronar—. ¿Y Yemon?

Mi padre pestañeó, algo desconcertado por la mención del último nombre, pero terminó por sacudir la cabeza. Sus manos trataron de atrapar las mías, sin éxito.

—El mundo está conectado. Ya no es como antes, no tendrás que escribirles cartas si quieres hablar con ellas y con... ese tal Yemon. Seguiréis siendo amigas.

—Mentira —rezongué yo.

—No solo no las perderás, sino que estoy seguro de que harás nuevos amigos allí, en Kioto.

—¡Pero yo no quiero nuevos amigos! —aullé, sin poder aguantarlo más.

Me levanté de un salto y esquivé a mi padre, que intentó alcanzarme con sus brazos. Pasé entre Taiga y Yoko-san, cuyas miradas me siguieron cuando subí a zancadas la escalera. Cuando atravesé la puerta de mi dormitorio, tenía la cara empapada de lágrimas.

Yemon estaba en la cama, como si me estuviera esperando. Yo me arrojé sobre él y lo abracé con fuerza, mientras él frotaba su cabeza contra mi mejilla, con un ronroneo suave y tranquilizador.

Escuché pasos en la escalera y me aferré con más fuerza al pelaje suave del gato. Me daba igual que mi padre descubriera a Yemon, no me iba a separar de él, ni de mis amigas, ni de Kannushi-san y el Templo Susanji, ni de mi colegio, ni de Yoko-san, ni de Miako.

Porque en el momento en que supe que iba a perderlo, comprendí qué significaba la palabra «hogar». Y este lugar lo era.

Y siempre lo sería, pasara lo que pasare.

Siempre.

MIAKO

31 de diciembre de 2016

No sé por cuánto tiempo corremos. Ni Arashi ni yo perdemos un segundo para preguntar la hora; yo ni siquiera tengo el teléfono móvil aquí. Se me debió caer en la furgoneta cuando salté de ella, o en mitad de la huida. No lo sé, aunque tampoco me importa.

No me atrevo a mirar atrás, por si veo más agentes corriendo en nuestra dirección. Por suerte, no se escuchan sirenas de ningún tipo, solo nuestros pasos acelerados y nuestras respiraciones, que se hacen más fuertes a medida que avanzamos. Yemon corre a nuestro lado, siempre por delante, como si fuera una estela plateada que debemos seguir.

De pronto me paro junto a un árbol, oculta entre matorrales. Arashi, algo más adelante, se detiene para mirarme.

—¿Estás bien?

—Solo necesito un momento. Cuando nadaba, tenía mejor forma —comento, con una sonrisa que no es más que una triste mueca.

Me separo del tronco y respiro tres veces hondo antes de seguir avanzando, esta vez sin correr.

Estamos bastante elevados y a pesar de que algunos árboles se han partido por culpa del terremoto de hace varios días, la vegetación nos rodea e impide que veamos nada que no sea hojas verdes y ramas de un marrón intenso en aquellos árboles no caducos. Ni siquiera Arashi, con su altura inmensa, puede ver qué está ocurriendo en la carretera que hemos dejado atrás.

Solo podemos seguir avanzando hacia arriba.

Recuerdo sin querer todas las veces que subí cuestas así junto a Mizu y a Amane, las veces que las convencí de visitar el Templo Susanji y cómo recorríamos dando saltitos el sendero que llevaba a la cima del Monte Kai. Casi puedo vernos a nosotras tres avanzar por delante de mí y de Arashi, hablando de cosas que haríamos cuando creciésemos, de lo idiota que era Kaito y de la próxima vez que dormiríamos juntas. La nariz y los ojos me arden, aunque en el pecho no siento tristeza, tampoco alegría, sino una melancolía dulce, que duele y acaricia a la vez.

La sensación que me envuelve como un jersey se incrementa a medida que nos acercamos a la mitad de la montaña. Los árboles comienzan a espaciarse, los matorrales ya no son tan abundantes e incluso encontramos un sendero de tierra que comenzamos a seguir. Arashi sigue caminando el primero y de vez en cuando me dedica una mirada; como yo, sabe que nuestro viaje está a punto de llegar a su fin.

Apenas unos minutos después, la pendiente se suaviza y desaparece, y llegamos a un terreno llano. El sendero que seguimos desemboca en otro más grueso, más cuidado, cercado por un pasamanos de madera. Me quedo quieta, a pesar de que el tiempo no me espera, y de pronto me abalanzo hacia delante.

Paso junto a Arashi, lo rebaso y mis zapatillas de deporte resbalan en la tierra cuando llego a un precipicio. El camino nos ha llevado casi al final del sendero del Monte Kai. Sé dónde estoy. Recorrí este camino muchísimas veces. Si giro la cabeza hacia la derecha, entre los árboles fríos y desnudos, veré la madera roja del *torii* de entrada al Templo Susanji. Y si miro hacia abajo...

No puedo evitar que el aire escape de golpe de mis pulmones. Bajo las puntas de mis pies, veo el pueblo de Miako. O más bien, una triste sombra de lo que fue.

Ya no queda nada. La gran mayoría de los pueblos y ciudades que sufrieron el terremoto y el tsunami del dos mil once fueron reconstruidos con el paso de los años, pero otros fueron tan arrasados, que la mayor parte de los habitantes nunca quisieron regresar. Miako es uno de ellos.

El paseo marítimo ni siquiera se puede llamar así, apenas es una franja de asfalto al lado de unos muros de contención que han vuelto a construir, pero que siguen siendo demasiado bajos para las olas que azotaron la costa ese día. El instituto, uno de los pocos edificios que no fueron afectados, parece abandonado. La humedad ha creado anchos hilos negros en la pintura blanca, que se prolongan hacia abajo. Parece como si las ventanas lloraran. Casi todas las viviendas y los comercios que estaban situados en la zona más baja del pueblo han desaparecido y solo quedan solares como lápidas que recuerdan su existencia. Hay alguna casa nueva salpicada aquí y allá, y las situadas en zonas más elevadas siguen tal y como las recuerdo, aunque pocas parecen habitadas. Muchas tienen los jardines descuidados, aunque de otras escapan luces tras los cristales para alumbrar este día nublado.

El colegio no está. Supongo que lo terminaron de derrumbar cuando el agua se retiró y no hubo más gente a la que buscar. Todavía queda algún muro que se ha vuelto verde y gris por la humedad y el viento costero. En el patio de recreo, a pesar de las malas hierbas que lo salpican, todavía puedo ver las líneas del campo de atletismo.

Aparto la mirada de golpe. Esto ya no es Miako, ni siquiera es un recuerdo de lo que fue. Yemon, a mi lado, frota su cabeza contra mis piernas, como si pudiera sentir mi pesar.

Me giro y me encuentro con Arashi, al que ni siquiera he sentido llegar. Él también observa el esqueleto decrépito en el que se ha convertido el lugar en el que me crie. Sus ojos están llenos de pesar, pero cuando se vuelve hacia mí, se sube las gafas como siempre y me dedica una pequeña sonrisa.

—Por suerte, tienes tus recuerdos. Y eso no te lo puede quitar nadie, ni siquiera un tsunami.

A pesar de la desolación que ahora se encuentra a mi espalda, sonrío, y lo hago de verdad. Asiento, y mis pupilas se clavan en la esquina del *torii* que veo entre dos ramas famélicas, apenas unos metros más arriba.

—Ni siquiera un dios —susurro.

Los dos juntos ascendemos varios minutos más y subimos la escalera de piedra que comunica el sendero con el templo. Allí, en la entrada, junto al *torii*, como la primera vez que lo vi, está Yemon. Esperándome.

Los tres cruzamos el umbral invisible que nos separa de la tierra de los dioses y los espíritus, y nos adentramos en el Templo Susanji. Al contrario de lo que ocurre con Miako, todo está tal cual lo recuerdo. El banco orientado hacia el pueblo y el océano. El *honden*. Las lámparas de piedra. El *temizuya* con su dragón de fauces abiertas y afiladas. Los *komainu* con sus fieros colmillos. El estanque. La pequeña oficina del templo.

Abro los ojos de par en par. La oficina está abierta. Algunos amuletos están colgados y colocados en varios expositores, y una sacerdotisa de largo pelo negro está apoyada sobre él, con aire aburrido. Entorno la mirada; estoy segura, segurísima. Es la misma mujer que trabajaba aquí cuando yo tenía once años.

Miro a mi alrededor, esperando encontrar la figura de Kannushi-san, pero no veo a nadie. Vuelvo a echar otro vistazo, pero no hay nadie más en este templo que Arashi, Yemon, la sacerdotisa aburrida y yo. Sin dudar, me dirijo hacia ella. Sus ojos ni siquiera se levantan de su teléfono móvil cuando me planto al otro lado del mostrador.

—¿Dónde está? —pregunto a bocajarro.

La joven tarda demasiado tiempo en pestañear y alzar sus enormes ojos hasta mí.

—¿Disculpa?

—Kannushi-san. El sacerdote de este templo —replico a toda prisa.

—Ah, ¿el viejo? —Se encoge de hombros con una lentitud pasmosa—. No tengo ni idea.

Arashi y yo intercambiamos una mirada antes de que me abalance hacia delante y apoye las manos en el mostrador de madera, tirando al suelo un par de cestas llenas de amuletos.

—¡Oye! —exclama ella, molesta.

—¿Cómo no vas a tener idea de dónde está? —chillo, mirando una vez más a mi alrededor—. Se suponía que debía estar aquí.

La sacerdotisa pone los ojos en blanco y se deja caer sobre un pequeño banco de madera que tiene a su espalda.

—Ese viejo viene y va. Hace semanas que no lo veo —comenta.

—¿Se... semanas? —balbuceo.

No puede ser, no puede ser. Yo hablé con él. Me dijo... no, me hizo entender que debía venir hasta aquí, que debía encontrar una frontera. ¿No era esta la frontera? ¿No era el último día del año? ¿He estado equivocada durante todo este tiempo? ¿Y si el momento exacto ya ha pasado? ¿Y si al momento exacto le quedan todavía años por aparecer? ¿Y si ni siquiera existe un momento exacto?

Arashi da un paso adelante y carraspea un poco antes de dirigirse a la sacerdotisa.

—Él debió darle alguna instrucción... ¿no? Usted... —Se sube las gafas, se toca el pelo mientras la mujer lo observa con una ceja enarcada—. Usted también es una diosa, ¿verdad?

Ella se echa hacia atrás y suelta una carcajada que parece escupir pintura roja, porque las mejillas de Arashi se ruborizan.

—¿Una diosa? Ya me gustaría. ¿Crees que si fuera una diosa estaría aquí, aburrida, perdida en el último rincón del mundo? —contesta, aunque sus labios siguen estirados en una sonrisa burlona—. Solo soy una chica que intenta ganarse algo de dinero extra.

Los dedos de Arashi rozan los míos, pero ni siquiera su caricia, ni su mirada, consigue que el desconsuelo no me destroce un poco más. La sacerdotisa suspira y vuelve su atención al teléfono móvil.

—Siento no poder ayudarte y dejarte así —comenta—. Pobrecita, pareces un pez fuera del agua.

Un rayo me atraviesa. No, no es solo un rayo. Un centenar de rayos, una tormenta entera. Me vuelvo a abalanzar sobre el mostrador y tiro las cestas de amuletos que todavía seguían sobre la madera. La mujer comienza a quejarse, pero yo la ignoro.

—¿Qué has dicho?

Sus ojos negros se hunden en los míos.

—Me has escuchado perfectamente. —La sonrisa burlona permanece en la comisura de sus labios.

Le doy la espalda y me dirijo a trompicones al pequeño estanque del templo. El agua es oscura, algunos nenúfares flotan sobre las aguas, pero no veo a los peces koi. Entrecierro los ojos, y me parece ver una sombra gigantesca que aparece y desaparece. Una sombra que no pertenece a mi mundo y que he visto otras veces.

—Ryōjin —murmuro.

A pesar de que no corre ni una gota de viento, el agua se ondula.

Arashi se coloca a mi lado y balancea la mirada del estanque a mí. Yemon se encuentra en el otro, atento, como si ya supiera lo que voy a hacer.

—¿Qué ocurre?

—Es aquí. Esta es la forma que tengo para volver —susurro, casi para mí misma—. Aquí empezó todo. Estoy junto a una frontera, una división entre la tierra y el agua. Y agua. Sabía que el agua tendría que estar presente —repito, levantando la mirada hacia él—. Tengo que entrar en él.

—¿En el estanque? —pregunta Arashi, con el ceño fruncido—. Ni siquiera te llegará a la cintura. Puedo ver el fondo.

Me asomo una vez más, pero yo no veo el final. Solo una oscuridad densa y prolongada, que tiembla con forma de ondas, de la misma manera en que se extiende un terremoto.

—Estoy segura. Es aquí —digo, y levanto un pie por encima del estanque.

—¡Espera! —Arashi me sujeta de los brazos y me echa hacia atrás. Sus brazos me envuelven, mi espalda se aprieta contra su pecho, y siento el cosquilleo de sus cabellos en mi barbilla, la presión de la patilla de metal de sus gafas contra mi mejilla—. Prométeme que vas a volver.

—Arashi... —intento apartarme de él, mirarlo a los ojos, pero su fuerza no me lo permite.

—Prométemelo. Sé que vas a tratar de cambiar las cosas, sé que muchas personas de ese pasado te necesitan, pero no olvides que yo estoy aquí. Y Li Yan. Y Harada. Y Kaito. Y tu padre y tu hermano. Nosotros también te necesitamos. —Su voz bajó hasta convertirse en un murmullo—. *Muchísimo.*

Sin volverme hacia él, sujeta con delicadeza mi brazo, me sube la manga del abrigo y del jersey y me coloca su reloj de pulsera. Lo miro por encima del hombro, a punto de darle las gracias, pero entonces Arashi me gira entre sus brazos y me besa. Y es como atravesar la superficie del océano y adentrarse en su interior. Es como atravesar un huracán y llegar a su mismo centro, donde la calma y la quietud lo llenan todo, a pesar de que el mundo gire sin control.

Es un beso que sabe a promesa. Que sabe a futuro.

Me separo de él con lentitud y lo miro una última vez antes de dar otro paso atrás.

Pierdo el equilibrio y me zambullo en las gélidas aguas invernales del estanque. Yemon me imita, con sus ojos azules clavados en mí.

Arashi me dijo que había visto el fondo, pero el agua me engulle y tira de mi cuerpo hacia abajo, hacia abajo, hacia un lugar donde ni dioses, ni *kami*, ni mortales pueden llegar.

QUINTA
PARTE

TSUNAMI

EL DIOS DRAGÓN

11 de marzo de 2011

Cuando abro los ojos, el agua brilla. Está coloreada de un intenso azul, una mezcla de índigo y turquesa. No sé dónde estoy, pero desde luego, no en el interior del estanque del Templo Susanji, ni tampoco en el océano que baña Miako. Esta agua no pertenece a mi mundo, de eso estoy segura. De estar en él, no podría seguir respirando.

De pronto, frunzo el ceño. Giro sobre mí misma, una, dos, tres veces.

—¿Yemon? —exclamo, y mi voz se extiende por el agua de la misma forma en que lo hace por el aire. Pero no me llega ningún maullido como respuesta, ni veo su cuerpo rechoncho y gris por ningún lado.

Capto entonces un reflejo por el rabillo del ojo y el agua se sacude con tal fuerza, que doy un giro completo sobre mí misma y acabo frente a una gigantesca sombra que siempre parece haber estado aquí, esperándome.

La reconozco. La he estado viendo todo el curso, desde el mismo día que me crucé con Arashi y eso me hizo recordar Miako y despertar mis fantasmas. La misma sombra gigantesca y alargada, que siempre parecía estar siguiéndome cada vez que me acercaba a una gran cantidad de agua. La misma que vi por primera vez cuando tenía once años, en el festival de verano de Miako. La que se escondía en el interior de un pececillo que se sacudía en el suelo.

—Hola, Ryōjin —digo. De mi voz no brotan burbujas, solo palabras claras.

Pero ya no es una simple sombra borrosa que observo a través de un agua ondulante. Ahora, frente a mí se encuentra un dragón enorme, parecido y diferente a la vez a las ilustraciones que acompañan a las leyendas. Una red de escamas doradas recubre gran parte de su cuerpo, y una extraña cresta nace en su nuca y termina en su cola. Largos y afilados cuernos brotan de su cabeza, y unos bigotes dorados, larguísimos, flotan en el agua. Sus enormes garras rojas están replegadas y sus ojos, tan azules como esta agua que me rodea, solo me miran a mí.

—Nanami Tendo —pronuncia, aunque su boca no parece articular esas palabras, como si vinieran de todos lados. Separa las fauces y unos colmillos tan gruesos como mi tronco asoman bajo una extraña sonrisa—. Hacía mucho que un humano no me veía así, ni siquiera uno tan especial como tú.

Debería estar aterrorizada, pero el golpeteo frenético de mi corazón solo está relacionado con Miako, con lo que tendré que hacer y con la enorme falta de Yemon, que crea un agujero en el centro de mi pecho. Si no fuera por ello, sentiría lo mismo que cuando flotaba en el océano, bocarriba, con el sol de verano acariciándome la piel mojada y los pececillos haciéndome cosquillas cuando cruzaban a mi lado.

—Tu guardián ha cumplido su misión.

—¿Y eso qué quiere decir? —pregunto, alzando la voz—. Saltó conmigo al estanque, lo vi con mis propios ojos.

Pero el dios dragón continúa en silencio y yo siento que el aire se me atraganta.

—¿Está...?

—No está muerto, al igual que nunca llegó a estar vivo. Al menos, de la forma en que los mortales creen en la vida. —Observo a Ryōjin con los ojos muy abiertos y horrorizados—. Él nunca llegó a pertenecer a tu mundo. Estuvo a tu lado porque tenía una misión: protegerte hasta que encontraras el final del camino.

—Pero... pero ni siquiera me he despedido... —musito. Hay lágrimas en mis ojos, pero se confunden con el agua en la que floto—. Pensaba...

—Las reglas que rigen el mundo de los mortales y las del mundo de los dioses y los espíritus son diferentes.

—No, son crueles —replico, con rabia—. Los propios dioses lo sois.

El dios dragón ladea la cabeza, como si estuviera pensando. Su voz retumbante no parece expresar nada, es demasiado profunda, demasiado bestial. No hay sentimientos en ella.

—Los dioses decimos la verdad, por eso os parecemos crueles. —Da la impresión de que no va a añadir nada más, pero, aunque mantiene sus fauces cerradas, su voz sigue resonando a mi alrededor—. Ese *komainu* hizo un buen trabajo al traerte aquí, pero soy yo el único que puede terminar este viaje.

Un espasmo sacude mi cuerpo y lo arquea. Las lágrimas se quedan congeladas en mis ojos.

—¿Eres quien me va a llevar a Miako?

—Así es —contesta, con su voz profunda—. ¿Estás preparada?

Asiento, aunque sea mi mayor mentira. Sus enormes ojos sondean los míos y sus pupilas se dilatan un poco.

—Llevo observándote muchos años, Nanami Tendo, y sé que no ha sido nada fácil. Tampoco lo será a partir de ahora. —La extraña expresión de Ryōjin se profundiza y el agua que me sostiene y me rodea parece calentarse—. Pero los humanos fuisteis creados para sobrevivir. Y tú has sobrevivido a muchas cosas.

El dragón agita su enorme tronco, se acerca a mí. El agua me arrastra y me hace girar un par de veces; si quisiera, con un solo golpe de su enorme garra, me destrozaría. Pero las garras se mantienen bien alejadas de mí, y lo único que acerca Ryōjin es su espalda serpenteada por la cresta dorada, que brilla como el sol.

—Mientras el mundo me recuerde y yo siga vivo, el agua estará a tu lado. Te servirá. Siempre.

Una sonrisa amarga estira mis labios.

—¿Incluso la de un tsunami?

El dragón gira la cabeza para mirarme con sus monstruosos ojos turquesas.

—Hay cosas que ni los dioses podemos controlar. —De pronto, una suave corriente me envuelve y me empuja hacia él—. Ahora, sujétate fuerte. Tenemos que realizar un viaje de cinco años.

Contemplo su cresta brillante, que casi me ciega, y respiro tan hondo como puedo. Después alargo la mano. Ni siquiera consigo acertar qué tacto tiene, porque en el momento en que mis dedos se cierran en torno a ella, siento un tirón tan terrible, que no sé cómo no se me separa el brazo del cuerpo.

A duras penas, consigo aferrarme con la otra mano mientras el agua ruge a mi alrededor y avanzo a toda velocidad. Apenas soy capaz de ver nada. El agua se me mete en los ojos, en la nariz, en la boca. No puedo vislumbrar al enorme dragón que me guía y del que sé que no debo separarme. Así que cierro los ojos y aprieto los dientes, y de pronto, cuando ya no queda oxígeno en mis pulmones, todo mi cuerpo se golpea contra un suelo duro y terroso.

Escupo y toso, y un chorro de agua salada escapa de mi boca y de mi nariz. Intento levantarme, pero el mundo da una vuelta de campana sin incluirme. Una mano se apoya con gentileza en mi hombro y me obliga a permanecer tumbada unos segundos más.

—Date un poco de tiempo. Acabas de hacer un viaje muy largo, aunque no hayas sido consciente.

A pesar de la petición, me incorporo de golpe y, aún sentada en el suelo, miro a Kannushi-san, que está acuclillado a mi lado, con sus gafas oscuras y su sonrisa perenne.

—¡Se suponía que debía estar esperándome en Miako! —exclamo, indignada.

—Así es —responde él, con placidez.

Frunzo el ceño y, entonces, miro a mi alrededor. Me encuentro en el Templo Susanji, de eso no hay duda. Mis pies cuelgan sobre el borde del estanque, en el que varios peces koi nadan en círculo. Uno, sin embargo, está muy quieto y parece observarme. Giro la cabeza y descubro a la sacerdotisa en la oficina, aburrida como siempre, frente a unas cestas llenas de amuletos para vender.

Me levanto de golpe y avanzo renqueando hasta el borde del mirador, a pesar de que un súbito mareo me hace trastabillar. Apenas recuerdo cómo respirar.

Bajo mi mirada, se encuentra Miako. Pero no el Miako que he visto hace unos minutos, repleto de solares vacíos, algunas casas prefabricadas y cadáveres de edificios. No, este es el Miako de mi infancia. Un pueblo costero lleno de vida, con un pequeño puerto y un precioso paseo marítimo, por el que he caminado miles de veces. Me llevo las manos a la boca y hundo las uñas en mis labios. La mirada se me emborrona. El agua caliente de mis lágrimas se mezcla con el agua helada que me enfría la cara. Puedo verlo, puedo verlo todo. Los hogares de mis amigas, el colegio junto al río y cerca del paseo marítimo, la casa de Yoko-san y, junto a ella, mi casa. *Mi hogar.*

Las calles están llenas de personas. Ahora son todos adultos con prisas por hacer recados, pero antes habrían estado llenas de escolares que se dirigían al colegio en su último día de curso; los mayores, en vez de ir cuesta abajo, habrían resoplado cuesta arriba, en dirección al instituto de Miako que se encuentra en la zona más elevada, casi en el límite de sus terrenos. No lo saben, pero ellos, al contrario que muchos, ya han salvado sus vidas.

Las piernas me tiemblan y caigo hacia atrás, incapaz de sostenerme. Me doy un buen golpe, pero no me importa. Estoy aquí. No puede ser, pero estoy aquí. Debería levantarme, pero soy incapaz de moverme, de apartar la mirada de este pueblo que tanto quiero y que está a punto de desaparecer.

Escucho unos pasos y vuelvo la cabeza para ver a Kannushi-san acercarse a mí.

—¿Qué día es hoy? —logro articular.

Él, en vez de responderme, extiende su mano y me ofrece la primera página del *Yomiuri Shimbun*, el periódico que leía y lee mi padre en la actualidad. Mis pupilas vuelan hasta la fecha.

Respiro hondo.

Viernes. Once de marzo del año dos mil once.

Mis piernas recuperan la fuerza y me incorporo dando un salto.

—Tengo que marcharme —musito, pero la mano de Kannushi-san se enreda en mi brazo y me impide avanzar.

—No puedes irte así —dice, antes de echar una ojeada a mi ropa.

A pesar de que estoy empapada, de que el frío me muerde los huesos, separo los labios para protestar, pero entonces, sigo el rumbo de su mirada. Junto al mostrador donde venden los amuletos, la sacerdotisa espera, con un uniforme idéntico al suyo entre los brazos.

El aliento se me entrecorta cuando recuerdo el dibujo de Kukiko Yamada. Ahora entiendo por qué estaba vestida de sacerdotisa. No dudo y avanzo a toda velocidad hacia ella.

—Eres realmente una diosa, ¿verdad? —le pregunto, cuando llego a su lado.

Ella se limita a hacer una mueca y a arrojarme las prendas. Después, me abre la puerta de la oficina para que me cambie a toda prisa. A pesar de que tengo las zapatillas de deporte empapadas, me las dejo puestas. Si tengo que correr (y estoy segura de que así será), no podré hacerlo con las incómodas sandalias que llevan los trabajadores del templo.

Cuando salgo vestida, la sacerdotisa no está y solo veo a Kannushi-san. Me quedo durante un instante paralizada, mirándolo.

—Buena suerte —me desea él.

Yo asiento, le dedico una profunda reverencia a modo de despedida y después echo a correr, atravesando el *torii* del Templo Susanji sin mirar atrás.

Desciendo la parte del sendero que Arashi y yo subimos hace solo unos minutos, aunque ahora él no esté aquí. No me cruzo con nadie mientras bajo a toda velocidad; quizá porque hoy es viernes y la gente trabaja, o porque da la sensación de que va a llover (aunque sé que no lloverá). El cielo está muy nublado, pero a través de las nubes puedo comprobar cómo el sol no está muy lejos de su cénit. Miro el reloj, son las doce del mediodía, y eso significa que solo tengo unas tres horas antes de que el agua sepulte todo.

Aumento el ritmo, y pronto el sendero que recorro se hace menos abrupto, se aplana y se ensancha, y en su parte final, se cubre de asfalto. Este llega a su fin y yo me detengo un instante para retomar aliento. Estoy en la zona más alta del pueblo, cerca de donde vivía. Si cerrase los ojos, estoy segura de que podría llegar sin problemas hasta la puerta de la misma casa, pero no es a allí adonde quiero llegar.

Se me seca la boca.

Pero ¿a dónde quiero llegar?

«No sé cómo voy a hacerlo, Yemon», musito, aunque el gato ya no esté a mi lado.

Mis ojos vagan por las calles que nacen delante de mí y de pronto se detienen en una figura, que desciende a saltitos por una de ellas. La observo con fijeza. Es una chica... No. Una niña.

Reconozco la mochila oscura, el pelo corto y muy despeinado, reconozco esos calcetines (uno más arriba, el otro más abajo), reconozco esa forma de andar, siempre a saltos.

La voz de Kaito susurra en mi cabeza.

Ese día, Amane llegó muy tarde a clase.

Porque no hay duda.

Es ella.

LAS PALABRAS
DE AMANE

11 de marzo de 2011

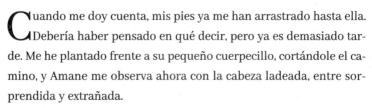

Cuando me doy cuenta, mis pies ya me han arrastrado hasta ella. Debería haber pensado en qué decir, pero ya es demasiado tarde. Me he plantado frente a su pequeño cuerpecillo, cortándole el camino, y Amane me observa ahora con la cabeza ladeada, entre sorprendida y extrañada.

Sus grandes ojos se deslizan por todo mi atuendo y terminan en mis zapatillas de deporte empapadas.

—Hola —susurro, con la voz ronca.

Ella retrocede medio paso, me dedica una reverencia y se apresura a sortearme. Aunque mi cabeza todavía es incapaz de enhebrar una excusa creíble para poder hablarle, me vuelvo a acercar, aunque esta vez me coloco a su lado.

—No puedo hablar con extraños —me dice, antes de apretar el paso.

Yo no soy ninguna extraña, Amane, pienso, pero sé que no puedo decirle la verdad. No sé si lo entendería. No sé si saldría corriendo. Y yo quiero disfrutar de un poco más a su lado.

—Siento mucho molestarte —digo, con una sonrisa de circunstancias. Por dentro, el corazón me va a destrozar el pecho—. Estoy en mitad de un viaje escolar; solo intento terminar la tarea que nos han asignado para hoy.

Amane se detiene y frunce un poco el ceño. De nuevo, me vuelve a mirar de arriba abajo, esta vez con menor disimulo.

—No es época de viaje escolar —comenta—. Además, ¿por qué estás vestida así?

Aprieto un poco los labios. Mizu siempre era la que respondía a todo y terminaba poniendo a los adultos nerviosos, no Amane. Sacudo la cabeza y me obligo a respirar hondo.

—Es que... bueno, vengo de un lugar un tanto particular. —Al menos, no estoy mintiendo. Ella asiente y sus manos se aflojan un poco sobre las tiras de la mochila. Parece algo más confiada, así que suelto lo primero que se me pasa por la cabeza—. El trabajo que estoy haciendo trata sobre desastres naturales.

—¿Desastres naturales? —repite Amane, de pronto interesada.

Mis ojos vuelan sin querer hasta el trozo de océano que avisto desde aquí.

—Sobre terremotos y tsunamis —susurro, porque mi voz se niega a salir con más fuerza.

—Ah. —Amane se encoge de hombros y retoma el paso en dirección al colegio, aunque esta vez no parece tan nerviosa de que camine a su lado—. Bueno, todos los años hay terremotos.

—Pero no muy fuertes —le replico, a lo que ella vuelve a encogerse de hombros—. ¿Y si de pronto se produjera el terremoto más intenso que se haya registrado nunca?

Amane tuerce el gesto y parece pensarse bien la respuesta. Soy incapaz de fijar demasiado la vista en ella, a pesar de que sé que no puedo estar eternamente aquí, caminando a su lado.

—Supongo que haría lo que nos han enseñado: me colocaría bajo una mesa, me cubriría la cabeza con los brazos...

—¿Y un tsunami? —le interrumpo.

—Ha habido varios en Miako. Mi madre me dijo que el día que nací hubo uno, pero para eso están las barreras del puerto y del paseo marítimo —contesta, con una pequeña sonrisa. Sus ojos vuelan cuesta abajo, donde se ven los muros a lo lejos, tan minúsculos en la distancia como lo serán cuando las gigantescas olas lleguen a la costa dentro de solo unas horas.

—¿Y si no fueran suficientes? —musito.

—Miden ocho metros —contesta Amane, antes de lanzarme una mirada confundida—. Son muy altos.

—Si un tsunami es lo suficientemente potente, puede saltar por encima de esas barreras —aseguro; mi voz de nuevo enronquecida—. Si un tsunami es lo suficientemente fuerte, puede arrastrar barcos, coches, aviones, incluso edificios. Puede adentrarse decenas de kilómetros en la tierra. Puede arrasar pueblos y ciudades enteros. Ya ha pasado y podría volver a pasar.

Amane palidece ante mis palabras y acelera un poco el paso. Vuelve a mirarme con desconfianza, ahora mezclada con miedo.

—Tengo que llegar al colegio, ya voy muy tarde —mascull a.

Pero yo la sujeto del brazo y la dejo clavada en el sitio. Ella se queda paralizada y, por el rabillo del ojo, veo cómo un par de peatones giran la cabeza en mi dirección.

—¿Qué harías ante un tsunami así?

—Yo... —Amane mira a un lado y a otro, vacila—. Subiría a una de las colinas, o al Monte Kai.

De soslayo, veo cómo una mujer que arrastra el carro de la compra cambia de dirección y se acerca a nosotras.

—¿Y si no te diera tiempo y estuvieras en el colegio? —Amane no me contesta y desvía la mirada hacia la desconocida. No sé si me escucha y yo siento el pánico correr como sangre por mis venas—. Escúchame. Si estuvieras en el colegio y el agua se acercase a toda velocidad, tendrías que subir a la azotea, ¿de acuerdo? Y deberías decírselo a todos los que puedas. Allí estaréis a salvo. Es demasiado alta para que el tsunami os alcance. Pero debéis ser rápidos, muy rápidos.

Le suelto el brazo y ella se tambalea un poco. La mujer que arrastra el carro de la compra empieza a preguntarme si conozco a Amane, pero yo la ignoro y me alejo de ellas. Aunque un par de pasos más tarde me detengo y vuelvo a girarme en su dirección.

—¿Conoces a Nanami Tendo?

La desconocida empuja a Amane por la espalda, pero ella permanece un segundo más en el sitio, confundida.

—¿A Nami? —pregunta.

—Hablé también con ella —miento y, aunque no tenga ningún sentido, añado—: Te quiere muchísimo, Amane. Para ella, eres su mejor amiga. Y sin importar lo que pase, siempre lo serás.

Amane se sobresalta al escuchar su nombre. Alza la voz para preguntarme sobre ello, pero la mujer del carrito se coloca entre nosotras dos y yo le doy la espalda y echo a andar con rapidez. Sin embargo, ella no desiste en su empeño.

—¡Eh! ¿Sabes qué haría también si se produjera un gran tsunami? —A pesar de que el cuerpo de la desconocida la cubre por completo, veo cómo su mano regordeta señala a un altavoz que cuelga de una fachada cercana—. ¡Avisaría a todo el mundo!

Me tropiezo con mis propios pies y mis ojos se quedan fijos en ese altavoz viejo, algo corroído por la humedad. De pronto, un antiguo recuerdo llega hasta mí con las formas de las sonrisas de Amane y Mizu, y de sus carcajadas cuando fuimos a visitar el Ayuntamiento de Miako y vimos a través del cristal de una puerta una sala pequeña y oscura, en la que solo había una mesa, un micrófono y una silla.

Me siento aturdida y aparto ese recuerdo para buscar otros. Estoy segura de que en Miako nunca se llegó a dar ninguna alarma, a excepción de la que sonó en los teléfonos móviles. Hubo pueblos y ciudades en donde sí se hizo, y eso pudo salvar a parte de la población, pero no aquí.

Jadeo. ¿Por qué? ¿Quizá porque no hubo tiempo? ¿Por eso yo no lo conseguiré? No lo sé, pero tampoco puedo perder tiempo en imaginar en lo que pudo ocurrir o en lo que pasará. Levanto una de las amplias mangas de mi camisa y miro la hora que marca el reloj de Arashi. Las doce y veinte. Hasta las tres menos cuarto, cuando se produzca el terremoto, tengo algo menos de dos horas y media. Después, solo pasarán unos minutos hasta que el tsunami arrase Miako. No tengo que correr, debo volar.

Miro un instante por encima del hombro, pero Amane debe haberse alejado porque ya no puedo verla. La mujer del carrito sigue parada en mitad de la calle y me observa con expresión amenazadora. No le dedico ni un segundo más. Le doy la espalda y echo a correr hacia el Ayuntamiento.

Me hubiese gustado abrazar a Amane, abrazarla con toda la fuerza posible. Así, el nudo que siento en el pecho se hubiese aflojado un poco. Una parte de mí, sin embargo, se siente afortunada. Ella se despidió de mí en Kioto, y yo ahora he podido dedicarle las mejores palabras que existen para una despedida. No sé si lo ha entendido o no, pero he podido decirle «te quiero», y eso es lo importante.

EL AYUNTAMIENTO

11 de marzo de 2011

Cuando era una niña, sabía que Miako era un pueblo pequeño, pero ahora que recorro sus calles a toda prisa, cruzándome de vez en cuando con personas que no sé si seguirán vivas dentro de varias horas, siento las calles más estrechas, las distancias más cortas, los edificios de menor altura. En mi memoria todo brillaba más, todo era más enorme y cálido. Y ahora que he vuelto, casi prefiero mi memoria a esta realidad en la que Miako no es más que un pequeño pueblo de costa, sin nada más particular en él que mis recuerdos.

Estoy tan sumergida en esta súbita revelación, que tardo en esquivar a una figura que sale de pronto por la puerta de un comercio. La esquivo por poco, pero arrojo sin querer al suelo un par de bolsas de plástico. De ellas se escapan varias latas de conserva que consigo atrapar antes de que rueden calle abajo.

Me incorporo a toda prisa, con las latas en la mano. No puedo detenerme. No tengo tiempo.

—Lo siento, yo...

La voz se me extingue cuando los ojos arrugados de Kukiko Yamada me devuelven la mirada. La boca se me seca. Es ella, sin duda. Luce casi idéntica en las imágenes que Arashi nos enseñó a Harada, a Li Yan y a mí en clase. Es la mujer que se cruzó conmigo en O-bon y me dio las gracias.

Durante un momento, pienso en continuar mi camino, pero de pronto me doy cuenta de que no puedo hacerlo. Quizá, retrasarme impida que pueda llegar hasta el Ayuntamiento y acceder a la sala donde pueda dar la alarma a través de los altavoces, y tal vez ella sea el motivo de que nunca llegase a haber ningún aviso, pero si sigo mi camino, si ella muere, entonces puede que no llegue nunca hasta mí, nunca veré la ilustración que hará sobre mí.

Con los brazos rígidos como ramas secas, me apresuro a guardar las latas en las bolsas de plástico, y se las tiendo. Ella, con una sonrisa, me da las gracias, pero yo no me muevo.

—Señora... Yamada —comienzo, a trompicones. Sus ojos se abren de par en par por la sorpresa al escuchar su apellido.

—¿Nos conocemos? —pregunta.

—Sí, de alguna forma, sí —contesto, antes de tragar saliva para calmar mi garganta, que arde con cada palabra—. Voy a decirle algo que le va a sonar extraño. Algo que no tiene ningún sentido. Pero por favor, *por favor*, tiene que creerme.

La mujer frunce su fino ceño blanco, pero no hace amago de marcharse, ni siquiera se mueve. Sus ojos recorren mi atuendo.

—No eres una sacerdotisa, ¿verdad?

—Tiene que marcharse de aquí —digo, sin responder a su pregunta anterior. Echo un vistazo rápido al reloj de pulsera—. Debe subir al Monte Kai, al Templo Susanji. Lo conoce, ¿no es así? —Ella asiente, separa los labios para hablar, pero no la dejo. Soy más rápida—: Se va a producir un terremoto. El mayor terremoto que se ha registrado jamás en Japón. Pero eso no será lo peor. A consecuencia de él, se ocasionará un tsunami que arrasará con muchas ciudades y pueblos. Y Miako es uno de ellos. Por eso tiene que alejarse todo lo posible de aquí. Y avisar y convencer a todo el que pueda. Es muy importante. Mucha gente va a morir.

Las pupilas de Kukiko Yamada se dilatan, aunque no parece asustada. Un brillo extraño relumbra en ellas.

—¿De dónde vienes? —susurra.

Yo no puedo perder más el tiempo. Tengo que llegar al Ayuntamiento, tengo que dar la voz de alarma. Comienzo a retroceder.

—La pregunta no es de dónde vengo. La pregunta es *de cuándo*.

Le dedico una reverencia rápida y me doy la vuelta por fin. Sin mirar atrás, echo a correr de nuevo y me alejo de la mujer. Más adelante, tengo que preguntar en una cafetería dónde se encuentra el Ayuntamiento, porque no recuerdo el camino. Cuando le doy las gracias a la dependienta que me brinda las indicaciones oportunas, se me ocurre añadir que trabajo en el Templo Susanji y que hoy a las dos y media comenzará un festival de bienvenida a la primavera. Ella parece sorprendida, dice que no había oído nada, pero comenta que intentará acercarse con sus hijos después de comer. Yo insisto, algo vehemente quizá, y cuando salgo de nuevo a la calle me pregunto si esa familia se salvará del desastre al que no le queda mucho por llegar.

De camino al Ayuntamiento, me cruzo con varias personas y vuelvo a hablarles de ese falso festival. Algunos parecen interesados, pero la mayoría se limitan a darme las gracias y a seguir su camino, tras echar un vistazo a mi pelo húmedo y encrespado y a mis zapatillas de deporte; otros me preguntan, incluso, si no debería estar en el instituto.

Llego a las puertas del Ayuntamiento, un edificio más pequeño y humilde del que recordaba, desesperanzada. En la entrada hay un guardia de seguridad con una barriga algo prominente que me echa una ojeada cuando paso por su lado. Me obligo a dirigirle una sonrisa y entro en el edificio con paso seguro, aunque mis huesos se han convertido en gelatina.

Después de cruzar el recibidor, me encuentro en una sala amplia, sobria, de color madera y blanca donde varios administrativos parecen ocupados frente a sus ordenadores. Algunas personas ocupan las sillas que están frente a los escritorios y sus expresiones oscilan entre el hastío y la impaciencia. A un lado de la escalera que conduce al piso superior, esa misma que subí hace cinco años, hay un mostrador de información. Por suerte, no hay nadie que espere a ser atendido, así que me dirijo a él con rapidez.

—Bienvenida, ¿qué puedo hacer por usted? —pregunta el hombre que atiende tras él.

Durante un momento, los dos nos quedamos en silencio, observándonos. Él me mira sorprendido por mi aspecto, pero yo lo reconozco. Es el mismo hombre que nos hizo de guía por el edificio durante aquella excursión hace años.

Me aclaro la garganta y me obligo a centrarme.

—Sí, hola... —Esbozo una expresión que intenta ser angelical, pero a juzgar por el semblante del hombre, creo que mi sonrisa no es más que una mueca tensa—. Necesito hablar con el alcalde.

Él parpadea y su sonrisa vacila un poco.

—¿Disculpe?

—El alcalde. Tengo un asunto muy importante que tratar. —Pestañeo con exageración—. Estoy segura de que alguien como él, que tanto quiere al pueblo de Miako y tanto ha hecho por sus habitantes, considerará muy importante lo que debo comentarle.

El administrativo parece dudar un instante, pero finalmente me pregunta por mi nombre.

—Nanami Tendo —respondo, sin dudar, como si tuviera una cita con él.

—Espere un momento, por favor.

Fuerzo un poco más mi sonrisa, aunque «un momento» es de lo que menos dispongo en este instante. Mientras él se lleva el auricular de un teléfono de mesa al oído y teclea un número que se sabe de memoria, yo miro al reloj de pared que hay justo frente a mí. Es la una menos cuarto. Quedan solo dos horas.

—Ho... hola, señor alcalde. Sí, sí... lo sé. Mire, aquí hay una joven... —El hombre me dedica una mirada rápida—. Nanami Tendo, dice que necesita hablar con urgencia con usted.

Contengo el aire en mis pulmones, mientras la expresión del administrativo se agria un poco.

—Sí, señor. Sí, lo entiendo. Discúlpeme, discúlpeme. —Cuelga el teléfono, quizá con más fuerza de la necesaria, y me dice en tono seco—: Lo siento, pero el alcalde no puede atenderla, se encuentra reunido. Si pidiera una cita, podría...

Pero yo no lo escucho. Paso por su lado y me abalanzo escaleras arriba, subiendo los peldaños de dos en dos. El hombre suelta un grito de alerta, pero eso no hace que me detenga. A mi espalda, levanto exclamaciones que se confunden con mis pisadas furiosas.

Por suerte, en el segundo piso no veo a nadie. Está completamente desierto. A solo un par de metros, veo la puerta que estoy buscando. Es idéntica a mi recuerdo, aunque, a decir verdad, es lógico. En mi cabeza, han pasado más de cinco años desde que pisé este lugar, pero en la realidad, en *esta* realidad, apenas unos meses.

Tiro del picaporte, pero, aunque la puerta se sacude con violencia, no se abre. Bajo la mirada, desesperada, y veo una cerradura de la que no me percaté la primera vez que la vi.

De pronto, al fondo del pasillo, una puerta se abre con violencia.

—*Kuso!* ¿Qué diablos ocurre?

Giro la cabeza y observo al alcalde con más atención de lo que lo hice en su día. Debe tener la edad de mi padre, aunque es más ancho, tiene la piel grasienta y lleva un traje barato. Él se queda pasmado cuando ve a una chica vestida de sacerdotisa en mitad del pasillo, con el pelo levantado en todas direcciones, tratando de echar abajo una puerta de madera.

En la escalera aparece el administrativo del mostrador de información y el mismo guarda de seguridad que había visto al entrar en el Ayuntamiento. Sus ojos se clavan en mí y yo no dudo. De un salto esquivo sus manos, que tratan de atraparme, y corro en dirección al alcalde.

No sé qué es lo que ve en mi expresión, pero un relámpago de terror cruza su cara aceitosa. Retrocede e intenta encerrarse en su despacho, pero yo coloco la puntera del pie a tiempo y me cuelo en la estancia. La puerta tiene pestillo por dentro, así que lo corro con rapidez y me vuelvo hacia el hombre que está detrás de su escritorio.

Escucho golpes al otro lado, amenazas de llamar a la policía, pero yo solo tengo ojos para el alcalde y la ventana que se encuentra detrás de él, desde donde puedo ver un cielo muy nublado y un océano oscuro.

—¿Quién eres? ¿Qué haces aquí? —me pregunta, altivo, aunque su voz le falla. No se me escapa la manera en la que observa el cúter que tiene sobre el escritorio, junto a unas cartas abiertas—. Sabes que estás metida en un buen lío, ¿verdad?

No tengo tiempo para amenazas ni para asustarme. Ya lo haré cuando el suelo comience a temblar.

—Va a ocurrir un desastre —digo.

El alcalde arquea una ceja.

—¿Qué?

—Un terremoto, pero no un terremoto cualquiera. Sucederá hoy, en menos de dos horas. Se producirá en el océano Pacífico, pero tan cerca de aquí, que cuando las autoridades comuniquen el riesgo de tsunami, Miako ya habrá sido arrasado. Apenas pasarán varios minutos desde el fin del terremoto y la llegada de la primera ola.

El hombre me observa en silencio, con la ceja todavía arqueada. No pronuncia palabra y, a mi espalda, los golpes se incrementan. Van a echar la puerta abajo de un momento a otro.

—Sé que no tiene sentido lo que estoy diciendo, pero ocurrirá. —Mis ojos se deslizan, inconscientes, hasta el reloj de pulsera de Arashi—. Todavía tenemos tiempo para evacuar el pueblo, para dar la voz de alarma a los de alrededor. Podríamos evitar muchos muertos.

El alcalde sigue sin pronunciar palabra. Ojalá pudiera saber qué ocurre en su cabeza, porque su expresión es inescrutable. Desde el otro lado de la puerta, puedo escuchar cómo llaman a la policía y relatan la situación. Oigo palabras sueltas: secuestro, amenazas, alcalde, joven demente.

Avanzo en dirección al hombre y este vuelve a mirar el cúter de su escritorio.

—Solo quiero tener acceso a la sala de megafonía —digo, en tono suplicante.

—¿La sala de megafonía? —repite, por fin.

—Debe avisar a todo el pueblo. Debe contarles lo que va a suceder.

Su ceja vuelve a su posición original; respira hondo.

—¿Eso es todo lo que quieres? —pregunta, casi parece un ultimátum. Asiento y él, a su vez, imita mi gesto. No vuelve a mirar el cúter y se acerca a mí, esta vez con decisión—. Colócate detrás de mí —ordena.

Lo obedezco, con el corazón latiendo a trompicones. Quizá me equivoqué con la primera impresión que tuve de él, tanto de niña como ahora. Quizás en su puesto sea necesario aparentar, aunque sea con un traje barato. Quizá simplemente le guste demasiado la gomina para el pelo y se eche cremas inadecuadas para su tipo de piel.

Un escalofrío me sacude cuando él descorre el cerrojo y abre la puerta con un ademán brusco. Doy un paso atrás y esta vez soy yo la que piensa en apoderarse de ese cúter para defenderse, si ese fuera el caso. Pero el alcalde, con fría seguridad, se limita a ordenar tanto al guardia de seguridad como al administrativo, que se aparten para dejarnos pasar.

Sus expresiones atónitas no le ganan a la mía.

El alcalde, conmigo a su espalda, cruza el pasillo y se detiene junto a la puerta de la sala de megafonía.

—Abra de inmediato —ordena al guardia.

El aludido obedece, aunque sus ojos no dejan de deslizarse hasta mí mientras busca la llave correcta del enorme manojo que cuelga de su cinturón. Cuando la encuentra, abre la puerta frente a nosotros.

La visión del micrófono se me emborrona. Es como encontrar algo a lo que aferrarse en una caída libre.

—Después de ti —dice el alcalde, mientras se hace a un lado para dejarme entrar.

Yo ni siquiera lo miro. Sin dudar, me adentro en la sala y me acerco con pasos torpes y nerviosos a la mesa y a la silla que me esperan. Pero, antes de rozar siquiera su superficie llena de polvo, escucho un crujido a mi espalda.

Cuando vuelvo la cabeza, veo la puerta cerrada y el propio alcalde, a través del cristal, echando la llave.

—¡No! —aúllo, antes de cambiar el rumbo con brusquedad.

Tiro del pomo con todas mis fuerzas, pero es inútil. Estoy encerrada.

—Ya se ha avisado a la policía —me dice el alcalde, con una sonrisa tan aceitosa como su cara—. Esperarás aquí hasta que llegue.

—Me da igual —siseo.

Tengo ganas de escupirle, pero al menos he conseguido llegar hasta aquí. Arreo un puntapié a la puerta, que se sacude con violencia, dedico un último vistazo de odio a los tres hombres al otro lado y les doy la espalda para dirigirme a la mesa sobre la que descansa el micrófono.

No he mentido. Me da igual que llegue la policía, que me detenga si así lo quiere, pero yo podré avisar a todos los habitantes de Miako. Y la historia cambiará. Y no solo se salvarán Kukiko Yamada o Arashi. Lo harán muchos más.

Con decisión, aprieto el único botón con el que cuenta la base del micrófono. Espero que se ponga en rojo, que parpadee, que haga algo. Pero nada cambia. Frunzo el ceño, reviso que no haya nada desenchufado, vuelvo a apretar, esta vez con rabia, y otra, y otra, y otra vez.

Y entonces, me fijo de verdad en el polvo que cubre la mesa, el micrófono, el suelo, toda la sala. Hace demasiado tiempo que nadie entra aquí.

Cuando me giro hacia la puerta, el alcalde me devuelve una mirada torcida.

—No funciona —dice. Y esas dos palabras me rompen por completo.

—¿Qué? —murmuro.

Pero él no me contesta, añade algo nuevo sobre la policía que yo ni siquiera escucho porque un grito interno lo llena todo. El alcalde dispara unas palabras al guardia de seguridad y al administrativo y lo veo desaparecer, sin dedicarme más atención.

Poco después, el guardia de seguridad también lo sigue y el hombre que nos guio en aquella excursión es el único que se queda al otro lado de la puerta.

LOS ENVIADOS
DE LOS DIOSES

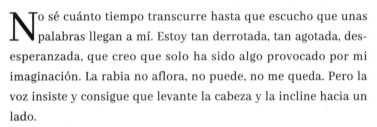

11 de marzo de 2011

No sé cuánto tiempo transcurre hasta que escucho que unas palabras llegan a mí. Estoy tan derrotada, tan agotada, desesperanzada, que creo que solo ha sido algo provocado por mi imaginación. La rabia no aflora, no puede, no me queda. Pero la voz insiste y consigue que levante la cabeza y la incline hacia un lado.

El administrativo sigue al otro lado de la puerta, observándome a través de un cristal.

—No sé para qué querías entrar aquí. Hace meses que el servicio de megafonía no funciona. He dado parte de ello innumerables veces... pero el problema sigue sin solucionarse.

—¿Meses? —repito, con la voz quebrada. Él no puede escucharme, pero lee mis labios y asiente—. Pero usted... hace un tiempo fue el guía en una excursión escolar. Habló de esta habitación, les contó a los alumnos para qué servía.

El administrativo se queda perplejo durante un instante y se lleva la mano a la coronilla, que se rasca con insistencia. En mi muñeca, los segundos siguen pasando.

—Ah, bueno... no tenía más remedio. No puedo contarles a unos niños que no hay presupuesto para arreglar todo el sistema. No lo entenderían —dice, antes de encogerse de hombros. Yo siento deseos de arrear un puñetazo a algo o a alguien—. ¿Tu hermano pequeño participaba en esa excursión?

—No tengo ningún hermano pequeño —respondo, lúgubre. Lo fulmino con la mirada. Ya todo da igual—. *Yo* estaba en esa excursión.

El administrativo frunce el ceño; estoy segura de que hurga en su memoria para encontrar a una chica de diecisiete años en el grupo al que atendió hace unos meses.

—¿Eras ayudante del profesor? No te vi.

—Era alumna.

El hombre pestañea un par de veces más, atónito. Yo suelto un largo suspiro, derrotado, que me vacía por completo los pulmones, y me reclino contra el respaldo de la silla. Echo un vistazo al reloj y una punzada de dolor me muerde el pecho. La una. Quedan menos de dos horas. Y si la policía llega y me lleva a comisaría para interrogarme, no será solo demasiado tarde para todos, también lo será para mí. La central de policía fue uno de los edificios arrasados por el tsunami.

—Debería marcharse de aquí —musito, de pronto. Giro la cabeza para observar la expresión confusa del hombre—. Todavía tiene tiempo. Y si tiene familia, tiene que llevársela consigo y a todo el que pueda. A alguna zona alta, lejos del puerto, del río y del paseo marítimo.

Él me contempla en silencio, tal y como hizo el alcalde. Supongo que piensa que soy una demente, pero yo sigo hablando. Tengo que advertir las veces que sean necesarias lo que va a ocurrir, para eso he venido aquí. Así que tomo aire y le cuento lo que sucederá antes de que el reloj marque las tres de la tarde. No doy detalles, no creo que sea necesario. Cuando termino, escucho unas sirenas. Me levanto y me asomo a la única ventana con la que cuenta la habitación; es demasiado pequeña como para que pueda escurrirme por ella, pero es suficiente como para que sea capaz de ver el exterior.

Bajo la mirada. En la parte de atrás del Ayuntamiento ha aparcado un coche patrulla de la policía, y de él han bajado dos agentes.

Estoy pensando que vienen a por mí, cuando escucho un sonido a cristales rotos a mi espalda.

Me vuelvo con brusquedad y veo cómo la puerta, ahora abierta, yace algo floja en sus goznes por culpa de la patada que ha recibido. Miro al administrativo, con su expresión blanda, sus hombros caídos, sorprendida. Él parece tan estupefacto como yo de lo que ha hecho, hasta que se recupera.

—Desde hace días, se están produciendo terremotos en esta zona —musita, en respuesta a mi mirada—. Yo viví el terremoto de Kobe, en el noventa y cinco, y fue exactamente igual.

Todavía perpleja, intento hacer memoria, pero no recuerdo temblores días antes que nos mudáramos de Miako. Pero, aunque los hubiera habido, a menos que hubiesen sido fuertes, no los habría percibido. Estaba demasiado ocupada en disfrutar del tiempo que me quedaba en Miako con mis amigas y con Yoko-san, y ayudando a mi padre a guardar nuestras cosas en cajas. Aquellos días fueron una locura, un temblor de los que sacudían de vez en cuando el país no habría sido para mí una anécdota más que olvidar con rapidez.

—Un anciano intentó alertarnos la misma noche en la que se produjo —continúa diciendo el administrativo, mientras me hace gestos para que salga de la habitación. Yo miro un instante por encima del hombro, los agentes de policía ya no están junto a la patrulla, deben estar dirigiéndose a la entrada del Ayuntamiento—. Parecía un loco. Alertaba a gritos por la calle y decía que era un enviado de los dioses. La policía se lo llevó. Imagino que murió, como los miles de víctimas que lo hicieron. Yo solo era un adolescente, pero ese recuerdo se me quedó grabado muy hondo.

Asiento, aturdida, y mientras bajo las escaleras de dos en dos, recuerdo los hallazgos que encontró la nieta de Kukiko Yamada, de gente como yo que conocía peligros que iban a suceder antes de que pasaran. Lanzo una mirada rápida al hombre que camina a mi lado a toda velocidad; no lo recuerdo del documental que me mostró Arashi, ni tampoco de ningún otro lado. No quiero imaginar el porqué.

Casi al pie de la escalera, ya en la planta baja, nos detenemos. Justo al lado de la puerta, todavía en la calle, veo al alcalde y al guardia de seguridad hablando con los agentes. Nadie del interior del edificio nos presta atención; todos alargan los cuellos, intentando captar algunas de las palabras que intercambian.

—Será mejor que eches a correr —me dice el hombre, antes de abalanzarse hacia delante.

Ni siquiera tengo tiempo para pronunciar una palabra. Veo cómo atraviesa la puerta y empuja a los policías con tanta fuerza, que estos caen al suelo. Durante un instante, todos se quedan paralizados por el estupor, así que yo sigo su consejo y echo a correr, y atravieso las puertas del Ayuntamiento a toda velocidad.

El guardia de seguridad intenta atraparme, el alcalde se aparta de mi camino, y yo escapo de los dos sin poder evitar que mi vista se deslice hacia atrás, hacia el hombre que yace en el suelo y que me devuelve la mirada. Se lo llevarán a la central de policía. Y allí... aunque no tarden en interrogarlo, no lo liberarán a tiempo.

A pesar de que uno de los policías sujeta al administrativo con fuerza contra el suelo, el otro se aleja de él y corre hacia la parte de atrás del edificio.

Trago saliva. El coche.

Acelero todo lo que me permiten mis piernas agotadas y me interno por todos los callejones que encuentro a mi paso, por lugares por los que ningún coche podría caber. Casi puedo imaginarme a Harada corriendo a mi lado, comentando entre risas que estoy en mitad de una película de acción.

Escucho la sirena llegar desde algún lugar a mi espalda. Tuerzo y subo por una calle hacia la zona alta del pueblo. No puedo perder más tiempo, pero tampoco puedo dejar que me atrapen, así que sigo avanzando, cada vez con más dificultad. Asciendo, giro en una esquina, cambio de dirección, vuelvo a girar, la tela de la *hakama* envuelve mis piernas y suena como la vela de un barco sacudida por el viento. Corro y corro, y cuando me parece que el sonido de mis jadeos es más fuerte que la sirena de la policía, vuelvo la cabeza para asegurarme de que estoy a salvo.

Con los ojos puestos en lo que está a mi espalda, no veo lo que se encuentra frente a mí, así que, de pronto, mi cuerpo impacta contra otro, más alto y duro que el mío, y los dos perdemos el equilibrio. Mientras caigo al suelo, veo cómo un par de *onigiris* vuelan por el aire y aterrizan junto a mis rodillas.

—¡Vaya! ¿Te has hecho daño?

Esa voz me provoca un escalofrío. Levanto un poco la mirada y veo a un joven de unos veinte años, también en el suelo. Todavía lleva una bolsa sujeta en la mano, aunque varias latas de té frío yacen a sus pies. Me dedica una mirada curiosa, pero también sonríe.

Taiga. De pronto, soy incapaz de moverme. Observo a mi hermano de hace cinco años y me doy cuenta de detalles en los que no me fijaba por entonces, como en las gigantescas ojeras que caen bajo sus ojos, en la tez amarillenta de su cara, en lo consumido que está. Parece enfermo, a pesar de su sonrisa.

Él se pone en pie con agilidad y se acerca a mí. Me tiende una mano.

—¿Estás bien?

Estoy a punto de responderle, pero entonces escucho de nuevo la sirena del coche de policía. Miro por encima del hombro y palidezco al ver unas luces parpadeantes en la lejanía.

—*Kuso!* —farfullo, ignorando su mano y poniéndome en pie. La *hakama* se me ha roto por la caída y tras la tela asoma mi piel magullada.

—Estás sangrando, deberías... —Frunce de pronto el ceño y sigue mi mirada—. ¿Te persigue la policía?

—Tiene una explicación —mascullo entre dientes.

Pero no tengo tiempo de dársela; hago amago de dirigirme hacia la calle más próxima, pero él me sujeta del brazo antes de que llegue a dar el primer paso.

—Ven, conozco un lugar donde les será imposible encontrarte.

Y, sin añadir nada más, tira con firmeza de mi brazo y me guía unas calles más arriba. De pronto, me doy cuenta de lo que pretende y se me entrecorta la respiración cuando veo aparecer el jardín asilvestrado de mi antiguo hogar. Durante un instante de pánico, creo que me dirá que entre, pero en vez de eso, cuando rebasamos la barrera del jardín, me da un ligero empujón hacia varios matorrales muy frondosos, que mi padre nunca llegó a podar. Sus ramas son tan largas, que se cuelan por la valla lateral y cubren parte del terreno de la casa vacía que está ubicada a un lado, la misma que pertenece a Arashi y a su familia, pero que nunca llegarán a ocupar.

Él se queda delante del pequeño hueco que existe entre las dos plantas y finge mirar el móvil mientras la sirena se acerca, se acerca más, y finalmente pasa de largo. Cuando el sonido repetitivo se extingue, Taiga se aleja de los matorrales y me deja salir.

Yo apenas me atrevo a erguirme y a mirar a mi alrededor, a mi antiguo hogar. Me coloco de espaldas a las ventanas; a esa hora, mi padre y yo nos encontrábamos en el interior hace cinco años, esperando a que Taiga viniese con la compra.

Ahora comprendo por qué tardó tanto.

—¿Por qué me has ayudado? —pregunto, confundida.

—Nunca he visto a una sacerdotisa huir de la policía. Ha sido divertido —contesta él, antes de encogerse de hombros—. Además, ¿por qué no iba a hacerlo?

Verlo con esa sonrisa sincera delante de mí es un cuchillo que se me clava en la piel poco a poco. Es demasiado bueno para todo lo que le falta por pasar, por lo que ya ha sufrido. Me muerdo con rabia el labio inferior. Querría decirle algo, lo que fuera que pudiera impedir que pase más de tres años encerrado en su habitación, solo con sus miedos y sus demonios, pero no tengo ni idea de qué. ¿Y si pronuncio alguna palabra que acelere su encierro? ¿Y si, sin querer, lo empujo para que haga algo peor? No puedo arriesgarme, lo quiero demasiado para ello.

—¿Cómo te llamas? —me pregunta de pronto él, con genuino interés.

—Nanami —respondo, tras una vacilación. Al fin y al cabo, mi nombre es común, sobre todo en un pueblo costero como este.

Taiga asiente, pero una de sus cejas se frunce un poco, como si se diera cuenta de que algo no encaja. Da un paso en mi dirección, con la cara un poco ladeada, y yo me obligo a retroceder.

—Es curioso, porque te llamas como mi hermana... y hasta te pareces un poco a ella. ¿Trabajas en el Templo Susanji? Quizá la hayas visto por allí, le encanta ese lugar... aunque no termino de entender por qué, la verdad —añade, con una mirada de disculpa.

Apenas acierto a responder.

—No, lo siento. Solo he venido de visita.

Había olvidado lo hablador que era Taiga, lo encantador que era. En este último año, apenas había conseguido arrancarle varias frases seguidas cuando me sentaba junto a la puerta cerrada, a conversar con él. Es cierto que desde que salió de su habitación está más hablador, sonríe incluso de vez en cuando, pero todavía no se le ha escapado ninguna carcajada. Sé que aún le queda mucho trabajo por delante, que necesitará tiempo y esfuerzo y cariño y soporte para adaptarse a una sociedad, a un mundo, que no desea a los que se han quedado atrás, o más bien, a los que no siguen el ritmo de los demás.

Taiga continúa observándome risueño y curioso.

—Bueno, pero eres sacerdotisa, ¿no? Sirves a los dioses —dice.

—Supongo que algo así.

—Entonces deberías pedirles que intercedieran en mi favor. Te he ayudado, ¿no? Merezco al menos una bendición por haber salvado a una de sus pupilas.

Lo dice medio bromeando, pero sus labios se doblan en una mueca rara cuando termina la frase. Como si acabara de darse cuenta de cuánto necesita eso en realidad.

—No necesitas ninguna bendición, Taiga. No has hecho nada malo como para suplicar una bendición o pedir perdón. —Él abre la boca, perplejo, pero la cierra de golpe cuando me acerco de dos pasos a él y le agarro con mucha fuerza las manos—. Está bien no estar bien. Está bien que las cosas te salgan mal, que te sientas cansado, agotado. Está bien aceptar que no puedes con algo. No te sientas culpable, por favor. Eres una persona maravillosa, de verdad. Sé que ahora no lo crees, pero espero que, con el tiempo, te des cuenta de lo necesario que eres para tu familia, para el mundo, y no por tus estudios o por tu trabajo, no por en quién te convertirás, sino por quien eres ya.

Taiga es incapaz de reaccionar. Solo me mira, mientras yo libero todo el aire que he estado conteniendo en mis pulmones. Cuando le suelto las manos y dejo caer los brazos me siento más ligera, como si de golpe hubiera dejado un peso que no sabía que estaba cargando.

Tras unos segundos en silencio, él separa los labios, pero no llega a pronunciar ninguna palabra porque un chasquido nos sobresalta. Es la puerta de nuestra casa. Ni siquiera me vuelvo para comprobar quién la ha abierto. Lo sé, porque lo recuerdo.

Salgo disparada y no miro atrás ni una sola vez hasta que me escondo en un portal próximo de una casa cercana. Respiro rápido, con la espalda clavada en la puerta de entrada, y espío con cuidado.

En el jardín de mi antiguo hogar, me veo a mí misma, con doce años, hablando con Taiga. Él me responde como de costumbre, con sonrisas y caricias en el pelo, aunque sigue algo pálido. Después, se dirige hacia el interior de la casa balanceando la bolsa del almuerzo, mientras mi yo del pasado lo sigue dando pequeños saltitos. Una vez que llega a la puerta, se detiene y se da la vuelta de golpe.

Yo permanezco escondida, mis ojos apenas asoman en el resquicio de la fachada. Y me observo a mí misma contemplar todo a mi alrededor, con el ceño fruncido, como si supiera que algo no va bien.

Después, él vuelve a girar y cierra la puerta con energía.

Apoyo la cabeza en la puerta del edificio y alzo la mirada al cielo gris, con un largo suspiro en mis labios.

«Ha estado cerca», musito, y un maullido me contesta.

Bajo la mirada, sobresaltada, y me encuentro a Yemon a un palmo de mis piernas. Me agacho como en un acto reflejo, pero él, en vez de estirar la cabeza o ronronear, da un paso atrás. Sus pupilas son dos rendijas en el mar azul que son sus ojos.

Yo me quedo quieta, con una mano en el aire.

«Eres Yemon, pero no *mi* Yemon, ¿verdad?». El gato vacila, pero finalmente empuja su cabeza contra mis dedos. «Has venido a despedirte, ¿verdad? Te queda un viaje muy largo hasta Kioto. Y yo te necesitaré mucho».

Yemon maúlla y parpadea lento, sin separar su mirada de mí.

«Me alegro de que nos hayamos podido encontrar una última vez. Ryōjin me había dado a entender que no te vería nunca más». El gato gris suelta una especie de estornudo, que casi parece una risa. Después, me da la espalda y se aleja de mí con pasos ligeros, con la cola estirada y en alto. «Aunque como bien dijeron él y Kannushi-san, hay cosas que ni los dioses pueden controlar».

Yemon se detiene en la esquina más próxima, me mira una última vez por encima de su lomo, y después echa a correr hasta desaparecer de mi vista.

Miro el reloj.

Marca la una y media.

LA FAMILIA KOGA

11 de marzo de 2011

Camino, todavía desorientada, por las calles de Miako. Son las dos menos cuarto, queda solo una hora para que el mundo ruja y se parta en dos, y todavía no he encontrado a Arashi.

No sé si seguir deambulando o quedarme quieta, en un lugar, a esperar a cruzarme con él. Si él hubiera visitado previamente Miako, podría haberme dado indicaciones exactas del momento y el lugar en el que nos encontramos. Pero para Arashi, Miako siempre fue y será un pueblo desconocido en el que apenas estuvo unas horas antes de que desapareciera.

Mi yo de doce años, junto a un Taiga que todavía sonreía y a mi padre, que todavía era feliz, estará montándose en el coche en este momento para abandonar Miako para siempre. Sí, yo ya estaré a salvo, al igual que mi familia, pero no el resto de los habitantes, así que no pierdo el tiempo. Siempre mirando a un lado y a otro, por si veo a algún policía o escucho la sirena de un coche patrulla, me acerco a toda persona que me cruzo por el camino, con una sonrisa crispada y mis zapatillas de deporte, que no terminan de secarse, y les hablo del precioso festival que se llevará a cabo en el Templo Susanji, en el Monte Kai. Cuando me preguntan si habrá danzas tradicionales, les digo que sí. Cuando me preguntan si habrá puestos de comida, vuelvo a decir que sí; asiento ante todas las preguntas. Al final, casi parece que estoy anunciando un festival todavía mayor que el de Gion. Un anciano farfulla por lo bajo, antes de alejarse de mí, que ya podrían haber puesto algún cartel para anunciar un evento así, que ya había quedado con su familia en la zona más baja del pueblo, cerca del puerto.

Lo veo alejarse con el corazón encogido, sin saber qué más decir para que cambie de idea. Porque después de lo que ha pasado en el Ayuntamiento, y conociendo la historia de ese hombre que predijo a gritos el terremoto de Kobe de hace años, no creo que sea buena idea.

Todavía estoy observando cómo la espalda encorvada del anciano se aleja de mí, cuando escucho unos pasos suaves que se acercan.

—Disculpe, pero no he podido evitar escucharla. ¿Es cierto que se va a celebrar un festival por aquí cerca?

Me vuelvo en redondo y me encuentro cara a cara con una mujer adulta, más joven que mi padre, que me sonríe con educación. Viste con ropas demasiado elegantes y unos tacones altos que deben ser un infierno para las cuestas de Miako. Más allá de ella, veo a un hombre que debe ser su marido, vestido con un abrigo oscuro y elegante, y que parece incómodo solo por el hecho de estar aquí, de pisar estas calles adoquinadas. De su mano, bien sujeto, hay un niño pequeño que debe tener unos seis o siete años, no más, y que, al contrario que el adulto, mira a su alrededor con completa fascinación. Algo más alejado, con los brazos cruzados, hay otro niño. Es mayor, debe tener unos doce años, aunque es demasiado alto para su edad. No lleva gafas todavía, pero reconozco esa nariz por la que se le resbalarán en un futuro y ese flequillo que siempre está, a pesar de que el corte que lleva es distinto al actual.

Arashi.

El niño siente el peso de mis ojos, que prácticamente lo taladran, y me echa un vistazo rápido antes de desviar la mirada hacia el cartel de una tienda cercana.

Sacudo la cabeza y me obligo a centrarme, aunque el terremoto ya ha comenzado para mí. El mundo entero parece sacudirse con demasiada fuerza como para que yo siga en pie. Pero estiro las piernas y me obligo a esbozar una sonrisa.

—Oh, sí, el festival del Templo Susanji está a punto de empezar. Habrá bailes, puestos de comida, se regalarán amuletos para recordar la celebración... es un evento muy especial que comenzará en breve —digo, con la voz más dulce y disuasoria que puedo esbozar—. Si les interesa, les recomiendo que suban por el sendero que nace a las afueras del pueblo, en dirección a la cima del Monte Kai. No se arrepentirán, se lo prometo.

Por favor, suplico por dentro, mientras mi sonrisa tiembla, se retuerce, se quiebra ante esos rostros que me observan con fijeza. Tengo que parpadear varias veces para que las lágrimas se queden quietas tras mis párpados. *Por favor, por favor, por favor. Subid al templo. Subid al templo. No os hagáis esto. Salvaos. Arashi merece tener a sus padres con él, a su hermano pequeño.*

La mujer y el hombre intercambian una mirada.

Por favor. Por favor. Por favor.

—Hemos quedado, ya lo sabes —dice el padre de Arashi, en tono seco.

—Oh, es cierto. —La mujer me lanza una sonrisa de disculpa—. Bueno, quizá podamos acercarnos más...

—No pueden ir al colegio —la interrumpo, ya sin sonrisa, sin pestañas caídas. No tengo tiempo para sutilezas. Ni ellos tampoco.

Arashi, el único que no me observaba, gira la cabeza en mi dirección, tan sorprendido como sus padres.

—¿Cómo sabes que...? —De nuevo, no la dejo terminar.

—Sé que son amigos del director del colegio de primaria, donde Haru se inscribirá para empezar el próximo curso. Sé que van a visitarlo ahora, pero no deben hacerlo. Se va a producir un terremoto. El mayor terremoto de nuestra historia. —Me obligo a continuar a pesar de la mirada rabiosa del hombre que tengo delante, a pesar de que la mujer retrocede para sujetar a sus hijos de la mano—. El epicentro solo se encontrará a unos kilómetros de aquí, en el Pacífico, y eso provocará un tsunami tan enorme y veloz, que nadie tendrá tiempo para ponerse a salvo. Si no se dirigen al Templo Susanji, o a cualquier lugar elevado de Miako, morirán, y también lo harán Arashi y Haru.

Cuando termino de hablar, me doy cuenta de que estoy boqueando y de que tengo los ojos llenos de lágrimas de súplica. Intento respirar hondo, pero mis pulmones son demasiado pequeños para aceptar todo el oxígeno que necesito.

El matrimonio intercambia otra mirada, mientras Haru retrocede unos pasos, con la boca apretada, y Arashi palidece varios tonos.

—Vamos, niños —dice entonces el padre.

Me da la espalda, pasa la mano por los hombros de su mujer, que a su vez ha tomado las manos de sus hijos, y se alejan a paso rápido en dirección descendente, hacia el colegio, hacia el océano.

Pero yo no pienso darme por vencida.

Echo a correr, los sorteo y me pongo delante de ellos, con los brazos completamente extendidos. Como la calle es estrecha, apenas queda espacio para que puedan sortearme. Ahora mismo no hay peatones cerca, por lo que solo estamos ellos y yo, con el océano a un lado, y el Monte Kai y las colinas en el otro.

—Apártate —me ordena el hombre, con los dientes apretados.

—Señor Koga —digo, con la poca entereza que me queda—. Sé que todo esto parece una locura. No, *sé* que lo es. Pero tiene que creerme. Vengo... vengo del año dos mil dieciséis. —De pronto, al padre de Arashi se le escapa una sonora carcajada y, sin añadir nada más, saca el móvil y teclea unos números. Sé a quién está llamando. Su mujer, sin embargo, parece todavía más asustada. Pero no del significado de mis palabras, sino de mí—. En ese año, ustedes no existen, han muerto, igual que las casi dieciséis mil víctimas y los más de dos mil desaparecidos. Quiero ayudarlos, quiero salvarlos de ese destino. Pero para eso tienen que confiar en mí.

Sin embargo, solo consigo que el señor Koga dé la dirección de donde nos encontramos a la persona con la que habla por teléfono y que su mujer retroceda un paso más, arrastrando con ella a los niños.

Clavo la mirada en Arashi, que me devuelve otra llena de confusión y miedo. Y, tal como me dijo que hice, me arrojo contra él y lo aferro de los hombros con la fuerza que un ancla une un barco al suelo. Ahora mismo, nada ni nadie podría separarme de él. Ni siquiera un dios.

—Arashi, escúchame bien. A las tres menos cuarto comenzará el terremoto. Será uno enorme, casi no podrás estar de pie, pero tendrás que obligarte a hacerlo. Porque después solo tendrás unos minutos hasta que la primera ola salte el muro de contención y se adentre en Miako. No puedes correr hacia el río, se desbordará también y ahogará a mucha gente. Tu única opción es subir al Templo Susanji, el que está en el Monte Kai. —Levanto un brazo y señalo la montaña que destaca sobre las colinas—. Hasta que no llegues a él, no mires atrás. No te detengas.

Los padres de Arashi se abalanzan sobre mí, intentan levantarme, alejarme de su hijo, pero no lo consiguen. Hay una fuerza que no separa mis rodillas del suelo, ni mis manos de los hombros de su hijo mayor. Quizá sea cosa de los dioses, no sé; quizá porque soy una *kami*, o porque las personas, ante situaciones desesperadas, conseguimos habilidades extraordinarias.

Arashi, aunque asustado, no separa la mirada de mí. Me *escucha*. Quiero pensar que me cree.

—Tienes que vivir, ¿de acuerdo? Mucha gente te necesitará en el futuro, como Harada, como esa compañera de la clase a la que ayudaste sin saberlo, como a todos esos chicos y chicas que ya no tendrán que sufrir a Daigo y a Nakamura gracias a tu valentía. Como yo. Porque yo te necesitaré mucho. Porque sin ti, yo no llegaré hasta aquí. —Mis labios se curvan en una sonrisa, a pesar de que los señores Koga no dejan de gritar, de tirar de mis brazos y de mi cuerpo, para intentar separarme de su hijo—. Sé quien quieras ser, Arashi. Aunque no te guste el béisbol, aunque no quieras trepar a los árboles. No está mal que prefieras dibujar, no está mal que prefieras leer. No está mal que no te interesen las empresas ni los hospitales, no está mal que quieras ser *otokosu* y quieras ayudar a prolongar una tradición que es tan importante para ti. Yo me sentiría muy afortunada porque alguien como tú me ayudase a ponerme un *kimono*.

Las pupilas de Arashi se dilatan y sus ojos se humedecen, aunque no llega a derramar ninguna lágrima. Tampoco puedo verlo de todas formas, porque entonces la fuerza que me ancla al niño y al suelo desaparece, y los padres me apartan de Arashi a empujones.

Caigo hacia atrás y el suelo araña las mangas blancas y rasga una de ellas. Mientras me incorporo, veo cómo la madre de Arashi se abalanza sobre su hijo y le pregunta si está bien, sin dejar de palparle la cara, el cuerpo. Él sigue mirándome, hasta que las manos impacientes de la mujer lo obligan a girarse hacia ella.

Su padre se interpone entre nosotros, una especie de muro infranqueable que sé que ya no puedo superar de nuevo. Haru se esconde tras sus piernas, con una de sus manos apretada contra la mejilla.

En ese momento, escucho el sonido de una sirena. Me incorporo de golpe, ignorando el dolor de mi brazo y la sangre que ha salpicado la blancura de la tela, y observo el final de la calle, por la que acaba de doblar a toda velocidad un coche patrulla.

No puedo quedarme durante más tiempo aquí, no puedo dejar que me atrapen. Todavía no. Me queda algo más por hacer.

O, mejor dicho, por intentar hacer.

Miro el reloj de Arashi antes de darme la vuelta y echar a correr.

Son las dos y media. Solo quedan quince minutos para que comience el terror.

EL COLEGIO QUE DESAPARECERÁ

11 de marzo de 2011

El viento que me golpea la cara deja surcos en mi piel por culpa de las lágrimas que la han recorrido y ya se han secado. Corro a toda velocidad, pero me parece que por mucho que me esfuerce, por mucho que quiera, no seré lo suficientemente rápida.

Miako es pequeño, pero la zona donde me encontré con Arashi estaba en uno de sus puntos medios; el colegio al que acudí durante seis años se encuentra en la zona inferior. Sus muros colindan con el paseo marítimo, y la fachada este, con un puente que cruza el río Kitakami, muy cerca de su desembocadura.

Miro el reloj entre pisada y pisada, entre jadeo y jadeo. Solo quedan cinco minutos. Mientras avanzo a toda velocidad, me encuentro con demasiados paseantes. ¿Por qué hay tanta gente en la calle? Mientras deslizo la mirada por todos ellos, me pregunto si alguno irá al falso festival del Templo Susanji. Pero una pesadumbre me golpea por dentro. Estoy en la zona baja del pueblo. Si quisieran llegar a él a tiempo, tendrían que empezar a correr ya mismo.

Y nadie lo hace. Al fin y al cabo, nadie sabe por qué tendría que hacerlo.

Avisto entre las construcciones el colegio de primaria y se me para un poco el corazón al verlo. Me obligo a continuar, aunque sea a trompicones, y poco a poco, todo el edificio se muestra ante mí. Las lágrimas me muerden de nuevo los ojos, pero aprieto los dientes y me las trago, a pesar de que me duele contemplar ese edificio blanco, tan distinto a ese esqueleto en ruinas, sucio y repleto de verdín, en el que se terminará convirtiendo.

Fui feliz mientras ocupaba uno de sus pupitres. Fui feliz mientras corría por el patio de deportes. Fui feliz cuando nadaba en su piscina y me reía a escondidas en clase con Amane y con Mizu, cuando creía que nada cambiaría.

La puerta principal se mantiene abierta, pero no hay alumnos saliendo por ella. Los últimos días de curso eran así, nadie salía a su hora. Los tutores dedicaban algunas palabras a sus alumnos, algunos grupos se despedían de otros profesores y los propios niños y niñas se quedaban más tiempo en clase, dibujando en la pizarra, compartiendo los últimos segundos de curso. Sabían que, en el momento en que abandonasen las clases, todo cambiaría. Los finales de curso siempre marcan un antes y un después. Y hoy iba a ser un día que, más que marcar, abriría un abismo para todos.

Todavía estoy observando esa puerta abierta cuando todo comienza a temblar.

Bajo la mirada hacia el reloj. Son las tres menos cuarto.

Al principio, solo es un leve temblor. Un matrimonio que camina a unos metros de mí ni siquiera se detiene. Apenas se siente y se producen tantos a lo largo del año, que la gente apenas echa un vistazo a su alrededor antes de seguir con su paseo.

Yo miro a un lado y a otro; estoy en un lugar seguro, lejos de postes de luz y de árboles, y sé bien que el colegio junto al que estoy no se derrumbará, así que me quedo quieta, respirando. Poco a poco, el ligero balanceo se va haciendo más brusco, más profundo, y la pareja que caminaba unos metros por delante no tiene más remedio que detenerse.

Los edificios comienzan a tambalearse mientras algún grito aislado hace eco desde alguna calle. Me arrojo al suelo, me hago un ovillo sobre mí misma y me cubro la cabeza, sabiendo que esto apenas es el inicio de la pesadilla.

Cierro los ojos y pienso en mis amigas, que ahora estarán bajo sus pupitres, siguiendo las instrucciones de la profesora Hanon; mientras Kaito intenta hacer alguna broma para aliviar la tensión, a pesar de que está muerto de miedo por dentro. Kannushi-san quizá siga en el templo, mientras Ryōjin nada en el estanque, observando con sus ojos inescrutables el horizonte, en dirección al mar. Mi yo de doce años estará asustada en el interior de un coche que se tambalea, mientras mi padre y Taiga tratan de guardar la calma. Arashi se encontrará en mitad de una calle, cerca de aquí, rodeado por su familia, pero espero que recuerde mis palabras y que corra y corra y corra, hasta que alcance un lugar seguro, como me contó su yo de diecisiete años que hizo. Y Yoko-san... ¿qué estará haciendo? ¿Dónde se encontrará? La última vez que la vi estaba en el interior de su hogar lleno de cajas, preparando una mudanza secreta. Ella vivía en la zona alta del pueblo, donde el tsunami llegó y pasó, pero algunas casas resistieron. Si se hubiera quedado allí, habría visto el agua acercarse, habría tenido tiempo de subir a alguna colina, o al Monte Kai, y se habría salvado.

El temblor recrudece. A pesar de que estoy de rodillas, es casi imposible mantener el equilibrio. No levanto la cabeza, pero por el rabillo del ojo que acabo de abrir veo cómo los cristales de las ventanas del colegio caen al suelo. Me obligo a abrir el otro ojo y espío a mi alrededor. Observo cómo una farola de la luz cae y arrastra con ella varios cables gruesos del tendido eléctrico, que sueltan chispazos antes de caer al asfalto, retorciéndose como serpientes. La pareja que antes caminaba ahora grita, aunque no escucho sus chillidos; el sonido atronador que llega desde dentro de la tierra ahoga todo. Más atrás, donde ya mi vista se vuelve borrosa de mirar de soslayo (porque ni siquiera me atrevo a girar la cabeza), veo cómo parte de una vieja vivienda se derrumba y los tablones de madera que conformaban sus paredes quedan completamente partidos en dos, mientras las casas de alrededor pierden tejas que se rompen en mil pedazos cuando impactan contra el suelo.

Pero, por encima de toda la destrucción, es el ruido lo que predomina. Ese rugido tenebroso, a ratos grave y a otros, agudo, en el que se mezclan todos los crujidos, aullidos y bramidos que pueden proferir los seres vivos e inertes. Un terremoto es como un grito que nunca termina.

Hasta que lo hace. O al menos, se calma un poco, porque el suelo sigue moviéndose, recorrido por ondas como enormes calambres, cuando me atrevo a levantar la cabeza. Miro a mi alrededor desorientada, todavía incapaz de ponerme de pie por culpa del zarandeo. Algunos de los edificios más antiguos se han derrumbado, aunque no sé si sus ocupantes han podido salir a tiempo; todos han perdido las ventanas porque las calles están cubiertas por cristales que, bajo la luz fría del sol nublado, parecen trozos de hielo afilados. Además de la que he visto, hay varias farolas caídas, así como postes de la luz, algunos tronchados por la mitad, como un árbol; otros han quedado apoyados en los tejados de algunas viviendas.

Siento náuseas, quizás un inicio del mal del terremoto, pero ahora no tengo tiempo para ello, así que trago saliva varias veces. Tengo que moverme. Tengo que moverme ya. Solo tengo unos minutos porque después... ni siquiera tengo ni idea de qué ocurrirá después.

Mareada, consigo ponerme en pie y avanzar en zigzag hacia el colegio. En el momento en que traspaso las puertas, escucho pequeños pasos a toda velocidad, órdenes de profesores. Hace más de cinco años que no piso este lugar, pero a pesar de que parece más pequeño, y de alguna forma, más feo y viejo, sé perfectamente dónde se encuentra cada aula que ocupé, dónde están los servicios y las escaleras que conducen a los pisos superiores, cuál es la galería que lleva al patio de deportes, donde se convoca a los alumnos para los simulacros de seísmo.

Paso junto a las taquillas, donde se guarda el calzado de calle que muchos alumnos ya nunca volverán a ponerse. No me molesto en cambiarme las zapatillas de deporte, a pesar de que, en una esquina, hay una pequeña estantería con zapatillas para visitas.

Cuando alcanzo la puerta que comunica con el patio del recinto, ya está allí la mayoría de las clases. Han sido muy rápidos, han cumplido a la perfección con el protocolo de desalojo por terremoto. Pero ahora no se mueven, y veo cómo los alumnos permanecen agrupados por clases; los más pequeños todavía asustados, los mayores más tranquilos, aunque un aire de tensión que no había inspirado antes, llena todo el lugar, todo Miako. Y es extraño, horrible, que este lugar que siempre ha estado lleno de risas y de gritos de ánimo durante los recreos y las clases de educación física, esté a punto de convertirse en un cementerio.

No me molesto en buscar a Amane o a Mizu, o incluso a Kaito. Hay más de cien alumnos aquí afuera, y yo ni siquiera sé cuánto tiempo queda para que la primera ola llegue. Junto a la fachada del edificio, se agolpan varios profesores. Y allí también está el director. Los muy idiotas no hacen más que discutir.

Entre ellos, avisto a la profesora Hanon.

—Bueno, entonces ¿qué hacemos? —dice un hombre rechoncho, que parece nervioso por la situación. Es el tutor de otro de los cursos.

—El protocolo nacional dice que debemos trasladarlos a algún parque o a algún descampado cercano al centro —contesta otra profesora, la más joven de todos.

—Pero el parque más cercano se encuentra demasiado lejos y hay que cruzar un puente que no sé en qué condiciones estará después del temblor. Habrá réplicas. Y no hay ningún descampado cercano. —La que habla ahora es la profesora Hanon. Están todos tan encerrados en la discusión, que ni siquiera ven llegar a una chica vestida de sacerdotisa—. Este es el plan general, pero debería haberse adaptado para este colegio, para sus características.

Sus ojos acusatorios vuelan hacia el director, que a su vez le dedica una mirada fulminante, sin amilanarse lo más mínimo.

—Los alumnos hasta tercero esperarán aquí junto a sus tutores —dice, como si ese hubiera sido su plan desde el principio, como si no estuviera improvisando, sin tener ni idea de lo que significan sus palabras—. Desde cuarto hasta sexto, cruzarán el puente y esperarán a que sus padres los recojan en el parque.

—¡No puede hacer eso! —grito, y todos a una se vuelven hacia mí. Sus expresiones desconcertadas ni siquiera me provocan ni un pestañeo. Avanzo con seguridad y me detengo a solo unos centímetros del director—. Los estará condenando. Tiene que ordenar que suban a la azotea del colegio o que corran hacia la colina más cercana. Y tiene que hacerlo ya.

El director, al contrario que yo, se toma todo el tiempo del mundo para parpadear.

—¿Quién demonios eres tú? Ahora no tengo tiempo para lidiar con adolescentes que...

—¡Nadie tiene tiempo! ¡No queda! —aúllo, y mis ojos vuelan hacia los alumnos—. Se acerca un tsunami. En cuestión de minutos estará aquí. Todavía hay tiempo.

—No han emitido ninguna alarma de tsunami —me interrumpe uno de los profesores.

—Hay barreras de ocho metros de altitud que protegen a todo el pueblo —añade el director, con hastío.

Tengo ganas de golpear a todos y a cada uno de ellos, o de clavarme las uñas en la piel y hacerla trizas con ellas. ¿Por qué discuten? ¡¿Por qué pierden el tiempo?!

—¡No han emitido ninguna alarma porque no dará tiempo! —Y aunque la hubiera, no se daría; el servicio de megafonía no funciona—. El epicentro ha sido muy cerca de aquí. La ola...

—Japón tiene el sistema de detección de tsunamis más rápido del mundo. En solo siete minutos...

Ni siquiera me molesto en escuchar. Me giro hacia la profesora Hanon, la única de todos ellos que parece estar prestándome atención de verdad.

—¡No tendremos siete minutos! Debemos sacar a todos de aquí cuanto antes. *Cuanto antes* —digo, con la voz tan quebrada, que mis palabras parecen cristales—. Por favor, profesora Hanon.

El director dice algo, pero no lo escucho. Ni ella ni yo lo hacemos. Mi antigua profesora no pronuncia ninguna palabra, ni siquiera se pregunta por qué una desconocida sabe su apellido. Se limita a asentir antes de darse la vuelta e ir directo hacia los alumnos. Y de pronto, empieza a gritar.

—¡Salid del patio! ¡Rápido! ¡De primero a tercero, a la azotea del colegio! ¡A partir de cuarto, dirigíos a la colina más cercana! —Vocifera—. ¡RÁPIDO!

Los niños se quedan confundidos durante unos instantes; muchos de ellos en su sitio, lanzando miradas vacilantes a sus tutores que, como el director, se han quedado pasmados. Están a punto de decir algo, de moverse, pero entonces, un rumor golpea sus oídos, los míos, los de todos.

Y entonces vuelvo la cabeza.

Y la veo.

Una ola que avanza a la velocidad de un coche.

Negra, como el color de la muerte.

Y mi peor pesadilla se hace real.

EL AGUA

11 de marzo de 2011

En los días posteriores al tsunami, mientras estaba tirada boca-bajo en mi cama de Kioto, antes de que decidiese olvidar todo lo que tenía relación con ello, pensaba en lo que podrían haber visto mis compañeros de colegio, en lo que habrían sentido cuando hubiesen visto esa enorme masa de agua acercarse a toda velocidad.

Pero ni en mis peores pesadillas, ni siquiera en esa realidad alternativa en la que yo moría ahogada junto a Arashi, podría haber imaginado este desastre.

Todo el mundo corre a mi alrededor. El ruido que produce el océano al acercarse es atronador, pero los alaridos son peores. Cuchillos que se clavan por dentro, sonidos que no voy a olvidar jamás. Yo debería moverme también, escapar, pero mis pies están pegados al suelo, mis piernas son ramas secas que, si se mueven solo un poco, se quebrarán y yo caeré.

Pero entonces, varias figuras, niños, cruzan delante de mí a toda velocidad. Mis ojos se abren de par en par al reconocer a los que avanzan en primer lugar. Amane y Kaito. No me dedican ni una sola mirada, avanzan con toda la rapidez que pueden hacia el interior del colegio. Su visión consigue que mis piernas pierdan rigidez.

Podría seguirlos hasta la azotea, intentar salvarme, pero sé que tengo que regresar al Templo Susanji. Si sobrevivo y me quedo aislada en uno de los pocos edificios altos de Miako, sé que tardarán muchas horas en rescatarme. Y no sé qué ocurrirá si allí llega a su fin el último día del año y yo todavía no he regresado. No puedo quedarme atrapada en esta época.

Así que consigo darle la espalda al agua, que está a punto de traspasar los muros de contención, y echo a correr hacia la valla que separa el patio de deportes de la calle. Mientras avanzo a toda velocidad, como muchos de los niños y algunos de los profesores, escucho los gritos de la profesora Hanon, que trata de que los pequeños no huyan despavoridos en dirección al río Kitakami. Sin embargo, es demasiado tarde. Porque el río se desborda de pronto y una marea que crece y crece, de color oscuro, penetra por uno de los laterales del patio.

Cuando giro la cabeza, el agua ya ha anegado los zapatos de la profesora Hanon.

Lo siento. Lo siento, lo siento, lo siento.

Hay una valla delgada que separa la zona norte del recinto escolar con la calle, pero está corroída por la humedad y se ha quedado frágil con el paso de los años, así que cuando varios niños y un par de profesores impactan contra ella, esta se tambalea con violencia. Con el golpe de lleno de mi cuerpo, uno de los hierros más gruesos que la sujetan se parte por la mitad, oxidado y medio podrido, y todos pasamos a trompicones por encima de la malla metálica.

El olor a océano me inunda la nariz.

No hay alarmas sonando, los altavoces que no se han caído por el terremoto y siguen en sus postes son tan inservibles como los que se han roto. A pesar de ello, la gran mayoría de la gente se ha dado cuenta de lo que ocurre, y ahora, decenas de personas atraviesan las calles en dirección a la zona más alta. De reojo, veo cómo algunos se asoman desde las ventanas de su segundo piso.

—¡Salid de ahí! —grito, entre jadeos. No sé si mi voz llega hasta ellos, el ruido del agua es atronador, lo ahoga todo—. ¡No es lo suficientemente alto!

Un enorme crujido que se sobrepone al bramido del agua que se acerca me hace volver la cabeza. Al final de la calle que comunica con el colegio y el paseo marítimo, ya totalmente anegado, una vivienda ha sido arrancada literalmente de sus cimientos, y ahora flota llevada por la corriente, hacia nosotros, mientras varios tablones de madera caen unos tras otros.

Sigo corriendo, dejando en muchas ocasiones a gente detrás de mí. Sobre todo, personas mayores u otras que cargan con demasiadas cosas y las retrasan. Ayudo a algunas a ponerse en pie, empujo a otras para que corran todavía más rápido, pero todo eso me retrasa y el agua se acerca cada vez más, sin que las casas, las tiendas o los coches puedan retenerla.

Sigo avanzando, estoy en la zona media del pueblo, cerca del Ayuntamiento donde me encerraron hace un par de horas. Puedo ver la azotea por encima de los tejados más cercanos. En ella, hay varias cabezas que se asoman. Las plantas son altas, pero solo hay dos pisos, así que no estoy segura de que el agua no llegue hasta ellos.

De pronto, de una calle paralela, más estrecha que por la que subo, aparece el agua y, mientras una parte de esa masa oscura sigue ascendiendo, otra cae hacia nosotros, y me empapa la *hakama*. De pronto, estoy atrapada por esa corriente de agua que cae y la que me persigue a mi espalda.

Miro a un lado y a otro, desesperada, y la única escapatoria que veo es la puerta cerrada de la vivienda junto a la que estoy. Apoyo el hombro en ella y empujo. Nada. El tablero de madera no se mueve. El agua crece y me lame las rodillas. Tiene tanta fuerza, que me sujeto al picaporte para que no me arrastre.

Vamos, pienso, antes de golpear con todo mi cuerpo la puerta cerrada. *¡Vamos!*

Un dolor agudo me sacude el hombro derecho y la puerta se abre y yo caigo de bruces al suelo. De inmediato, el agua se cuela en el interior, mojando los suelos de madera.

Me incorporo con rapidez y miro a mi alrededor.

—¿Hola? —Nadie me contesta.

Sin dudar, me dirijo hacia la escalera que conduce al segundo piso. Solo han pasado unos segundos, pero ya gran parte del salón está cubierto por una fina capa de agua sucia. Subo los peldaños de dos en dos y recorro el pasillo, abriendo puertas, hasta dar con uno de los dormitorios, que tiene un diminuto balcón de madera que vi desde la calle. Hago a un lado la puerta corredera y, durante un instante, me quedo sin respiración cuando veo la calle en la que antes me encontraba. Ahora está totalmente inundada. Si bien en los vídeos y las imágenes que mostraron por televisión nunca vi a personas siendo arrastradas, ahora, a tan poca distancia del suelo, sí las veo, luchando con fuerza, intentando escapar del abrazo asfixiante del océano. Aparto la mirada de inmediato y la fijo en la frágil baranda del balcón, algo carcomida por la humedad. Pero es mi única opción, así que, pegada a la pared, me siento sobre ella y, con mucho cuidado para no perder el equilibrio, me coloco de rodillas. La baranda tiembla un poco, pero cuando me yergo mis brazos llegan sin problemas al borde del tejado.

Me obligo a no mirar hacia abajo y, después de contar hasta tres, me impulso todo lo que puedo y me subo a medias al tejado. Escucho tras de mí cómo la barandilla cede y trozos de madera caen a la corriente que asciende, pero yo me impulso como puedo clavando los brazos, las manos, las uñas en las tejas, y consigo subir lo que resta de mi cuerpo.

Me quedo tumbada, hecha un ovillo, sobre el tejado inclinado, respirando con dificultad. Tengo los ojos entrecerrados, pero cuando los abro por completo veo el infierno que se extiende no solo frente a mí, sino que me rodea por completo.

Kannushi-san no se equivocaba. Esto es algo que ni los dioses pueden detener.

El océano no tiene nada que ver con ese espejo azul en el que yo nadaba de niña, en el que me sumergía y aguantaba la respiración todo lo que me dejaban los pulmones, para observar un mundo distinto y teñido de añil, pero que me atraía más que el de la superficie. Pero es que esa masa densa, de colores oscuros, negro y marrón, no es el océano al que tanto quería y con el que me había reconciliado hace unas semanas. No, esto que me rodea, que destruye todo a su paso, es una especie de vómito de las profundidades, como si la tierra no hubiese aguantado más con ello en el interior y lo hubiese expulsado.

Veo decenas de coches arrastrados, encastrados en calles demasiado estrechas en las que antes solo entraban los peatones, y que ahora avanzan a la fuerza, arañando fachadas, destrozándolas. En algunas ocasiones, esos vehículos tienen conductores. Pero no es solo eso lo que arrastra la gigantesca corriente. Los cerezos del paseo marítimo, que todavía no han florecido, han sido arrancados de cuajo y apenas se distinguen entre las oscuras aguas, mezclados con papeleras, farolas y toda clase de mobiliario urbano. La propia vivienda en la que estoy parece luchar para no ser arrastrada por la corriente, que sube y sube, y que ya ha llegado al balcón que he utilizado para alcanzar el tejado.

Pero, de pronto, me llevo una mano rasguñada a los labios cuando veo lo que se acerca. No son solo coches. Los barcos del puerto también son empujados con la fuerza del agua. Ya dan igual las anclas, ni siquiera eso puede mantenerlos en su sitio.

Un pequeño barco pesquero, casi del mismo tamaño que la casa en donde estoy subida, viene directo hacia mí. No veo a nadie que lo dirija tras sus cristales empañados, pero su proa, azul, con manchas de óxido, parece un cuchillo afilado que pretende partir la casa en dos. Sé que el edificio no aguantará, ya lo escucho crujir con fiereza, todavía sin recibir el impacto.

Miro a mi alrededor, desesperada, y tomo una decisión en el momento en que el barco golpea la fachada con toda su fuerza. El tejado se sacude y se rompe en pedazos, pero yo ya he saltado a la vivienda siguiente, a su tejado que sigue sin desmoronarse, aunque las paredes se han cubierto de grietas. Sin aliento, echo la vista atrás y veo cómo la casa sobre la que estaba se derrumba en parte, y la que sigue en pie avanza como un barco de papel impulsado por la corriente, junto al pesquero que sigue empujándola por detrás.

Como el tejado en el que me encuentro ahora tampoco parece muy estable, salto a otro, y así a otro más, por encima de las aguas turbulentas. Subo por las calles angostas, donde los edificios son bajos y antiguos, y los bordes de un tejado casi se unen con los del siguiente.

No tengo tiempo de mirar alrededor; no puedo estar mucho tiempo pisando las mismas tejas. A veces me encuentro con habitantes que han hecho lo mismo que yo y han logrado subir hasta lo alto de las viviendas. Intento hacer que sigan adelante, pero, aunque muchos consiguen levantarse y continuar como pueden hacia la parte alta, otros se quedan hechos un ovillo, cubriéndose la cabeza y los oídos, con los ojos cerrados, sin querer ver absolutamente nada.

El suelo vuelve a temblar de vez en cuando, la corriente de agua cada vez es más fuerte. A lo lejos, puedo ver cómo coches, embarcaciones, basura y mobiliario urbano se acumulan en las faldas del Monte Kai, en la zona más alta del pueblo, muy cerca de donde se encontraba mi antiguo hogar. Parece un inmenso vertedero.

Las piernas me tiemblan con violencia por el esfuerzo, y a pesar del frío y la humedad, tengo la piel empapada en sudor. El uniforme de sacerdotisa que me dejaron en el Templo Susanji se ha convertido en un guiñapo sucio, roto, y salpicado de sangre debido a los innumerables cortes que me hecho al saltar de tejado en tejado. La piel me escuece, mojada y sucia, pero ni siquiera pierdo un segundo en examinarla.

Estoy a punto de saltar al tejado que tengo enfrente, ya relativamente cerca de ese inmenso vertedero, que llega hasta el inicio del sendero que conduce al templo y donde veo a personas recorriéndolos a toda prisa, cuando un potente crujido detiene mis pasos. Me quedo congelada en el mismo borde y, entonces, la vivienda a la que iba a saltar se parte en dos, como la cáscara de un huevo, y la corriente la empuja lejos de mi alcance. El techo sobre el que estoy comienza a temblar, y varias tejas se desprenden de su lugar y resbalan por la zona inclinada. Miro a mi alrededor, desesperada, pero no hay ningún tejado cercano al que pueda saltar. Tampoco puedo retroceder, porque, si no, el agua me alcanzará.

La casa sobre la que estoy se sacude y yo me acuclillo, con los dedos cerrados en torno a las tejas, tratando de no perder el equilibrio. Si la casa se derrumba, como ya lo han hecho decenas a mi espalda, caeré al agua y ya todo dará igual. Por muy buena nadadora que sea, nadie podría mantenerse a flote.

La casa vuelve a temblar y yo me obligo a arrastrarme hacia uno de los bordes del tejado. Una grieta gigantesca atraviesa uno de los muros y asciende hasta alcanzarme. Otro nuevo crujido y, de pronto, noto un fuerte tirón en el estómago, cuando el tejado en el que estoy se desploma.

De soslayo, me parece ver un borrón blanco, relativamente grande, que pasa por debajo de mis ojos, antes de arrojarme sobre él. Mi abdomen se hunde en algo anguloso que me deja sin respiración y me hace caer hacia atrás sobre una superficie dura y mojada, en la que lucho por recuperar el aliento. Entre toses, consigo ponerme de rodillas y erguirme lo suficiente. Estoy en la parte de atrás de una furgoneta con el maletero descubierto.

Como puedo, entre potentes bandazos, me sujeto a la carrocería que cubre al conductor y al copiloto, en el caso de que los hubiera. Me gustaría gritar, pero mi voz hace mucho que ha desaparecido. El vehículo avanza a toda velocidad como un bote a la deriva, arrastrado por un río caudaloso en el que es imposible llevar el rumbo.

Todo pasa a mi alrededor con tanta velocidad, que no puedo saltar a ningún lado, agarrarme a algo. Me rompería el brazo o me lo arrancaría, no estoy segura. Pero esto no es como estar sobre un edificio tambaleante, la camioneta salta y se balancea con tanta violencia, que resbalo a un lado y a otro, dando tumbos.

Por suerte, sigue el camino del resto de los escombros y parece conducirme hasta el enorme vertedero que se está formando en la parte alta del pueblo. Si llego hasta allí, quizá...

De pronto, la camioneta da un giro brusco y yo salgo disparada hacia la izquierda. Me golpeo de lado contra una pared y, de alguna forma milagrosa, mis dedos consiguen agarrarse a un saliente. No obstante, parte de mi cuerpo queda sumergido en el agua, que tira de mí con más fuerzas que las que me quedan.

Aprieto los dientes y mis nudillos se ponen blancos contra el saliente. *Tengo que aguantar un poco más. Tengo que aguantar un poco más. Tengo que...*

—¡Eh! —Una voz me sobresalta y me hace alzar la cabeza—. ¡Sujétate a mi mano!

Reconozco ese rostro, a pesar de la palidez y de esa expresión terrible que lo desfigura. Reconozco esas manos que luchan por aferrarse a las mías, porque decenas de veces me acariciaron el pelo y me dieron todos los abrazos que necesitaba.

—Yoko-san —murmuro.

YOKO-SAN

11 de marzo de 2011

Los dedos delicados de mi antigua vecina se enroscan con firmeza en mis muñecas y tiran con una fuerza descomunal hacia arriba. Yo logro apoyar la puntera de mis zapatillas de deporte en el reborde de una ventana y consigo el impulso necesario para llegar al tejado.

Ella me suelta con un fuerte jadeo y yo caigo de espaldas; empapada de agua y sudor. El corazón parece que me ha roto varias costillas; cada nuevo latido es una tortura. Todo me duele, todo me escuece. Ni siquiera sé cómo puedo seguir respirando.

—¿Estás bien? —me pregunta Yoko-san, con una voz que suena débil por culpa del rugido del agua.

Todavía tumbada, giro la cabeza hacia ella y la observo. Idéntica a mis recuerdos. Idéntica al fantasma que me ha perseguido durante el curso. Con su pelo largo y suave, sus ojos amables, su sonrisa cálida. No, no es idéntica. Ni en mis recuerdos ni cuando me visitaba en Kioto tenía una mancha oscura cubriendo parte de su camisa.

—Estás herida —mascullo, antes de arrastrarme hacia ella.

Yoko-san baja la cabeza y se lleva la mano al abdomen. El contraste de la tela pálida contra la sangre roja me produce un escalofrío.

—El agua me empujó contra una pila de escombros. Ni siquiera lo noté en un principio, estaba tan asustada... —contesta, con voz desvaída—. Me di cuenta cuando empecé a marearme.

Miro a mi alrededor, desesperada, pero no encuentro nada que pueda ayudarme ni ayudarla a ella. Aquí no hay ayuda. Solo agua y muerte.

Me arranco un jirón de tela de la *chihaya* y lo aprieto con fuerza contra su herida, aunque eso no hace que la hemorragia cese. Ella apoya su mano sobre la mía y vuelve a sonreírme. ¿Cómo puede sonreír en una situación así? ¿Cómo?

—Antes... me has llamado Yoko-san. ¿Nos conocemos?

Tengo ganas de llorar, de gritar. *Si ni siquiera sabes quién soy, ¿para qué te esfuerzas en ayudarme? ¿Por qué no te has limitado a permanecer quieta, apretando tu herida, en vez de salvar a una desconocida?*

Mis ojos se balancean, frenéticos, entre su lesión abierta y su rostro, y la certeza de que no sobrevivirá, de que no morirá ahogada como tantos miles, sino por culpa de la hemorragia, me golpea y me deja entumecida durante unos segundos. Durante ese tiempo, no separo los ojos de ella, que parece esperar una respuesta, paciente, como siempre ha sido.

Así que decido contarle la verdad.

—Soy Nami, Yoko-san —digo, con mucha lentitud—. Nanami Tendo.

Ella parpadea y ladea ligeramente el rostro, antes de acercarse al mío.

—¿Nami? —repite, antes de soltar una carcajada débil—. ¿Es... es que estoy soñando o quizá ya me he muerto?

—No, no estás muerta —replico, con una voz que pretende ser firme—. Y soy yo, de verdad. Estoy aquí, contigo.

—La Nami que yo conozco se marchó hace una hora con su padre y su hermano, en dirección a Kioto.

—Sí, es verdad. Y eso hizo la Nami de doce años. —La voz se me enronquece sin que pueda evitarlo—. Pero yo no soy ella.

—No, tú eres una Nami mucho más adulta, aunque... eso no tiene sentido, ¿verdad? —Suspira y su cuerpo se balancea un poco. No sé si está delirando, aunque su mirada parece centrada, a pesar de la palidez y de la debilidad que la empapan como el agua—. Nadie... puede estar en dos sitios a la vez.

—Lo sé —susurro. Estoy a punto de añadir algo más, pero ella levanta una mano y me detiene.

—Recuerdo cuando venías a casa con tus amigas. Con Amane y Mizu, y veíais series en televisión mientras comíais golosinas y bebíais té. Os encantaban las *magical girls*. —Se le escapa una pequeña sonrisa llena de melancolía—. ¿Te has convertido en una, Nami?

—No lo sé —murmuro—. Las *magical girls* son chicas especiales, aunque no lo parezcan a simple vista. Tienen poderes y, con un hechizo y su voluntad, logran hacer cosas maravillosas.

—¿Cosas maravillosas? —repite Yoko-san, con suavidad.

No sé si me escucha de verdad. Creo que gastó sus últimas fuerzas al intentar subirme a este tejado, que parece algo más robusto que los anteriores que he recorrido.

—Salvar el mundo, por ejemplo —respondo, casi con rabia. Las lágrimas, más que resbalar de mis ojos, salen despedidas de ellos—. Ese es siempre el objetivo final. Salvar a las personas que aman.

—Bueno, yo te he vuelto a ver, Nami —replica Yoko-san, siempre con una sonrisa—. Eso ya es algo maravilloso.

Me muerdo los labios, es lo único que puedo hacer.

—Y ahora que estás aquí, no voy a morir sola —añade.

Un fuerte calambre me sacude y me inclino hacia ella con brusquedad. Casi me gustaría arrancarme de los oídos las palabras que acabo de escuchar, cubrirle los labios con la mano para que no diga nada más.

—¡No vas a...!

—Claro que sí —me interrumpe ella, con calma—. Estoy bien, Nami. Es extraño, pero no me duele mucho. Solo estoy... mareada, como ese día de fin de año, ¿te acuerdas? Tu padre y yo bebíamos mucho *sake* cuando estábamos juntos.

Asiento con dificultad. Vulevo a mirar a mi alrededor, pero aquí no hay nada con lo que pueda frenar la hemorragia. Ni siquiera un mísero trapo para cambiar el jirón de tela que aprieto contra su herida y ya se ha empapado de sangre.

—¿Cuántos años tienes ahora? —pregunta Yoko-san.

—Me falta poco para cumplir los dieciocho.

—Oh, entonces ha pasado mucho tiempo desde que me viste por última vez —susurra. Levanta la mano y sus dedos me rozan con suavidad los mechones húmedos de mi flequillo para apartarlo de mis ojos; como si siguiera siendo una niña—. Háblame de lo que te ha ocurrido durante todo este tiempo. Me gustaría escucharlo.

Aprieto los dientes y sacudo la cabeza cuando nuevas lágrimas se me derraman por las mejillas.

—Mi padre te ha echado muchísimo de menos —musito, con la voz entrecortada—. Todavía lo hace, y sé que lo hará aún durante mucho tiempo.

Los ojos entornados de Yoko-san se abren un poco y me observan con una especie de nostalgia.

—Tu padre... ¿él os contó lo nuestro?

—Más bien lo averigüé sin querer —respondo, con una pequeña mueca—. Pero Taiga sí lo sabía. Lo supo desde el principio.

—Ese chico siempre ha sido muy listo. Se lo decía muchas veces a tu padre —comenta Yoko-san, con su sonrisa desvaída—. ¿Terminó la universidad?

—La abandonó —contesto, sin pensar.

Ella asiente, nada sorprendida, y desvía la mirada hacia un extremo del pueblo, donde se encontraban nuestras casas, pero donde ahora no hay más que escombros, agua sucia y cuerpos sepultados.

—Me alegro. No parecía feliz. Quería decírselo a tu padre, pero... tenía miedo de entrometerme demasiado al hablar sobre sus hijos. Nos queríamos mucho, pero era una situación complicada.

—No te habrías entrometido —digo, con vehemencia—. Eras parte de nuestra familia.

Yoko-san clava sus ojos almendrados en los míos y su mirada me sonríe, aunque sus labios ya no tengan fuerza para hacerlo. Poco a poco, se cubren de lágrimas.

—*Eres* parte de nuestra familia —susurro.

Ella suspira y se desliza con cuidado hasta quedar encogida en el tejado, con la cabeza apoyada en mis rodillas, en la misma posición que yo adoptaba cuando estaba con ella en el sofá de su casa, después de haberme atiborrado de té y dulces.

—Cuánto me alegro de que estés aquí, Nami —susurra, aunque yo ya no puedo verle la cara, solo la cortina de pelo negro que se derrama por mis ropas de sacerdotisa—. No sé cómo ha podido ocurrir, pero gracias. Gracias por venir hasta aquí y quedarte conmigo. Hasta el final. No me siento sola.

Ni siquiera puedo asentir. Soy incapaz de ver nada. Todo se ha convertido en un borrón de colores grises, marrones y negros. La única mota de luz la pone el cuerpo borroso de Yoko-san, vestido con ropa clara, aovillado junto a mis rodillas.

No vuelve a decir nada más. Pongo una mano trémula sobre su espalda y siento cómo, poco a poco, su respiración se debilita, se enlentece, hasta que llega un momento en que no la noto más.

Todavía inmóvil, con ella sobre mí, murmuro:

—Gracias a ti por haberme dejado formar parte de tu vida. Por haberme querido tanto, y por haberme curado. Nunca desaparecerás del todo para mí, Yoko-san.

Levanto la mirada y observo a mi alrededor, a las frías aguas negras que me rodean, pero a las que ya no me da miedo mirar.

—Gracias a todos por haberme hecho partícipe de todos estos años. Soy muy afortunada. A pesar de todo, soy muy afortunada. Y no cambio nada, ni las lágrimas, ni el dolor, ni el duelo, por todos esos momentos a vuestro lado. No os olvidaré. A ninguno. Porque merecéis ser recordados.

La voz se me quiebra en un fuerte aullido y comienzo a llorar, desgañitada, destrozada. Da igual las veces que mis manos intenten apartar las lágrimas, son demasiadas, así que me dejo llevar hasta vaciarme por completo, hasta sentirme vacía, pero extrañamente en calma.

Se están escurriendo las últimas gotas por mi barbilla, cuando una mano se posa en mi hombro y me sobresalta. Me doy la vuelta con brusquedad y descubro a mi lado a un par de hombres adultos, que parecen pescadores a juzgar por sus ropas. No los conozco. Ellos tampoco a mí, pero el primero desvía la mirada del cadáver de Yoko-san a mi cara, y consigue esbozar una pequeña sonrisa.

—Vamos, chica. Tenemos que salir de aquí. El agua todavía puede alcanzarnos.

Me siento tan débil, que me dejo guiar. Con mucho cuidado, apartan el cuerpo de Yoko-san y la dejan bocarriba. La observo, sin miedo. Tiene los ojos cerrados. Está blanca como la espuma del mar, pero sonríe.

—Ha tenido suerte de haberse marchado con alguien a su lado —me dice uno de los hombres, antes de palmearme la espalda.

Aunque las olas no son tan violentas, el ritmo del agua sigue creciendo, como una marea eterna que se traga poco a poco una playa, que escala por acantilados. Ahora, me lame el borde de las zapatillas de deporte.

Uno de los pescadores me apremia y me empuja hacia otro tejado que comunica directamente con la pila de escombros.

—Vamos. Salgamos de aquí.

LA DESPEDIDA DE LOS DIOSES

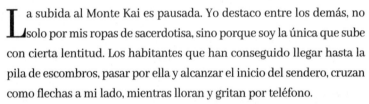

11 de marzo de 2011

L a subida al Monte Kai es pausada. Yo destaco entre los demás, no solo por mis ropas de sacerdotisa, sino porque soy la única que sube con cierta lentitud. Los habitantes que han conseguido llegar hasta la pila de escombros, pasar por ella y alcanzar el inicio del sendero, cruzan como flechas a mi lado, mientras lloran y gritan por teléfono.

Estoy empapada, tengo los brazos y las piernas cubiertos de arañazos, pero no siento ningún dolor, tampoco frío. Mi cabeza ha desconectado del cuerpo y mis pies se mueven sin parar, como si alguien les hubiese dado cuerda. Un pie delante de otro, un pie delante de otro, así durante un largo rato, mientras a mi espalda Miako sigue ahogándose más y más.

Llega un momento, ya en la parte final del sendero, en el que avanzo esquivando personas. Algunas ya han dejado de ascender, sabedoras de que el agua no puede llegar hasta aquí, y muchas graban con su teléfono móvil, no sé muy bien por qué. Quizá piensen enviar los vídeos después a los canales de noticias, es la única explicación que encuentro. Yo jamás querría tener esas imágenes conmigo.

Tras varios metros más de subida, alcanzo el *torii* tras el que se encuentra el Templo Susanji. Paso mis dedos por la madera astillada y a continuación me adentro en el recinto, tan lleno como si fuese Año Nuevo.

Hay personas apelotonadas aquí y allá; muchas asomadas al mirador, cuchicheando, abrazándose; muchas llorando. Otros llaman por teléfono sin parar, mientras pasean de un lado a otro, presas del pánico. Luego, veo a personas más apartadas, acuclilladas o directamente arrodilladas sobre el suelo, con la piel tan gris como el cielo que nos cubre.

No hay ningún policía, bombero o sanitario. No ha dado tiempo a que acudiera nadie al rescate.

Miro el reloj. Son las cuatro menos cuarto. Solo ha pasado una hora, aunque en mi cuerpo parece haber transcurrido un milenio.

—Estarás helada —oigo que dice una voz a mi derecha, antes de que algo cálido y suave me envuelva.

Giro la cabeza y me encuentro con el rostro de Kannushi-san. En uno de los brazos lleva apiladas pequeñas mantas, como la que me ha colocado en los hombros. No es el único que las reparte; tras él, a un par de metros de distancia, veo a la sacerdotisa sin esa expresión aburrida en su cara, ofreciendo abrigo a todo el que encuentra.

—Ahora mismo solo siento impotencia —mascullo, antes de echar una nueva mirada en derredor—. ¿Por qué decidisteis traerme de vuelta aquí? ¿Qué es lo que he conseguido? —añado, con la voz rota por la ira. Por debajo de la manta, mi mano asoma y señala el pueblo anegado—. Miako ha muerto. ¿Cuántas personas quedan todavía ahí, atrapadas? Yo no he hecho nada, ¡nada!

Kannushi-san pestañea varias veces y se echa ligeramente hacia atrás. Parece mirar algo detrás de mí.

—¿Nada? ¿Eso es lo que crees?

Sigo el rumbo de sus ojos y los clavo en un grupo de mujeres que están cerca del *honden*, vestidas con *kimonos* elegantes. No son las únicas; escudriño a mi alrededor y no solo veo a más personas en *kimono*, también a otras inusualmente elegantes, como si se hubieran arreglado para un evento especial.

Sacudo la cabeza y vuelvo a enfrentarme al sacerdote.

—Sí, pero...

—Tú conoces tu realidad alternativa. Sabes que, de no haberte marchado a Kioto, habrías muerto ahogada como tantos otros niños, junto a ese chico que luego se ha convertido en alguien tan especial para ti. —Él espera que asienta o que diga algo, pero yo me siento incapaz de separar la lengua del paladar—. Pero yo soy un dios, y conozco la realidad de todos. Y de no haber sido por ti, muchas de las personas que están aquí hoy no se habrían salvado.

—Pero... —jadeo, intentando controlar el aire que entra en mi pecho—. El colegio...

—Han muerto muchos. Demasiados. Pero si no fuera por ti, nadie, *nadie* habría sobrevivido.

—¿Nadie? —repito, con los ojos abiertos con horror. Kannushi-san asiente con calma—. Pero... pero yo no hice nada. No llegué a tiempo para convencer al director y a los profesores. Solo hablé con Amane y con la profesora Hanon, solo...

—Hablaste —me interrumpe el sacerdote con esa calma que ningún humano puede poseer—. Eso fue lo que marcó la diferencia. Tus palabras tuvieron más poder que el que podrían haber juntado ocho millones de dioses. El mundo, Nami, no se cambia con poderes mágicos, con manos alzadas que detienen tsunamis o paralizan terremotos. El mundo se cambia con pequeñas acciones, con palabras. Y eso ha sido lo que has hecho hoy. Has decidido intervenir, has provocado un cambio. *Mira* a tu alrededor, *mira bien*.

Y yo lo obedezco. Mis ojos dan vueltas, se centran en las decenas de personas que abarrotan el Templo Susanji, en los sonidos que producen, que ahora parecen más potentes que el rugido del mar, que sigue aullando metros más abajo. No son solo ellas. Hay gente a salvo en las azoteas de los pocos edificios altos con los que cuenta Miako. Incluso, mucho más abajo, puedo ver figuras diminutas, niños, que esperan en la azotea del colegio inundado hasta prácticamente el último piso. Una familia cruza en este momento con cuidado la masa de escombros acumulada, y más personas enfilan el sendero hacia arriba, destrozadas, heridas, pero *vivas*.

—Ahora debo continuar y hacer mi trabajo, no de dios, sino de sacerdote —dice Kannushi-san, antes de separarse un par de pasos de mí—. Necesitan más que nunca calidez y palabras, muchas palabras.

—¡Espere! —exclamo, cuando veo cómo el anciano está a punto de darme la espalda. Él se vuelve a medias, con una de sus cejas asomando por encima de sus gafas gruesas y negras—. No lo voy a volver a ver, ¿verdad?

Él se encoge de hombros y sus labios se doblan en una sonrisa. Se inclina hacia mí y apoya en mi hombro su mano libre durante un instante.

—Tengo mucha estima a este templo, pero imagino que tarde o temprano tendré que marcharme de aquí. Los dioses, además, no solemos tener largas relaciones con los humanos, sean del tipo que fueren. Con el tiempo, se terminan estropeando —añade, antes de darme una palmadita amistosa en la espalda—. Pero me gustaría que de vez en cuando visitaras algún santuario en mi honor, ofrecieras una moneda, agitaras el cascabel y me contaras un poco cómo te encuentras. Me alegrará mucho saber de ti, de verdad.

Asiento, sin saber muy bien qué decir. Él permanece un momento más a mi lado, me regala una última sonrisa y se aleja de mí mientras yo no aparto los ojos de su espalda. Sin embargo, el anciano solo da unos pocos pasos antes de mirarme por encima de su hombro.

—Me imagino que sabes cómo volver, ¿no?

No me hace falta mirar sus ojos para saber qué es lo que observa. Después, cuando finalmente se marcha, decido moverme. Camino entre la multitud. Algunos me miran, sobre todo, el grupo de mujeres vestidas con *kimono*, pero yo sigo adelante, en dirección al estanque.

Sin embargo, no llego hasta él. Sentado en el suelo, hecho un ovillo y cubierto con una manta, encuentro a Arashi. El alivio corre por mis venas a la velocidad de la sangre, y siento deseos de abalanzarme sobre él, de abrazarlo y llorar de alegría, pero me detengo. Él parece en shock. Y lo estará durante varios días. Le quedan por delante muchos meses, muchos años duros hasta que se convierta en ese chico tan fuerte del que estoy enamorada.

Me quito la manta y la coloco sobre la que ya lo cubre. Él no se inmuta. Sigue mirando hacia delante, con las pupilas algo dilatadas, y no se mueve, ni siquiera cuando me coloco a la altura de su oído.

—Te prometo que mejorará, Arashi —le murmuro—. Y llegará un día en que esto no será más que un recuerdo que sí vale la pena olvidar.

No me escucha, pero yo me levanto y me alejo de él, obligándome a no mirar atrás. Avanzo serpenteando entre las personas, hasta llegar al estanque junto al pequeño puente. El agua está oscura y no veo el fondo; solo un pez koi nadando, trazando unas ondas que parecen indicar un camino.

Miro una última vez alrededor y mis ojos tropiezan con otros. Kukiko Yamada, una de las personas que está totalmente seca, me observa con una mezcla de extrañeza, curiosidad y fascinación. Me dedica una reverencia.

Yo se la devuelvo y, sin dudar, me arrojo a las aguas del estanque.

Caigo de nuevo en ese lugar extraño, donde puedo respirar a pesar de que solo el agua me rodea. Y, como la última vez, el inmenso y retorcido cuerpo de Ryōjin está frente a mí. Esperándome.

—Has llegado al final de tu camino como *kami* —anuncia, con su voz monstruosa.

—¿Y ahora? —pregunto.

—Ahora empieza el resto de tu vida —contesta; sus enormes fauces casi parecen esbozar una media sonrisa—. Y esta vez, me temo que los dioses no seremos los responsables de ella. Ahora que el sendero ha desaparecido bajo la lluvia, tú, y solo tú, decidirás hacia dónde caminar.

Sus ojos dorados me sondean y yo, de pronto, me siento tan fuerte como una diosa.

—Eso me gusta.

Ryōjin parece reírse. Mueve su cola y crea una corriente de agua que me atrae hacia él. Yo extiendo las manos y me aferro a su cresta, y en el momento en que lo hago, el dios dragón se pone en movimiento.

Me agarro a él todo lo que puedo. Con las manos, con las piernas, pero nada parece suficiente. Avanzamos o retrocedemos demasiado rápido, y mis dedos se resbalan, mis miembros me arden. Intento abrir la boca, avisarle que no puedo más, pero entonces el agua entra en mis pulmones y me atraganto.

Me voy a ahogar. Me voy a ahogar. Me voy...

De pronto, mis manos se sueltan y mi cuerpo sale propulsado hacia arriba, hacia más arriba, y rompe la superficie del agua con un chapoteo. Respiro con dificultad, escupo y manoteo, y de pronto me doy cuenta de que estoy de pie en el estanque del Templo Susanji.

Tomo todo el aire que puedo y lleno mis pulmones. Ahora, el agua apenas me alcanza la cadera y los pocos peces del estanque nadan lejos de mí, asustados.

Una extraña quietud me rodea. Como si hubiese aparecido en mitad de una tormenta, entre el espacio del rayo y el trueno. Miro a mi alrededor y mis ojos se abren de par en par cuando veo a un Arashi de mi edad tumbado en el suelo, con un par de policías subidos a su espalda. Tiene los brazos extendidos hacia el estanque, hacia mí, y hay un camino dibujado en los guijarros hasta llegar al lugar donde yace, como si lo hubieran arrastrado a la fuerza. Los hombres que lo sujetan se han quedado inmóviles y me observan como si fuera una *yurei*, o un *yōkai*, no estoy del todo segura. A un lado, la sacerdotisa sigue asomada a su mostrador de la oficina y, por primera vez, no parece muy aburrida.

—¿De dónde has salido? —pregunta uno de los policías.

—¡Ya se los dije! —exclama Arashi, levantando la cara, llena de tierra—. ¡Ella tenía que...! —No puede terminar la frase, porque el otro policía empuja su cara contra el suelo y sus labios se sellan para no tragar más polvo y guijarros.

Uno de los hombres se levanta y se acerca a mí, con cautela, y se queda en el borde del estanque.

—¿Has estado ahí escondida todo el tiempo?

No sé a cuánto se refiere con «todo el tiempo», pero, aun así, respondo:

—Más o menos.

Su cauta expresión se trunca en otra de hastío y, sin mucho cuidado, me aferra de los brazos y me obliga a salir del agua. Yo doy varios pasos, agotada, con la *chihaya* y la *hakama* despidiendo ríos de agua.

—Los jóvenes os creéis muy graciosos, ¿verdad? —gruñe.

El hombre me arrastra hacia Arashi, al que han puesto en pie. Él me lanza una mirada llena de ansiedad y sus ojos tras las gafas (rotas, de nuevo) se detienen en las manchas oscuras de mi *chihaya*, en los cortes que recorren la tela, en mi piel arañada, mojada, y en mis ojos, que todavía están rojos por el salitre y tantas lágrimas derramadas.

No necesita preguntarme nada. Leo todas las palabras que necesito en sus pupilas. Y yo tampoco le contesto. Con un asentimiento, respondo a todo.

—Os llevaremos a la comisaría de Ishinomaki; ya hemos avisado a vuestras familias, que estarán en camino. Allí se encuentran ya el resto de vuestros amigos —dice uno de los oficiales, tirando de nosotros en dirección a la salida del templo—. No sé en qué clase de extraña aventura os habéis metido, pero no os ha salido bien.

Se me escapa una media sonrisa.

En eso se equivoca, agente.

Estamos a punto de cruzar el *torii*, pero, antes de hacerlo, no puedo evitar que mi cabeza se gire y mire atrás de nuevo.

Del estanque ha brotado la gigantesca cabeza de Ryōjin, con sus grandes ojos dorados, que no se separan de mí. A su lado, vestido con su uniforme habitual, está Kannushi-san. Su sonrisa sigue siendo la misma y, cuando nuestros ojos se cruzan, me dedica una pequeña reverencia. Pero entonces, la visión se interrumpe por el *torii* rojo que atravieso.

Piso suelo mortal y, cuando vuelvo a mirar, ellos han desaparecido. Solo queda la sacerdotisa a lo lejos, entretenida con su teléfono móvil.

HOGAR

31 de diciembre de 2016

Yo misma les había dado la pista a los policías cuando le grité a Kaito, mientras huía en dirección a Miako, a dónde me dirigía. «¡El Templo Susanji!».

Después de que un coche patrulla consiguiese interceptar la furgoneta de Masaru y los condujera a la central de policía, los dos agentes que habían intentado truncar mi huida y la de Arashi hicieron lo mismo con Harada y Li Yan, y los unieron a los otros dos detenidos en la comisaría de Ishinomaki. Después, dos compañeros fueron a por Arashi y a por mí, pero solo lo encontraron a él. Intentaron llevárselo a la fuerza, pero él luchó con uñas y dientes porque quería verme volver, quería comprobar que realmente fuera a volver. Como conseguí al final.

Nos trasladan a la comisaría de Ishinomaki, donde nos esperan más rostros hastiados y papeleo, aunque son los oficiales los que lo rellenan todo a golpes de tecla, que más bien parecen puñetazos. Supongo que, aparte de algún borracho que quería celebrar por todo lo alto el Fin de Año, no se esperaban tanto trabajo en un día así, y menos con cinco chicos con edad de ir todavía al instituto y un joven apenas mayor de edad, que ni siquiera eran de los alrededores.

Una vez que nos toman a todos los datos, sacan ropa seca de algún lugar y puedo sustituir mis prendas húmedas y rotas por estas otras. No sé a quién pertenecen, pero está claro que son de hombre porque me quedan enormes.

Cuando nos juntan a todos en una sala blanca, con bancos pegados a las paredes, Harada comienza a fantasear con que quizá se trate de las viejas ropas de un asesino en serie y Kaito le dice que como no se calle de una maldita vez, el que se convertirá en asesino en serie va a ser él. Es el que está de peor humor, porque al ser mayor de edad, separaron a Masaru de nosotros y lo han metido en una celda junto a otros detenidos.

—No deberías preocuparte. Es tan guapo que no lo tocarán. Quizás hasta se enamoren de él —comenta Harada, cuando Kaito empieza a caminar de un lado a otro, nervioso. El aludido se limita a lanzarle una mirada que parece más bien un disparo.

Es extraño, porque ahora que estoy aquí, con ellos, parece que nunca llegué a retroceder en el tiempo, que no volví a pisar ese Miako del pasado que ya no existe, que no salvé a gente ni vi venir una inmensa ola negra que engulló de un mordisco mi hogar. Pero tengo los brazos y las piernas repletas de pequeños cortes, que me escuecen de vez en cuando. Unas marcas que tal vez se borren con el tiempo pero que, por ahora, siguen ahí, hundidas en mi piel.

—¿Estás bien? —me pregunta entonces Arashi.

Es el primero que lo hace. Cuando nos reencontramos con los demás, Li Yan me abrazó y me tomó de la la mano (todavía me la sujeta), Harada me levantó del suelo a pesar de que es más bajito que yo, y Kaito se limitó a removerme el pelo con un gesto incómodo. Pero nadie me preguntó nada, aunque yo sentía el peso de sus ojos. Ni siquiera me preguntaron por Yemon; Harada fue el que más lo buscó con la mirada. Quizás estaban esperando que fuera yo la que empezase a hablar.

Con la pregunta de Arashi, sus cabezas se alzan y Kaito frena en seco su paseo.

—Ahora mismo, no —contesto, aunque mis labios se doblan en algo que parece una sonrisa—. Pero creo que lo estaré.

Li Yan me aprieta la mano y Harada se inclina hacia mí mientras exclama: «¡Por supuesto que lo estarás!».

Los ojos de Arashi, tras los cristales rotos de sus gafas, me sondean, y ahora, más que nunca, veo la diferencia que existe entre ese niño frente al que me arrodillé y el chico que sostiene la otra mano que tengo libre.

—Tengo mucha suerte de tenerte a mi lado —murmuro.

—No, yo soy el afortunado —contesta, antes de rozar su frente con la mía.

Harada parece que va a abrir su bocaza de nuevo, pero esta vez, Kaito se le adelanta.

—Por favor, ahora no es momento de escenas románticas. No tengo nada en el estómago desde hace horas, pero me están entrando ganas de vomitar.

A Arashi se le colorean las mejillas como amapolas y yo pongo los ojos en blanco, aunque por dentro siento una sensación cálida que me llena. A Li Yan se le escapa una pequeña risita que suena extraña en este lugar y yo me inclino para apoyarme en su hombro. Su suspiro revuelve mi pelo, ya seco por fin.

—Cuando lleguen nuestras familias, ¿qué vamos a decir? —pregunta.

—¿La verdad? —Todos clavamos la mirada en Harada, que se apresura a levantar los brazos—. Eh, era solo una broma.

—Quizás Harada tenga razón —contesto, y esta vez es en mí en quien se hunden todas las pupilas—. Quizás podamos decirles la verdad. Que yo necesitaba regresar a Miako porque tenía que recordar, y que vosotros me habéis ayudado a llegar hasta aquí.

—Eso no se lo creerán —replica Kaito—. No tiene ningún sentido.

—Claro que sí. Somos adolescentes y siempre se quejan de que hacemos cosas sin sentido —contesta Li Yan—. Si intentásemos contarles una historia corriente, sabrían que estamos mintiendo.

Así que es eso lo que decidimos. Tras un par de horas nos traen algo de comida que nosotros devoramos casi sin hablar. Y, varias horas más tarde, cuando la noche ya es cerrada al otro lado de la ventana, y ya ha llegado el Año Nuevo, la puerta de la sala en la que nos encontramos vuelve a abrirse.

En la amplia estancia a la que nos conducen, donde nos tomaron los datos la primera vez, veo a mi padre. Pero no solo a él, también a la tía de Arashi, una mujer con gesto adusto, vestida con un *kimono* elegante y oscuro; veo a la madre de Kaito, a la que recuerdo de Miako, aunque ahora finas arrugas cruzan su piel. Cerca de ellas están los padres de Li Yan, tan distintos entre sí, pero tremendamente parecidos a su hija, y los de Harada; su padre es un hombre rechoncho y tan bajito como su hijo, y su madre, delgada y casi tan alta como Arashi.

Todos nos quedamos paralizados, observándonos unos a otros. Me preparo para un par de gritos, quizá, pero todos se acercan a nosotros y nos abrazan, nos tocan el pelo, las mejillas, los brazos, las manos. El encuentro no dura mucho, porque los policías carraspean y nos indican separarnos por familia y repartirnos entre las distintas mesas que hay para prestar declaración.

Yo me siento junto a mi padre y comienzo a hablar. No digo nada sobre el estanque, sobre Kannushi-san ni sobre Ryōjin. Solo hablo de Miako, de mi necesidad de volver, de reconciliarme, y de cómo todos los que están aquí, a mi lado, han ayudado a hacerlo posible.

Cuando todos terminamos, hay una mezcla de pena y frustración en el rostro de los oficiales. Se miran entre sí. Ellos también sufrieron mucho con el terremoto y el tsunami que sucedió en el dos mil once. Ishinomaki fue una de las ciudades más afectadas, también hubo muchos muertos y muchos desaparecidos. Así que solo se centran en la forma en que intentamos escapar de la policía; en que deberíamos haberles explicado a dónde nos dirigíamos y el motivo. Mientras hablan, todos permanecemos en silencio y asentimos ante cada palabra. Nuestros familiares, sin embargo, no nos quitan la vista de encima. Mi padre tiene los ojos algo vidriosos.

Después de afirmar que no nos van a abrir ningún tipo de expediente ni de que se va a interponer denuncia alguna, nos comunican que nos podemos marchar junto a Masaru, que también queda libre, aunque tendrá que pagar una multa que la madre de Kaito se apresura a decir que correrá de su parte. Sin embargo, cuando parece que realmente podemos irnos, el policía que está frente a mi padre y a mí, nos detiene.

—Hay algo que me gustaría enseñarles. Sé que debe tratarse de un error, pero... —Teclea algo en el ordenador, mueve el ratón varias veces y, cuando parece encontrar lo que estaba buscando, clava la mirada en mí—. El once de marzo de hace casi seis años se recibió una llamada en la comisaría de Miako, procedía del Ayuntamiento. Yo fui el que la recibí; por aquel entonces, trabajaba allí. Al parecer, una joven vestida de sacerdotisa intentó agredir al alcalde. —*Agredir*. Tengo que hacer todo el esfuerzo del mundo para no poner los ojos en blanco—. Pero consiguieron reducirla y aislarla en una sala. Por desgracia, logró escapar. Y, con todo lo que ocurrió después, esta denuncia quedó archivada y olvidada. No obstante —añade, ahora desviando la atención hacia mi padre, que parece terriblemente confuso—. Una de las cámaras de seguridad del edificio no se estropeó durante el tsunami, quedó en una especie de espacio estanco y pudimos recuperar las grabaciones de ese día. Estas son algunas de las imágenes.

El policía gira la pantalla y maximiza la imagen que muestra el recibidor del Ayuntamiento. Se ve parte de las escaleras que ascienden y el mostrador de información, donde estaba ese administrativo que después me ayudó a escapar. Pero entonces la puerta se abre y aparezco yo, vestida con las ropas de sacerdotisa y mis zapatillas de deporte empapadas. Me detengo en la puerta y giro la cabeza, y echo un vistazo a mi alrededor. Sin embargo, hay un momento en el que parezco mirar a la cámara fijamente. Justo en ese instante, el policía congela la imagen.

Mi padre se acerca a la pantalla, sus pupilas se han dilatado. No es una mala grabación, mi cara se ve con nitidez. Soy yo, no hay ninguna duda. En una esquina, aparecen la hora y la fecha.

—Sé que lo que le voy a preguntar es una locura, pero tengo que hacerlo, porque al introducir sus datos hallé esto —dice el agente, observándome con una mezcla de disculpa y seriedad—. ¿Estuvo usted en Miako el once de marzo del dos mil once?

Mantengo los labios sellados durante un instante, pero enseguida me echo hacia atrás en la silla y me encojo de hombros.

—Nadie puede estar en dos sitios a la vez, agente.

El hombre frunce el ceño, pero sacude la mano y, con ese gesto, nos deja libres por fin.

Nuestras familias se apresuran a sacarnos de la comisaría. Ya no hay tantos abrazos, y escucho cómo la tía de Arashi lo llama «irresponsable», o cómo los padres de Li Yan regañan a su hija en dos idiomas que desconozco. La madre de Kaito sisea furiosa junto a los oídos de su hijo y de Masaru, que parece tremendamente compungido hasta que nuestras miradas se cruzan y me guiña un ojo. Los que más gritan, sin embargo, son los padres de Harada.

—¿Cómo has podido hacernos esto? —exclama su madre, alzando los brazos al cielo—. ¡No sabes el susto que nos llevamos cuando me llamó ese hombre tan desagradable para decirme que habían detenido a mi hijo a más de mil kilómetros de casa!

—Tu madre creía que te habían intentado secuestrar —comenta su padre, mientras menea la cabeza—. Yo le decía, pero ¿quién va a tener interés en llevárselo?

—Tú, ¡cállate!

Mi padre tira de mi brazo y me detiene.

—Esto es lo que tenías que hacer, ¿verdad? —Es extraño, porque no veo censura en su expresión. Es como si, de repente, hubiese resuelto un complicado acertijo y lo tuviera ahora frente a él—. Este era tu asunto pendiente. —Asiento, y él pasa su brazo por mis hombros y me acerca a él—. ¿Y lo has resuelto por fin?

—Sí —respondo esta vez.

Y siento un alivio demoledor, porque es verdad. He completado este camino, aunque fuera un camino retorcido, en espiral, que me ha llevado hasta el mismo principio. Ahora, como me decía Ryōjin, me encuentro de pie frente a una explanada inmensa que puedo atravesar en muchísimas direcciones.

Caminamos hacia el aparcamiento de la comisaría, pero mi padre habla de nuevo y enlentece el ritmo de sus pasos.

—Yo también tengo algo que decirte. Tu gato, Yemon...

—Lo sé —lo interrumpo—. Se ha marchado. Tenía que marcharse, en realidad. Me dolió cuando lo supe, pero ahora me siento muy feliz por todos esos años que ha pasado a mi lado. Era un gato muy especial.

—Ya veo —contesta, aunque no parece comprender nada. Mi padre se lleva las manos a la cabeza, como si un pensamiento estuviera golpeándola desde dentro, y me mira una vez más—. Nami, tú eras la chica que aparecías en ese vídeo de la comisaría. Te conozco. Podría reconocer tu cara en cualquier sitio. Pero eso sería... *es* imposible.

El final de su frase casi termina en una interrogación. Y yo me planteo durante un instante contarle toda la verdad. Pero entonces su teléfono móvil comienza a sonar con estridencia desde el bolsillo de su abrigo. Él lo alza hasta sus ojos y me lo pasa sin decir nada más. Leo el nombre que aparece en la pantalla.

Es Taiga.

Sin dudar, acepto la llamada y me llevo el teléfono al oído.

—Hola —susurro.

—No puedo creerlo —contesta al otro lado de la línea, con la voz entrecortada—. Estás bien, estás bien, ¡Estás bien!, ¿verdad, Nami?

—Sí, sí. Creo que lo estoy. —Escucho un ruido extraño, algo parecido a un sollozo estrangulado—. Lo sabías, ¿verdad? —le pregunto, bajando la voz.

—¿Cómo no iba a recordarte después de las palabras que me dijiste ese día? *Kuso!* Debería haberte reconocido en ese instante, aunque tuvieras años de más de los que se suponía que debía tener mi hermana pequeña. —Toma aire de golpe, ahogado—. Cuando salí de mi dormitorio después de estos años y te vi... no sé, de alguna manera, encajó todo, o se destrozó más; no estoy seguro. Y cuando supe que ibas a marcharte de viaje... yo... estuve a punto de contarle a papá lo que sabía, aunque no tuviera ningún sentido.

—Gracias por haber confiado en mí—le contesto, en voz baja, para que mi padre no se entere.

—Tenía que hacerlo después de las palabras que esa extraña sacerdotisa me dedicó —dice, en un súbito tono burlón que me recuerdan al viejo Taiga—. No sabes cuánto me ayudaron.

—Pero no conseguí nada —le replico, con un suspiro amargo en la punta de los labios—. Abandonaste la universidad, te encerraste en tu habitación y...

—Hablaste, Nami —me interrumpe él—. Me hablaste a mí. Y eso en nuestra familia vale mucho, ya lo sabes.

A Taiga se le escapa una pequeña carcajada que me hace sonreír. Nos quedamos unos segundos en silencio antes de que él vuelva a hablar.

—¿Vas a contarle todo a papá?

—Sí, pero en un tiempo. Cuando yo me recupere... y él también.

Cuando recobre su sonrisa, aunque Yoko-san no esté a su lado. Cuando pueda hablar de mi madre sin que le cueste años de vida. Cuando mi hermano sea capaz de salir a la calle. Quizás, entonces, podré sentarme junto a mi padre y contarle todo desde el principio hasta el final, junto a Yoko-san, para asegurarle que no murió sola y con miedo, que lo hizo con suavidad, sin dolor, acompañada.

—Me parece bien —dice Taiga. Casi me puedo imaginar su sonrisa—. Ahora, volved pronto a casa. Yo os estaré esperando para celebrar el Año Nuevo.

A casa, repito, antes de despedirme y colgar. Cuando extiendo el teléfono móvil a mi padre, me doy cuenta de que estamos junto a un pequeño autobús mal aparcado, que ocupa varias plazas reservadas a coches. Todos están apelotonados junto a él.

—¿Y esto? —pregunta Harada, con los ojos como platos.

—Deberías darnos las gracias, no poner los ojos como un bobo —lo acusa su madre, meneando el dedo arriba y abajo—. ¿Sabes cómo se ha arriesgado tu padre al pedir este autobús en su empresa? ¡Ahora, sobre todo, que estamos de vacaciones!

—Después de que la policía nos llamara, nos pusimos en contacto y decidimos que era mejor ir todos juntos —informa el padre de Li Yan, con un acento muy marcado.

—¡Pero esto no es una excursión! —se apresura a añadir la madre de Harada.

Los únicos que no suben al autobús son Masaru, Kaito y su madre, que deciden regresar a Kioto en la furgoneta que la policía les ha devuelto, aunque con varias abolladuras de más.

Me despido de Masaru, le doy gracias mil veces, pero él se limita a sacudir la mano y a decir que ha sido su Fin de Año más interesante. Me da incluso un abrazo, pero cuando me vuelvo hacia Kaito, él se apresura a echarse hacia atrás.

—No quiero lágrimas —advierte.

—No va a haber lágrimas, *baka* —replico, antes de darle un pequeño empujón en el hombro. Él, sin embargo, no se mueve para subirse a la furgoneta—. Llegad bien a Kioto. Dentro de unos días nos veremos en el trabajo.

—Pues claro que nos veremos —dice, antes de poner los ojos en blanco y entrar en el vehículo.

Después, todos subimos al pequeño autobús. Sin mucho disimulo, corro para colocarme detrás de los asientos de Arashi y su tía. Tanto ella como mi padre se dan cuenta; los veo intercambiar una mirada.

—Me llamo Nanami Tendo —digo, porque me doy cuenta de que ni siquiera me he presentado—. Siento todos los problemas que le he ocasionado a su sobrino.

La comisura derecha de sus finos labios se alza un poco antes de que ella sacuda la cabeza.

—Ya conozco tu nombre. Arashi lleva hablándome de ti desde que empezó el curso.

Yo siento cómo las mejillas comienzan a arder. Arashi, por otro lado, y ahora bajo la escrutadora mirada de mi padre, parece que va a entrar en combustión espontánea. Se apresura a dejarse caer en su asiento, mientras yo ocupo el que se encuentra justo detrás de él. Los dos, tan erguidos como las *geiko* de Gion.

Su tía suelta una pequeña carcajada, intercambia otra mirada cómplice con mi padre y se sienta en el momento en que el padre de Harada pone en marcha el autobús. Apenas hemos salido del aparcamiento cuando decide poner la radio. Su mujer lo regaña, le advierte que esto no es un viaje de fin de curso, pero Harada, que se ha sentado junto al padre de Li Yan y está tratando de comunicarse en un finés inventado, alza la voz y exclama:

—¡Sube el volumen, papá!

Él lo hace pese a las protestas de su esposa. Y entonces, el autobús se llena de una melodía conocida. Los cuatro nos ponemos de rodillas en los asientos y nos miramos al reconocerla.

No sé por qué, pero de pronto los recuerdos me llenan. Y no solo son los de Miako. Las caras sonrientes de Amane y Mizu se unen a las de Harada y Li Yan, el ceño fruncido de un Kaito de doce años se mezcla con los ojos vidriosos de ese Kaito que es tan importante para mí, se mezcla el *torii* rojizo y algo viejo del Templo Susanji, con el inmenso *torii* lustroso que da la entrada al Santuario Yasaka. Me veo en mi antigua casa de Miako, cenando junto a Yoko-san, mi padre y mi hermano, para después contemplarme en el día del terremoto de Kioto, bebiendo café de madrugada, hablando como no lo hacíamos en años bajo una mesa de comedor. Y después, me encuentro caminando por la orilla de la playa, junto al paseo marítimo de Miako, con la mirada perdida en la frontera entre la tierra y el océano. Pero, al levantar los ojos, estoy rodeada por los farolillos y los viejos edificios de Gion, con la mano prendida a la de un tímido Arashi, que me sonríe con una expresión que huele a vida, que huele a futuro.

Es Harada el que empieza a cantar la canción. Como siempre, a todo pulmón y completamente desafinado.

Almost heaven, West Virginia,
Blue Ridge Mountains, Shenandoah River...

Después se une Li Yan, con su voz más dulce, pero firme.

Life is old there, older than the trees,
younger than the mountains, growin' like a breeze...

Y, por último, nos unimos no solo Arashi y yo, sino todos los que nos encontramos en el autobús.

Country roads, take me home
to the place I belong...
West Virginia, mountain mama,
take me home, country roads.

Mi padre me aprieta la mano y me sonríe. Lo veo borroso, así que imagino que, como él, yo también tengo lágrimas en los ojos.

—Estamos en casa, Nami.

Y yo asiento, porque es verdad. Porque ni siquiera un tsunami ni un terremoto pudieron destruir mi hogar. Porque siempre lo he tenido conmigo, aunque haya tardado tantos años en darme cuenta de ello.

Country roads, take me home
to the place I belong...

NOTA DE LA AUTORA

Japón y su cultura siempre han tenido una influencia intensa en mí. Cuando miro las imágenes de sus paisajes, sobre todo de calles tradicionales, de sus tejados rizados, me sacude una extraña sensación, algo a lo que ellos llaman: *Natsukashii*. Por eso, desde hace mucho tiempo, supe que tenía que escribir una historia ambientada allí y que despertara los mismos sentimientos que a mí me provoca.

El terremoto y el tsunami que se produjo en el dos mil once fueron una de esas catástrofes que cuando las ves por la televisión, se te meten muy adentro. Aquel día me pregunté qué sería de esas personas que, por casualidad, no estuvieron el día del desastre en su ciudad o pueblo natal, que sobrevivieron, pero dejaron atrás a muchos. Así nacieron Nami y Miako, hace ya más de diez años.

En un principio, la narración iba a estar ambientada en Tokio, pero tras haber tenido la suerte de viajar al país, me enamoré de Kioto y pensé que ese lugar era más idóneo para la trama y el aura que la envuelve. Por eso, todos, absolutamente todos los sitios que se nombran son reales, y la mayoría los visité durante mi viaje. Así que sí, el Instituto Bunkyo existe de verdad, y hay un 7Eleven cerca del Parque Maruyama (aunque, seamos sinceros, hay 7Eleven cerca de todos lados).

Miako, sin embargo, es una mezcla de muchos de esos pueblos que quedaron destruidos por el tsunami y de mi imaginación. A pesar de que es un sitio que no existe fuera del relato, sí está ubicado en un lugar real, junto a la desembocadura del río Kitakami (que es real, también, y se desbordó durante la llegada del tsunami). El pueblo está situado en un terreno baldío que realmente pertenece a la ciudad de Ishinomaki. Está frente al océano Pacífico y, a su espalda, hay colinas suaves recubiertas de verde. Quién sabe. Puede que algún día sí exista un pueblo con el nombre de Miako y sea erigido allí.

La desgracia acaecida en el colegio de Nami está basada también en una real: la tragedia que sucedió en la Escuela Elemental Okawa. En su caso, solo sobrevivieron el diez por ciento de todos los que estaban ahí, aunque al contrario que en el colegio de Miako, tuvieron casi una hora para trasladar a los alumnos a un lugar seguro. Pero tal y como sucede en esta historia, los protocolos no estaban claros y se perdió mucho tiempo discutiendo.

También quería hacer un apunte sobre las palabras utilizadas en el idioma original. No quería occidentalizar todos los términos, así que decidí usar la fonética japonesa en determinadas palabras o expresiones, sobre todo en aquellas que no fueran tan familiares para el mundo occidental, para así enriquecer más la historia.

La canción de Country Roads que cito en varios momentos no es la original, sino la versión de Olivia Newton-John. A mí me parece preciosa, por si os apetece escucharla.

Y un último comentario que quizás os interese. Todos los nombres de los habitantes de Miako que aquí aparecen están relacionados con el agua. Kaito significa «hombre del mar», y Amane, «lluvia». Mizu, por ejemplo, diminutivo de Mizuko, significa: «Niña del agua».

Arashi, como ya sabéis, significa «tormenta». Y le puse ese nombre a propósito, porque es lo que une el agua, el cielo y la tierra.

El desencadenante y la unión de todo.

AGRADECIMIENTOS

Escribir una historia depende del autor, pero cuando esta se publica, la cosa cambia. Y este manuscrito que tanto significa para mí no se habría convertido en un libro de no haber sido por varias personas.

Gracias a mi madre porque fue la primera que me adentró en la cultura asiática y la que, durante la corrección de esta novela, cuidó de mi niña para que yo pudiera dedicarme a esta otra clase de «hija». A mi padre, que siempre me ha apoyado con todo lo relacionado con la literatura, incluso cuando las cosas eran complicadas.

A Jero, que se encargó también de entretener a mi chiquitina, y a sus padres, que nos echaron una mano. Aunque gran parte de la historia estaba escrita, cambié muchas cosas y conseguí terminarla durante el Estado de Alarma por el COVID-19. Sin la compañía de Jero, sin su apoyo, no hubiera sido posible. Este manuscrito todavía estaría esperando un final. Gracias a él también por traerme a Fuji. No tiene el pelo gris ni los ojos azules, pero yo quería llamarlo Yemon, como el gato de esta historia. No lo conseguí, pero es tan especial como él.

A Tere, que un día, cuando tenía catorce años, le dio por enseñarme un manga llamado *Evangelion* y me sumergió en una parte de la cultura japonesa que no conocía más allá de esas tardes en las que me quedaba extasiada frente a la televisión viendo *Sakura, Cazadora de Cartas* o *Sailor Moon*.

A Victoria, que siempre lee mis historias, y es mi primera y más letal correctora. «Te quiero quilla». Nos queda pendiente un viaje a Japón.

A Laura y Alberto, porque sin ellos, el viaje que realizamos en el verano del 2019, que tanto me ayudó a enriquecer esta historia y me enamoró todavía más de Japón, no habría sido tan especial. Qué ganas de tomar unos «melon pan» con helado. ¿Cuándo volvemos?

Tengo que dar las gracias a Inma por esa maravillosa portada y a los correctores y maquetadores de Puck, que han puesto a esta historia tan bonita.

Gracias, Leo, por ser mi editor una vez más (y mi amigo, siempre). Por entusiasmarte con mis historias y sus personajes. Qué suerte tienen todos los escritores que se crucen en tu camino. Espero seguir aprendiendo de ti muchos años más.

Y gracias a ti, querido lector, querida lectora. Gracias por acompañar a Nami en este viaje al pasado, al presente y, de alguna forma, al futuro.

Recuerda que mereces ser recordado y que, quizá, tú también eres un cambio sutil que ha sido introducido por los dioses para dar sentido a este mundo.

GLOSARIO

Baka: idiota.

Calpis: bebida de origen japonés no carbonatada, de color blanquecino y sabor ligeramente ácido.

Chihaya: pieza básica de la vestimenta tradicional japonesa. Es una blusa de color blanco y mangas holgadas, y la suelen utilizar los sacerdotes y sacerdotisas que trabajan en los templos.

Erikae: significa literalmente «cambio de cuello». Es una ceremonia donde la maiko, pasa a convertirse oficialmente en geisha.

Gaijin: extranjero. Tiene una connotación negativa.

Geiko: geisha en dialecto de Kioto.

Geta: sandalias de madera lacadas en negro, con cintas de color rojo generalmente. Solían medir hasta unos 30 cm de altura.

Gomen: lo siento.

Gomenasai: lo siento (más formal que gomen).

Gyozas: empanadilla japonesa que puede estar rellena de distintos ingredientes, desde carne hasta verdura.

Hakama: pantalón largo con pliegues que puede tener distintos colores. El de las sacerdotisas suele ser rojo.

Ittekimasu: es una forma de decir: «Me voy, hasta luego».

Kami: entidades que son adoradas en el sintoísmo.

Kampai!: palabra que suele utilizarse para brindar.

Konbini: pequeños supermercados que, generalmente, suelen estar abiertos las veinticuatro horas.

Korokke: tipo de fritura japonesa, parecida a una croqueta, pero de mayor tamaño.

Kotatsu: similar a una mesa camilla, pero de menor altura.

Kuso!: ¡mierda!

Maikos: aprendiza de geisha.

Mata ne: es una forma de decir: «¡Hasta luego!».

Meronpan: pan dulce característico de la confitería japonesa.

Nikuman: bollo al vapor relleno de diversos ingredientes, aunque suele ser de carne.

Obento: fiambrera japonesa generalmente subdividida en secciones donde se colocan distintos alimentos para llevar.

Obi: franja ancha de tela recia que se utiliza sobre el kimono o yukata y se ata a la espalda de diversas formas.

Ochaya: casa de té.

Ofuro: bañera japonesa que se llena de agua muy caliente. Es más profunda que la occidental y su finalidad es más relajante que higiénica.

Ohayô: buenos días.

Okaeri: bienvenido.

Okāsan: significa literalmente «madre». Se les llama así a las encargadas de las okiyas que gestionan las carreras de las maiko y de las geiko que se encuentran a su cargo.

Okiya: es una residencia donde conviven las geishas desde que son aprendizas.

Okonomiyaki: tortilla japonesa que se cocina junto a una gran variedad de ingredientes.

Onigiris: plato japonés que consiste en una bola de arroz rellena o mezclada con otros ingredientes.

Sayonara: adiós. Es más definitivo que mata ne.

Shimizu Corporation: enorme compañía que existe actualmente, y engloba arquitectos e ingenieros civiles, entre otros.

Shinkansen: tren bala japonés. Alcanza una velocidad de 320 km/h.

Sufijo-chan: sufijo honorífico de tono afectivo elevado. Se usa para chicas o mujeres de cualquier edad para referirse a ellas con cariño.

Sufijo-kun: sufijo honorífico que se utiliza solo para referirse a personas del sexo masculino, con un carácter amistoso.

Sufijo-san: sufijo honorífico que se utiliza con personas de mayor edad o con las que no se tiene mucha confianza. Es un signo de respeto.

Tadaima: es una forma de decir: «Ya estoy en casa».

Takoyaki: buñuelos de pulpo.

Tayuus: nombre con el que se designaba a la más alta clase de cortesana de Kioto. Es una figura que se extinguió a finales del siglo XIX.

Temizuya: fuente de abluciones que se encuentra a la entrada de los templos sintoístas.

Tōdai: es la universidad más prestigiosa de todo Japón.

Torii: estructura en forma de arco que se coloca a la entrada de los santuarios o templos sintoístas de Japón. Simbolizan la puerta principal al mundo espiritual.

Yakisoba: plato japonés sencillo de fideos fritos.

Yōkai: es un ser mitológico que pertenece al imaginario cultural japonés. Abarca espíritus, fantasmas, monstruos que cambian de forma, personas que sufren transformaciones y animales que toman características humanas y poderes sobrenaturales.

Yokatta na: ¡qué bien!

Yukata: prenda tradicional japonesa, parecida al kimono, pero elaborada con telas más ligeras. Suele usarse en verano.

¿TE GUSTÓ
ESTE LIBRO?

Escríbenos a

puck@edicionesurano.com

y cuéntanos tu opinión.

ESPAÑA /MundoPuck /Puck_Ed /Puck.Ed

LATINOAMÉRICA /PuckLatam

/PuckEditorial

¡Gracias por vivir otra
#EXPERIENCIAPUCK!